HYPERTERRA-

LIBRO DOS

AMANECER DE LA DINASTÍA MERYPTAH

STAVROS TOFALOS

Hyperterra
Libro Dos, Amanecer de la Dinastía Meryptah
Copyright ©2020 por Stavros Damian Tofalos Bradanovich
Todos los derechos reservados.

Para obtener información sobre este título o para solicitar otros libros y/o medios electrónicos, comuníquese con el editor:
Stavros Tofalos
info@tofalos.com
www.thehyperterra.com

Derechos de autor: TXu002207042 / 2020-07-06 Biblioteca pública de Los Estados Unidos de América.
ISBN PAPERBACK and E-BOOK: 978-1-7368207-3-5

Primera edición impresa en los Estados Unidos de América
Diseño de Portada e Interior: Stavros D. Tofalos Bradanovich

Dedicado a mis patrocinadores en Kickstarter. Gracias.

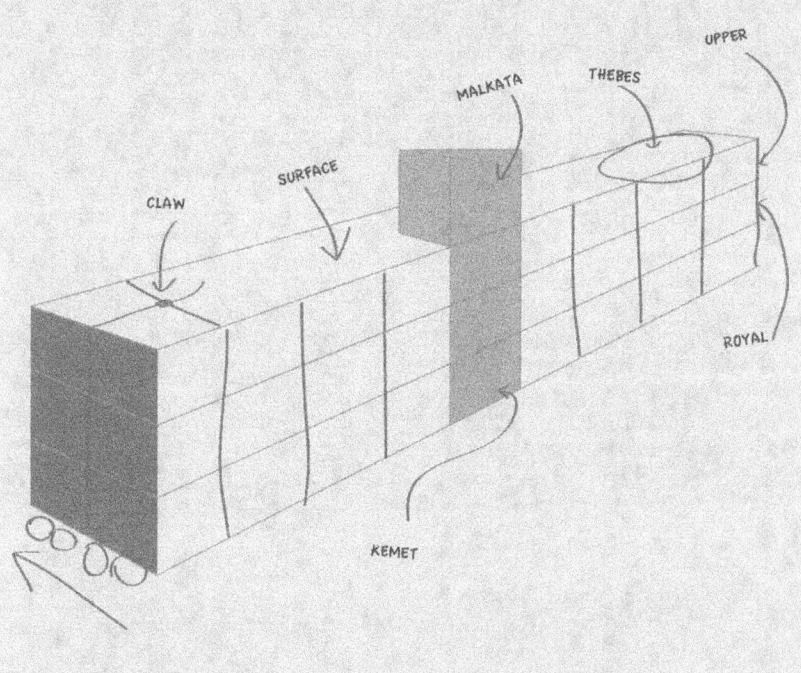

CLAW

SURFACE

MALKATA

THEBES

UPPER

ROYAL

KEMET

MERYPTAH'S CITY FIRST DRAWINGS
KING KHARPO DYNASTY

PRÓLOGO

En la inmensidad del cosmos, un planeta polvoriento lleva el destello de vida más antiguo del universo en su superficie, el planeta Pree. Los Strattos, una especie que tenía el regalo de poder vivir por 800 años, se sacrificaron para salvar el tesoro más invaluable del universo, la Piedra del Tiempo. Después de que el planeta Pree perdió su fuente de poder, los Strattos fueron condenados a vivir vidas tristes sin destino ni prosperidad.

La poderosa Piedra del Tiempo suministraba al planeta con una poderosa energía, dando vida a las plantas, creando aire fresco y colaborando con la cadena de supervivencia. Pero las oscuras intenciones de poseer el poder de la Piedra del Tiempo obligaron al Rey Ufusta a tomar la difícil decisión de romper la Piedra en tres fragmentos y esconderlos en lugares lejanos en el borde del universo. Desde entonces, el extraordinario poder de la Piedra estuvo a salvo, pero el destino del planeta cambió para siempre.

La rotación del planeta se ralentizó considerablemente, alargando el tiempo de exposición a su sol y creando una superficie hirviente a lo largo del día. Pero en la noche, el agua se congelaba y la temperatura fría convertía el suelo fértil en una solida superficie de hielo, matando todo lo demás que derrotaba al sol. En el comienzo de este desastre murió la mitad de la población.

El hijo del rey, Kharpo, regresó a Pree liderando la sociedad Strattos y cambiando los devastadores eventos para siempre. El nuevo rey quebró los límites de sus capacidades en ingeniería, creando una ciudad que podía albergar a toda la nación sobre una máquina colosal que estaba en movimiento continuo construida sobre ruedas. La ciudad impulsada por energía propia circuló por la superficie del planeta durante años, salvando al reino y a su gente manteniéndose en medio de las dos extremas temperaturas.

Al principio, las máquinas no eran perfectas y fallaron. Grandes porciones de la ciudad en movimiento se rompieron, destrozando muros, separando edificios y desacoplando secciones enteras de módulos con decenas de Strattos dentro, dejándolos atrás y desapareciendo en la superficie chamuscada del planeta.

Cien años después de la creación de la ciudad, la reina Meryptah, hija del rey Kharpo, impulsó la actualización de los sistemas y la reparación de la ciudad con la creación de un generador que podría producir suficiente energía para mantener las ruedas girando para siempre. Con la invención de esta maravilla de la ingeniería, los Strattos prosperaron, aportando estabilidad al entorno social y político.

Los Strattos llamaron a la Reina Meryptah el Espíritu Dorado porque siempre vestía la armadura dorada de su madre. Ella fue la última con la marca hereditaria del reino, un triángulo marrón al revés, en su muñeca derecha.

Meryptah era muy cercana a la gente y los alentó a usar los elementos disponibles del planeta muerto, como la minería y el agua. Ella le transmitió a los Strattos su conocimiento para que cada individuo pudiera tener la oportunidad de hacer algo por el reino, haciendo que se sintieran como ciudadanos valiosos. Meryptah mantuvo vivo el coraje de la gente, convirtiéndose en la dinastía más influyente en Pree y el Espíritu Dorado del Reino.

Pero a medida que crecía el amor de la gente, el odio de sus enemigos se hacía más fuerte. Una mañana, en un trágico acontecimiento, una gran parte del palacio real falló mecánicamente. El apagón en el generador principal y posteriores detonaciones de bombas en secuencia, separaron el palacio de la ciudad, arrastrando una sección de la sala de justicia y el cuartel general del ejército real.
En medio de la catástrofe, Meryptah bajó al nivel de ingeniería y reinició el sistema. Sin embargo, el motor no fue lo suficientemente fuerte para tirar de la gran sección del palacio por sí solo.
Tan pronto como el bloque masivo quedó atrás, toda la estructura comenzó a calentarse con el sol abrasador. Los Strattos vieron desde los balcones de la ciudad cómo el palacio se alejaba y comenzaba arder en

llamas con la reina, los soldados y los jueces, atrapados en el caos infernal.

La gente siempre fue la prioridad para Meryptah. Ella decidió desacoplar el enorme palacio del resto del bloque, así, de esa manera el motor podría empujar el resto de la estructura a toda velocidad, lejos del sol hacia la ciudad. Los soldados lanzaron cadenas al palacio hirviente, en un intento desesperado por salvar a su reina, pero estaban demasiado lejos de la estructura.

Meryptah subió a la cima del palacio para ver su ciudad por última vez, mientras los Strattos se quedaron sin palabras y vieron el intenso resplandor del sol reflejado en su armadura dorada. La última sangre real se desvaneció y la luz del Espíritu Dorado se disipaba en el horizonte para siempre.

Ese día, la nación de Strattos se lamentó, mientras que el general Net, nieto del general Prass, se convirtió en el nuevo rey. Desde entonces, los militares tomaron posesión del reino y eligieron al próximo rey entre sus miembros.

Desde el corazón de la gente, surgió una leyenda, con la promesa de que la Reina Meryptah algún día regresaría con el resplandor del sol en su armadura dorada, salvando a la gente, restableciendo el reino y trayendo de vuelta la Piedra del Tiempo.

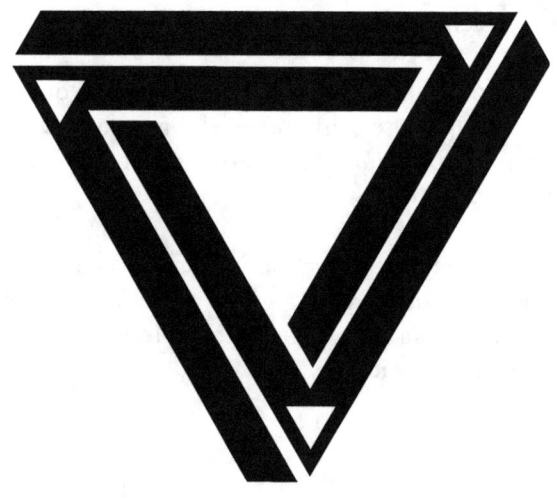

CAPÍTULO 1 - PORTAL ABIERTO

"No importa si estás lista o no. El tiempo te llevará hacia adelante, una fuerza tan poderosa como la gravedad. Cuando tienes el conocimiento y la ambición, hay una fina separación entre el pensamiento racional y la locura. Esta guerra es tuya ahora. ¡Ve y terminala!"

"¡Entrando en la atmósfera del planeta, General!" El capitán Khawo gritó desde su puesto de mando. "La barrera atmosférica es delgada, por lo que entraremos más rápido de lo normal".

"Aterriza a salvo con tus soldados, Khawo, y asegúrate de que el resto de las tropas atraviesen el portal. Recuerda que estamos llegando en la oscuridad y nuestros trajes no van a funcionar bien", dijo la general Sesmar.

"Estoy de acuerdo. Este puede ser un buen momento para repensar nuestra estrategia para esta invasión. Será muy peligroso sin la protección de nuestros trajes", respondió el Capitán Khawo.

La general Sesmar podía percibir la preocupación en su voz.

"Vamos a avanzar sin el beneficio de los trajes, pero diles a tus soldados que mantengan puestos sus cascos".

La nave del general Sesmar acababa de entrar en la atmósfera y se acercaba rápidamente a la instalación humana en Marte.

"Khawo, tus soldados deben darse prisa. Puedo detectar en los instrumentos que el portal ya está abierto", dijo Sesmar. Ella piloteaba su propia nave y lideraba la tripulación. A su lado estaba sentado el príncipe Harkhuf.

En un pronunciado descenso a la superficie, en medio de la noche, las tropas de Strattos llegaron a la superficie de Marte, concentradas en su misión de evitar que los últimos humanos hicieran una transmisión por un portal interestelar.

Hace mucho tiempo, cuando el general Kortox estaba buscando los otros dos fragmentos de la Piedra del Tiempo, descubrió que los humanos habían desarrollado una máquina que podía conectar dos planetas en cualquier locación del universo. Era un portal y los humanos lo usaban para crear una ventana desde la Tierra a la Luna y desde la Luna a Marte.

Los dos ingredientes clave que utilizaron en esta increíble tecnología fueron la visualización directa del objetivo y una gran fuente de energía. Durante una visita secreta a la Tierra, el general Kortox visitó a miembros de un antiguo culto llamado Los Caballeros de Hulmor. Se enteró de que los humanos estaban alimentando su portal con pequeños fragmentos de la Piedra del Tiempo. El general Kortox quería poseer la Piedra del Tiempo más que cualquier otra cosa, y ahora sabía que estaba más cerca que nunca. Su ambición de convertirse en el ser más poderoso del universo lo llevó a cometer actos impensables.

Después del general Prass, las siguientes quince generaciones de Strattos habían buscado los fragmentos faltantes de la Piedra del Tiempo. Reensamblar la piedra les daría la fuente de energía que tanto necesitaban.

Era una familia derrotada de reyes generales. El triste destino de un planeta polvoriento y los últimos supervivientes de una especie alguna vez poderosa fueron el resultado de miles de años bajo un orden sin escrúpulos. Ahora, un nuevo grupo militar comandado por la general Sesmar estaba listo para revivir la misión de su difunto padre. Su padre, el general Kortox, no le había dejado mucho más que un legado de dolor, miseria y fracaso.

Sesmar había planeado un último ataque contra humanos utilizando un asteroide que controlaba el ejército de Strattos. Lo había apuntado a la superficie de Marte para intentar presionar a la pequeña colonia humana para que entregaran el mapa con la ubicación del resto de los fragmentos de la Piedra del Tiempo.

"Khawo, envía la orden de redirigir la trayectoria del asteroide. Ya no lo necesitamos", dijo la general Sesmar, saliendo de su barco.

"Ahora mismo, Mi Señora," dijo el Capitán Khawo.

La tripulación de la nave que orbitaba Marte envió la enorme roca a una órbita elíptica alrededor del planeta rojo. La general Sesmar examinó qué daños podrían hacer en el techo y las paredes de las instalaciones de Marte.

"Tropa Roja, abra una entrada segura en esa sección de la instalación. Tropa Azul, vengan conmigo" ordenó la general Sesmar.

Harkhuf se había unido a la misión secreta de Sesmar a Marte. Cerca de la nave de Sesmar, tres otras naves espaciales Strattos aterrizaron fuera de la colonia humana, con ocho soldados y un ingeniero bajo las órdenes del capitán Khawo.

Harkhuf apoyó el viaje de las fuerzas militares de Strattos, asignando muchos recursos del reino siguiendo su intención de restaurar el equilibrio energético del planeta. Su padre, el rey Kaemsekhem, nunca supo que Harkhuf y Sesmar estaban en un viaje por el cosmos en busca del tesoro cósmico. Ambos presentaron al reino una misión de investigación para encontrar un nuevo planeta. De esa manera, podrían usar los recursos militares y del reino para su beneficio, y después de juntar la piedra, se convertirían en la pareja más poderosa del universo.

El mapa era una antigua misión que comenzó hace cientos de años en manos del general Kortox. Con una similar presentación de buscar un nuevo mundo para los Strattos, Kortox fue directamente a la Tierra usando la nave del rey, la que utilizaba un pequeño trozo de la Piedra del Tiempo para viajar por el universo a gran velocidad. Al principio, Kortox utilizó procedimientos diplomáticos para ponerse en contacto con humanos. Sin embargo, la gente de la Tierra tenía la misión de capturar y examinar nuevos orígenes de vida provenientes del espacio exterior. Los humanos tendieron una emboscada a la tripulación de Kortox y capturaron a dos de sus exploradores. Desde entonces, Kortox mantuvo en secreto los encuentros con los humanos para poder lanzar más soldados e ir contra la gente de la Tierra. La resistencia terminó cuando Sesmar envió asteroides a la Tierra, aniquilando a la especie humana de la superficie del planeta, y así buscar el tesoro sin interrupción. Fue entonces cuando una transmisión desde el planeta rojo dejó al descubierto a la última tripulación de humanos. Un mensaje, prometía el mapa de la ubicación de los fragmentos.

"¡Date prisa, tenemos que interrumpir la transmisión!" gritó Sesmar, dirigiendo al equipo dentro de las instalaciones marcianas. Todos ellos estaban sacandose los trajes especiales que solo funcionaban con una fuente de luz. En lugar de ese equipo, rápidamente se vistieron con túnicas azul oscuro con líneas doradas sobre los hombros y bordes. Todos mantuvieron sus cascos puestos, ya que les proveía de aire necesario para respirar en la atmósfera de Marte. Harkhuf decidió llevar su traje en un saco a la espalda, con la idea de emplearlo apenas hubiese una fuente de luz.

"Yo voy primero", dijo Harkhuf. "Quiero agarrar a esos humanos con mis propias manos".

Luego, Harkhuf abrió un bolsillo lateral de su saco y sacó un arma. Los soldados retrocedieron cuando vieron lo que Harkhuf tenía en la mano. Era un arma poderosa que se pasaba solo a un Rey y que se creía extraviada hace siglos.

"¿Cómo conseguiste eso?" Preguntó Sesmar, sorprendida.

Toda la tripulación se quedó paralizada, mirando a Harkhuf. El arma pertenecía al rey o la reina de turno y se traspasaba durante generaciones. La última en poseer el arma poderosa fue la reina Meryptah, quien murió salvando la ciudad. Se creía que el arma se había perdido para siempre con ella.

"¿Esto?" dijo Harkhuf, sonriendo: "Mi abuela, la gran reina Klya, guardó esto como un regalo de la gente. Después de la muerte de la reina Meryptah, a la mañana siguiente, cuando la ciudad avanzó sobre las ruinas derretidas del palacio, un grupo de ciudadanos rescató sus restos. Algunos de ellos guardaron piezas de la armadura dorada. Otros escondieron esta arma en un lugar secreto hasta la llegada de la reencarnación de Meryptah".

"¡Su madre, la Reina Kyla, no es la resurrección de la gran Meryptah!" gritó un soldado, escupiendo al suelo.

En un movimiento rápido, Harkhuf levantó el brazo y apuntó con el arma al soldado. Después de presionar el gatillo, un resplandor amarillo brillante emergió de la pistola en un destello agudo como un trueno. Tan pronto como la luz tocó al soldado, éste se evaporó, dejando solo una nube de polvo brillante en el aire.

"Veintidós", dijo Harkhuf, soplando el humo residual caliente y humeante del arma. "¡Todos ustedes, cuiden su boca antes de decir algo así! Mi madre es la reencarnación de la gran Meryptah. ¡Punto!"

Los soldados, Sesmar y Khawo, lo miraron.

"Cálmate, Harkhuf", dijo Sesmar.

"Entraré en esa instalación humana, y traeré el mapa conmigo. ¡Entonces me convertiré en el nuevo rey y poseedor de la Piedra del Tiempo!"

Le asintieron con la cabeza, aceptando sus términos. Los soldados se miraron de reojo, asustados de la inestabilidad emocional del príncipe y de lo impactante que fue ver a uno de sus amigos desaparecer bajo la energía de la legendaria arma. Juntos se alejaron del trágico encuentro.

"Ustedes dos, cubran la izquierda", gritó Sesmar. "¡Derriben esa puerta!"

Sin perder tiempo, uno de los soldados pateó una de las sólidas puertas del domo presurizado. La gran galería dentro de la estructura esférica contiene la vegetación que sostiene la alimentación de la tripulación marciana. El domo se conecta a la Sala de Marte, que es otra cúpula con las estaciones de estar, los laboratorios y una sala con una gran piscina para las operaciones del portal. Warren, Sophia, Amber y Peter acababan de enviar los módulos criogénicos, equipos y herramientas a Hyperterra en una intensa transmisión. Todo el equipo estaba exhausto, descansando en bancos frente al monitor donde Amy y Marshall estaban compartiendo algún tiempo antes de que expirara la ventana.

"¿Qué fue eso?" dijo Warren: "¿Oyeron eso?"

Warren percibió una leve vibración metálica en las paredes del domo. A veces, la estructura emite crujidos cuando la temperatura cambia fuera de la instalación. A lo largo de los años viviendo con sonidos estructurales, el equipo se acostumbró a la mayoría, pero este era diferente. Warren giró su cuerpo hacia la puerta de acceso a la piscina. Ninguno del resto de la tripulación le prestó atención ni a él ni al ruido. Lentamente, Warren salió de la habitación para investigar de qué se trataba.

"Debe ser esa pieza de metal que le dije a Peter que arreglara. Y ahí voy de nuevo, haciendo trabajos de otras personas. ¡Genial!" dijo Warren.

"¡Patéalo de nuevo, más fuerte!" dijo Khawo al soldado.

La puerta no tenía mecanismo para abrirse desde el exterior, pero tras varios golpes los soportes laterales comenzaron a fallar.

Ahora dos soldados golpeaban la puerta de la cúpula y las bisagras de aluminio que sujetaban la entrada se quebraron. La inesperada liberación de presión acompañada de una nube de vapor hizo volar las puertas del domo, azotando los cuerpos desprotegidos de los soldados, arrojándolos lejos de la escena.

"¡Oh no!" gritó el capitán Khawo. Inmediatamente corrió a revisar a sus soldados después de que sus cuerpos aterrizaran con fuerza en el suelo, pero murieron instantáneamente tras el golpe.

"¡Entren! ¡Muevanse!" gritó Sesmar al resto de las tropas.

Warren escuchó el fuerte ruido proveniente del domo y corrió para comprobar su integridad. Toda la instalación crujió fuertemente, haciendo que las luces parpadearan y activando las alarmas que indican fuga de aire y presión en la instalación. Se detuvo y miró a través de una de las dos pequeñas ventanas cuadradas, pero una espesa niebla cubría todo el domo.

"¿Qué pasa aquí?" murmuró Warren con el rostro fijo en la ventana.   "¿Se derrumbó la cúpula? ¡Pero eso es imposible!" Ahí fue cuando vió cuatro o cinco formas grandes caminando dentro del jardín. Sus ojos se abrieron espontáneamente, estaba hiperventilando y retrocedió de la ventana de inmediato.

"Oh no, están aquí", susurró Warren, alejándose de la pared.

"¿Dónde está la entrada? ¡Encuentra la entrada!" gritó Sesmar desde el otro lado.

"¡Los Strattos están aquí!" grtió Warren, cerrando las puertas que comunican las dos cúpulas. Comenzó a correr después de eso y a gritar repetida y desesperadamente por el pasillo, para que el resto del equipo pudiera escuchar la advertencia. Desafortunadamente, los gritos de Warren alertaron a los invasores también, haciéndoles ajustar su vista, ubicando al humano detrás de la ventana de la instalación nublada.

"¡Allí! ¡En esa ventana!" gritó un soldado.

Todos miraron al soldado que señalaba una de las ventanas donde se encontraba Warren gritando.

"¡Muevanse! ¡Muevanse!" gritó Sesmar, moviendo los brazos.

Warren se alejó corriendo de la ventana hacia la piscina. "¡Están aquí! ¡Ellos están aquí!" gritó Warren.

"¡Date prisa, tenemos que hacer un agujero aquí!" gritó Sesmar, pateando las paredes del segundo domo.

La tropa corrió hacia la ventana mientras el Capitán Khawo buscaba otra puerta para acceder a la habitación contigua.

"¡Aquí! Aquí hay una entrada, pero está cerrada. ¡Ayúdame a abrir esto!" Khawo gritó a la tripulación, mientras la niebla casi se había desvanecido.

Dos soldados buscaron un sistema o un mecanismo que abriera la puerta y evitara otra explosión de alta presión.

"¡Esta palanca roja podría ser el sistema de activación, capitán!" dijo un soldado.

"¡Todos hagan espacio!" gritó Khawo. "¡Tira de ella!"

Tan pronto como el soldado tiró de la palanca, un mecanismo hizo girar dos grandes engranajes en la parte superior que abrieron las puertas corredizas. Los sonidos de alarma se dispararon y los destellos rojos de las luces indicaron una brecha en el pasillo de transferencia, pero también anunciaron que una enorme diferencia de presión descomprimiría el aire dentro del segundo domo. Las puertas no se abrieron debido al colapso del marco de la puerta después del primer evento de descompresión, pero comenzó un silbido agudo en la unión de las mismas. Se acercaron dos soldados, tratando de romper el acceso.

"¡Estén atentos!" gritó Khawo a sus tropas.

Entonces, la fluctuación de la presión voló las puertas, empujando al Strattos que estaba frente al acceso. Trozos de metal y tubos volaron en todas direcciones, golpeando a un soldado en el pecho, y a Sesmar en una pierna, expulsando a los otros dos soldados del acceso hacia el centro de la habitación. Harkhuf se escondió detrás de un cilindro al lado de la entrada. Khawo estaba cerca de la pared, lejos de la explosión, pero vio el momento preciso cuando sus soldados volaron por el aire.

La presión se equilibró rápidamente en ambas cúpulas, y el príncipe corrió inmediatamente en la misma dirección donde vieron escapar a Warren.

"¡Apurense! ¡Síganme!" gritó Harkhuf, entrando en la siguiente cúpula.

El resto de los soldados y Khawo caminaron hacia el príncipe mientras Sesmar estaba de pie pero con un fuerte dolor en la pierna. Ella no estaba de acuerdo con las órdenes del príncipe.

"¡Yo estoy a cargo aquí! Esta es mi operación. ¡Esta es mi misión!" Sesmar hervía en rabia, apretando los dientes con ira muy cerca de Harkhuf.

"Por supuesto que sí, pero ahora mismo, no tenemos tiempo para ver quien está a cargo", murmuró Harkhuf. "¡Quiero ese mapa, y quiero destruir a los humanos ahora!"

El príncipe se alejó de Sesmar y corrió hacia la habitación contigua. Los soldados lo siguieron, pero Khawo se detuvo frente a Sesmar.

"¿Está bien, general?" le preguntó Khawo.

"Si, estoy bien. Adelante, no dejes que el príncipe se mate en su locura. Vete, yo estaré atrás".

El príncipe llegó a un salón con varias habitaciones y oficinas ubicadas alrededor y siguiendo la forma de la cúpula. Khawo llegó a su lado.

"¿Y ahora qué, príncipe?" gritó Khawo. "Estamos esperando sus instrucciones".

Harkhuf no sabía adónde ir. Estaba perdido, mirando de izquierda a derecha en medio de la silenciosa habitación. Entonces, el príncipe vio una luz azul intensa que brillaba a través de la ranura debajo de una puerta.

"¡Allí! Esa debe ser la luz del portal. ¡Vamos!" gritó Harkhuf.

"¡Príncipe! ¡Por favor, espere a la general! " gritó Khawo. "¡Esto podría ser muy peligroso! ¡Ya perdimos muchas de nuestras tropas y no sabemos qué vamos a encontrar detrás de esa puerta!"

"¡No hay tiempo! ¡Cerrarán el portal y lo perderemos todo! ¡Es ahora o nunca, capitán!" gritó Harkhuf.

El príncipe entró corriendo en la habitación, pero la gravedad del planeta le añadió problemas, interfiriendo con su equilibrio normal. Cuando pateó la puerta, vio un enorme depósito de agua y Warren lo miraba aterrorizado.

12

"Ahí estás", dijo Harkhuf, "¿Dónde está el resto de tus amigos?"

"¡Salta, Warren! ¡Salta!" gritó una persona al otro lado del portal. Su rostro era visible en un monitor que colgaba de una estructura metálica, cerca del agua.

Con miedo en sus ojos y tratando de recuperar el aliento, Warren decidió correr hacia la piscina, con la intención de arrojar su cuerpo hacia el portal brillante. Estuvo a punto de perder el conocimiento debido a la pérdida de presión y al bajo porcentaje de aire respirable en la recámara.

"¡No, no, no, humano! ¡No vas a escapar!" gritó Harkhuf. Miró a su alrededor, tratando de averiguar cómo saltar al agua a tiempo antes de que el portal se cerrara. En ese momento el resto de las tropas llegó detrás de él.

"¿Qué es ésto?" exclamó Khawo, asombrado. "¿Esto es agua? ¡Nunca vi esta cantidad de agua en mi vida!"

"¡Khawo, mantente enfocado! ¡Tírame ese cilindro detrás de ti, ahora!" gritó el príncipe.

"¡Por favor, príncipe! ¡Espere a la general Sesmar!"

"¡No hay tiempo, capitán! ¡Tírame ese cilindro, ahora!"

Khawo tomó el cilindro plateado de la pared y se lo arrojó a Harkhuf. En una secuencia rápida de movimientos, mientras Warren corría y estaba a punto de saltar al agua, el príncipe Harkhuf saltó en el aire aprovechando la gravedad del planeta y abrió la válvula del contenedor. El gas escapó rápidamente, empujando al príncipe en el aire. El cuerpo del príncipe abrazando el cilindro hizo un arco apuntando la piscina a gran velocidad.

"¡Amy!" gritó Warren.

"¡No vas a ir a ninguna parte!" gritó Harkhuf acercándose al cuerpo de Warren mientras el resplandor azul en el agua se intensificaba, capturando los cuerpos para el transporte interestelar.

"¡Frank! ¡Apágalo ahora!" gritó Amy.

El príncipe y Warren se sumergieron en el agua al mismo tiempo con un gran chapoteo, y tan pronto como sus pies desaparecieron en la superficie del agua, la luz azul brillante se desvaneció, dejando la cámara en la oscuridad y en silencio.

Los monitores alrededor de la piscina se apagaron y varias luces en la cámara cambiaron de rojo intermitente a verde fijo. El sonido del agua en movimiento anunció la desaparición del príncipe.

Los pasos de la herida General Sesmar se acercaron a la puerta de la habitación. Se paró en el marco de la puerta y vio toda la habitación en completa oscuridad.

"¿Qué es lo que acaba de suceder?" Preguntó Sesmar.

"El príncipe saltó al otro mundo, general," respondió Khawo. "Traté de detenerlo, pero es un Strattos muy terco".

"Dímelo a mí. Es un príncipe porfiado y mimado", dijo Sesmar, girando su cuerpo y alejándose, cojeando. "Sabía que Harkhuf haría algo estúpido de lo que me arrepentiría en el futuro. Ahora está ahí solo, y su única misión en este momento es permanecer con vida hasta que podamos rescatarlo".

"Pero, general, ¿cómo vamos a reactivar esta máquina?" Preguntó Khawo.

"¡No se preocupe, capitán! ¡Las respuestas a tus preguntas llegarán!" exclamó Sesmar.

Khawo corrió tras ella, poniendo su cuerpo bajo su brazo, ayudándola a caminar. Su pierna tiene un pequeño corte.

"¿Cuáles son sus órdenes, general?" Preguntó Khawo.

"El portal se abrirá otra vez muy pronto, pero tendrás tiempo suficiente para desmontar mi nave y preparar las piezas para pasarlas por el portal cuando llegue el momento. Mientras tanto descansaré en tu nave", dijo Sesmar.

CAPÍTULO 2 - REFUGIO DE VERANO

La información otorgada a la general Sesmar fue transmitida hace varios años por una mujer llamada Jane. Ella fue uno de los últimos miembros de la sociedad Caballeros de Hulmor basada en la Tierra, y encontró una manera de infiltrarse dentro de la pequeña colonia humana en Marte. Pasó el legado de su religión a dos miembros de ese asentamiento. La primera, Sara, envió una segunda transmisión con la ubicación de Marte para que los Strattos pudieran localizar las coordenadas del planeta rojo. El segundo, Marshall, estaba en la superficie de un lejano planeta parecido a la Tierra. Su misión era encontrar el mapa y abrir un portal en ese planeta, acelerando la llegada de la general Sesmar y sus tropas.

Sesmar ha estado buscando los fragmentos de la Piedra del Tiempo como legado que su padre le transfirió. La ubicación de esas piezas y el mapa son un mito, pero el general Kortox le aseguró la existencia de esos elementos. El mapa le dará la ubicación exacta de esas piezas en la superficie del desolado planeta Tierra.

Pronto, el príncipe Harkhuf se convertirá en el rey de Pree, y si la general Sesmar pone sus manos en la Piedra del Tiempo, ambos serán las criaturas más poderosas e intocables del universo. Si eso sucede, toda la estabilidad del espacio-tiempo y de todos los seres vivos en el cosmos estarán en grave peligro.

"Mi señora, ¿cuánto tiempo tenemos que esperar? Llevamos esperando casi siete días", preguntó el capitán Khawo.

"Si el humano del otro lado cumple su promesa", dijo Sesmar, "tendremos una nueva ventana con ese planeta muy pronto. Mantenga a sus soldados al tanto de lo que deben hacer cuando el agua comience a brillar de nuevo".

"Por supuesto, mi señora", dijo Khawo, afirmando con su cabeza y transmitiendo la información al resto de la tripulación.

"Capitán, no sabemos qué vamos a encontrar allí, así que manténgase alerta y asegúrese de que las armas estén listas", dijo Sesmar.

"Tenemos todo listo. Las piezas de la nave espacial están en la posición correcta frente al portal", dijo Khawo, "pero mi única preocupación es la estabilidad del generador de la nave espacial. No sé si ese equipo lo logrará después de tener contacto con el agua".

"¿Sabes cómo solucionarlo?" Preguntó Sesmar.

"No, mi señora, el único eléctrico que teníamos pereció cuando la puerta lo golpeó en la primera cúpula", respondió Khawo.

"No te preocupes, siempre habrá una manera de llevar a cabo nuestra misión, mi querido Khawo", dijo Sesmar. Ella sostenía un pequeño trozo de la Piedra del Tiempo. La pequeña pieza, del tamaño de una uva, activa una ventana de tiempo capaz de hacer que su nave espacial viaje a través de las galaxias y directamente a Pree en cuestión de segundos.

"¿Cuál será el próximo movimiento, general?"

"Nos estamos acercando al final, mi leal guerrero. Entonces nadie me detendrá. Necesitamos el mapa. Después de eso, el príncipe será el único obstáculo", dijo Sesmar.

Entonces, uno de los soldados entró a la nave. "Mi general, el portal muestra una conexión estable en el otro lado. Estamos listos para el despliegue".

"Excelente", dijo ella, levantándose y mirando a sus soldados. "Levántense con honor y orgullo. Aquellos que mueren hoy por Pree vivirán para siempre".

"¡Vamos!" gritó Khawo.

La tropa corrió hacia el portal. Primero pasaron dos soldados.

"¡Espéra!" gritó Khawo.

"Capitán, el portal funciona perfectamente. Estamos del otro lado", transmitió un soldado la confirmación.

"¡Las piezas de la nave espacial! ¡Ahora!" Indicó Khawo.

Rápidamente, el grupo en Marte comenzó a mover las piezas de la nave a Hyperterra. Al hacerlo, podrían regresar a Pree desde ese lugar no importando la ubicación del planeta desconocido.

"¡Apurarse! ¡Esta ventana es corta! ¡Muevanse!" gritó Sesmar, saltando a la piscina y pasando al otro lado.

En menos de un segundo, Sesmar sacó su cuerpo del agua brillante. El aire del planeta era demasiado denso para su sistema respiratorio, pero nada que no pudiera manejar. Estaba asombrada con la maravilla del mundo de Amy. El sonido del río llenando el estanque del portal llamó su atención al instante. El canto de los pájaros y el sonido del viento al pasar entre los árboles era algo que Sesmar nunca había tenido la oportunidad de sentir.

"Mi padre me contó sobre la vida en otros planetas y lo similar que era a las historias de vivir en Pree cuando tenían la Piedra del Tiempo. Pero nunca imaginé que sería tan perfecto como este mundo".

Khawo, los soldados y el resto de las piezas de la nave espacial estaban listas cuando escucharon a alguien gritar.

"¿Qué es eso? ¿Un humano?" Sesmar gritó, señalando la corriente arriba del río.

"¡Warren! ¡Aguanta! Voy a bajar hacia ti" gritó Amy a lo lejos.

"Y así es como ganamos esta guerra, mis leales guerreros", dijo Sesmar, mirando a Amy a la distancia.

"¡General! ¡Cuidado!" gritó Khawo.

Sesmar giró su cuerpo para ver cuál era la amenaza, pero ya era demasiado tarde. Un Kato saltó de un árbol y cayó directamente sobre ella.

"¡Khawo!" gritó Sesmar.

El Kato cayó sobre ella con todo su peso y le mordió la armadura. Luego, con un rápido movimiento, el animal la arrojó a los árboles donde se escondían los otros dos animales.

"Estamos bajo ataque!" gritó Khawo.

Rápidamente, los soldados comenzaron a disparar sus armas enloquecidamente, con balas hechas de brillantes bolas verdes de energía que volaban silbando en el aire, apuntando a los animales a través de la vegetación. Un soldado le dio a un Kato en la cara y lo mató instantáneamente. El soldado levantó los brazos en señal de victoria, pero inmediatamente otros dos Katos saltaron sobre él, despedazándolo.

"¡En un círculo! ¡Hacia la general!" Gritó el capitán Khawo.

Sesmar mató a un animal con su cuchillo, pero otro estaba tratando de morderle el brazo. Khawo y los tres últimos soldados juntaron sus espaldas, tratando de avanzar hacia Sesmar.
Un Kato saltó sobre un soldado, lo agarró y desapareció rápidamente entre los arbustos.

"¡Fuego! ¡Fuego! ¡Fuego! ¡Disparen a matar!" gritó Khawo.

"¡Capitán! ¡A la derecha!" gritó un soldado.

Khawo apuntó con su arma y disparó una bola de energía perfecta en el pecho del animal.

"¡Ayuda!" gritó Sesmar.

Ella estaba en el suelo sosteniendo al animal negro por la boca. Luego, varios disparos atravesaron el Kato. El animal cayó muerto sobre Sesmar.

"¡Ustedes dos, cubranme!" gritó Khawo.

El capitán ayudó a Sesmar a apartar al animal de ella, cuando otro Kato se acercó rápidamente por la derecha, agarró a un soldado con sus mortíferas mandíbulas y desapareció en el bosque.

Entonces, todo quedó en silencio. Khawo, temblando incontrolablemente, tenía su arma lista para disparar, apuntando a la vegetación con movimientos rápidos en todas direcciones. El flujo del río era el único sonido que quedaba después del sorpresivo ataque a los invasores.

El soldado que quedaba temblaba detrás del capitán. Khawo puso su mano sobre el arma del soldado y lo invitó a bajar el brazo.

"Mantente alerta", le dijo Khawo.

"¿Estas bien?" Sesmar le preguntó a Khawo.

"Sí, mi señora", respondió, dándole una mano a Sesmar para que se pudiera levantar, "Perdimos a toda la tropa. Solo somos el ingeniero y yo".

"Bueno, claramente, el comité de bienvenida planeó algo especial para nosotros", dijo Sesmar, limpiando la sangre de Kato de su rostro.

Frank estaba rodando rápidamente hacia el refugio de verano después de recibir una señal del satélite con un movimiento inusual cerca de ellos, río abajo. Al acercarse a la entrada, se encontró con Amy, quien salía con lágrimas en el rostro.

"¿Amy? ¿Estás bien?" Preguntó Frank.

"Se fue, Frank. Me dejó una nota diciendo que no quería que lo viera muerto", dijo Amy, cayendo de rodillas y abrazando a Frank.

"Lo siento, querida Amy. No sé qué decir", dijo Frank con suavidad.

"El resto de la tripulación también están muertos. Espero que se hayan ido en paz. Sabía que este día llegaría, pero nunca pensé que sería tan duro y doloroso. Ni siquiera tuve la oportunidad de despedirme de Marshall. No sé ni siquiera a dónde se fue".

Entonces Amy se puso de pie y se limpió la cara.

"Voy a ir a buscarlo, Frank", dijo Amy.

"¡Amy, por favor espera! Vine a decirte que recibí imágenes a través del nuevo satélite y que hay una gran actividad animal, al sur de nosotros, río abajo", dijo Frank.

"¿Dónde? ¿Al sur?" Preguntó Amy.

"Sí, está justo detrás de nosotros".

"Esos deben ser Katos", dijo.

"¿Quieres que suelte a los perros?" Preguntó Frank.

"Todavía no, Frank. Voy a echar un vistazo sobre esa roca", dijo Amy, alejándose de la entrada y encontrándose repentinamente en frente de tres Strattos.

"Mira la suerte que tenemos", dijo Sesmar.

Frank encendió sus luces en rojo y Amy dio un giro rápido, tratando de escapar, pero un soldado lanzó una bola de energía al suelo, lo que hizo que se detuviera.

"No tan rápido, humano", dijo Sesmar, "ella puede ayudarnos a armar la nave espacial. Necesitamos más manos en esa tarea. No la mates todavía".

"No soy tu enemigo", dijo Amy, volviéndose lentamente y mirando a Sesmar.

"¡Mírate! ¡Qué audaz! Me gusta", dijo Sesmar con una sonrisa en su rostro.

"Espera. ¿Cómo llegaste aquí? Y esa sangre sobre ti, ¿peleaste con Katos? Preguntó Amy.

"¿Qué? ¿Katos? ¿Te refieres a esas despreciables bestias negras? Sí, un montón de ellos", gritó Sesmar, "pero mi pregunta es, ¿cómo sobreviviste tú, un frágil humano como tu contra esos seres? Estoy impresionada."

"Necesitas un perro oso y un cerebro", dijo Amy.

19

"Sin miedo, te lo dije, Khawo, me gusta este humano", dijo Sesmar, "pero dejemos de hablar y dime dónde está el príncipe. Además, voy a necesitar el mapa ahora".

"Escucha, no tengo idea sobre el mapa, pero puedo darte a tu príncipe, con la promesa de que hablemos de paz", dijo Amy con confianza.

"¿Paz? ¿Quieres decir, no más guerra?" Sesmar gritó y se rió.

"No te voy a dar el príncipe si no lo haces ..."

"¡Mi Señora, mire eso!" gritaron los soldados.

Era una bengala roja sobre el cielo, procedente del norte del refugio.

"Ese debe ser Harkhuf. El contacto nos informó sobre ese elemento de disparo rojo que nos serviría para localizar al príncipe y rescatarlo", dijo Khawo.

"Perfecto. Toma al humano y ponle algo en la boca. No quiero escuchar su voz", dijo Sesmar. "Vamos, muéstranos el camino, humano".

En un movimiento rápido, Frank corrió directamente hacia el soldado que estaba a punto de poner sus manos sobre Amy, pero de repente, una patada lo golpeó en el costado y lo tiró al suelo.

"¡No! ¡Frank!" gritó Amy.

"¿Jaja, Frank? ¿Esa cosa tiene nombre?" dijo Sesmar: "Buen trabajo, Khawo".

Amy corrió hacia Frank para ayudarlo.

"Estoy bien, Amy. No te preocupes", dijo Frank.

"Dile a tu máquina que se mantenga alejada de esto, o se lastimará gravemente", dijo Khawo, "y déjala en el suelo. Lo pondremos en su posición cuando regresemos con el príncipe".

"¿Escuchaste eso, Fank?" Dijo Sesmar sonriendo.

"¡Es Frank, idiota", exclamó Amy.

"Claro, como sea", dijo Sesmar, riendo.

Khawo y el soldado también se unieron.

Khawo tomó a Amy por los brazos y el soldado encontró una cuerda lo suficientemente larga como para apretar sus brazos en la espalda y pasar una porción por su boca.

"¿Cómoda, humano?" dijo Sesmar: "Vámonos. Muéstranos el camino hacia el príncipe".

Estaba a punto de salir el sol caliente de verano sobre Hyperterra, así que Amy caminó velozmente hacia la cueva para que pudieran regresar rápidamente al refugio. Acercándose a la prisión de Harkhuf, otra bengala voló en el cielo, lo que indicaba que estaban muy cerca.

El soldado ingeniero estaba emocionalmente muy inestable después del ataque de los Katos, mirando a todas partes y siguiendo cualquier movimiento en la vegetación. Khawo sostenía la cuerda, caminando rápido detrás de Amy, que casi corría.

"¡Oye, más despacio!" dijo Khawo.

Pero Amy sabía que sería inútil tratar de explicarles a los Strattos sobre la alta temperatura que pronto aumentaría peligrosamente, por lo que siguió apurando sus pasos.

Una vez que llegaron a la cueva, Harkhuf los estaba esperando. Casi decide disparar la última bengala al aire.

"Mi príncipe," gritó Sesmar.

Inmediatamente los tres se arrodillaron frente a él mientras Amy permanecía en una postura desafiante, mirando fijamente al príncipe a los ojos. Harkhuf pareció sorprendido de cómo sus tropas habían tratado a Amy, con poca sutileza y gran desprecio. Amy lo miraba fijamente. Luego, Harkhuf miró en otra dirección evitando sus ojos.

"Levántese con honor y orgullo", dijo Harkhuf con júbilo. "Una vez más, lo han hecho muy bien. Su campaña honra profundamente el reino del rey Haeksemhek". Dijo Harkhuf.

Sesmar caminó hacia él, quitándose el casco. Una vez frente a él, le tomó las manos. "Mi amor, ¿estás herido?" dijo Sesmar.

"No, querida, estoy bien".

Amy comenzó a balbucear palabras, tratando de advertirles que tenían que regresar rápidamente al refugio.

"¡Cállate, humano!" gritó Sesmar.

Harkhuf miró de reojo a Amy, tratando de no mirarla a los ojos.

Capitán, quítele esa cosa de la boca. Déjala hablar", dijo Harkhuf.

"Ahora mismo, mi príncipe," dijo Khawo.

Después de que Khawo cortó la cuerda, Amy escupe en el suelo.

"¡Harkhuf, tenemos que irnos, o todos moriremos con el calor!" gritó Amy.

"Es cierto. ¡Muévanse ahora!" Dijo Harkhuf.

Sesmar lo miró, confundida con su benevolencia. Ella asintió con la cabeza y ordenó a su tropa que regresaran al refugio. Harkhuf no miró a Sesmar a los ojos después de que ordenó lo que el humano le aconsejó y rápidamente comenzó a caminar.

"¡Muévete, humano!" dijo Khawo.

"¡Tenemos que correr ahora!" gritó Amy.

Todo el grupo comenzó a correr de regreso por el sendero que los conducía a un lugar seguro cuando en cuestión de segundos, el vapor comenzó a emerger de la vegetación, y una brisa de aire húmedo y sofocante comenzó a golpearlos.

"¡Que está sucediendo!" Harkhuf exclamó mientras corría.

"¡Es el sol de verano! ¡Nos quemara vivos a todos! gritó Amy.

Le costaba correr más rápido con las manos atadas y empezó a retrasar al grupo.

"¡Déjala! Ya no la necesitamos", gritó Sesmar, mientras el calor les impedía respirar.

"¡Por supuesto que la necesitamos! ¡Todavía requerimos de la ubicación del mapa!" gritó Harkhuf.

Entonces, Amy se desmayó cayendo al suelo ferozmente. El grupo siguió corriendo, pero Harkhuf se detuvo. Diligentemente levantó el cuerpo frágil de Amy y la cargó en su hombro.

Los demás se sorprendieron por el gesto amable del príncipe hacia el humano.

"¡No paren! ¡Sigan corriendo!" gritó Harkhuf.

El calor, combinado con la humedad, los golpeó, haciendo que sus esfuerzos por escapar fueran casi imposibles.

"¡Ahí está! ¡Puedo ver la entrada!" gritó Khawo.

"¡Estamos casi allí!" dijo Sesmar.

Dando pasos agigantados, el grupo entró al refugio, todos saltando a la piscina de retención de agua dulce para reducir su temperatura corporal.

"¡Tú! ¡Trae el robot adentro! ¡Rápido!" Harkhuf le gritó al soldado.

"¡Pero señor!" gritó Khawo.

"¡Hazlo ahora!" Harkhuf gritó de nuevo.

El soldado corrió hacia la entrada y agarró a Frank, quien automáticamente se apagó para salvar sus sistemas lógicos con el aumento de calor. El soldado colocó a Frank en posición vertical y empujó al robot dentro del refugio. Harkhuf puso a Amy en el borde de la piscina, con la cara fuera del agua, suavemente, para que pudiera respirar. Sesmar lo miraba perpleja y sin pestañear.

"¿Qué te hizo este humano?" preguntó Sesmar.

"Nada. Estamos vivos, y en este momento, ese es el asunto más importante a considerar", dijo Harkhuf.

El soldado arrojó su cuerpo a la piscina después de alejar al robot del calor. Los cinco esperaron en el agua, enfriando sus cuerpos casi quemados.

CAPÍTULO 3 - LA NEGOCIACIÓN

"Reiniciar sistemas: 40%", dijo el altavoz externo de Frank después de una hora de estar expuesto al calor abrasador. Amy estaba despierta, sentada sobre un tronco, con las manos todavía atadas. La cuerda pasó de sus muñecas a sus pies y terminó envuelta en una roca donde Sesmar estaba sentada. Los Strattos estaban experimentando dificultades para respirar debido a la atmósfera de Hyperterra. Amy estaba callada, mirándolos y viéndolos sufrir. De esa forma, podría estar en una posición de negociación.

"¿Qué está sucediendo? ¿Es esta asfixia algo normal?" preguntó Sesmar.

"Sí, es la composición del aire del planeta. El humano me dio un líquido amarillo para neutralizar sus efectos", dijo Harkhuf.

"¿Es esto algo temporal?" preguntó Khawo.

"No, y va a empeorar", dijo Harkhuf, mirando a Amy.

"¡Humano! ¡Ayúdanos ahora!" dijo Sesmar, moviendo su cuerpo hacia el suelo.

"¿Príncipe?" dijo Amy, mirando a Harkhuf.

"¿Qué quieres, Amy?" preguntó Harkhuf.

"Solo quiero ser escuchada".

"No hay nada de qué hablar, como te dije antes".

"Bueno, si eso es lo que quieres, estaré sentada aquí mirando a todos morir por asfixia", dijo, recostandose contra la pared.

"¡Oye!" gritó Harkhuf, pero luego se atragantó por la falta de aire.

"¡Qué!" gritó Amy.

"No le hables así al príncipe", dijo Sesmar.

"Esta es mi casa y no estás invitada a estar aquí. Puedo darte algo que podría hacerte sentir mejor, pero tienes que prometerme que dejarás mi mundo tan pronto como puedas", dijo Amy con confianza.

"Por supuesto, vamos a dejar este lugar. No planeamos quedarnos. Pero tu vida no depende de nosotros", dijo Sesmar.

"Sí, depende de nosotros", dijo Harkhuf.

"¡Pero, príncipe!" gritó Sesmar.

"¡Silencio!" dijo Harkhuf, mirando al suelo.

"¿Qué decías, general?" dijo Amy en tono burlesco.

"No seas así, humano", dijo Harkhuf, "Aprecio que me mantuviste con vida en esa cueva, para que finalmente pudiera tener la oportunidad de reunirme con mi tripulación y mi familia, pero eso no significa que vayamos a perdonar tu vida".

Sesmar sonrió. Amy la miró mordiendo la cuerda en su boca. Entonces, Amy tomó una piedra con los pies y, con un movimiento rápido e inteligente, la tiró hacia Sesmar golpeándola en el pecho. Sesmar se puso de pie y golpeó a Amy en la cara, lo suficientemente fuerte como para sacar la cuerda de su boca.

"Quítame estas cuerdas y peleemos, si eres lo suficientemente valiente", gritó Amy con sangre en la boca.

"¡Suficiente!" gritó el príncipe. "No vas a volver a tocar al humano, y vas a hacer lo que te diga, ¿Está claro?"

"Permíteme mostrarte que soy diferente y que merezco un trato justo. De lo contrario, esto será solo una pelea entre animales", dijo Amy.

"Muéstrame que no me equivoco al dejarte vivir", dijo Harkhuf.

"Pero mi príncipe, ella está jugando con tu mente, ella es simplemente ..."

"Ya es suficiente, Sesmar," interrumpió el príncipe.

"Primero, nos vas a dar algo que nos ayudará a respirar. Luego esperaremos hasta que esté fresco afuera, y tú nos echarás una mano armando nuestra nave. Después de eso, vamos a hacer un trato", dijo Harkhuf.

"Suficiente para mi. Ahora deja ponerme de pie y quítenme estas cuerdas".

"Capitán, mantenga a la humana atada a una cuerda, para que no pueda escapar o hacer algo estúpido", dijo Harkhuf.

"Ahora mismo, príncipe," respondió Khawo.

"Ambos necesitamos hablar, Harkhuf", susurró Sesmar.

"No te preocupes, tengo un plan", respondió Harkhuf.

"Eso espero, porque desde que pasaste por ese portal, has estado actuando de manera muy diferente. Necesito respuestas ", agregó Sesmar.

Esa noche, el grupo estaba listo para caminar hacia el lugar donde los Strattos dejaron las piezas de su barco. Pronto, la marea del pequeño lago bloquearía la entrada del refugio de verano, protegiendo el área de los depredadores. Amy, consciente del enorme peligro de salir por la noche, sacó a los perros de sus jaulas y los amarró para poder controlarlos. Los perros no se sentían cómodos con los tres Strattos caminando a su alrededor, pero estaban listos para atacar a una orden de Amy.

La nave espacial no estaba lejos, pero el lugar estaba demasiado cerca de la vegetación, precisamente como los Katos enmarcan sus ataques. Después de que Amy evaluara el peligro, movieron pieza por pieza y trasladaron esas partes a un campo más abierto. El ingeniero les mostró cómo ensamblar los elementos y el desafío requería trabajo en equipo. Sesmar intentó toda la noche evitar el contacto cercano con el humano. Khawo y Harkhuf, en cambio, hicieron un excelente trabajo con Amy. Además, ella les enseñó a usar la madera que tenía en el refugio.

Siempre inteligentemente, Amy superó las expectativas de los Strattos en el montaje de la nave, pero estuvo atada a una cuerda en su cintura todo el tiempo. Sesmar tenía el otro extremo de la cuerda atado a su cinturón. A veces, la restricción de la cuerda agregó dificultad para trabajar. Sesmar tiraba repetidamente de la cuerda a propósito, haciéndola tropezar o caer de rodillas. Khawo comenzó a sentir pena por la situación.

"No te preocupes, estoy bien", le susurró Amy a Khawo, mirándolo a los ojos y sonriendo.

Khawo asintió y sonrió también, pero asegurándose de que nadie notara su contacto con Amy.

Los perros estaban de guardia mirando la vegetación, mientras el grupo trabajaba toda la noche, rodeado de cuatro grandes fogatas que Amy armó.

"Capitán, estamos listos para probar el encendido", dijo el soldado.

"Perfecto, proceda", respondió Khawo.

Desafortunadamente, el generador no respondió. Estaba totalmente muerto. El ingeniero intentó tirar del sistema y crear la rotación que necesitaba el eje central, pero sus intentos no dieron resultado.

"Antes de comenzar este viaje, el ingeniero de energía me dijo que el agua pondría en peligro el generador", dijo Khawo, "se me acabaron las ideas sobre cómo montarlo. Necesitamos una solución mecánica".

"¿Cómo funciona el sistema? Si es mecánico, puedo arreglarlo", dijo Amy.

"Dejame mostrarte", dijo Khawo.

El capitán transfirió la cuerda desde el cinturón de Sesmar a su propia cintura.

"¿Estás seguro de esto, Khawo?" Preguntó Sesmar.

"Sí, mi general. Tendré cuidado con el prisionero".

Sesmar miró a Harkhuf, quien asintió de inmediato.

El Capitán Khawo llevó a Amy debajo del vientre de la nave espacial.

"El diseño de este generador se creó hace miles de años atrás. Siempre funciona perfectamente, y unidades como esta están por toda nuestra ciudad. La única persona que puede arreglar este dispositivo es Zhoto, pero él está en Pree. La masa de energía que puede producir este generador es increíble. Aún así, el único problema con esta tecnología es que es susceptible a cambios de temperatura o humedad", explica Khawo, "cuando este disco gira, genera la energía que la nave necesita para activar las turbinas. A partir de ahí, la energía pasa por los sistemas de la nave y se transfiere a la pequeña roca que tiene la general, haciéndonos mover más rápido entre las galaxias".

"Vaya, esto es super fresco", dijo Amy.

"¿Fresco?" preguntó Khawo.

"Sí, fresco, ya sabes, ¡increíble!"

"¿Increíble?"

"¡Sí! Increíble es algo que te hace abrir los ojos y, a veces, te deja la boca bien abierta", explicó Amy.

"Ya veo. Como tu Mer-Ek, ¿Verdad? dijo Khawo.

27

"¿Capitán? ¿Tenemos una solución para el generador?" preguntó Sesmar.

"Estamos en eso, mi señora", respondió Khawo.

"¿Qué es un Mer-Ek, Khawo?" susurró Amy.

"Mer-Ek es un sentimiento que te rodea y, a veces, te hace decir palabras que provienen directamente desde tu corazón. Es como si el brillo de las estrellas se congregaran todas en tu pecho, haciendo brillar hasta las más oscuras y remotas tierras del universo lejano".

"¡Khawo!" susurró Amy: "¡Eres un tipo tan romántico!"

Khawo sonrió. "Tengo mi Mer-Ek en mi planeta. Me hace abrir los ojos y, a veces, me deja la boca bien abierta", dijo Khawo.

"¿Capitán?" gritó Sesmar.

"Sí, mi señora, de inmediato", respondió.

"Ahora, dame la cuerda, Khawo", dijo Amy.

"¿Esto es lo que quieres? ¿Intentas escapar? dijo Khawo, confundido.

"¡No! Quiero envolver esta cuerda alrededor del disco; de esa manera, puedo ver cuántos giros necesitamos para activar el generador. Te prometo que no voy a correr. Confía en mí", dijo Amy.

Khawo no estaba seguro de su próximo movimiento. Sin embargo, algo le hizo confiar en ella. Sacó la cuerda de su cinturón y se la dio a Amy. Sesmar vio el movimiento y caminó inmediatamente hacia ellos.

"¿Estás listo?" dijo Amy, con la cuerda enrollada alrededor del disco.

"Sí, estoy listo", respondió Khawo.

Ambos tiraron de la cuerda con el peso de sus cuerpos, haciendo que el disco girara rápidamente. El generador trató de encender, descargando humo de las turbinas. Algunas luces alrededor de la nave parpadearon, y en la cabina, los monitores se encendieron. Pero la energía no fue suficiente para mantener el generador en funcionamiento y se apagó.

"¿Qué estás haciendo, Khawo?" gritó Sesmar.

"No te preocupes", dijo Amy, poniendo la cuerda en las manos de Khawo, "No voy a escapar".

Khawo rápidamente ató la cuerda a su cinturón de nuevo frente a Sesmar, avergonzado.

"Después de esta prueba, sé cómo arreglarlo, pero tenemos que esperar hasta que tengamos la primera luz del día", dijo Amy.

"¿En serio? ¿Puedes arreglarlo?" Preguntó Harkhuf, acercándose al grupo.

"Sí, y ahora estamos en condiciones de llegar a un acuerdo", dijo Amy.

"¡Olvídalo!" gritó Sesmar.

"Espera. ¿Qué quieres?" dijo Harkhuf.

"Pero, ¿Harkhuf?" susurró Sesmar.

"Déjame escuchar lo que quiere. Necesitamos ese generador si queremos dejar este planeta. Dime, te escucho", dijo Harkhuf, acercándose a Amy.

"Quiero paz, Harkhuf. Lo sabes".

"No hay tregua para hablar de eso. A menos que..."

"¿A menos que qué?" dijo Amy, avanzando.

"El mapa. A menos que nos entregues el mapa", dijo Harkhuf.

Sesmar vio esta oportunidad de su lado. Después de poner sus manos en el mapa, podrían exterminar al resto de la colonia humana y buscar los fragmentos.

"¡Te lo dije antes! ¡No sé nada sobre ese mapa!"

"Ella está mintiendo", dijo Sesmar.

"¡Te estoy diciendo la verdad!"

"Calmemonos", dijo Harkhuf con las manos en alto, "tenemos que descansar, todos. Amy, piensa dónde podría estar el mapa. Te daré mi palabra de que si me das ese mapa y arreglas nuestro generador, dejaremos este planeta. No volverás a vernos nunca".

"Confío en tus palabras, príncipe. Espero que lo cumplas", dijo Amy, extendiendo su mano.

Harkhuf no vaciló y tomó su mano, sellando el trato.

"¿Pero qué acaba de pasar aquí?" gritó Sesmar.

"No hay nada que entender, general Sesmar", dijo Harkhuf, mirando a los ojos de Amy, "asegúrese de que estemos listos para partir por la mañana".

Tan pronto como el sol alcanzó la cima de las montañas, Sesmar pateó a Amy en su brazo.

"¡Despierta! Tienes la luz del sol. ¡Ahora, a trabajar!" gritó Sesmar.

"¿Pero dónde está mi desayuno?" respondió Amy.

"¿Quieres comer algo? Te daré algo que puedas meter en esa boca ... "

"¡Alto! ¡Ustedes dos!" gritó Harkhuf.

"¡Estás a salvo, mientras él esté cerca, pero eso no será para siempre!" susurró Sesmar.

"Estaré esperando ese momento. Dama de uniforme," respondió Amy.

"Amy, ¿Cuánto tiempo hasta que el calor nos atrape?" Preguntó Khawo.

"Tenemos tiempo suficiente para arreglar el generador", respondió Amy.

"¿Qué pasa con el mapa?" preguntó Harkhuf.

"Traté de averiguarlo, pero no tengo nada de la tripulación de Marte. Tengo una pulsera con pantalla. Uso un comunicador para escribir o ver imágenes de mi robot, Frank. Eso es toda la tecnología que tengo", dijo Amy.

"Podemos tomar esos elementos y explorar su contenido tan pronto como lleguemos a Pree", dijo Sesmar.

"No te voy a dar mi comunicador, ¿Estás loca?" respondió Amy.

"¡Eso significa que dentro de ese dispositivo, tienes el mapa!" dijo Sesmar.

"¡No sé nada sobre el mapa! ¡Que tercos y estúpidos son ustedes!" gritó Amy.

"¿Y cuál es el problema entonces? ¡Dánoslo!" gritó Sesmar.

"Arreglemos el generador primero. Luego volveremos a hablar sobre esta parte del trato. ¿Te parece Amy?" dijo Harkhuf.

"Claro", dijo Amy, caminando hacia una caja de madera.

Amy abrió la caja que tenía el tamaño de sus brazos extendidos. En el interior, la caja estaba dividida en dos cámaras. A la izquierda, había un grupo de pequeñas piedras de pettron negras. Y a la derecha había piedras pettron blancas. Las rocas no eran más grandes que una uva. Amy tomó un puñado de cada uno y se los metió en los bolsillos, asegurándose de que no entraran en contacto con la luz del sol.

Luego caminó hacia la nave espacial bajo la curiosa vista de los Strattos.

"Khawo, voy a necesitar que me ayudes", dijo Amy.

Khawo miró a Sesmar, quien asintió.

"¿Qué necesitas?" Preguntó.

"Tan pronto como haga girar el disco, tendré que poner una fuente de luz aquí dentro de la caja del generador", dijo Amy.

"Creo que tengo algo", dijo Khawo.

Mientras él buscaba, Amy, colocó las rocas de pettron blanco alrededor del disco con un espacio de por medio entre ellas. Enseguida ató las rocas con finas cuerdas que hizo en la noche.

"Tengo este y este otro", dijo Khawo, sosteniendo dos bombillas de luz.

"Eso será perfecto", dijo Amy.

"¿Qué es eso?" preguntó el capitán.

"Ésta es mi arma secreta, querido capitán. Esto hará que su generador funcione como nunca antes", respondió Amy.

"No puedo esperar a ver eso", dijo Khawo.

Luego, Amy colocó con mucho cuidado, una por una, las rocas de pettron negro, tratando de cubrirlas de la luz del sol. Al final de su meticuloso trabajo, el disco estaba rodeado por una secuencia de piedras blancas y negras.

"¿Estás listo para ver algo de magia?" le preguntó Amy a Khawo.

"¿Magia?" Preguntó.

"Ahh, no te preocupes. Solo mantente alejado", dijo Amy.

Amy caminó hacia Sesmar y le pidió su casco.

"¿Qué? ¿Por qué necesitas mi casco?" preguntó Sesmar.

"Dámelo, ¿quieres?" dijo Amy.

"¡Sesmar! ¡Solo dáselo por favor!" dijo Harkhuf.

"Está bien", respondió Sesmar, arrojando el casco al suelo.

"Madura. Muy madura, general", dijo Amy.

Amy tomó el casco y usó el cristal frontal para reflejar el sol. Luego apuntó el rayo de luz hacia el disco generador haciendo que el

31

pettron negro entrara en contacto con la luz. De repente, el generador realizó un giro a alta velocidad, haciendo que las turbinas empujaran una luz intensa. La energía generada encendió las luces de la nave y los monitores de la cabina estaban en pleno funcionamiento.

"¡Esto es imposible!" murmuró Sesmar.

"Increíble", dijo Harkhuf.

"¡Khawo! ¡Trae esas luces!" gritó Amy, sosteniendo el cristal con algunas rocas en el suelo apuntando el disco todo el tiempo.

"¡Ahora que!" dijo Khawo con la ruidosa turbina de fondo.

"Voy a poner estas luces dentro de la habitación del generador, para que cuando cerremos esta escotilla y se bloquee la luz del sol, la luz de estas bombillas alimentará el mineral dentro. Seguirán funcionando, ¡Y para siempre!" dijo Amy, sonriendo.

"¡Esto es fresco!" dijo Khawo.

"¡Sí! ¡Exactamente! ¡Fresco!" respondió Amy.

Amy conectó unos cables del generador para alimentar con energía esas bombillas. Tan pronto como se encendieron, las metió dentro y cerró la escotilla.

"¡Y eso es! ¡Magia!" gritó Amy.

Khawo entró en la cabina y redujo la potencia de la turbina, preparando la nave para despegar.

"Muy impresionante, humano. Muy impresionante", dijo Sesmar.

"Ahora, los dispositivos", dijo Harkhuf.

"Tu sabes que me vas a quitar mi música si te doy mi comunicador, ¿verdad?" dijo Amy.

"Los dispositivos, Amy", repitió Harkhuf.

"Sígueme", dijo Amy.

Sesmar los siguió al interior del refugio de verano. Amy le pasó el uniforme que tenía guardado a Harkhuf y el brazalete que Marshall le había dado.

"Esto es todo lo que me queda de mi familia. Por favor, cuiden esto", dijo Amy con tristeza pasándoles su comunicador.

"Lo haré", dijo Harkhuf.

"Espera un minuto," dijo Sesmar. "¿Y si ese trabajo que hizo el humano en nuestra nave es una trampa? ¿Qué pasa si la máquina deja de funcionar en medio de nuestro viaje, cómo la vamos a arreglar?"

"No te preocupes, solo ..."

"Cállate, humano", dijo Sesmar.

"¿Qué sugieres, general?" dijo Harkhuf.

"Sabes que ella podría hacer un excelente trabajo a nivel de ingeniería en nuestra ciudad. ¿Qué pasa si hacemos un nuevo trato con el humano?" dijo Sesmar.

"¡No, espera, eso no es lo que arreglamos anoche!" gritó Amy.

"Es cierto. Ella podría ayudarnos con nuestra tecnología. Ese podría ser el final de nuestra guerra. Así es como los humanos traerán la paz a su colonia", dijo Harkhuf.

"¿Cuántos humanos tienes aquí?" preguntó Sesmar.

"No tengo ninguno", respondió Amy.

"Hay casi un millón de huevos humanos aquí", dijo Harkhuf.

"Cómo sabes tú que..."

"Ahí tienes," interrumpió Sesmar. "Vendrás con nosotros si quieres que prospere tu colonia humana. Piensa sobre esto; ¡Serás su héroe!"

Sesmar se rió mientras Harkhuf miraba hacia abajo.

"Esta es la única manera, Amy", dijo Harkhuf, dejando el refugio con los dispositivos y dejando a Amy con Sesmar.

Amy miró alrededor del refugio, buscando a Frank, pero no estaba por ningún lado. En la parte trasera del refugio, vio las incubadoras con los bebés y los robots encargándose de que el proceso se llevará a cabo según lo programado.

"¿Voy a poder volver?" preguntó Amy.

"Esa será solo una decisión que le pertenece al rey", dijo Sesmar.

Al final, en una dura decisión, Amy dejó a los bebés con los robots a través de un tratado de paz como prisionera de los Strattos. Dejó a los perros en la entrada del refugio, esperando que Frank supiera qué hacer sin ella. Frank desapareció antes de que ella subiera a bordo de la nave espacial, y estaba muy triste porque no se pudo despedir de él. La nave delgada y plana con todos ellos adentro se elevó lentamente, preparándose para el viaje al lejano planeta de los Strattos. Amy cerró los ojos con lágrimas corriendo por todo su rostro.

"Ahora entiendo. Este fue el propósito de toda mi vida. Yo era la pieza que traería paz a la nueva generación humana. Se siente injusto después de todo lo vivido, pero se siente justo para esos bebés porque merecen vivir en un mundo maravilloso y sin guerras".

CAPÍTULO 4 - BIENVENIDA A PREE

"La aventura nunca, nunca me asustó. Desde que tengo memoria mi padre siempre estuvo a mi lado, presente y animándome. Mis trofeos con el equipo de escalada y todas mis conquistas deportivas tenían la imagen de mi padre. Esto no es diferente. No sé qué pasará conmigo ahora, pero pensaré que es solamente otra aventura, y tengo que mantener la calma. La clave será aprender de los Strattos y encontrar la manera de regresar a Hyperterra."

"Todo en orden, general", dijo Khawo, ajustando los controladores.

"Perfecto, capitán. Tan pronto como estemos fuera de la atmósfera del planeta, active el núcleo de la piedra", dijo Sesmar, introduciendo su pequeño trozo de piedra en el flujo macrozoide ubicado en el centro del panel de control. "¿Encontraste nuestra ubicación?" preguntó Sesmar.

"Sí mi general. Estamos increíblemente lejos de nuestro cúmulo", dijo Khawo, trayendo a su monitor un mapa con varias galaxias alrededor de Hyperterra.

"¿Hasta dónde nos llevará el flujo macrozoide?" preguntó Sesmar.

"Todavía estoy trazando un cálculo, pero creo que podemos hacerlo de un solo salto", respondió Khawo.

El capitán presionó un par de botones en el panel frontal y en su monitor apareció una estimación de tres segundos.

"¿Capitán?" Sesmar preguntó de nuevo.

"Tres segundos, mi general", respondió Khawo. "Nunca habíamos viajado más de uno o dos segundos. La nave lo logrará y el protark nos protegerá hasta por siete segundos. Todos lo lograremos".

"Exelente, capitán", dijo Sesmar.

El flujo macrozoide era un dispositivo que usaba la energía del generador para activar los poderes naturales del pequeño fragmento de la piedra del tiempo. Después de que la piedra absorbe la energía, el gran poder lanza la nave hacia las coordenadas ingresadas en el panel.

No hay vuelta atrás después de eso porque el salto interestelar no se puede interrumpir.

La nave del general era plana, no más alta que una persona de pie y no más ancha que diez soldados tendidos en el suelo. La claustrofóbica nave estaba oscura por dentro y solo las luces del panel de control eran visibles en la oscuridad. Afuera, la nave espacial brillaba como un espejo y tenía forma de bumerán. Con múltiples conectores externos, la nave podría energizar seis naves más, haciéndolas viajar a través del cosmos al mismo tiempo en un paquete de naves militares.

Los ocupantes están acostados boca abajo con los brazos extendidos hacia adelante. Sesmar, que estaba en el centro, tenía los controles. A su izquierda estaba Harkhuf, y a la izquierda de Harkhuf, el soldado ingeniero. El Capitán Khawo está a la derecha de Sesmar y Amy enseguida de él. Khawo, el capitán, le puso un casco especial a Amy para que pudiera respirar durante el salto. Sus pies, al igual que los demás miembros de la tripulación, estaban incrustados en un gel verde viscoso llamado protark. La nave tenía un cristal curvo en todo el frente, por lo que todos podían ver el exterior.

"El salto tomará tres segundos. Puedes cerrar los ojos, pero te recomiendo que los mantengas abiertos", le dijo Khawo a Amy.

Amy estaba callada, con una mezcla de sentimientos, emocionada por lo que venía para ella en su futuro, pero con el corazón roto por no haber tenido la oportunidad de despedirse de su gran amigo de toda la vida, Frank. Ella cree que tendrá la oportunidad de hablar con el rey y revertir la dura decisión de Sesmar de tomarla prisionera y esclavizarla de por vida.

"La vida está escrita en línea recta. Veamos qué hay delante de nosotros," murmuró Amy, con un mensaje positivo para sí misma.

La nave comenzó a elevarse y Sesmar colocó la pequeña roca dentro del flujo macrozoide. El ruido de las turbinas era fuerte y la nave abandonó rápidamente el planeta en posición horizontal. Amy nunca vio su mundo desde el espacio o estuvo siquiera fuera de él. Este fue un momento increíble para ella, algo salido de sus sueños más profundos.

"Tripulación, prepararse. Estamos saltando en tres, dos, uno", dijo Sesmar.

Entonces, Amy vió la luz azul que brillaba desde la pequeña piedra en el panel de control, y le recordó la misma luz que brillaba desde el portal. Después, una sensación de tener una persona pesada acostada sobre su cuerpo expulsó el aire de sus pulmones. La nave comenzó un feroz viaje a una velocidad increíble y Amy vio varias galaxias pasando rápido con todos sus detalles frente a sus ojos desnudos. El gel verde y frío que tenía en los pies cubría ahora todo su cuerpo. Amy sintió la viscosidad de la cosa pegajosa en sus manos.

"Tres segundos", dijo Khawo.

Entonces Amy sintió cómo que había perdido el sentido del oído. Le era imposible sentir algún sonido. La extraña sensación de silencio le hizo creer inmediatamente que había perdido la audición y que iba a morir. La presión sobre su cuerpo fue sofocante instantáneamente. Vio varios sistemas planetarios y estrellas al fondo. Alrededor de la nave pasaban constelaciones y galaxias multicolores.

Entonces vio la mano de Khawo señalando el tiempo de viaje restante con dos dedos. Ella lo miró, comprendiendo que perder la audición era algo relacionado con el viaje interestelar. El gel alrededor de su cuerpo estaba frío, casi en el punto de congelación. El increíble espectáculo del vasto universo era interminable. Las imágenes que vio un día en los libros escolares sobre el cosmos, planetas y galaxias se movían velozmente cerca de ella.

Khawo señaló con un dedo que era hora de llegar. El planeta de los Strattos estaba más cerca y el comienzo de su nueva aventura estaba a solo un segundo de distancia. Frente a ella se aproximaba un mundo marrón, solitario, flotando en medio del olvido.

La nave redujo la velocidad instantáneamente tan pronto como estuvieron más cerca del planeta, casi chocando con la superficie rocosa. Amy abrió los ojos, pensando que morirían en una colisión de alta velocidad. Entonces, el transporte se detuvo casi por completo, y sus oídos estallaron con un clic doloroso. Una fuerte explosión detonó fuera de la nave espacial, como rompiendo la barrera de sonido. La cosa pegajosa verde se arrastró de nuevo a sus pies lentamente, mientras la vista de un planeta muerto sucio, seco y vacío llegó a sus ojos.

Con un profundo suspiro, Amy succionó todo el aire que sus pulmones pudieron tomar. La tripulación se rió un poco cuando escucharon la respuesta de Amy al viaje interestelar, pero inmediatamente regresaron a la interpretación de sus roles de especies dominantes.

"Hola de nuevo, mi querido Pree", dijo Harkhuf.

"No hay nada como volver a tu Mer-Ek", dijo Khawo.

Amy sonrió, mirando a lo lejos una larga línea polvorienta en la superficie del nuevo mundo. El planeta estaba vacío, como un vasto desierto con algunas montañas a la distancia, pero nada verde. Sin océanos, lagos o ríos.

"¿Qué le pasó a tu mundo?" preguntó Amy.

"Esto debe ser muy diferente a tu planeta, pero algún día devolveremos la vida. Te acostumbrarás", dijo Khawo.

"Silencio", exclamó Sesmar.

La nave se acercó a la ciudad a través de la nube de polvo. No fue fácil para Amy ver a través de él, y los efectos de la gravedad comenzaron a hacer que su cuerpo se volviera pesado. Luego, el polvo frente a la nave se despejó, revelando la enorme ciudad que se movía sobre la superficie del planeta, dejando una nube de polvo a su andar.

"¿La ciudad se mueve?" Amy preguntó mientras la nave volaba sobre la gran estructura de metal.

"Sí. Sí la ciudad avanza rápido, nos congelariamos en el lado frío de Pree. Pero si paramos, nos derretiríamos en el lado caliente. Es el juego de supervivencia y muerte de los Strattos", dijo Khawo.

"¡Silencio, dije!" exclamó Sesmar.

Por lo que se podía ver desde el aire, la ciudad era un rectángulo largo y perfecto que avanzaba a gran velocidad, con edificios hechos de metal centelleante y tuberías que descargaban humo en el cielo, con calles que formaban largas líneas de transporte. La cortina de polvo que dejaba la enorme ciudad-máquina era extensa. Luego vio una gran esfera en medio de todo, hecha de un metal brillante, como una cúpula de cristal hecha de diamantes, rodeada de relucientes columnas plateadas que creaban un patrón ondulado a ambos lados de la cúpula. Amy podía ver a otros Strattos caminando en la superficie y algunos vehículos viajando por las calles.

"Capitán, tan pronto como lleguemos, prepare la nave para una revisión mecánica completa y preocúpese de que el generador sea reparado correctamente. Tú y el humano permanezcan cerca de la nave, y no dejes que nadie vea su cuerpo. Cúbrela con algo", dijo Sesmar.

"Sí, mi señora", respondió Khawo.

La nave descendió lentamente más cerca de la gran cúpula brillante. Los guardias estaban de pie alrededor de la estructura, y un grupo de soldados estaba de pie en la zona de aterrizaje.

Las puertas de la nave se abrieron lentamente bajo los cuerpos de Sesmar, Harkhuf y el soldado.

"Rápido, llévalo a la sala de recuperación. Ha estado bajo mucha presión", dijo Sesmar, señalando al soldado.

Una tripulación de cuatro Strattos lo tomó y se alejó de la plataforma de aterrizaje.

"Mi príncipe", dijo un Sargento, arrodillado, seguido por el resto del grupo detrás de él.

"Es un placer volver después de este largo viaje de exploración", dijo Harkhuf, "Levántese con honor y orgullo".

"Sargento, traiga inmediatamente al Capitán Khawo un transporte cerrado para dos personas. Después de eso, retire todas sus tropas de la zona de aterrizaje y déjenlo solo. Estamos transportando un tesoro valioso que no queremos que nadie vea", dijo Sesmar.

"Sí, mi señora, enseguida", dijo el Sargento, y de inmediato dispuso un grupo de soldados para realizar la tarea encomendada por el general.

"Príncipe mío, vayamos a ver a tu padre", dijo Sesmar.

Una tripulación de soldados reales vestidos con armaduras de cobre rodearon al príncipe y le pusieron una capa blanca sobre los hombros. Luego, marcharon hacia la cúpula, y detrás de la procesión real, Sesmar caminó con otros dos soldados reales. La gente Strattos se amontonó alrededor del palacio para ver si tenían la oportunidad de ver al príncipe o algunos miembros de la familia real.

"Me siento pesada. ¿Es esto normal?" preguntó Amy.

"Sí. Te acostumbrarás. Te pondré un cinturón de alivio que te ayudará con esa sensación extraña", dijo Khawo.

"Gracias, Khawo. Tu ciudad es enorme, hermosa y organizada. Nunca vi algo como esto", dijo Amy.

"Sí, es realmente hermosa. Esta es nuestra casa y nos encanta. Hay historias sobre tierras verdes, llenas de vida y animales. Espero que algún día mi próxima generación tenga el regalo de ver restaurado el equilibrio del planeta", dijo Khawo, sonriendo.

"¿Pero qué pasó?" Preguntó Amy.

"Es una larga historia, pero tendrás tiempo para escucharla en boca de quienes tienen más talento que yo. No te preocupes."

Khawo abrió su puerta y descendió del barco. En ese momento llegó una tripulación de soldados con un transporte para él. Era como un rectángulo sobre cuatro ruedas, hecho de metal brillante, con bordes afilados y un pequeño cristal en la parte delantera.

"Mi capitán, aquí está su transporte. Nos vamos ahora de la plataforma como ordenó la general", dijo uno de los soldados.

Khawo asintió y esperó a que estuvieran lejos de la nave.

"Llegaste a Pree en el momento perfecto", le dijo Khawo a Amy, "porque estamos preparando la ciudad para las festividades del aniversario de Meryptah. ¡Me encantan los aniversarios!"

"¡Genial! ¡A mí también me encantan los aniversarios!" dijo Amy, sonriéndole.

Amy vio otra cara del capitán. Era un miembro leal del ejército de Strattos que seguía las órdenes de Sesmar, pero revelaba su aspecto y espíritu únicos ahora que la general no estaba cerca de él.

"Espera. Abriré la puerta debajo de ti", dijo Khawo, "cuando la puerta se detenga, déjate deslizar por la rampa y te cubriré con esta capa. A partir de ahí, solo sigue mis instrucciones".

"No hay problema, Khawo", dijo Amy, "pero ¿qué me pasará?"

"No lo sé, Amy, pero te recomiendo que no te resistas. No creo que estés en peligro en este momento. Ahora mismo no eres más que un trofeo y Sesmar querrá mantenerte así. Créeme. Todo estará bien", dijo Khawo.

Khawo apretó el botón y lentamente se abrió la puerta debajo de Amy. Una porción del gel verde cayó al suelo cuando la puerta estaba terminando el movimiento. Amy sostenía la barra que estaba frente a ella, y luego dejó que su cuerpo se deslizara por la puerta hasta que puso los pies en la superficie de la ciudad. Sintió una ligera vibración debajo de ella.

"¿Puedes sentir eso? Ese es el rugido de la ciudad. Esa vibración es lo que mantiene viva a nuestra nación", dijo Khawo con orgullo, mientras la cubría con la capa.

Le puso un cinturón alrededor de la cintura. El dispositivo la ayudará a lidiar con la gravedad del planeta al principio. Amy todavía estaba esposada mientras caminaba hacia el transporte.

"Necesito que te acuestes, exactamente como estabas en la nave", explicó Khawo gentilmente.

Amy entró en el claustrofóbico transporte, acostada boca abajo y con los brazos extendidos hacia adelante. Luego cerró la puerta lateral y se deslizó hacia el otro lado del rectángulo. Khawo entró al vehículo y condujo hasta la cúpula.

"¿Es esta cúpula el palacio del rey?" preguntó Amy.

"Sí. Aquí es donde se encuentran el reino, el ejército y la sala de justicia", dijo Khawo.

El transporte recorrió silenciosamente la superficie de la ciudad, entrando en el área restringida del palacio. Luego, pasaron por un túnel que estaba iluminado por dos largas líneas amarillas en el suelo. Solo el conductor podía ver la ruta.

"¿Cómo producen todo este material, Khawo?" preguntó Amy.

"Tenemos operaciones mineras subterráneas que funcionan con máquinas automáticas. Todos los días cuando pasamos cerca del sitio minero, tenemos que agarrar esos materiales que las máquinas dejan en la superficie. Hacemos lo mismo con el agua, pero tendrás tiempo para mirar a tu alrededor. En la operación subterránea, las máquinas tallan las rocas, derriten el material y entregan placas de metal que el nivel de ingeniería recoge para crear cosas nuevas o reparar la ciudad. En este momento, el nivel de ingeniería está bajo la supervisión de Zhoto. Creo que Sesmar te enviará allí. Te gustará Zhoto. No habla demasiado, pero tiene buenas historias".

"¿Zhoto? ¿Es esa la persona que arregla los generadores? preguntó Amy.

"No, ese es Jhul, él está involucrado con problemas energéticos. Zhoto arregla todo por aquí. Su hija es mi Mer-Ek", dijo Khawo con una gran sonrisa.

41

Amy sonrió también cuando vio la cara de Khawo llena de felicidad cuando pensó en ella.

El transporte llegó a un lugar resguardado por el ejército real. Khawo descendió del vehículo y recibió el saludo de las tropas. Luego llegó Sesmar con un sargento, un miembro del ejército real y Harkhuf.

"¿Dónde está ella?" preguntó Sesmar.

"En el transporte, mi general", respondió Khawo.

"Sácala", dijo.

"Khawo ayudó gentilmente a Amy y la guió a caminar frente a Sesmar.

"Quítale la capa", ordenó Sesmar.

"Khawo agarró la capa, revelando al humano frente a las tropas.

Algunos de ellos se asustaron de inmediato, y otros mostraron sus armas en reacción a la sorprendente revelación de la extraña criatura.

"¿Es esto un humano?" preguntó un Sargento.

"Sí, una mujer", respondió Sesmar.

"Me los imaginaba más grandes", murmuró un miembro del ejército real.

"Sí, pero será de gran ayuda a nivel de ingeniería. Es el deseo del rey enviar al humano a trabajar para la ciudad", agregó Sesmar.

"Capitán, quítele las esposas", dijo Harkhuf.

"¡Pero, mi príncipe!" dijo el Sargento.

"No te preocupes. Ella no tiene adónde ir. Es inofensiva", dijo Harkhuf.

"Khawo, llévala al nivel de ingeniería y dales instrucciones", dijo Sesmar.

"¿Voy a tener la oportunidad de hablar con el rey?" dijo Amy.

"¡Sí, claro, por supuesto!" exclamó Sesmar, riendo. Otros se unieron.

"Pero…" dijo Amy, buscando los ojos de Harkhuf, pero él evitó el contacto.

"¡Llevensela!" gritó Sesmar.

"Sí, mi señora."

"¡Oye, humano! Bienvenida a Pree ", agregó Sesmar.

CAPÍTULO 5 - EL LEGADO DE PRASS

Sesmar comunicó al rey información falsa sobre la misión de recolonización, la cual nunca se llevará a cabo. Ella creó una historia sobre su tropa siendo atacada por humanos, perdiendo a sus soldados y rescatando al príncipe Harkhuf de ser capturado por el enemigo. De la manera más deshonesta y sucia, la general Sesmar mintió al rey, lo cual es un crimen capital. En el centro de la cámara sagrada del reino, la general describió cómo Amy obstruyó la misión del rey en busca de un nuevo planeta para los Strattos. Harkhuf, de pie a su lado como cómplice, no dijo una sola palabra en contra de la declaración de Sesmar, manteniendo su rostro hacia abajo y evitando los ojos del rey. Harkhuf la ama y cree en lo que Sesmar quería para ambos. Reescribirían la historia de Pree y se convertirán en la reina y rey más poderosos del cosmos, exactamente lo que la gente se merece, según ellos.

"Sus esfuerzos por mantener viva y unida a nuestra nación quedarán registrados en los libros de Pree para siempre", dijo el rey Kaemsekhem, sentado en su trono plateado brillante, "recordada serás, como la general más valiente de nuestro reino, y la última".

"Mi rey, estoy confundida por sus palabras", dijo Sesmar, perpleja, "¿Qué quiere decir con eso de la última general?"

"La Reina Meryptah tenía un sueño. Ella quería acabar con la existencia de un ejército", explicó el rey, y fue su cariño por la gente y su alianza con ellos lo que impulsó su decisión de abolir que un ejército estuviera representando la nación. No teníamos ningún enemigo contra quien luchar, y la guardia real bajo el gobierno del reino era suficiente para mantener el orden de la sociedad. La Reina Meryptah murió antes de que se firmara esa ley, y en su honor, cinco mil años después de que la perdiéramos, promulgaremos el fin de las fuerzas armadas, a las tropas, y a su cargo militar también, por supuesto. Un descanso bien merecido para todos ustedes, en un mundo sin guerra."

Sesmar miró a Harkhuf, buscando una respuesta y una palabra que pudiera enfrentar la máxima determinación del rey. Pero Harkhuf permaneció en silencio.

El rey invitó a Sesmar a arrodillarse frente a su trono y puso su mano sobre su cabeza.

"En dos días celebraremos a nuestra héroe Meryptah, madre de nuestra ciudad. Durante la festividad, pronunciaré tu nombre como el nuevo héroe de nuestra generación. Sesmar, la hija de Kortox y la última general. Gracias por salvar a mi hijo".

Sesmar, frustrada, perturbada y con una profunda sensación de perder el poder que le habían otorgado las generaciones anteriores a ella, apretó con fuerza la empuñadura de su cetro.

"Levántese con honor y orgullo", dijo el rey Kaemsekhem.

Luego, Sesmar se puso de pie lentamente, besó la mano del rey y se alejó para reflexionar sobre su misión.

Sesmar, llena de rabia, tomó un transporte hasta la venerada muralla de los reyes generales, ubicada al final del lado norte de la metálica ciudad. La pared de metal grande y brillante, erigida y forjada en una de las placas de metal más antiguas de la ciudad, tiene doce nombres, comenzando con el nieto del general Prass, Net.

Hace miles de años, el general Prass comenzó una cruzada en la búsqueda de otra Piedra del Tiempo para convertirse él mismo en rey. Pero dejó atrás el terror y la miseria en su marcha. Sus horribles actos fueron condenados por el rey Ufusta a una vida en prisión.

Tras el encarcelamiento del genocida, su hijo Sab lo visitaba todas las semanas en el calabozo más profundo del palacio. Prass envenenó la mente inocente de su hijo narrando e ilustrando una versión corrupta de los incidentes que sucedieron en la Tierra entre él, Kharpo y el Faraón. Prass hizo que su hijo le prometiera vengar su línea de sangre, diseñando un plan malvado para derrocar el reino y colocar a su familia como los herederos merecidos y legítimos de Pree.

Años después de la muerte de Prass, Sab tuvo un hijo, llamado Net. Ambos trabajaron como miembros del ejército real, pero Net rápidamente mostró sus habilidades de liderazgo, convirtiéndose en el próximo general de Pree.

Net, más tarde tuvo un hijo, Seth. Las tres generaciones fueron todas envenenadas por un hambre de poder alimentado por las mentiras de

Prass, y esperaron el momento adecuado para cumplir el plan malvado y comenzar el legado de un nuevo gobierno para la nación Strattos.

Un día, en una mañana triste, Pree lloró por la muerte de la Reina Meryptah, y cuando los guardias encontraron al Rey Kharpo muerto en su cama, el General Net asumió la responsabilidad de gobernar la ciudad.

A partir de ese terrible evento, Net escribió el primer día de los gobiernos más extendidos bajo la represión militar de los Strattos. Net fue el primer Rey-General de Pree y, después de él, su hijo Seth.

Doce generaciones pasaron después de eso. Cuando Nofret estaba a unos días de convertirse en la decimotercer Rey-General, la gente de Pree alzó la voz. Un nuevo proceso de aspirantes a elecciones surgió de las calles metálicas de la ciudad con los deseos de un nuevo reino. La gente se manifestó y mostró su poder parando mecánicamente la ciudad. El ejército aceptó los términos del pueblo y el amanecer de la nueva dinastía forjó un nuevo futuro de paz y libertad.

Nofret pensó que le habían robado su destino y el legado militar de su familia. Esa noche, la noche que se suponía sería nombrada Rey-General, terminó con la coronación de la Reina Klya. Muchos Strattos llamaron a la nueva reina la resurrección de Meryptah, mientras que otros pensaron que era una herejía tocar el nombre de la fallecida y amada reina.

Con el legado del general Prass roto, con la nación controlada por la nueva reina y con autoridad limitada sobre los recursos del reino, Nofret se sintió subestimada por la gente, lo que generó resentimiento y rabia en su alma.

Transmitió esa hostilidad a su hijo, Kortox. Creció como un experto explorador del cosmos y fue nombrado general después de organizar la expedición más ambiciosa en busca de un nuevo planeta para los Strattos. Pero toda la campaña fue una mentira. Kortox engañó al joven príncipe Kaemsekhem, diciéndole que cuando terminaran las exploraciones, él se convertiría en el rey que traería prosperidad y felicidad a la nación. Kaemsekhem acudió a su madre, la Reina Klya, pidiéndole los recursos necesarios para el viaje del general.

Kortox seleccionó a los miembros de la tripulación y comenzó la misión, apuntando a un planeta llamado Tierra. La leyenda decía que Kharpo escondió dos fragmentos de la Piedra del Tiempo en ese planeta. La intención del general era obtener esas piezas, traerlas de regreso a Pree y ensamblarlas con el fragmento ubicado en secreto en la cámara del rey.

Kortox desperdició siglos de su vida en esa búsqueda, y ninguno de sus esfuerzos lo llevó al resto de la poderosa Piedra. Desolado, viejo y sumido en la frustración, murió. Sesmar vio morir a su padre sin posibilidad de ser rey. Ella culpó a los humanos de la Tierra y al nuevo reino elegido por la gente, por la triste partida de su padre, y desde ese día, decidió hacer lo que fuera necesario para devolver la corona a su línea de sangre.

"Necesito tu guía, padre", dijo Sesmar, arrodillándose frente a la majestuosa pared de metal, "estuve tan cerca esta vez. Estaba más cerca que nadie en nuestra familia. Pero el humano, ella lo tomó de mis manos. Las cosas cambiarán en nuestra nación y estoy sola. Pero ahora más que nunca tengo mi propósito frente a mi, y exijo tu aprobación para terminar lo que empezaste. Por favor, dame la fuerza para cumplir el destino de nuestra familia".

Sesmar, llena de rabia y decepción, miró hacia el monumental muro, con los ojos llenos de lágrimas, exigiendo y suplicando ser escuchada por sus ancestros.

CAPÍTULO 6 - EL PISO DE INGENIERÍA

Khawo, siguiendo las órdenes de la general, transportó a Amy al piso de ingeniería. Todas las operaciones de la ciudad mecánica se gestionan bajo la superficie, en el fondo, lejos de la vida cotidiana de los Strattos. Una división que trabaja con física y mecánica cuántica facilitando la rutina en la superficie de la ciudad, pero apartando de la sociedad a las personas que trabajan varios niveles abajo, en una realidad olvidada. Un lugar que no muchos tienen la oportunidad de visitar y que a otros no les importa. El nivel de ingeniería es el lugar perfecto para que Sesmar esconda su trofeo.

"Esperaba poder hablar con el rey para recuperar mi libertad", dijo Amy dentro del transporte. "Existe una gran posibilidad de que Sesmar pueda influir en las opiniones que el rey pueda tener sobre mí. Tengo que hablar con él, Khawo. Por favor, ayúdame."

"No hay nada que yo pueda hacer", dijo Khawo, "además, tener una conferencia con el rey es algo casi imposible. Eres un prisionero del reino y te aconsejo que te mantengas alejada de los problemas. Quizás uno de estos días tengas tu oportunidad y el rey te escuche. Por el momento, te sugiero que aceptes cuál es tu nueva vida. Lo siento, pero solo sigo órdenes". Dijo Khawo.

Khawo y Amy llegaron a la zona de ascensores. Hay tres torres similares como estas en toda la ciudad que van desde la superficie hasta el nivel de ingeniería. Una de esas torres es para uso exclusivo del reinado.
Khawo llamó a dos soldados para que lo ayudaran con la seguridad del prisionero. Amy estaba dentro del transporte escuchando la conversación sobre ir a los ascensores sin dejar que nadie viera debajo de la capa que cubría a Amy.

"Sí, capitán Khawo, lo escoltaremos", dijo un soldado.

Khawo volvió a entrar en el transporte y cubrió el cuerpo de ella.

"Por favor, no intentes hacer algo loco", dijo Khawo.

"¿Cómo pedir ayuda a gritos?" preguntó Amy.

47

"No, como correr", dijo Khawo, "nadie aquí vio a un humano antes, y no sé cómo reaccionarían. Podrías estar en peligro si es que sienten que tu presencia es una amenaza para ellos. Si ese es el caso, no habrá nada que yo pueda hacer".

"¡Soldados! ¡Llamen al ascensor!" gritó Khawo.

Khawo presionó el botón que abre la puerta corrediza de Amy, y ella inmediatamente sintió a los Strattos hablando alrededor del transporte. Tan pronto como se bajó, pudo ver a través de la capa. Algunos Strattos murmuraron y se reunieron alrededor del transporte. Amy notó que la gente era civilizada, todos seguían las instrucciones de los soldados y les pedían que se mantuvieran alejados del prisionero. Los Strattos vestían una túnica larga de diferentes y llamativos colores con un cinturón marrón en la cintura. Sus brazos estaban descubiertos y Amy vio que caminaban con sandalias, como el mismo estilo de sandalias que ella podría usar para ir a la playa. Nadie se acercó y Khawo ayudó a Amy a caminar detrás de ella, sujetándola por los hombros. Ella estaba asustada y preocupada por la situación mientras seguían caminando hacia los ascensores, sintiendo que era la oportunidad adecuada para escapar. Amy miró a su alrededor, tratando de encontrar una forma de escapar. No tenía las manos atadas y los Strattos podrían asustarse si corría hacia ellos gritando. Esa podría ser la oportunidad de correr entre la multitud. Miró hacia arriba y vio a más personas reunidas alrededor de la torre del elevador en unas cubiertas con balcones.

"Esta prisionera no hizo nada malo", dijo Khawo a los dos soldados que los rodeaban, "y la llevaremos a un lugar seguro hasta que pueda demostrar su inocencia. No hay nada de qué preocuparse. Es inofensiva y, de hecho, ¡es muy inteligente!"

Entonces Amy miró a Khawo a través de la tela.

"Vas a estar bien. La comida no es tan buena como la tuya, pero hay un gompa que sólo puedes encontrar a nivel de ingeniería. Te encantará", susurró Khawo cerca de su cabeza.

Se detuvieron frente a las puertas del ascensor.

"¿Y cuál fue su crimen, capitán? ¡Tiene el tamaño de un niño!" Un Strattos gritó entre la multitud.

"Esa información está clasificada, pero ella está esperando a su tribunal después de las festividades. Además, ella no es una niña; ella es simplemente pequeña", respondió Khawo.

Las puertas se abrieron y los cuatro entraron en la caja del ascensor de metal brillante. La gente se reunió un poco más antes de que se cerraran las puertas. Khawo la sujetó suavemente por los hombros todo el tiempo, y los dos soldados guardaron silencio, de pie a ambos lados. Amy miró a uno de ellos a través de la tela y, en ese momento, vio una imagen impresa en un papel triangular al revés en la pared interior. En el centro de la figura había una mujer Strattos con una armadura dorada y el casco brillaba, reflejando un hermoso resplandor amarillo. Amy estaba a punto de pedir el póster cuando se abrieron las puertas del ascensor.

"¡Aquí vamos!" dijo Khawo.

El ruido de máquinas y herramientas era elevado y había trabajadores por todas partes. Algunos de ellos vestían túnicas marrones cortando metal o soldando, mientras que otros vestían túnicas negras, caminando con repuestos y herramientas por toda la zona.
Los cuatro salieron del ascensor y dos Strattos con máscaras y cascos se acercaron a ellos.

"Khawo, ha pasado tanto tiempo sin verte", dijo uno de los trabajadores.

El otro trabajador asintió con la cabeza hacia Kharmo.

"Sí lo es. He estado ocupado con la general. ¿Cómo has estado?" dijo Khawo.

"Ocupado, haciendo que la vida sea grandiosa para la superficie. ¿Qué tenemos aquí? ¿Otro prisionero? dijo el mismo trabajador.

"En realidad no, ella es especial y necesitamos tu ayuda", respondió Khawo.

"Genial, otra cosa de que preocuparse. Sígueme."

Los dos trabajadores, Amy, Khawo y los soldados, caminaron hacia una habitación cercana al ascensor, evitando pararse sobre metal caliente y esquivando las chispas que llegaban por el aire.

"Aquí, entren en esta habitación", dijo el trabajador.

Khawo ordenó a los soldados que esperaran afuera y que impidieran que alguien entrara a la habitación. Amy caminaba todo el tiempo muy silenciosamente Al entrar se quedó de pie dentro del lugar frente a un balde poco profundo lleno de agua turbia. El interior de la habitación tiene algunos monitores en las paredes e instrumentos que parecían estar hechos de oro, cobre y plata.

"¿Qué pasa, Khawo? Ahora tengo curiosidad ", dijo el trabajador, mientras el otro se cruzaba de brazos.

"Esta es la prisionera de la general Sesmar, pero prefiero que la llamen por su nombre de ahora en adelante si es que no es un problema", dijo Khawo, "además, ella no es una Strattos".

"Esto se está poniendo interesante", dijo el trabajador, tocando los codos con el otro trabajador que se mantenía silencioso.

Khawo le quitó la capa lentamente y avanzó sobre la cabeza de Amy. Cuando fue revelada, su cabello rojo cubría su rostro. Los trabajadores retrocedieron y uno de ellos se quitó la máscara y el casco. El tenía una mancha blanca en la frente.

"¿Es esto un ..." murmuró Makho.

"Sí, ella es un ser humano", dijo Khawo.

"¡Pensé que eran más grandes!" dijo el trabajador.

Entonces, Amy hizo un fuerte rugido, levantando sus manos como garras de un oso salvaje.

"¡Whoa!" Makho y Mokhy gritaron, saltando hacia atrás, asustados, mientras uno de ellos, el silencioso, caía sobre una mesa, empujando todo tipo de cosas, volcando el contenido encima. La mesa se rompió por la mitad y el trabajador cayó con algunos de los objetos al suelo.

"¡Khawo! ¡Sálvanos!" gritó el trabajador.

El capitán se reía con tanta fuerza que tuvo que inclinarse para respirar y puso sus manos en las rodillas. Luego bajó suavemente las manos de Amy y movió el cabello rojo de su cara.

"No vuelvas a hacer eso, o los matarás antes de saber sus nombres", dijo Khawo mientras Amy dibujaba una sonrisa en su rostro.

"¿Pero, qué es esto? ¿Crees que es divertido?" Dijo el trabajador, ayudando al otro a ponerse de pie.

"¡Sí lo es!" respondió Khawo: "Makho y Mokhy, esta es Amy".

50

"¡Hola!" dijo Amy, levantando la mano amigablemente.

"Amy, estos son los hermanos Makho y Mokhy. Ellos son los jefes en el tercer nivel conjunto a Jhul y Zhoto. Los conocerás más tarde", dijo Khawo.

"¿Y qué quieres que hagamos con ella? Tenemos una habitación donde la podemos encerrar", dijo Makho.

El otro hermano hizo una seña con el puño en la parte delantera de la cara, haciendo un círculo, dos veces.

"Sí, ella es realmente fea", dijo Makho.

"Su hermano gemelo no habla. Nunca lo hizo", explicó Khawo a Amy.

Mokhy se quitó el casco y la máscara, revelando que tiene la misma mancha blanca en la frente, pero también tenía un anillo en la nariz. Entonces Mokhy soltó un fuerte rugido, mostrando los dientes y poniendo las manos como garras. Amy saltó hacia atrás, sorprendida, cayendo en el cubo rectangular con el agua turbia.

"¡Bueno, parece que ustedes están a mano!" dijo Khawo, riendo.

"Asi parece", dijo Amy.

Mokhy caminó hacia Amy y la ayudó a salir del agua. Luego hizo una seña con el pulgar deslizándolo hacia abajo y tocando su hombro.

"Él está diciendo hola", dijo Makho.

Amy rápidamente le hizo la misma seña.

"¿Qué haces, además de asustar a los demás?" Preguntó Makho.

"No mucho, pero aprendo rápido", respondió Amy.

"Ella reparó el generador de la nave de la general Sesmar. Prácticamente nos trajo a casa", dijo Khawo.

"¿Qué?" dijo Makho, mirándola con sorpresa.

"Soy creativa", agregó Amy.

"No sabemos cuánto tiempo estará aquí, pero durante ese tiempo espero que ustedes le den una buena estadía. Ella no es peligrosa. Creo que fue traída aquí sin ninguna justificación, pero esa es una historia para otro día, y no me corresponde a mí hablar de ello", dijo Khawo.

51

"Estará bien con nosotros hasta que asuste a otro trabajador", dijo Makho.

Mokhy hizo una señal con su mano pasando del hombro izquierdo al hombro derecho.

"El dijo bienvenida", dijo Makho.

Amy respondió con una sonrisa.

"Intentaré ver cómo estás, pero no puedo prometerte nada. No tengo las credenciales para venir aquí, y no creo que las tenga pronto. Pero por ahora estás en buenas manos", dijo Khawo, tocándole el hombro y alejándose.

"Oye Khawo. Gracias por todo", dijo Amy, sosteniendo la mano de Khawo.

Khawo sonrió y salió de la habitación. Amy se volvió hacia los gemelos, triste y con lágrimas en los ojos.

"¿Qué hiciste para estar aquí, tan lejos de tu planeta?" Preguntó Makho.

"Yo, nada. Otros. Yo solo estoy pagando la cuenta", respondió Amy.

Los gemelos la miraron. Luego, Mokhy caminó hacia el fondo de la habitación y abrió algunos gabinetes.

"Necesitarás algo para cubrir esa cara fea que tienes. Esa sería una manera fácil de asustar a nuestro equipo de trabajadores", dijo Makho.

Luego, Mokhy regresó con un casco, una máscara, sandalias y una túnica negra. La ayudaron a secarse antes de ponerse el uniforme. El casco y la máscara eran más grandes que su cabeza, pero lo suficiente para cubrir su identidad.

"Tenemos trabajadores pequeños como tú. Te resultará fácil mezclarte. Pronto conocerás a Jhul, el jefe de energía, y a Zhoto, el ingeniero principal de la fundición. Ciertamente, van a pedirte que les muestres lo que puedes hacer", dijo Makho.

CAPÍTULO 7 - GOMPA

Los Strattos nunca le dieron un nombre a la ciudad porque pensaban que toda la estructura en la que vivían era temporal. Creen religiosamente que algún día regresarán al suelo, cultivarán alimentos y se recobrará el equilibrio del planeta.

El corazón de la nación mantiene vivo el legado de los reyes Ufusta y su hijo Kharpo, quienes inicialmente crearon la ciudad, pero lo que realmente mantiene unida a la gente es la esperanza de que algún día la reina Meryptah regrese. Las celebraciones que conmemoran su partida mantienen viva la leyenda. La mayoría de ellos derraman su fe durante las festividades.

Cada año, los Strattos construyen una enorme representación metálica de un soldado cubierto con una fina capa de un metal similar al oro, y la colocan en una plataforma. El aniversario comienza con "El resplandor de Meryptah" cuando, con la ayuda de una grúa, colocan la plataforma con el soldado dorado en el suelo del planeta. Toda la ciudad se agolpa en los balcones y superficies de la ciudad para presenciar cómo la ciudad se aleja de la figura.

Cuando el soldado está lejos y a punto de desaparecer, los rayos del sol se reflejan en el metal, y un deslumbrante resplandor dorado en el horizonte simboliza el momento en que la dinastía Meryptah sucumbió. En ese instante, la gente permanece en silencio mientras otros usan esos segundos para orar por un milagro. Después de que el resplandor se desvanece, la gente lanza una moneda con la imagen del símbolo de la nación en el aire, el cual es un triángulo al revés.

La ciudad de los Strattos se compone de altos edificios metálicos, que se unieron para formar una enorme máquina montada sobre ruedas.

El primer edificio fue el palacio del rey. La cámara de justicia era la siguiente estructura, adjunta a la derecha, y el edificio del ejército real conectado a la izquierda. Luego, con el paso de los años, los siguientes edificios crearon la figura rectangular actual de la ciudad que alberga a cientos de Strattos y sus familias.

La ciudad se divide en tres niveles horizontales. El primero es "La superficie", donde las rutas conectan a las personas y forman la sociedad. Otras zonas de la superficie están destinadas para zonas de educación y salud. Además, en el techo de las casas es donde se desarrolla la agricultura. Las familias cultivan alimentos que comparten con el resto del vecindario.

El segundo nivel es "El Proyecto", donde los Strattos conservan ciencia, semillas, almacenan alimentos y otros proyectos del reino. Además, el ejército usa algunas secciones del segundo nivel para entrenamiento de soldados, almacenamiento de material de guerra y armas.

Finalmente, el nivel "Ingeniería" es donde se alojan todas las máquinas que han mantenido la ciudad en movimiento día y noche durante miles de años. En ese nivel, los generadores producen la energía para la superficie, distribuyen el agua, y donde los trabajadores se concentran en reparar y solucionar cualquier otro problema estructural o mecánico de la ciudad.

"¿Estás listo?" preguntó Makho.

"Sí", respondió Amy.

Los gemelos abrieron la puerta y atravesaron el hangar de reparaciones. Amy los siguió muy de cerca mientras los trabajadores cortaban metal o les pedían direcciones a los gemelos. Todo el lugar funcionaba en perfecta armonía, y todos parecen ser parte de un masivo equipo de operaciones.

"Este es el Kemet, el área de trabajo principal del tercer nivel", dijo Makho, mostrándole a Amy el lugar. "¿Aquí hacemos las reparaciones y creamos cosas nuevas. ¿Puedes ver el resplandor naranja en la parte del fondo, allá atrás? Ahí es donde tenemos el horno, la sección más peligrosa de este lugar. En la fundición trabajamos el metal y lo vertimos en moldes nuevos. Estos trabajadores preparan, limpian y ensamblan moldes exclusivamente para la fundición. Es un trabajo muy peligroso."

Mokhy le hizo algunas señales a Amy.

"Mokhy dijo que nunca deberías acercarte a esa área", dijo Makho.

Amy asintió con la cabeza.

"Aquí a su izquierda, tenemos soldadura. Desde pequeñas piezas hasta las casas habitables de la superficie. A veces tenemos que ir allá arriba para arreglar la ciudad", explicó Makho. "Zhoto gestiona este departamento. No sé si lo verás hoy. Siempre está ocupado".

"¿Qué hay en esa habitación grande?" preguntó Amy.

"Esa es la sección de ciencia. Siempre estamos creando cosas nuevas y herramientas. La reina Meryptah creó el primer generador en esa habitación. Jhul está encargado de esa sección. Lo conocerás muy pronto".

"¿Y quién es este?" preguntó un trabajador.

"Es un nuevo trabajador en formación", respondió Makho.

"Bienvenidos al tercer nivel", le dijo el trabajador a Amy.

Amy asintió. Los gemelos continuaron su camino hacia el otro lado del área de trabajo y pasaron por una puerta doble. Amy caminó detrás de ellos mientras Mokhy sostenía la pesada puerta para ella.

"¿Cómo dices gracias?" preguntó Amy.

Mokhy le hizo una seña con el dedo índice hacia arriba.

"Oigan, ustedes dos, dejen de hablar y vengan conmigo", dijo Makho.

Amy sonrió dentro del caso y la máscara, pero Mokhy no podía ver su rostro. Ahi, Amy respondió con el dedo índice hacia arriba. Los tres llegaron a una habitación que tenía un techo alto y dos vehículos adentro.

"Déjame llamar a Jhul para que pueda conocer al humano", dijo Makho.

Mokhy le indicó a Amy que lo siguiera hasta una estructura en la pared. Allí, tomó su casco y se puso otro, más pequeño, y también una máscara más pequeña. Luego, le dio una herramienta que parece un martillo pero con un lado apuntando que termina en un triángulo, como un destornillador.

"¡Espera! ¿Ya le estás dando un noter? dijo Makho.

Mokhy asintió y luego la miró.

"Parece que Mokhy tiene un nuevo amigo", dijo Makho. "Eso es un noter. Es una herramienta que hace prácticamente todo aquí. Tenemos una tradición por aquí de que debes ganártelo".

Entonces Mokhy le hizo un montón de señas a su hermano.

55

"Lo sé, y tienes razón", dijo Makho. "Mokhy dijo que ya te lo ganaste porque arreglaste el generador de la nave de la General Sesmar".

"¿Que el hizo qué?" Dijo Jhul, entrando en la habitación.

"Ella, Jhul. Ella arregló el generador de esa nave".

"¡Cómo! ¡Eso es imposible! Ese generador es uno de los más antiguos. ¿Cuál es su nombre?" Preguntó Jhul.

Jhul era un viejo Strattos del departamento de energía. Su vello corporal era gris, y caminaba suavemente y con el cuerpo encorvado.

"Amy", contestó Makho.

"Amy, Amy ... no recuerdo a nadie con ese nombre en la clase de energía", dijo Jhul.

"Ella no viene de tu clase, Jhul", dijo Makho, colocando un taburete alto detrás, invitándolo a sentarse.

Entonces, Mokhy le hizo algunas señales a Jhul.

"¿Un humano?" dijo Jhul. "No lo creo. Debe ser una de tus bromas otra vez".

Mokhy le quitó suavemente la máscara y el casco a Amy, dejando al descubierto su rostro.

Jhul guardó silencio, examinando al humano con distancia.

"Pensé que eran más grandes," dijo Jhul.

"¿Enserio? Necesito saber quién ha estado informando a todos ustedes sobre el tamaño de los humanos", dijo Amy.

"Impresionante", dijo Jhul. "Nunca pensé que conocería a un humano, nunca. A mi edad, nada más me sorprende, pero hoy me he quedado sin palabras".

"¿Cuántos años tienes, Jhul?" preguntó Amy.

"781 años, y no voy a dejar mi trabajo", dijo Jhul, mirando a Makho.

"Ya hablamos de esto, Jhul. Eres viejo y te puede pasar algo peligroso", dijo Makho.

"¿Y traes un humano para reemplazarme?"

"No, no, ella es una prisionera", dijo Makho.

"No soy prisionera de nadie", dijo Amy.

"Parece que tiene asuntos pendientes con la general Sesmar. Tenemos que esconderla aquí hasta que ella decida cuándo van a resolver esos problemas. Estas son instrucciones que vienen directamente desde la cámara del rey", dijo Makho.

"Interesante, ¿Qué le hiciste a Sesmar?" dijo Jhul.

"Es complicado", respondió Amy.

Con un suspiro, Jhul se puso de pie y caminó hacia ella.

"¿Y cuál es tu plan, Makho? ¿Cómo vas a mantenerla escondida?" dijo Jhul, mirando a los ojos de Amy.

"Por el momento va a usar uniforme y trabajar aquí en esta estación. Tiene algo de talento y podría ser de gran ayuda para nosotros. Podemos traerle comida, para que pueda quitarse el casco y comer", dijo Makho.

Entonces Mokhy le hizo algunas señales a Jhul.

"¿Está seguro? ¿Quieres hacerte responsable de ella?" Jhul le preguntó a Mokhy.

El viejo Stratto la miró en silencio durante un momento.

"Escucha, humano", dijo Jhul, "confío mi vida a estos hermanos, todos los días. No sé cuál es tu trato aquí, y no estoy interesado en saberlo, pero parece que les caes bien".

Jhul se dio la media vuelta y caminó para salir de la habitación, pero antes, tocó una caja de cristal en la parte superior del marco de la puerta. Dentro de la caja transparente había un antebrazo dorado de una armadura real.

"Mi madre me contó tantas historias sobre humanos, y siempre pensé que todas esas historias eran solo leyendas que viven en la mente de la gente", dijo Jhul, de cara a la puerta. "Ahora, parece que todo era verdad. Si decide quedarse con nosotros, en este nivel olvidado, hay algo que debe saber. Si vas a trabajar en un proyecto o una tarea, hazlo perfecto, como si la vida de las otras personas dependiera de ello. De lo contrario, déjalo", dijo Jhul.

Amy sabía sobre compromiso y sobre hacer las cosas bien desde el principio porque su padre le enseñó todo eso. Ella asintió con la cabeza. Entonces Jhul se fue. Al ver que la puerta se cerraba le llamó la atención la caja transparente en la parte superior de la puerta.
Mokhy le hizo un par de señas a su hermano, diciéndole que traería algo de comida para Amy, saliendo de la habitación.

"¿Es verdad?" preguntó Amy.

"¿Qué cosa?" dijo Makho, sentándose en el taburete.

"Su edad. Jhul dijo que tiene 781 años".

"Sí, ¿Por qué crees que no es cierto? ¿No lo viste? ¡Con todo ese cabello gris, pronto se verá como un árbol lleno de nieve!" Dijo Makho.

"Espera, ¿Setecientos años es normal? ¿Cuántos años tienes tú?"

"Tenemos 405 años", respondió Makho.

"Esto es ridículo. ¿Todos ustedes envejecen así? Además, dijiste "Somos", ¿Tú y quién más?" Dijo Amy.

"¡Hablaba de Mokhy! ¡Somos gemelos! ¿No te diste cuenta?"

"Oh, ahora lo veo, la mancha blanca en tu frente", dijo Amy.

"Sí, los gemelos son una cosa rara por aquí. La gente decía que los gemelos eran la señal de que algo extraordinario iba a suceder. Mokhy no cree eso. Se puso un aro en la nariz para que la gente pudiera diferenciarnos. Está loco", dijo Makho, sonriendo.

"Es un lindo aro después de todo", dijo Amy. "¿Entonces tu especie vive cientos de años?"

"Sí, ¿Es eso normal? ¿Cuántos años tienes?"

"Diecisiete años", respondió Amy.

"¡Diecisiete! ¿Qué? ¡Eres una bebe!" Makho gritó. "¿Y cuánto viven los humanos?"

"Aproximadamente vivimos hasta los 90 años. Otros llegan a los cien".

"Esto es increíble. Me imagino entonces que quieres vivir rápido, para poder ver y experimentar todo lo posible durante tu corta vida, ¿Verdad?" preguntó Makho.

"Mis diecisiete años han sido muy largos, créeme. Mírame, estaba viviendo en un planeta que no era mi mundo, salvé a mi especie aceptando un trato con una general loca, y ahora estoy en otro planeta. ¿Que sigue?" dijo Amy.

"¡Apuesto a que tienes tantas historias!" dijo Makho.

"Supongo. Pero háblame de ti. ¿Hasta qué edad viven los Strattos?"

"Vivimos ochocientos años, y podemos traer la próxima generación tan pronto como tengamos cuatrocientos años. Si perdemos esa ventana, eso es todo para nosotros. Si tienes tu Mer-Ek a esa edad, podrías tener un bebé o dos. Mokhy se perdió su oportunidad, pero nos tiene a mi familia y a mí".

"Espera, ¿Mokhy no puede tener una familia?" Preguntó Amy.

"Nadie quería tener una familia con él", respondió Makho.

"Eso es muy triste. Quizás fue rechazado porque Mokhy no habla. ¿Que le sucedió?"

"Nació así", dijo Makho. "Yo creé una forma de comunicarnos entre nosotros, y él ha estado viviendo en el tercer nivel toda su vida. Mokhy le enseñó su idioma a otros trabajadores aquí".

"Parece una linda persona", dijo Amy.

"Sí, lo es. Tiene un corazón hermoso. Ya verás", dijo Makho.

"Entonces, si tienes a tu próxima generación a los cuatrocientos años y tu especie vive ochocientos años, no conocerás a la próxima generación de tu hijo, ¿Verdad?" Amy dijo contando con los dedos frente a su cara haciendo el cálculo.

"Tenemos una preciosa oportunidad de estar juntos. Mi padre vio a mi hijo antes de morir", dijo Makho, bajando la cabeza.

"Lamento haberlo mencionado", dijo Amy. "Ojalá pudiera vivir ochocientos años y tener a mi familia conmigo. Ojalá pudiera vivir para siempre y explorar el universo entero", dijo Amy.

"Bueno, hay historias sobre la sangre real del rey. Dijeron que era especial. Podría vencer la muerte de otro ser vivo pero no a sí mismo. Hay historias sobre el rey Kharpo que salvó a un humano hace miles de años y lo trajo de vuelta de entre los muertos. La última sangre real fue la reina Meryptah. Pero esas son solo historias. Nunca pensé que conocería a un humano. ¡Todavía me imagino que esto no está sucediendo en este momento!" dijo Makho con entusiasmo. "¿Conoces otras especies como nosotros?" Preguntó Makho.

"No sabía de otras especies en el universo hasta que conocí a Harkhuf", dijo Amy.

Makho cambió de repente la expresión de su rostro.

"¿Harkhuf, dijiste? ¿El príncipe Harkhuf?"

"Sí, Harkhuf", respondió Amy, mientras Mokhy entraba en la habitación con una bandeja de metal llena de comida colorida.

"¡Adivina qué! ¡Ella conoce al príncipe Harkhuf!" dijo Makho.

Mokhy hizo algunas señales tan pronto como colocó la bandeja sobre la mesa.

"¡Sí, el príncipe! ¡Esto es increíble!" gritó Makho.

Mokhy trajo un taburete y se sentó cerca de Amy. Luego hizo algunas señales.

"¿Es el principe agradable?" tradujo Makho.

"Creo que sí. Pero parece que Sesmar lo influencia demasiado. Parece que ella está decidiendo qué hacer por él ", dijo Amy.

"Espera, ¿Crees que el general está controlando al príncipe Harkhuf?" susurró Makho.

"Eso creo", dijo Amy, mirando la bandeja con comida.

"¡Esto podría ser grande!" Makho le susurró a Mokhy.

"Se ve bastante agradable y respetuoso, pero ella domina su voluntad, seguro. Parece que se gustan", dijo Amy.

Mokhy y Makho se quedaron paralizados con las mandíbulas bien abiertas.

"Qué dije," dijo Amy.

"¿El príncipe y la general?" Dijo Makho, sonriendo, seguido por Mokhy, ambos con caras ridículas.

"Ustedes son divertidísimos", dijo Amy, tratando de agarrar algo de la bandeja.

"¡Lo sabía! ¡Vi algo de Mer-Ek entre ellos!" Makho susurró, lleno de emoción.

"¡Cálmate! ¡Vas a explotar!" dijo Amy.

"¡Esto es enorme! ¡Esta podría ser la historia de Mer-Ek más hermosa de todos los tiempos! " Dijo Makho.

Entonces Amy tomó algo de comida de la bandeja y se la puso en la boca. La expresión en su rostro no era tan agradable, y lo escupió inmediatamente.

"Ok, eso no fue delicioso", dijo Amy.

"¡Nos dimos cuenta!" Dijeron Makho y Mokhy, sonriendo y tocándose los codos.

"¿Qué tal esto? ¿Lo recomiendas?" Amy preguntó, señalando un grupo de cosas redondeados de color púrpura.

Los gemelos se miraron, sonriendo, y luego volvieron a mirar a Amy.

"No vas a encontrar este gompa en ningún otro lugar de la ciudad. ¡Pruebalo!" dijo Makho.

"Gompa ... Hmm, Khawo me dijo algo sobre esto", dijo Amy, dándole un mordisco.

Gompa era un pequeño pan esférico de color púrpura hecho de raíces. Amy abrió los ojos con una declaración clara, anunciando que descubrió su comida favorita en el planeta Pree.

"¡Si me das esta comida todos los días, arreglaré lo que me traigas aquí!" dijo Amy, dándole otro bocado y otro más.

"Gompa de por vida, eso suena bien", dijo Makho. "Oye, Mokhy, ¿Sabías que los humanos viven solo 90 años?"

CAPÍTULO 8 - LA PALANCA ROJA

Makho le mostró a Amy cómo organizaban el día y cómo llegaban los equipos de trabajo a cumplir sus tareas, todos los días siguiendo el horario. Todo el equipo del tercer nivel funciona sin problemas como una máquina perfecta y bien engrasada. Todo el nivel de ingeniería es responsable no solo de la energía y el metal, sino también de las ruedas debajo de la ciudad. Varios equipos gestionan y reparan el sistema de transporte día y noche. Los gemelos le explicaron a Amy cómo funcionaba el sistema de ruedas parados frente a la paredes que sostiene el panel principal.

"Todas estas luces rojas y azules parpadeantes son las ruedas debajo de la ciudad", explicó Makho. "La ciudad es un grupo de varios bloques. Todos ellos se mueven simultáneamente y a la misma velocidad, gracias a los generadores. Si uno de estos bloques falla, la ciudad tiene fuerza suficiente para arrastrar el bloque defectuoso hasta que reparemos la falla. Ahora, un solo bloque es demasiado pesado para moverse solo. Necesita al menos tres generadores para mover un gran grupo de bloques".

"Vaya, esto es fresco", dijo Amy.

"¿Fresco?" preguntaron los gemelos.

"Sí, fresco, increíble, ya sabes, como cuando encuentras tu Mer-Ek", dijo Amy, sonriendoles.

"Fresco...", dijo Makho.

Mokhy hizo algunas señales.

"¿Mokhy pregunta cómo dices fresco con señas?" dijo Makho.

Amy miró a Mokhy. Lo pensó por un segundo y luego levantó los brazos y bombeó dos veces.

Mokhy inmediatamente hizo lo mismo y los tres sonrieron.

"Entonces, Makho, ¿Los Strattos han vivido así siempre?" preguntó Amy.

"No, no siempre, pero sólo durante los últimos cinco mil años", dijo Makho.

Mokhy hizo algunas señales.

"Mokhy dice que podría mostrarte las ruedas hoy," dijo Makho.

"¿Enserio? ¡No puedo esperar a ver eso!" dijo Amy mientras cuatro trabajadores se les acercaban, mirándola fijamente.

"Oiga jefe, ¿Quién es este?" Un trabajador le preguntó a Makho.

Mokhy avanzó e hizo algunas señales al grupo de trabajadores.

"No, Mokhy. Volveremos a trabajar después de que nos muestres quién es este nuevo trabajador. Queremos saber. Algunos trabajadores dicen que trajeron a un extraño al nivel, comprometiendo nuestras operaciones".

"¿De verdad crees que alguno de nosotros comprometería nuestras operaciones?" dijo Makho, molesto por la situación. "¿Quién te dijo eso?"

Amy los miró incómoda a través de su máscara.

Uno de los trabajadores se acercó a Amy poniendo sus manos debajo de su casco y máscara cuando en ese momento, un sonido fuerte explotó desde la fundición. Un inmenso resplandor anaranjado proyectaba un montón de pequeñas gotas rojas de metal incandescente.

"¡Es el horno! ¡Está a punto de explotar!" gritó un trabajador.

Todos corrieron hacia la fundición, tratando de ayudar a los ingenieros que trabajaban en esa zona peligrosa. Entonces otro sonido fuerte siguió aún más fuerte. Toda la pared con tubos nuevos perdió el seguro que los mantenía juntos, colapsando la zona de almacenamiento y bloqueando el único acceso a las operaciones del horno.

"¡Ayuda! ¡Ayuda!" Los trabajadores gritaron desde el otro lado de la zona caliente.

"¡Qué pasó!" gritó Makho.

"¡Una estructura pesada cayó sobre el controlador de la correa, aumentando la velocidad y encendiendo las llamas al máximo!" gritó un trabajador.

"¡Mokhy! ¡Ayúdame!" le dijo Makho a su hermano.

Mokhy levantó a su gemelo para poder apagar la velocidad de la correa.

"¡Sólo un poco más!" gritó Makho.

Mokhy empujó a su hermano con fuerza sobre sus hombros.

"¡Estoy casi allí!" gritó Makho, tocando el controlador con la punta de sus dedos.

"¡Lo tengo!"

La correa de transporte se detuvo de inmediato. Amy estaba asombrada, mirando el accidente desde una distancia segura.

"¡Ayuda! ¡Ayuda!"

Los ingenieros seguían gritando desde el otro lado de la barricada de tubos metálicos.

"Podemos tirar de los tubos uno por uno, pero cuando abramos un hueco para rescatarlos, ya estarán quemados por el calor y las llamas".

La palanca que cierra la pesada puerta del horno y que libera el calor a un sistema de convección auxiliar está al otro lado del metal rojo que se derrite. Makho vió un pequeño espacio entre los tubos e intentó pasar su cuerpo a través, pero solo pudo ver el brillo del horno. Luego miró a su alrededor y vió a un operador que podría pasar.

"¿Puedes hacerlo? ¡Eres lo suficientemente pequeño para pasar!" gritó Makho. "¡Ve al otro lado de la barricada y baja la palanca!"

El pequeño trabajador estaba asustado. Metió la cabeza y los hombros dentro del pequeño espacio, pero no era lo suficientemente grande para su cuerpo.

"¡No puedo! ¡Es demasiado pequeño!" gritó el trabajador.

"¡Ayuda! ¡Ayuda!" Los trabajadores gritaron desde el otro lado a todo pulmón.

Dos trabajadores que llevaban baldes arrojaron agua sobre la barricada.

"¡Necesitamos más agua!" Uno de los trabajadores gritó.

"¡Podemos mantenerlos frescos hasta que los rescatemos!" dijo otro trabajador.

Makho y la tripulación se quedaron sin ideas sobre cómo rescatar a los trabajadores. El calor extremo y el tiempo estaban en su contra.

"¡Yo puedo hacerlo!" gritó Amy desde el fondo de la multitud, caminando hacia la pared de tubos.

"¡Qué estás haciendo!" gritó Makho, preocupado por revelar su identidad.

Amy se apretó el casco, asegurándose de que no se le cayera de la cabeza.

"¡Puedo pasar por ese agujero, y lo sabes!" gritó Amy.

"¡No, no es así! ¡Esto es demasiado peligroso!" dijo Makho.

Mokhy hizo una señal diciéndole a Amy que ella morirá en el otro lado.

"¡Dime que tienes otra idea!" gritó Amy. "¡Déjame ayudar!"

Makho estaba presionado y confundido con la situación, mientras que los trabajadores del otro lado estaban a punto de morir quemados y el resto de la tripulación estaba esperando que él tomara una decisión.

"¡Confía en mí por favor!" gritó Amy. "¡Yo puedo hacerlo!"

Makho miró al resto de los trabajadores. Luego movió su cabeza.

En un movimiento rápido, Amy insertó una barra larga y sólida en el espacio y agarró las manos de Mokhy.

"¡Esto es física pura!" Amy gritó mientras colocaba una caja de metal debajo de la barra.

"¿Qué estás haciendo?" dijo Makho.

"¡Empujalo! ¡Con todo lo que tengas! ¡Solo dame el tiempo suficiente para arrastrarme por el agujero! gritó Amy, mirando a los ojos de Mokhy.

Mokhy asintió y empujó la barra hacia abajo. Era el Strattos más fuerte en el tercer nivel, pero no fue suficiente para levantar la carga. Otros dos grandes trabajadores saltaron rápidamente para ayudarlo. Luego, los tubos pesados se levantaron, abriendo un pequeño espacio perfecto para el cuerpecito de Amy.

"¡Manténgalo fuerte!" gritó Amy.

Inmediatamente se arrastró a través de la pequeña ruptura entre los tubos. Mokhy vio cómo sus pies desaparecían, y luego la barra sólida se dobló, cerrando la única vía de entrada. Ahora el rescate estaba en las manos de Amy.

Una vez en el otro lado, ella vio a los trabajadores abrazándose, atrapados entre el fuego que brotaba del horno y la barricada. Vio caer el agua sobre ellos, lo que le daría tiempo suficiente para cerrar la puerta del horno. Amy escaneó rápidamente el lugar en llamas en busca de la palanca.

"¡Dónde está!" gritó Amy, comenzando a sentir el calor.

Luego vio un cubo de agua y se lo echó sobre la túnica, refrescándose.

"¡En la parte superior de la pared lateral, hay una palanca roja! ¡Tírala hacia abajo!" gritó Makho desde el otro lado.

"Palanca roja, palanca roja, palanca roja ... Ahí estás", murmuró Amy mientras su uniforme comenzaba a calentarse de nuevo.

"¡Ayuda!" los trabajadores gritaban sin parar, temiendo por sus vidas.

Amy saltó rápidamente sobre unas cajas metálicas y comenzó a trepar por la pared lateral del horno.

"¡Este es solo otro trofeo para mi equipo de escalada, papá!" murmuró Amy.

Luego sostuvo la palanca, pero no se movió.

"¡Vamos!" gritó Amy, bajando la palanca con el peso de su cuerpo, pero no fue suficiente.

Colgada de la palanca, miró a su alrededor, tratando de encontrar una solución cuando vió una cadena y unas poleas.

"Nada que la física no pueda resolver", susurró Amy.

Rápidamente, armó un sistema de poleas simple, como los que construyó en Hyperterra, y volvió a trepar a la parte superior de la pared. Entonces, Amy saltó, sosteniendo el otro extremo de la cadena. La palanca dura hizo un fuerte ruido metálico, bajó y cerró la puerta con un estruendoso sonido.

Amy aterrizó en una plataforma de rodillas y cayó rodando. Su casco y máscara se cayeron, lejos de ella.

"¡Amy! ¿Estás bien? ¡Amy!" gritó Makho mientras los trabajadores seguían moviendo tubos frenéticamente.

Amy estaba un poco mareada por la caída. El sonido del vapor a alta presión moviéndose a través de las tuberías y el sonido del metal alrededor del horno agrietandose mientras comenzaba a enfriarse, revelaron la figura de esta rara persona que salvó a los ingenieros. Los cinco trabajadores la miraron en silencio.

La barricada de tubos disminuyó considerablemente y los primeros trabajadores atravesaron el obstáculo con baldes de agua.

"¿Dónde está el pequeño?" Otro trabajador gritó.

"¡Amy! ¡Dónde estás!" gritó Makho.

Entonces, los trabajadores se quedaron paralizados, mirando a Amy, quien estaba parada sobre una plataforma de metal con su cabello rojo iluminado por la luz del sol que entraba por las ventanas.

"No te muevas", dijo Makho, vertiendo agua sobre ella.

Mokhy llegó detrás con otro balde, pero Amy le hizo una señal diciéndole que estaba bien. Entonces Mokhy vio su casco en el suelo.

"Parece que ya no lo vas a necesitar", dijo Makho.

"Lo siento, se cayó", dijo Amy.

Los gemelos sonrieron.

Algunos trabajadores caminaron hacia Amy, Makho y Mokhy, mientras que otros asistieron a los cinco ingenieros rescatados. Todos sentían curiosidad por el nuevo miembro de la tripulación.

"No sé si te diste cuenta, pero nadie vino a ayudarnos. Solo somos nosotros", dijo Makho.

Amy miró a su alrededor y solo vio túnicas negras y marrones, pero nadie más.

"Esto es trágico. Este nivel es un lugar olvidado por el resto", dijo Amy.

"Si alguien muere aquí, a nadie le importa. La ciudad se olvidó de nosotros, pero la ciudad no puede vivir sin nosotros. Así que esa es nuestra misión", dijo Makho.

Amy miró los rostros de los trabajadores a su alrededor. Ninguno de ellos estaba asustado, sino agradecido.

"Durante los tiempos más oscuros de nuestra nación, la gente eligió hacer algo que ayudara a nuestra ciudad a mantenerse viva. Esto es lo que queremos hacer y estamos orgullosos de ello. Sabemos lo importante que es el tercer nivel para nuestra nación", dijo Makho.

Makho y Mokhy caminaron detrás de Amy y la presentaron al resto de los trabajadores.

"¡Mis amigos! ¡Acérquense! Esta es Amy, de la Tierra. Ella es una humana y, como acaban de ver, está aquí para ayudar", gritó Makho.

Mokhy le hizo algunas señales a su hermano.

"¡Es verdad, casi lo olvido! ¡Ella es quien arregló el generador instalado en la nave de la general Sesmar!"

67

Los trabajadores hablaron entre ellos. Todos se sorprendieron porque saben lo antiguo y complicado que es ese generador.

"Gracias", dijo un trabajador.

"Gracias."

"Gracias, Amy".

"Gracias", otros trabajadores repitieron.

Amy estaba encantada con las demostraciones de bondad.

Mokhy caminó hacia el frente y ayudó a uno de los trabajadores viejos que intentaban acercarse a Amy.

"Gracias", le dijo.

Entonces, el viejo Strattos le preguntó algo a Mokhy en su oído. Entonces, Mokhy asintió y ambos miraron a Amy.

"Déjame adivinar", dijo Amy, "El anciano pensaba que los humanos eran más grandes, ¿No es así?".

Mokhy respondió, levantando los brazos y bombeando dos veces con la boca bien abierta.

"Sí, fresco … seguro", dijo Amy, sonriendo.

Luego, el viejo Strattos hizo la misma señal. Todos se rieron mientras Jhul miraba desde atrás.

CAPÍTULO 9 - BAJO LA CIUDAD

Una enorme nube de humo oscuro se elevó por los tubos de escape detrás de la ciudad. Algunos Strattos en la superficie lo notaron, pero no le prestaron suficiente atención.

"¿Qué es eso?" dijo un Strattos, caminando cerca de las terrazas.

"Mira esa nube negra", dijo otro Strattos. "Debe ser algo ardiendo en el tercer nivel, nada serio".

"Sí, no te preocupes", dijo un tercero.

Otros vieron la nube negra que la ciudad dejaba atrás, pero nadie se alarmó. La ciudad siempre dejaba un espeso cortejo de polvo a medida que avanzaba por el suelo, pero nunca era negro. Eso sería bastante poco común y suscitaría preguntas de cualquiera, pero no de la gente de la superficie.

Los soldados del ejército real también vieron la nube negra y enviaron un aviso al cuartel general comunicando sobre una cantidad excesiva de humo que salía del tercer nivel. La nota pasó por varias manos, no alarmando o preocupando a nadie, y retrasando cualquier acción de ayuda en caso de que ocurriera algo terrible en ese nivel que requiriera asistencia urgente.

Tan pronto como la nota de advertencia llegó a manos del jefe del ejército real, este la hojeó y la dejó en una mesa cerca de él.

"No hay nada de qué preocuparse", dijo el jefe.

La vida en la superficie era lo suficientemente ocupada como para hacerles olvidar al grupo de Strattos que trabajaban día y noche debajo de la ciudad. Los servicios esenciales como la energía, el agua, la distribución del suelo para los jardines y el almacenamiento de semillas eran responsabilidad del tercer nivel. Además, deben realizar reparaciones masivas de la máquina viviente y asegurarse de que la ciudad se mueva a la velocidad adecuada.

Un miembro del tercer nivel es un Strattos experto en maquinaria multitarea. Gracias a ellos, la ciudad ha estado moviéndose por la superficie del planeta durante miles de años sin interrupción.

Por la mañana, los ingenieros llevan la ciudad a la luz del sol. La tarea requiere una reducción de la energía que alimenta los motores. Zhoto es el ingeniero jefe del sistema de rastreo. En una operación coreográfica, Zhoto controla las operaciones de velocidad con sonidos de trompetas y campanas. De esa manera, Zhoto puede llevar a los veinte operadores de los diez generadores de la ciudad a aumentar o reducir la energía. Jhul es el operador del sistema de energía principal y se asegura de que todos los generadores alimenten los motores cuando Zhoto coordina las maniobras.

Cuando la ciudad está un poco más cerca del lado caliente del planeta, la superficie se calienta y la luz del sol llega a los jardines sobre los módulos vivientes. Los operadores realizan movimientos sincronizados diarios para evitar agujeros en el suelo y otras formaciones rocosas. Todos esos movimientos o cambios en la ruta son invisibles para la gente en la superficie.

La máquina gigante se mueve día y noche hacia el lado de congelación, contrario al movimiento de rotación del planeta. Durante la noche, rueda sobre la parte lisa de la superficie, mientras que durante el día, la ciudad atraviesa el desierto rocoso.

Cada mañana, Makho y Mokhy se transforman en los "atrapa hielos". Con gran precisión, capturan rocas sólidas de hielo y luego, utilizando un proceso natural para derretirlo, los gemelos inyectan el agua líquida en el sistema de la ciudad.

Al final del día, cuando la ciudad necesita entrar en la noche, los generadores producen más energía, acelerando los motores. Entonces la temperatura de la ciudad desciende y la oscuridad en el cielo cierra otro día.

Tan pronto como Zhoto visualiza que la ciudad está lo suficientemente profunda en el lado frío, los generadores y motores vuelven a la velocidad promedio, invitando a los Strattos a dormir bien.

Los sacrificios de los ingenieros van por encima del trabajo en el tercer nivel, viviendo separados de sus familias y viéndolos solo durante los descansos. Sus familias viven en la superficie, y su próxima generación mantiene la tradición familiar de la tripulación de tercer nivel tan pronto como llegan a los cien años. Es un gran honor para sus familias celebrar la misión de sus vidas, manteniendo vivo el legado de su fallecida reina.

"A nadie le importa lo que suceda en el tercer nivel", dijo Makho, limpiando las heridas de Amy después de que tocó las paredes calientes del gran horno. "Este grupo de ingenieros es todo lo que tenemos".

Mokhy le hizo algunas señales a Amy.

"El dijo 'Somos una gran familia'. Nos cuidamos unos a otros", dijo Makho, traduciendo las palabras de su hermano.

"Pero si te preocupas por la gente de la superficie, es lógico que se preocupen por este nivel. No pueden vivir sin tu trabajo", dijo Amy, muy molesta.

"Nuestra vida aquí se trata de hacer lo que más nos gusta hacer", respondió Makho.

Luego, Jhul llegó a la plataforma donde estaba sentada Amy, rodeada de trabajadores y los gemelos.

"Al final del día, tenemos la satisfacción de que nuestro trabajo estuvo bien hecho", dijo Jhul, caminando hacia Amy. "También tenemos el orgullo de lo que representa nuestro trabajo para el resto de la nación en la superficie". Jhul tomó suavemente las manos de Amy y examinó sus heridas.

"Bueno, creo que la ciudad debería reconocer lo que esta gente hace todos los días. Esto no es justo", dijo Amy, decepcionada.

"No se trata de lo que es o no es justo", respondió Jhul, colocando un gel azul en sus palmas. "Todos aceptamos el camino que tomaría nuestra vida".

"Exactamente. Todos lo aceptaron, pero no lo eligieron", dijo Amy. "Entiendo que esta no fue tu decisión. Desde el momento de tu nacimiento, te condenaron a trabajar aquí. Ninguno de ustedes tuvo la oportunidad de elegir el camino que querían vivir".

Algunos trabajadores se miraron entre sí, mientras que otros bajaron la mirada. Jhul notó que las palabras de Amy estaban colocando ideas en las mentes de las personas que la rodeaban. Luego, terminó de envolver sus manos con un pedazo de tela.

"Trabajar en el tercer nivel es un honor. Tenemos un legado poderoso basado en el honor. Eso es algo que los humanos nunca entenderán", dijo Jhul, alejándose.

"¿Honor?" dijo Amy. "Todo esto se parece más a esclavitud". Jhul se detuvo por un segundo, volviéndose para mirar suavemente en los ojos de Amy. "Además, ¿Qué sabes tú sobre los humanos?"

"Todos aquí saben que son libres de irse cuando quieran", respondió Jhul con voz suave. "Trabajar aquí es mucho más importante que simplemente elegir dónde trabajar. Es un legado de las familias Strattos, desde hace miles de años. Algo que va más allá de nuestra propia elección de qué camino tomar. Y sobre los humanos, sé lo suficiente".

Jhul se alejó, tocando los hombros de algunos trabajadores al salir de la fundición. Amy miró a los ojos de Mokhy, sintiéndose avergonzada. Un grupo de ingenieros comenzó a trabajar, moviendo los tubos y limpiando el área, listos para volver al trabajo. Otros todavía estaban alrededor de Amy, mirándola con agradecimiento. Amy sintió que tal vez no fue lo suficientemente amigable y agradecida con Jhul, considerando que él se preocupó por sus heridas. Pero ella sabía que todos los sistemas que controlaban el tercer nivel se basaban en el cautiverio de los miembros de su equipo.

"Entiendo. Así es como los Strattos manejan este lugar", dijo Amy, mirando a los gemelos. "Pero el reino sobre sus cabezas dejó este lugar con una considerable falta de aprecio por lo que ustedes hacen aquí. A la gente como Jhul le gusta que sea así. Tal vez no quiso dejar este lugar durante toda su vida porque sus padres le enseñaron eso. Jhul, como yo y otros como tú, nunca tuvieron la opción de irse, y tal vez esa sea la única razón por la que tú tampoco lo hiciste".

"Estamos llamados al legado, Amy", dijo Makho.

Mokhy le hizo señas a Amy.

"Nacimos aquí y nuestros padres, y los de ellos", dijo Mokhy mientras Makho lo traducía. "Mi hermano y yo amamos este lugar, pero me gustaría tener la opción de irme un día antes de que mi vida se desvanezca. Y no me malinterpretes con esto. Estamos orgullosos de estar aquí todos los días, pero me siento herido cuando la ciudad no nos aprecia. Y cuando digo esto, puedo darte una lista completa de lo que podrían hacer para hacernos felices".

Otros hablaron entre ellos y estuvieron de acuerdo con lo que dijo Mokhy.

"Cuando miré a mi alrededor después del accidente del horno, realmente esperaba que alguien apareciera y nos ayudara", dijo Amy. "Me quedé mirando las puertas del ascensor esperando ayuda, pero eso nunca sucedió. Ese fue el momento en que me di cuenta de que podía hacer algo".

"Y lo hiciste", dijo Makho.

"Gracias", dijo uno de los trabajadores rescatados.

"Gracias, Amy", dijo otro Strattos, tomándola de la mano.

"Eso fue lo correcto", dijo Amy. "Creo que tengo más posibilidades de hablar con el rey que ustedes. Si eso sucede, le informaré sobre el tercer nivel. Le haré saber lo importante que es el corazón de la ciudad. Se los prometo."

El sector de la fundición estaba hecho un desastre después del accidente, pero trabajaron duro para quitar los tubos y organizarlos. Hicieron una línea pasándose entre sí las tuberías desde el punto del accidente hasta el lugar de almacenamiento mientras otros trabajadores llenaban el estante en una secuencia organizada de trabajo en equipo. Amy estaba colocada entre Makho y Mokhy, y físicamente era un punto pequeño en la línea en comparación con el tamaño considerable de los cuerpos de los Strattos. Aún así, su energía y vitalidad la colocaron al mismo nivel que ellos, y después de lo que hizo, los ingenieros la incluyeron y aceptaron rápidamente en la tripulación. Amy estaba feliz. Nunca antes había tenido una oportunidad así desde que tenía ocho años. Con el equipo de escalada de su escuela, Amy ganó muchos trofeos, y esta actividad le trajo recuerdos de esa época maravillosa y de sus amigos, de los que nunca pudo despedirse.

"Esto es una locura. Estuve congelada y luego me desperté en Hyperterra. Luego llegué a otro planeta al otro lado del universo, y aquí estoy, trabajando con especies locales para restaurar el orden en su zona de trabajo horas después de que aterricé aquí. Si Frank estuviera aquí, estaría guardando datos de toda esta situación como un loco. Lo extraño," murmuró Amy mientras pasaba tubos. Recordó a sus perros y su vida en Hyperterra. "Sé que voy a volver. Tengo que hacerlo. Es necesario."

La galería donde se ubicaba la fundición era enorme y se estableció debajo del lado sur de la ciudad. Desde esa parte del nivel de ingeniería, era imposible ver el resto del Kemet debido a las paredes exteriores del horno. Los moldes de metal fundido se colocaron en diferentes secciones, donde varios equipos trabajaron limpiando y almacenando las piezas para el siguiente paso en las líneas de montaje. En la lista de trabajos que la fábrica hacía todos los días estaban transportes, muebles, módulos de vivienda, artículos que requerían metal para su desempeño como preparación de alimentos, ruedas y muchas otras cosas.

En el centro estaba el área de trabajo, justo debajo de los ascensores y el palacio. Era la galería más destacada del tercer nivel, reuniendo un área de investigación, salas de trabajo técnico, laboratorios de reparación de energía, soldadura, almacenamiento de metales, máquinas de captura de hielo, correas de distribución de suciedad y el mecanismo de circulación de agua potable. El área principal era una gran cámara lisa con bancos y espacios abiertos donde los ingenieros realizaban sus trabajos habituales de reparación y restauración. Los ingenieros pasaban todo el día en el área principal, y siempre había mucho trabajo por hacer.

En la zona norte se ubicaba el almacén de semillas, los tanques de agua, los molinos y la máquina recolectora reutilizable. Todos los días, se descartaban toneladas de material metálico de la gente de la superficie y se re-procesaban, convirtiendo los desechos de metal en nuevos materiales y objetos a través de la fundición. Todos en el tercer nivel tenían que pasar horas de su tiempo en el colector de descarte, donde seleccionaban los diferentes tipos de metal para hacer más eficiente el proceso de fundición.

En total, un número no mayor a cien Strattos trabajaba en el tercer nivel, y todos sabían qué hacer en cada sector, excepto los trabajadores de la fundición.

"¡Este es el último tubo!" dijo uno de los trabajadores.
"¡Vaya, eso fue rápido!" gritó Amy.

74

"¡Ahora, podemos ir a comer!" dijo Makho.

Una vez que la última pieza estuvo en el estante, todos celebraron golpeando sus hombros dos veces.

"Esto es totalmente diferente de lo que siempre conocí como una celebración, como gritar, saltar o aplaudir", le dijo a Mokhy.

Los Strattos tocaron los hombros de cada uno de ellos, incluida Amy. Los altos se inclinaron un poco para que Amy también pudiera tocarles los hombros. Era inusual para ella, una conexión física donde las palabras no son necesarias en absoluto. No había filas como cuando terminaba el partido y todos los jugadores se alineaban para tener un apretón de manos. Esto era espontáneo, desorganizado y desestructurado. Totalmente opuesto a lo que los Strattos representaban para ella, pero muy cercano a lo que los humanos llamaban fiesta.

Una vez que terminaron, Amy aplaudió.

"¡Woohoo!" gritó ella.

Entonces todos se detuvieron abruptamente. Mokhy mostró sus manos, indicándole que se detuviera. Ella estaba perpleja y los Strattos la miraron en silencio.

"¡Ella no lo sabe! ¡Ella no lo sabe! Por favor, olvídenlo, no le hagan caso", dijo Makho. "Ella es una de nosotros ahora, y hay una gran brecha entre nuestras culturas", Makho caminó hacia Amy.

"¿Qué hice mal?" preguntó Amy, avergonzada.

"Aplaudimos solamente cuando muere un Strattos. Quizás en tu cultura sea algo más diferente, pero hacer ese sonido que acabas de hacer con tus manos ayuda a las almas de nuestros seres queridos a alcanzar la paz en la próxima vida. Teniendo en cuenta lo que acaba de pasar en el horno, esto podría ser muy insultante para todos. Por favor, no lo vuelvas a hacer".

Makho hablaba en serio. El resto de la tripulación la miró como si estuvieran esperando algo. El silencio fue increíblemente incómodo.

"¿Que puedo hacer para arreglarlo?" susurró Amy.

"Párate en un pie y haz algunos saltos. Y junta tus manos en el aire. ¡Oh! Además, cierra los ojos, por favor", dijo Makho gentilmente.

Amy lo hizo de inmediato. Estaba avergonzada y sus ojos estaban cubiertos de lágrimas. Entonces los Strattos empezaron a reír, todos mirando a Amy. Ella pensó que lo estaba haciendo bien porque todos volvían a estar felices. Entonces vio a Mokhy, tapándose la boca con ambas manos. En ese momento, miró a su alrededor y se dio cuenta de que era víctima de una broma. Una broma de los Strattos.

"¿Enserio, Makho?" dijo Amy, todavía parada en un pie.

"¡Atención!" Makho gritó entre las risas de los demás. "Atención es lo que dices cuando aplaudes en el idioma de Mokhy. ¡Todos estaban esperando a que dijeras algo!" Dijo Makho, riendo a carcajadas.

"Muy gracioso, Makho", dijo Amy con las manos en la cintura.

Mokhy le hizo una señal con ambas manos en el aire, bombeando dos veces.

"Sí, fresco", dijo Amy, sonriendo.

"¡Todos, tomen sus noter y vayan a comer!" Dijo Makho.

Algunos ingenieros tocaron el hombro de Amy mientras se dirigían a comer, riendo. Mokhy se acercó a ella e hizo una señal deslizando su mano desde el hombro izquierdo al derecho.

"¿Qué fue eso? ¿Bienvenidos?" preguntó Amy.

"¡Sí!" dijo Makho, pasando cerca de ella. "¡Bienvenida al tercer nivel! ¡Oficialmente!"

"¡No sé si volveré a confiar en ti, Makho!" dijo Amy.

"¡No tienes que hacerlo!" Makho gritó sonriendo, alejándose.

Mokhy estaba de pie delante de ella, sonriendo.

"Deja de sonreír, o te agarraré ese aro que tienes en la nariz", dijo Amy.

Mokhy le hizo una seña, indicándole que lo siguiera.

Caminaron hasta una habitación en el lado norte del tercer nivel. Un largo pasillo separaba al Kemet de otra gran cámara, llena de largas mesas de metal donde los trabajadores estaban sentados para comer. En el lado izquierdo de la entrada de la cámara había un gran estante lleno de comida brillante y colorida, similar a la bandeja con comida que le trajeron los gemelos antes del accidente. No había cola y todos caminaban con suavidad, respetando los espacios de todos, agarrando algunos artículos y sentándose con los demás. Había comida para todos.

"¿Tienen gompas aquí?" Preguntó Amy.

Mokhy sonrió y le hizo una seña positiva para confirmar. Le entregó una bandeja metálica que tenía una hendidura en forma de cubo pequeño en el centro. Luego le mostró qué elegir. Primero, agarró algo muy similar a un racimo de uvas y las puso en el centro de la hendidura. Amy hizo lo mismo mientras caminaban hacia el siguiente artículo. Agarró algunas verduras largas de color púrpura, como plátanos y luego algunas gompas. Amy tomó la primera gompa y la mordió de inmediato.

"¡No sabía que tenía tanta hambre! ¡Amo las gompas!" gritó Amy.

Mokhy tomó una pequeña herramienta con un círculo perforado con varios agujeros alrededor de la circunferencia. El artículo tenía un asa, y Mokhy lo puso boca abajo sobre la verdura con forma de uva. Luego presionó firme y continuamente hasta que el jugo azul salió por los agujeros. Luego lo sacó y se lo pasó a Amy. Ella hizo lo mismo. No fue fácil, pero exprimió la fruta, haciendo que el jugo azul se filtrara por los agujeros. Se lo pasó al Strattos que venía detrás. Mokhy le dio un tubo pequeño y delgado, brillante, como una pajita de metal. Luego probó el líquido. Ella hizo lo mismo.

"¿Qué?" Amy gritó después de beber el jugo. "¡Esto es increíblemente dulce! ¡Es delicioso!"

Mokhy agarró un poco más y lo puso en su bandeja. Amy repitió el proceso de exprimir y bebió un poco más.

"¡Puedo beber este jugo todo el día!" gritó Amy.

Los otros Strattos sentados en el área para comer le sonrieron, mostrando que ellos también estaban bebiendo y que estaban de acuerdo en que el jugo era increíblemente delicioso. Mokhy salió de la zona de comedor y regresó al largo pasillo hacia el Kemet.

"Espera, ¿No estamos sentandonos con ellos?" preguntó Amy, siguiéndolo.

Mokhy movió la cabeza, señalando que no. Caminó hacia una pequeña plataforma en el suelo y sostuvo la bandeja con ambas manos. Giró un pequeño candado con los pies. Luego se abrió una puerta en el piso, revelando escaleras que conectaban con otro piso debajo del área de trabajo. Bajó con cuidado y lentamente, tratando de no tirar la comida por las escaleras.

"¿Vas a llevarle esa comida a Zhoto?" gritó Makho desde la entrada del pasillo. Mokhy movió la cabeza, señalando que sí.

"¡Perfecto!" dijo Makho. "¡Disfruta la comida, Amy!"

"¡Gracias, Makho!" gritó Amy. "¡Tú también! ¡Bon appetit!"

"¿Qué?" gritó Makho, volviendo del pasillo.

"No te preocupes. Es Francés", dijo Amy, bajando las escaleras con su bandeja.

CAPÍTULO 10 - EL MAPA

En lo alto del ala norte del palacio del reino, en una habitación oscura llena de avances tecnológicos y máquinas de procesamiento cuántico de los Strattos, la general Sesmar está preparando junto a su equipo el procedimiento para abrir una pieza de tecnología humana. El comunicador del padre de Amy.

Este laboratorio se ha utilizado como área privada de la general con fines de investigación. Toda la zona ha estado bajo ocupación militar desde hace miles de años. El general Net, el primer Rey-General después de la muerte de la reina Meryptah, dedicó el lado norte del palacio a proyectos militares clasificados. En ese edificio se llevan a cabo tareas como el montaje de sistemas para nuevas naves espaciales de combate o la investigación científica para el desarrollo de nuevos armamentos.

El acceso civil al lado militar del palacio está totalmente restringido. Por ello, surgió un profundo desacuerdo entre ambos cargos después de que el nuevo reino, que fue elegido por el pueblo, presentara varias razones por las que el reino debería tener acceso a instalaciones militares. El área norte del palacio pronto será reservada para la familia del rey nuevamente, reduciendo considerablemente las áreas que son innecesarias para la administración militar. El nuevo reino bajo el gobierno de la reina Klya le dio al general Nofret un ultimátum para que entregara el lugar. Aún así, sus descendientes, Kortox y Sesmar, han ignorado esos plazos por cientos de años. Desviaron la atención del reino con la falsa misión de explorar nuevos planetas para los Strattos, utilizando sin vergüenza ni arrepentimiento los recursos de la nación. El plan funcionó perfectamente para ellos, y para Sesmar aún más, ya que el príncipe Harkhuf estaba enamorado de ella.

La centenaria batalla por el acceso al área militar secreta terminará en unos días más, una vez que el rey de el anunció, de la desarticulación de la rama militar para siempre, manteniendo solo la guardia real, y transformando toda la ciudad en una zona de paz sin odio ni intimidación. En los planes del rey está la decisión de mantener el mecanismo de defensa que ya tiene la ciudad en el escenario de una invasión espacial, que será totalmente controlado y gestionado por la guardia real bajo el mando del reino.

El icónico general Prass creó ese sistema de defensa, que consta de varios asteroides ubicados alrededor del planeta y conectados al mecanismo de defensa, directamente al ala norte del palacio. Los asteroides se pueden operar desde esa instalación, trazando un camino directo contra cualquier amenaza que pueda intentar acercarse a Pree. El sistema nunca se ha utilizado y el reino espera que eso nunca suceda.

"¿Está todo listo?" preguntó Sesmar a los técnicos.

"Sí, mi señora, no tenemos la pieza específica para este dispositivo, pero estamos tratando de conectar los terminales a nuestra esfinge cuántica", dijo uno de los expertos del laboratorio.

"Empecemos leyendo la primera capa de información. De esa manera, podemos comprender la estructura de esa máquina. Desde ahí podremos profundizar", dijo Sesmar.

"Como desee, mi señora", dijo otro técnico.

Varios Strattos trabajaron en el área militar bajo estrictos protocolos de confidencialidad y privacidad de desarrollo tecnológico. Los técnicos vestían túnicas brillantes, hechas de finos filamentos de plata que los protegían de la radiación de la esfinge cuántica. Las túnicas subían, cubriendo sus cabezas. Se instalaron escudos de material transparente por toda la habitación. Algunos de ellos se utilizaron para proyectar información como estructuras de datos e información numérica para mostrar el proceso de la esfinge cuántica. La mega computadora, desarrollada por Sab, el hijo del general Prass, se ha actualizado generación tras generación con nuevos datos, conocimientos e investigaciones sobre otras civilizaciones del cúmulo, incluida la Tierra. La esfinge cuántica utiliza un flujo macrozoide como núcleo, lo que hace que la poderosa máquina pueda procesar datos más rápido que cualquier otra cosa en el universo, pero limitada al poder de un pequeño fragmento de la Piedra del Tiempo. Este fragmento ha estado en posesión de los descendientes de la familia desde que Prass se lo pasó a su hijo y él a los suyos. Sesmar es la portadora del único pequeño fragmento que se conoce de la poderosa roca. Ella espera algún día juntarla con el resto de los fragmentos y así convertirse en el ser más poderoso del cosmos.

De repente, el sonido de la enorme puerta principal deslizándose sobre la barandilla de metal llamó la atención de todos en la cámara.

"Mi príncipe, honramos su presencia en este laboratorio", dijo un soldado militar.

Todos los técnicos se arrodillaron inmediatamente, abandonando en ese momento sus diferentes tareas, incluidos los soldados y el capitán Khawo, que estaba detrás del príncipe Harkhuf, escoltándolo al laboratorio.

Sesmar caminó hacia Harkhuf con pasos pesados, y cuando ella estuvo casi frente a él, Sesmar lo miró directamente a los ojos.

"Mi príncipe", dijo Sesmar, arrodillándose también.

La habitación estaba en silencio. Entonces Harkhuf, vestido con la túnica blanca del reino de los Strattos, miró a su alrededor.

"Hijos del rey Kaemsekhem, levántense", dijo Harkhuf.

Poco a poco, todos volvieron a sus tareas. Sesmar se puso de pie de nuevo, enfrentándolo con una mirada llena de molestia y decepción.

"Qué sorpresa," dijo Sesmar, mirando seriamente a los ojos de Harkhuf. "¿A qué debemos el honor de tu presencia, príncipe?"

Harkhuf caminó hacia la esfinge cuántica mirando el equipo y los avances tecnológicos en la habitación.

"Pensé que la información contenida en este dispositivo humano sería fascinante para nuestra nación", dijo Harkhuf.

"Capitán Khawo, estoy sorprendida por la visita del príncipe", dijo Sesmar. "¿Cuál es el motivo de la falta de comunicación de su persona con este general?"

"Mi señora, el príncipe Harkhuf ..."

"Le di al Capitán Khawo órdenes específicas de no anunciar mi llegada. ¿Tenemos un problema con ello?" dijo Harkhuf, volviendo su cuerpo hacia Sesmar.

"Por supuesto que no, mi príncipe", respondió Sesmar, mirando a Khawo. "Como siempre, su presencia es bienvenida, mi señor".

Khawo le hizo un gesto a Sesmar, pidiendo perdón después de seguir las órdenes del príncipe. Sesmar se volvió y caminó hacia Harkhuf.

"Ya no eres bienvenido en este lado del palacio", susurró Sesmar mientras ambos miraban el cubo, tratando de distraer la atención a su alrededor.

"Pero, mi amor", susurró Harkhuf. "¿Por qué me miras despectivamente? ¡Sigo siendo tuyo! Y nuestra ambición de poder está intacta. ¡Esto no va a funcionar si estamos separados por odio".

"¡Adivina qué, tonto!" susurró Sesmar, enojada. "Tu padre terminará con el ejército, y después de eso, no habrá nada que podamos hacer para llevar a cabo nuestros planes. ¡Te vi! Y no moviste un músculo cuando el rey me dijo que nos retiraría a todos. ¡Pensé que te convertirías en el guerrero que ví para nuestra lucha con los humanos! Que no te enfrentaras a él para cesar su decisión me causó una gran tristeza. Pero me temo que eres solo otro Strattos escondido detrás de los sabios ancianos".

Harkhuf miró a Sesmar con rabia. Ella no se equivocó en su declaración, pero algo cambió en él después de su estancia en el planeta de Amy. Algo que no puede entender y que todavía le confunde. Ama a Sesmar y su corazón está ligado a su Mer-Ek. No puede fallarle, pero siente la urgencia de hacer algo sobre la injusticia. Un sentimiento profundo por restaurar el honor de Amy se solidifica en él cada vez que la cara de Amy viene a su mente.

"¡Pero qué debo hacer!" Harkhuf susurró con rabia. "¡Él es el Rey! Llegó un día con la idea de desmantelar el ejército después de haber tenido un sueño. Después de ese sueño, mi madre dijo que decidió cambiar la vida de la nación para siempre. ¿Qué puedo hacer después de eso? ¿Mas mentiras?"

Sesmar lo miró a los ojos y buscó respuestas sobre qué pasó con él después de la última misión.

"Eras otra persona antes de atravesar ese portal," susurró Sesmar. "¿Eres amigo de los humanos ahora? ¿Qué te hizo ella? ¡Déjame ayudarte!"

"Ella no me hizo nada", dijo Harkhuf, mirando el cubo de nuevo. "Me siento avergonzado cada vez que pienso en ella. Ella no me hizo nada. Ella era el enemigo y, en lugar de eso, me cuidó y me mantuvo con vida hasta tu llegada. ¿Y cómo le pagué? ¡Traerla aquí y tratarla como una esclava!"

"¡Ella obtuvo lo que todos los humanos se merecen, Harkhuf!" susurró Sesmar. "No seas víctima de su estrategia. ¡Eso es lo que siempre hacen los humanos! Se abren camino profundamente en tu mente, cambiando todo y torciendo nuestros esfuerzos por devolver la Piedra del Tiempo a nuestro planeta. ¿No lo ves? ¡Nuestra gente está sufriendo a causa de los humanos! Eres una víctima, mi amor, y como te prometí antes, ¡te protegeré con mi vida! Deja que te ayude. Quiero que vuelvas a encarrilarte. Ponte cómodo, porque sólo tenemos un día para encontrar el mapa del resto de los fragmentos de este dispositivo y averiguar cómo vamos a viajar a la Tierra sin autorización militar".

Harkhuf la miró de nuevo. Todavía estaba confundido, pero la amaba más que a nada. Él hará lo que ella diga, incluso ir en contra de su padre, el rey.

"¿Empezamos?" gritó Harkhuf.

Sesmar esbozó una sonrisa. Harkhuf se alejó de ella con pasos decididos y de realeza, sentándose en un banco de plata, detrás de los escudos transparentes.

"Por supuesto, mi príncipe", respondió Sesmar.

La general caminó con pasos largos hacia su posición para iniciar la extracción de conocimiento del dispositivo humano.

"Estamos listos, general", dijo el asistente de laboratorio.

"Perfecto. Comencemos" dijo Sesmar, sentada en un trono plateado conectado a la esfinge cuántica. La silla grande, construida con varias formas de rombos, tiene un pequeño hueco hacia el brazo izquierdo. El pequeño fragmento de la poderosa roca alimenta con energía el sistema. Sesmar se quitó el collar que contiene el pedacito de piedra.

"Estoy colocando la roca", exclamó Sesmar, introduciendo la valiosa pieza en el hueco.

"Jefe, el sistema está recibiendo la energía", informó un técnico.

"¡Perfecto, continuamos!" gritó el jefe del laboratorio.

"Activando la esfinge cuántica", dijo el asistente.

Sesmar, el príncipe y el resto de los Strattos en la cámara se pusieron protección cubriendo sus ojos. Lentamente, el jefe del laboratorio levantó una palanca que encendía el sistema principal. Una intensa luz azul brillante y sólida se produjo desde el centro de un cubo ubicado en el centro de la habitación. La luz azul llenó el suelo con una intrincada línea de datos que se arrastraba directamente a los escudos transparentes. Luego, una gran cantidad de datos comenzó a circular en los monitores, y una estructura tridimensional de conocimiento proyectada en el centro de la sala indicó que el sistema estaba listo para recuperar cualquier información requerida.

"Jefe, cargue el dispositivo", ordenó Sesmar.

Dos técnicos caminaron hacia el cubo con una bandeja plana de plata. En el centro, el comunicador de Russell estaba sujeto a la pieza metálica por cuatro pequeños cilindros doblados. Sobre la pantalla del comunicador, varios cables de cobre conectaban con éxito el dispositivo a la mega computadora. Harkhuf siguió cada paso de los técnicos, entusiasmado con la información que descubrirían.

"Ahora, colóquelo lentamente sobre el plato de observación", dijo el jefe.

Los técnicos ubicaron los elementos con cuidado y conectaron los cables a la terminal parabólica.

"General, entendemos que el dispositivo necesita energía para funcionar, por lo que colocaremos una extensión en el terminal exterior para energizar el equipo", dijo el jefe.

"Sí, no sé qué tipo de energía necesita el dispositivo, pero lo averiguaremos gradualmente a través de la energía del fragmento", dijo Sesmar.

"Pero, mi señora, el fragmento puede destruir el equipo antes de que obtengamos la información", dijo un técnico.

"Es un riesgo que tenemos que correr. Prepara la secuencia de energía", respondió Sesmar.

"Sí, mi señora", respondió el jefe, indicando a los técnicos en el panel frontal que iniciaran la transferencia de energía.

"¿Está segura de esto, general?" gritó Harkhuf detrás de la pared transparente.

84

Sesmar respondió con una mirada confiable, sabiendo que un mínimo error en el procedimiento de manejo haría que el equipo se quemara con el mapa, perdiendo la única oportunidad que tenían de obtener la valiosa información.

"¡Todo listo jefe!" gritó un técnico.

"¡Bien! Inicie la secuencia", dijo Sesmar.

El jefe miró a todos sus técnicos, comunicando que este podría ser el momento más significativo en sus carreras científicas o el mayor error en la historia militar del Pree.

"General, inicie la transferencia de flujo macrozoide en el nivel uno," gritó el jefe.

Sesmar, giró con cuidado la gran perilla que tenía en su mano derecha, enviando la energía al dispositivo. Toda la tripulación en la cámara contenía la respiración, esperando poder entregar lo que esperaba la general. Khawo estaba detrás de la pared transparente al lado del príncipe.

"¿Qué vamos a averiguar con esto, príncipe?" susurró Khawo.

"Si tenemos éxito en la extracción, serás el capitán más famoso en la memoria de Pree", respondió Harkhuf. "Pasarás a la historia."

"¡Abriendo la puerta!" gritó el jefe.

"¡Abriendo la puerta!" dijo el técnico, moviendo una pequeña palanca y dejando que la energía alimentara el dispositivo.

Al principio, no pasó nada mientras los segundos pasaban lentamente dentro del laboratorio. Harkhuf miró a Sesmar, que estaba concentrada en la pantalla del dispositivo desde el trono plateado.

"¡Pasando al nivel dos!" gritó Sesmar.

"¡Mi señora, deberíamos alimentar el sistema en un punto!" dijo el jefe. "¡Podemos volar el dispositivo!"

"¡Pasando al nivel dos!" repitió Sesmar, girando la perilla.

El dispositivo encendió automáticamente la pantalla. Harkhuf sonrió y miró a Khawo con entusiasmo.

"¡Nadie presione siquiera un botón!" gritó el jefe. "¡General, estoy decodificando la puerta!"

Sesmar asintió y el jefe abrió un antiguo sistema que contiene información sobre la cultura de la Tierra. El Rey-General Net obtuvo la valiosa información después de encontrar manuscritos antiguos en la cámara del rey después de la muerte de Kharpo y Meryptah. Nadie abrió esos datos, y Sesmar cree que contienen lenguaje humano que les ayudará a decodificar el dispositivo.

"¿Es ese el diario del rey Kharpo?" Preguntó Harkhuf.

"Parecen manuscritos antiguos de los Strattos", dijo Khawo.

"Jefe, escanee la puerta y superponga la información", ordenó Sesmar.

En la pared transparente, una proyección de números, símbolos y letras mostraba elementos en una secuencia rápida de destellos azules que Amy reconocería instantáneamente. Los técnicos trabajaron rápidamente en los datos recopilados, compararon la información del equipo y decodificaron el mensaje principal.

"¿Cómo supo qué hacer?" murmuró Harkhuf. "¿Ella hizo esto antes?"

"Ha leído toda la información de la Tierra", le susurró Khawo. "Ella sabe que un dispositivo exactamente como ese está transportando el mapa a los fragmentos. Esta es la última oportunidad que tiene para encontrar ese mapa. Creo que la humana del tercer nivel no tiene idea del mensaje encriptado que ha tenido todos estos años en sus manos ".

Harkhuf miró a Khawo, sorprendido. "¿Cómo sabes todo esto?"

"Soy la mano derecha de la general, mi querido príncipe. Por supuesto, sé todo esto".

"Jefe, apúrate", gritó Sesmar.

El dispositivo mostró un ligero cambio en la temperatura interna y aparecieron finas líneas de humo desde los cables.

"¡No tenemos suficiente velocidad para leer la información!" gritó el jefe. "Son demasiados datos. ¡No vamos a lograrlo general!"

"¡Si, lo haremos! ¡Pasando al nivel tres!" gritó Sesmar, girando rápidamente la perilla al siguiente número.

La luz azul se intensificó en los monitores y sobre las paredes transparentes. La información comenzó a coincidir en bloques, mostrando pronto cuatro triángulos invertidos, llenos de números y letras. Cada triángulo mostró datos diferentes en los monitores, pero la forma de los cuatro triángulos era exactamente la misma. Sobre la línea horizontal de cada forma, una secuencia de letras parece mostrar una palabra.

"¡Qué significa eso!" dijo Harkhuf.

"¡General! ¡Estamos perdiendo el dispositivo!" gritó el jefe.

"¡Aún no!" gritó Sesmar. "¡Vi esta forma antes en el manuscrito del rey Kharpo! ¡Jefe, junte las cuatro formas en un elemento tridimensional! ¡Rápido!"

Los técnicos se apresuraron a presionar botones y mover interruptores ante la inminente falla y destrucción del dispositivo.

"¡Rápido!" gritó el jefe a su equipo.

Cuatro proyecciones mostraban el triángulo invertido uno al lado del otro en el medio de la cámara.

"¡Jefe, haga que las esquinas inferiores se toquen entre sí!" gritó Sesmar.

Luego, las proyecciones mostraron una pirámide invertida perfecta.

"¡No entiendo!" gritó Sesmar de rabia y frustración. "Espera, esas letras están al revés. ¡El mapa está incrustado en un código! Este no es el símbolo de nuestro reino. ¡Jefe, dale la vuelta al elemento!"

La luz azul intensa y la proyección completa del elemento tridimensional giraron, mostrando una pirámide perfecta de cuatro lados. Sesmar le hizo una señal al jefe, diciéndole que girara la imagen. Las letras debajo de cada línea horizontal ahora estaban claras. Entonces, RV, AT, S.

"¡General!" gritó el jefe.

Sesmar lo ignoró, concentrándose en la imagen frente a sus ojos.

"¡Sé que tengo la respuesta a esto!" murmuró Sesmar.

"¡General! ¡Estamos perdiendo el dispositivo!"

"¡Un segundo más!" gritó Sesmar mientras más humo comenzaba a salir del comunicador.

Luego, varias chispas brillantes explotaron sobre la conexión al comunicador parpadeando, emitiendo destellos y chispas por todas partes. Entonces, toda la cámara se oscureció. Las pequeñas llamas del comunicador eran la única fuente de luz en el laboratorio.

"Perdimos el dispositivo, mi señora", murmuró la voz del jefe.

"Lo sé, jefe. Limpien el laboratorio y destruye el resto de la tecnología humana", dijo Sesmar, sacando el pequeño fragmento de la Piedra del Tiempo del hueco y alejándose de la silla.

"¿A dónde va ella?" preguntó Harkhuf.

Necesita un momento, príncipe. No se preocupe", dijo Khawo, ambos mirando la silueta de Sesmar saliendo del laboratorio.

"¿Entonces tenemos el mapa?" Preguntó Harkhuf.

"No lo creo, pero apuesto a que todo es evidente en la cabeza de la general. Necesita un momento para juntar las piezas".

"Ojalá pudiera tener un asistente como tú, Khawo. Eres perfecto" dijo Harkhuf.

"Gracias, su majestad. Es un honor. Por favor, tenemos que dejar las instalaciones militares antes de que alguien se entere de que estás aquí", dijo Khawo, ayudando al príncipe a caminar por la cámara oscura.

Una vez afuera, Harkhuf y Khawo vieron a Sesmar en un balcón, afuera del laboratorio. Frente a ella, la nube de polvo que la ciudad dejaba atrás. Harkhuf hizo un movimiento rápido, pensando en caminar hacia Sesmar, pero Khawo lo detuvo tomándole el brazo.

"Capitán, libere mi brazo, ahora", dijo Harkhuf con un tono autoritario.

"Mi príncipe, por favor, tenemos que darle un poco de espacio a la general, para que pueda averiguar lo que acaba de pasar allí", dijo Khawo gentilmente, pero sabiendo que no puede tocar a los miembros del reino.

"¡Suelta mi brazo, ahora, Khawo!" exclamó Harkhuf.

"Su majestad, lo siento mucho", dijo Khawo, bajando la cabeza y arrodillándose.

Harkhuf se volvió hacia Sesmar, pero ella ya no estaba en el balcón.

"¿A dónde te fuiste ahora?" susurró Harkhuf.

CAPÍTULO 11 - AMIGO

"¡Mira este lugar!" dijo Amy, bajando las escaleras con Mokhy.

La puerta detrás de ellos se cerró lentamente tan pronto como entraron en el piso de nivel inferior al Kemet. El lugar estaba oscuro y solo tenía pequeñas luces rojas en el piso, mostrando un largo pasillo con varios cuadrados verdes brillantes que indicaban la salida a diferentes sectores del nivel de ingeniería.

"Entonces, esto es como un camino secreto detrás de escena, ¿eh?" dijo Amy muy emocionada pero caminó con cuidado en la oscuridad porque nada podía mostrar el piso.

Mokhy caminó hacia adelante, guiando a Amy, ambos sosteniendo bandejas llenas de comida. El largo pasillo está libre de obstáculos y tiene una superficie plana bajo los pies de Amy.

"¿Esas luces verdes indican secciones del área de trabajo?" preguntó Amy, pero ya era difícil para Mokhy comunicarse con Amy, aún más desafiante en la oscuridad.

Mokhy se detuvo en la segunda luz verde. Amy golpeó su bandeja en la espalda de Mokhy.

"¡Lo siento, lo siento, Mokhy! ¡No puedo ver nada!" exclamó Amy.

Mokhy puso una rodilla en el suelo y colocó su bandeja allí. Luego tomó algo de su uniforme que brillaba blanco, como una varita corta con una punta brillante.

"¿Tienes una varita mágica?" dijo Amy, sonriendo.

El mineral brillante iluminó el oscuro túnel, revelando las paredes metálicas y una vista clara en todas direcciones desde su posición. Frente a ella estaba el resto del largo pasillo. El túnel es interminable, probablemente hasta el otro lado de la ciudad, y la pequeña luz roja en el suelo muestra el camino a lo lejos, a distancia. Detrás de ella, era lo mismo. Miró a la derecha y fue exactamente lo mismo.

"¿Estamos caminando hacia la izquierda ahora, verdad?" preguntó Amy, poniendo una rodilla en el suelo, y su bandeja también.

Entonces Mokhy usó la luz proveniente del raro mineral e iluminó su mano y su rostro. Señaló las luces verdes. Luego contó con los dedos. "Uno, dos", y luego miró a Amy.

"¿Qué estás tratando de decirme, Mokhy?"

Mokhy volvió a señalar la primera luz verde que encontraron tan pronto como bajaron al nivel oscuro. "Uno", mostró con los dedos. Luego señaló la luz que acababan de pasar. "Dos", contó con los dedos.

"¡No te creo!" gritó Amy. "¿Es asi como sabes adónde ir? ¿Contando las luces verdes? ¡Eso es super creativo!"

Mokhy mostró su palma, indicando que parara de hablar. Tan pronto como ella se calmó y cerró la boca, él mostró siete dedos y señaló a la izquierda. Luego mostró cinco dedos.

"¡Entiendo! Así que quieres que me vaya …" Entonces Mokhy rápidamente agarró su bandeja y comenzó a correr. El brillo de su mineral se apagó y lo único que escuchó fueron los pasos de Mokhy alejándose de ella.

"¡Espera! ¿Qué? ¡No! ¡Mokhy! ¡Espera!" gritó Amy, levantándose y colocando accidentalmente un pie sobre su bandeja de comida. "¡Estupendo! Ahora mi comida está aplastada. ¡Mokhy! ¿Fueron siete desde el principio o siete desde este punto?"

Los pasos de un Mokhy en fuga se desvanecieron en la oscuridad de los túneles de servicio.

"¿Es esto parte de la ceremonia de bienvenida o una tradición de iniciación? ¿O ambos? Por supuesto, él no va a responder eso," Amy murmuró en la oscuridad, tocando la bandeja en busca de las manijas. "Además, este Strattos no habla, genial".

Amy respiró hondo y comenzó a caminar, mirando las diminutas luces rojas en el suelo y manteniendo sus ojos conscientes de las luces verdes en la parte superior.

"Si fueran siete luces verdes de las escaleras, debería caminar cinco más. Luego giro a la izquierda y camino cinco verdes", murmuraba Amy mientras caminaba con pasos positivos.

El túnel está muy fresco y se percibe levemente el ruido sordo de los motores que mueven la ciudad. Amy siguió caminando por el túnel oscuro, contando las luces verdes y recitando los números repetidamente, por si olvidaba el conteo.

"Cinco, cinco, cinco", dijo Amy repetidamente. "Cinco, cinco, y ahora, seis, seis, seis ..." Ella estaba tomando más confianza en su tarea. Comenzó a contar desde la primera luz verde que vio, saliendo de las escaleras.

"¡Y siete! Aquí estamos", dijo Amy. "Ahora, las direcciones que me dijo Mokhy decían girar a la izquierda y luego cinco luces verdes. Vamos que se puede."

Usando la misma técnica de repetir los números, Amy llegó a la quinta luz verde, y una puerta grande con una manija muy bien pulida estaba justo frente a ella.

"Vaya, mira esta puerta. Parece la entrada de la bóveda de un banco", dijo Amy, colocando la bandeja en el suelo y poniendo sus manos en la rueda que estaba en el centro de la puerta, que además parecía timón. "¿Tengo que girar hacia la izquierda o hacia la derecha?"

Amy mueve la manija y la gira hacia la derecha, y funcionó a la perfección. Luego, un sonido metálico de abrir una caja fuerte hizo clic detrás de la puerta.

"¿Puedes creerlo, Mokhy? ¡Lo hice!" dijo Amy, empujando el peso de la puerta lentamente. Instantáneamente un montón de vapor salió de la puerta y el sonido del agua corriendo como ducha se escuchaba a la distancia. Algunas voces detrás del vapor eran difíciles de entender. Amy se inclinó para recoger su bandeja cuando en ese momento vió a un montón de Strattos desnudos, duchándose. Algunos hablaban y otros se secaban el cuerpo con toallas blancas.

"¡Upss!" susurró Amy, tirando de la puerta hacia atrás y cerrándola lentamente. Nadie se dio cuenta de su presencia. Ella giró el mango que parecía timón, agarró su bandeja, y se alejó de la puerta. "Entonces eran siete luces verdes pero a partir de ese punto. ¡Por favor, sea más específico la próxima vez, amigo!"

Amy se devolvió cinco luces atrás, sonriendo y, a veces, riéndose de lo que acababa de ver. Luego regresó al túnel principal y caminó dos luces verdes más.

"Si estoy en lo correcto, ahora tenemos siete luces. Giramos a la izquierda. Supongo", dijo Amy, pero esta vez tenía razón, y desde esa intersección, contó las últimas cinco luces hasta que encontró otra puerta, pero esta no era brillante ni tenía una manija pulida. Ésta tenía una palanca y estaba muy polvorienta.

Dejó la bandeja en el suelo y empujó la palanca. La puerta se abrió automáticamente y un ruido intenso y fuerte de máquinas trabajando a toda velocidad impactó en sus oídos. La luz del exterior iluminó el oscuro túnel. Amy cerró los ojos de dolor. Luego, lentamente, abrió un ojo y vio a Mokhy sentado en el suelo, comiendo y sonriéndole. Mokhy levantó los brazos y bombeó dos veces.

"¡Sí, fresco! Entonces, eran siete desde ese punto. Nueve luces en total. Lo tengo. No me voy a olvidar de eso. No después de lo que vi" murmuró Amy, agarrando su bandeja y caminando hacia Mokhy.

Estaban en un balcón lo suficientemente pequeño como para colocar a seis personas sentadas en el suelo. La vista era impresionante. Una línea interminable de ruedas gigantes girando continuamente sobre la superficie del planeta. Frente a sus ojos estaba el soporte de la estructura mecánica más prominente que Amy vio en toda su vida. Después de esa línea de ruedas, fue otra y otra después de esa. A la derecha, era lo mismo. Cientos de ruedas giraban montadas sobre gigantescos resortes que filtraban la problemática superficie del planeta, dando a la gente de la superficie la vida más pacífica que podían pedir.

"¡Esto es increíble! Nunca imaginé algo como esto", dijo Amy, sentándose al lado de Mokhy y mordiendo una gompa. "¿Cómo construyeron ustedes esto? Ni siquiera puedo imaginar los esfuerzos para juntar todo. O la increíble cantidad de horas dedicadas a hacer esta ciudad".

Mokhy sonreía y asentía a Amy.

"¿Sabes qué? Tu tienes que enseñarme a hablar contigo, ¿Si?" preguntó Amy. "No tienes idea de lo que vi porque me perdí", dijo Amy, sonriendo.

Mokhy le dio una de las gompas que tenía en su bandeja. Luego le hizo una señal, invitándole a mirar hacia arriba y hacia adelante.

"¿Qué, Mokhy, qué quieres que haga ...", dijo Amy, mirando hacia arriba y deteniéndose después de ver a un técnico Strattos colgando de un arnés, justo encima de una rueda. "Increíble ... ¿Es esta la persona que me dijiste antes? ¿Zhoto?"

Mokhy sonrió y asintió. Zhoto estaba soldando una fractura en el metal que sostiene el soporte del gigantesco resorte. Los destellos que hace su herramienta viajan en el aire, cayendo en la nube de polvo entre las ruedas.

"¡Eso es tan peligroso! ¡Debe haber otra forma de arreglar eso!" dijo Amy con la boca bien abierta.

Mokhy puso un dedo cerca de su ojo, pidiendo su atención.

"Está bien, estoy lista", dijo Amy.

Mokhy señaló a Zhoto y luego se señaló a sí mismo, luego hizo un gran círculo sobre sus cabezas con ambas manos.

"Entonces, ¿Dijiste, él, tú y todas las demás personas?" Amy preguntó y Mokhy asintió positivamente. "¡Estupendo! ¡Dime más!"

Entonces Mokhy señaló las ruedas. Usó un dedo para simular el movimiento giratorio de las ruedas. Hizo unos tres círculos completos y de repente se detuvo. Luego movió la cabeza uno al lado del otro, diciendo que no.

"Entonces, ¿Eso significa que las ruedas no pueden detenerse? Entonces toda la ciudad se detendría. Por supuesto", dijo Amy.

Mokhy indicó que tenía razón.

"¿Y la gente de la superficie lo sabe? ¿Que arriesgan sus vidas todos los días por ellos? ¿El rey sabe esto? Estoy tan enojada en este momento".

Mokhy levantó los hombros, haciendo un gesto de que no lo sabía. Tocó el hombro de Amy e inclinó la cabeza hacia ella.

"Me importa, Mokhy. De verdad. Y estoy feliz de que lo entiendas", dijo Amy. "Desearía poder hacer algo para equiparar esta injusticia. Todo el mundo debería saber lo que está sucediendo a nivel de ingeniería. Te prometo, Mokhy, si alguna vez tengo la oportunidad de revelar estas injusticias, haré todo lo que pueda para mostrar la realidad que vives a diario", dijo Amy, sosteniendo la mano de Mokhy.

Mokhy sonrió. Se tocó el pecho con el pulgar dos veces. Luego, un fuerte ruido vino del área donde trabajaba Zhoto. Era él entrando en un gran cubo colgado de una cadena de metal. Zhoto soltó un candado de seguridad detrás del cubo y el transporte comenzó a llevarlo hacia el balcón.

Mokhy le indicó a Amy que se pusiera de pie y que esperara la llegada de Zhoto.

El cubo se acercaba cada vez más en medio de esas gigantescas y peligrosas ruedas. Mokhy avanzó hacia la barandilla, listo para recibir el transporte y para que Zhoto pudiera salir de él.

"Es tan valiente, ya lo admiro ahora mismo", dijo Amy, mientras Mokhy le sonreía y hacía un sonido casi como si se estuviera riendo. Ella sonrió y se rió también.

Luego llegó el cubo y, tras un clic metálico, el sistema de transporte se detuvo. Mokhy movió un pestillo en la barandilla, abriendo una pequeña sección que ayuda al traslado desde el balde al balcón.

"¡Mokhy!" Zhoto gritó, saltando sobre los brazos de Mokhy. Mokhy era un gran Strattos, enérgico y divertido, un miembro muy querido del grupo. Zhoto cargaba y vestía mucho equipo. Gafas, casco, protecciones para destellos calientes, botas y muchas otras cosas más. Mokhy lo ayudó a desvestirse del polvoriento equipo.

Amy guardó silencio y miraba a Zhoto en busca de aprobación. Ella no sabía por qué esperaba el consentimiento de él, pero después de todo lo que escuchó sobre él y, principalmente, después de verlo trabajar al borde del aterrador momento de soldadura, con el 99% de posibilidades de morir, estaba lista para hablar con él y pedirle que le enseñara todo lo que sabía.

"¡Chicos, me trajeron mi almuerzo! Eso es bueno porque me muero de hambre".

Amy le sonrió. Solo vestía la túnica negra, el cinturón de gravedad y su noter. El cabello rojo y la cara limpia de Amy estaban frente a este experimentado y viejo Strattos.

"Interesante", dijo Zhoto, mirando a Amy mientras se limpiaba.

Él era un Strattos alto, como Mokhy, todo cubierto de cabello blanco plateado, como Jhul, pero era muy musculoso y su voz era retumbante y masculina. Tenía anillos de oro en ambas orejas y un brazalete de oro que cubría su muñeca derecha. Tenía un hermoso silbato dorado de dos tonos colgando de su collar y un poco de barba puntiaguda debajo de la barbilla. "Pensé que eran más grandes ..."

94

"¡Así es!" respondió Amy sonriendo. "Cuanto más pequeño es el recipiente, más concentrada es la calidad".

"Escuché que salvaste a mi sobrino y a otros técnicos esta mañana. Muy Amún", dijo Zhoto.

"¿Amún?" preguntó Amy.

"Si, Amún. ¡Valiente, fuerte!" Respondió Zhoto. "Gracias de todas formas. Aquí solo dependemos de nosotros mismos y siempre nos cuidamos unos a otros".

"Escuché eso, y no tienes que agradecerme. Fue lo correcto", dijo Amy.

"¿Vez? Amún", dijo Zhoto mientras recibía un gompa de Mokhy. "Gracias, Mokhy. Escuché que eres responsable de ella. ¿Es eso cierto?" Preguntó Zhoto. Mokhy asintió instantáneamente. "Aún más interesante. No te preocupes, Mokhy, te la enviaré de vuelta después de que pongamos la ciudad a dormir".

Mokhy agarró la mano de Zhoto y se la puso sobre su frente. Luego Mokhy corrigió la túnica de Amy y agarró su noter que estaba en su cinturón. Le puso la herramienta en la mano y le dio dos golpecitos en el hombro.

"¡Espera! ¿Te vas?" preguntó Amy.

Mokhy se tocó la barbilla y luego apuntó hacia adelante. Luego se fue.

"¿Qué dijo él?" preguntó Amy, confundida.

"Esto es muy impresionante", dijo Zhoto después de que Mokhy cerró la puerta. Se sentó en el suelo y tomó algo de comida. "Mokhy es un Strattos terco y no tiene amigos. A todo el mundo le gustaría tener a Mokhy como amigo, incluyéndome a mí. Ese doble toque en el hombro es una señal de agradecimiento".

"Si, reconocí ese gesto. Después del rescate en la fábrica. Todo el mundo hizo eso", dijo Amy. "¿Pero la otra cosa que dijo? Se tocó la barbilla".

"No te preocupes", dijo Zhoto.

"¡No, quiero saber qué significa eso!" respondió Amy.

"¡No te preocupes, eso es lo que eso significa!" dijo Zhoto.

"Oh, ya veo. Lo siento."

"No te disculpes", dijo Zhoto, compartiendo con Amy la última gompa. "¿Cuánto tiempo vas a estar con nosotros?"

"No lo sé, pero espero volver a mi casa algún día".

"¡Pero si acabas de llegar aquí! ¡Y ya eres un héroe del tercer nivel! ¿Por qué quieres irte? Además, Mokhy te dio un noter. ¡Eso es importante!" dijo Zhoto, sonriendo. "Pero déjame pedirte un favor. Cuando te vayas, deja quedarme con ese noter nuevo?"

"No hay problema, será tuyo. Lo prometo ", dijo Amy.

Ambos comenzaron su almuerzo. Amy compartió un poco de su jugo con él y Zhoto le entregó su última gompa.

"¡Esto es tan increíblemente delicioso! ¿De qué está hecha la gompa? preguntó Amy con la boca llena de comida.

"Gompa fue una de nuestras primeras fuentes de alimento cuando nuestra tierra murió. Está hecha de raíces de tres vegetales diferentes", respondió Zhoto.

"Sabe a puré de papas. ¡Es tan bueno! Tengo algunas raíces en mi planeta, no como las papas, pero creo que podría hacer algo similar".

"¿Qué tipo de planta es el puré de papas?"

"No es una planta, bueno, era. Pero era una raíz voluminosa, y se podían hacer tantas recetas diferentes con ella. Incluso las colonias de humanos en la luna o en Marte estaban cultivando papas".

"Deberías llevarte algunas semillas de nuestras plantas en tu viaje de regreso a casa", dijo Zhoto.

"¿Crees que crecerán allí?"

"Mira, Amy, el universo entero está hecho del mismo polvo de estrellas. Si crece aquí, crecerá en tu mundo. Te lo aseguro", dijo Zhoto, comiendo una de las verduras moradas. "Si no, puede enviarnos las semillas de vuelta".

Amy sonrió y probó otro poco del último gompa. "Entonces, ¿por qué Mokhy me envió a visitarte? Entiendo que hoy es el día de presentarme en mi nuevo trabajo", dijo Amy, bromeando. "Se siente como si esta reunión contigo es parte de una cadena de pasos para un nuevo miembro".

"Impresionante", respondió Zhoto, limpiándose la boca. "No puedes estar más correcta. El tercer nivel, como ya sabes, tiene muchas tradiciones. Jhul, los gemelos y yo somos responsables de diferentes secciones del nivel de ingeniería, como lo fueron nuestros padres y los suyos. Para un nuevo miembro de la tripulación, es importante acceder a todos los conocimientos disponibles. De esa manera, podemos garantizar que lograremos nuestra misión con la nación".

"Ya veo. Primero Makho y Mokhy me mostraron el Kemet. Entonces Jhul hará su análisis sobre cuánto sé sobre energía, y tú ... ", dijo Amy.

"Yo te mostraré la parte más importante de nuestro nivel, que es nuestro legado y el camino inconcluso que dejó nuestra querida reina Meryptah", dijo Zhoto, poniéndose de pie. "Si un Strattos no comprende su pasado, será imposible saber quién es usted. Nadie te dirá eso, porque tienes que encontrarlo tú mismo".

"Pero, Zhoto, no sé si te diste cuenta de esto, pero... yo no soy un Strattos. No tengo un lugar en todo esto. No soy heredera de este legado ni tampoco digna de recibir esto tan sagrado para ustedes".

"Eso no lo sabes todavía", dijo Zhoto, sonriendo mientras se acercaba a la barandilla del balcón y miraba cómo rodaban las ruedas. "No sabemos exactamente qué nos ha preparado el destino. Necesitamos caminar por el camino que se nos ha construido. Algunos tienen miedo de caminar por él, mientras que otros quieren correr y encontrar su destino. Dime, ¿Cual de esos eres tú?"

Amy se puso de pie al instante y lo miró. "Me gané el derecho a estar con vida, y si estoy aquí es porque algo me puso en el camino de los Strattos. Mi familia y amigos hicieron todo lo posible para mantenerme con vida, pero ahora todos se han ido y entendí que mantenerme con vida era la manera de agradecer sus sacrificios. Algo me empujó a mirar hacia adelante, no sé qué es, pero ahora, cada hora que paso en este planeta cobra un sentido en mi corazón. No lo sé. No puedo explicarlo".

Zhoto sonrió con determinación. "No tienes que. Y además, no tienes que responder cada pregunta que sale de tu corazón. Lo que sientes en tu corazón es algo que el universo ya había planeado para ti, y creeme, el universo quiere que lo tengas".

Amy estaba muy emocionada y respiró hondo.

"¿Estás lista para una caminata?" Preguntó Zhoto.

"Sí, estoy lista."

Zhoto agarró ambas bandejas y las puso dentro del cubo con sus herramientas. Le dio un gran mordisco a una verdura y luego agarró su equipo, caminando hacia Amy.

"Te va a encantar esto, sígueme", dijo Zhoto con la boca llena, caminando hacia la puerta.

"Espera", dijo Amy. "Hay algo que necesito saber su significado antes de que lo olvide".

"Claro, dime qué es", respondió Zhoto.

"Es Mokhy y sus palabras. Es con el pulgar, tocando el pecho dos veces", dijo Amy, haciendo la seña con la mano.

Zhoto tragó con dificultad el gran trozo de comida que había mascado, casi atorándose.

"¿Qué? ¿Mokhy te dijo eso? Exclamó Zhoto, muy sorprendido.

"Sí, supongo", respondió Amy, rascándose la cabeza. "Lo hizo mientras estábamos tomados de la mano".

Zhoto estaba congelado. Estaba totalmente sorprendido con la boca bien abierta y mirándola.

"Bueno, felicitaciones. Eres oficialmente el primer amigo de Mokhy".

CAPÍTULO 12 - CONOCIMIENTO

"Entonces, ¿qué estabas haciendo ahí arriba?" preguntó Amy, caminando detrás de Zhoto, a través de los oscuros túneles de servicio.

"La ciudad está dividida en bloques. Cada bloque está unido a otro a través de un sistema que llamamos La Garra", dijo Zhoto, girando en una luz verde. "Cada garra tiene un sistema de seguridad desprendible que se activa después de que falla un generador".

"Entonces, ¿Falla un generador, las ruedas se detienen y las garras liberan la sección de la ciudad?" preguntó Amy.

"Muy bien Amy", dijo Zhoto. "Sí, después de una falla, tenemos cinco sonidos de alerta a través de una bocina en la superficie y subniveles. Después de los cinco bocinazos, la sección se separa. Hacemos evacuaciones simuladas para saber donde ir y escapar. Hacemos eso todo el tiempo, incluso más con los Strattos más jóvenes y mayores. Todos deben dejar de hacer lo que estén haciendo y escapar al bloque más cercano".

"Pero, ¿Qué pasa con la sección? ¿Lo recuperas después de hacer un viaje completo alrededor del planeta?" preguntó Amy, siguiendo a Zhoto, quien acaba de dar otro giro.

"Después de perder una sección, el bloque se queda en el suelo, esperando hasta que el sol queme todo y derrita la estructura por completo", dijo Zhoto, terminando su viaje después de llegar a una puerta.

"Eso significa que si alguien no tuvo la oportunidad de escapar ..." Amy hizo una pausa.

"Sí, Amy, morirá. Por eso tenemos que simular estas situaciones cada vez. Todo el mundo sabe que hacer. Es un ejercicio de memoria más que nada", dijo Zhoto, sosteniendo con la mano el timón de la puerta. "Deberás prestar más atención a las luces verdes. Estas luces te llevan a donde quieras ir en la ciudad".

"Quieres decir, tres luces después de salir desde el balcón, luego a la derecha, luego veinticinco. Luego giro a la izquierda y cinco luces hasta esta puerta. ¿Es eso correcto?" respondió Amy.

"¡Tu eres algo especial, Amy!" dijo Zhoto, sonriendo mientras abría la puerta de metal.

Una amplia vista de lo que la ciudad en movimiento dejaba detrás fue lo primero que Amy vio salir por esa puerta. Se cubrió los ojos después del cambio de oscuridad a brillo total. El sol en el cielo estaba posicionado frente a ellos como una puesta de sol en Hyperterra. Aún así, hacía bastante calor, pero un calor hermoso. La nube polvorienta que la ciudad dejaba atrás era marrón y masiva, pero caía al suelo lo suficientemente rápido como para permitir que el sol llegara brillante y claro a la ciudad. Amy estaba impresionada. Después de que Zhoto cerró la puerta detrás de ellos, Amy caminó hacia la barandilla del balcón y sostuvo sus manos firmemente contra la cerca de metal. Luego, miró hacia abajo.

"¡Guau! ¡Vamos rápido!" gritó Amy, e inmediatamente sintió mareos y vértigo, como si condujera a alta velocidad. "Pensé que estábamos a la velocidad de caminar. ¡Nunca sentí que la ciudad se movía tan increíblemente rápido!"

"Si reducimos la velocidad y vamos despacio, el sol nos atrapará y nos quemará vivos", dijo Zhoto, sosteniendo el brazo de Amy. Ella mostraba síntomas de inestabilidad. "Como te dije antes. Huimos de la muerte. Pero si corremos más rápido, nos adentraríamos a la noche helada, así que, como puedes ver, hemos estado atrapados en este planeta en una lucha constante por nuestras vidas".

Amy giró rápidamente su cuerpo, de cara a Zhoto. Miró hacia la puerta, tratando de recomponerse, evitando mirar hacia abajo. "Es como estar en un barco en medio del océano. Es tan extraño que no se siente igual cuando estoy dentro rodeada de paredes".

"¿Océano? ¿Qué tipo de máquina es esa? preguntó Zhoto.

"¿El océano?" preguntó Amy, sonriendo y confundida, pero casi instantáneamente se dio cuenta de que muchas generaciones de Strattos nunca vieron ríos, lagos u océanos. Sintió mucha pena por Zhoto y el resto de ellos. "El océano es … Es como si pudieras poner toda el agua que puedas imaginar en el suelo. Puedes saltar sobre él y nadar, y poner algo en la superficie llamado bote, ¡Y flotar! Y navegar por él".

Zhoto tenía la vista en el horizonte, mirando la cortina polvorienta detrás de ellos. Sonrió suavemente, como si estuviera imaginando todo lo que Amy acababa de describir. Amy estaba mirando a los ojos de Zhoto, pensando en cómo ayudarlos a recuperar su planeta. Sintió un montón de cosas en su corazón, todas gritando para hacer algo al respecto.

"Escuché historias sobre Pree y de lo hermoso que era este planeta antes de que perdiéramos la Piedra del Tiempo", dijo Zhoto. "Fue necesario. Tuvimos que hacerlo. Ese fue nuestro sacrificio para mantener el equilibrio en el universo".

"También escuche algo. Espero que algún día tengas la oportunidad de volver a ver tu planeta como era antes". Dijo Amy, sin saber qué más decir.

"Es demasiado tarde para mí, pero espero que algún día, tus palabras se conviertan en una realidad para las siguientes generaciones", dijo Zhoto. "Nuestros generales han estado buscando otro planeta durante miles de años, pero nos han dicho que no hay nada para nosotros. Esto es todo lo que tenemos".

Amy pensó en las palabras de Zhoto y estaba muy confundida. Con millones de galaxias y la tecnología que tienen los Strattos, ya deberían estar viviendo en otro planeta hace años. Confundida, diferentes preguntas surgieron en su mente, pensando en Sesmar y sus planes para destruir a los humanos. Quizás Sesmar sepa sobre otros planetas donde los Strattos podrían vivir en paz, pero quizás esa no sea su principal motivación.

"¿En qué estás pensando, Amy?" preguntó Zhoto.

"Quizás los Strattos podrían vivir en mi planeta", respondió Amy. "¡Ustedes tienen naves espaciales y pueden viajar al lugar que quieran en el universo! Deberían un día llevar a toda su gente a Hyperterra. Tenemos agua y comida. No necesitan nada más".

"Eres una hermosa humana, Amy. No tienes conexión con esas horribles historias sobre humanos. Eres algo especial", dijo Zhoto. "Si hubiéramos tenido la tecnología para viajar a través del universo, hace mucho que nos hubiéramos ido. Además, la general Sesmar nos dijo que tu planeta fue destruido. ¿Cómo podríamos vivir allí?"

Amy se dio cuenta instantáneamente de que Sesmar y Harkhuf habían estado mintiendo a su gente. Quería gritar. No saben sobre los otros planetas, o los viajes interestelares que han estado haciendo, quién sabe por cuánto tiempo. Sintió que le subía la temperatura y vio rojo a través de sus ojos. Pensó que después de todo, quizás si haya algo que pueda hacer para ayudar a los Strattos. Posiblemente el fin de las mentiras a este pueblo llegue pronto a su fin, y ella ya lo está pensando. Ya está pensando en cómo desenmascarar a Sesmar y Harkhuf.

"Ven, déjame mostrarte algo", dijo Zhoto, sosteniendo la mano de Amy.

Caminaron por el largo y estrecho balcón mientras Amy ponía todos sus esfuerzos en no mirar al suelo. El tercer nivel era el más cercano al suelo, pero las ruedas gigantes aún los colocaban a una gran distancia de él, como si las ruedas fueran un cuarto nivel, el doble de alto. Amy miró hacia arriba y pudo ver que las paredes del segundo y primer nivel se elevaban hasta el cielo. El gran edificio de la ciudad en movimiento sólo era perceptible desde ese punto de vista. Era una obra maestra de la ingeniería. Durante sus años estudiando con Frank sobre cómo construir su campamento y el refugio con madera y rocas en Hyperterra, tuvo la oportunidad de leer sobre los portaaviones y tomó algunas ideas para su nuevo hogar. Esta máquina era literalmente el mismo concepto. Por supuesto, no estaban en el agua. Aún así, los niveles y operaciones en la superficie, los diferentes niveles y todas las personas que viven en esa máquina flotante le recordaron esta megaestructura donde viven los Strattos.

"Aquí, esto es lo que quería mostrarte", dijo Zhoto, llegando al final del balcón donde falta una sección de la ciudad. "Perdimos este bloque hace mucho tiempo y estamos trabajando para construir uno nuevo. Lleva tiempo, ya que no somos muchos en el tercer nivel, pero siempre cumplimos".

"¿Un bloque es de este tamaño?" preguntó Amy, asombrada.

"Sí, tenemos diferentes tamaños de bloques, pero este es el más pequeño", dijo Zhoto.

Desde ese balcón, Amy podía ver todo. Cables y tuberías expuestas, puertas bloqueadas, los diferentes niveles de la ciudad y, finalmente, comprendió la compleja construcción de la gran ciudad de los Strattos. El bloque del que hablaba Zhoto era del tamaño y envergadura de un edificio de departamentos completo. De unos 10 pisos de altura probablemente.

"¿Y qué pasó aquí", preguntó Amy.

"Era casi de noche y las ruedas se detuvieron por completo. La ciudad es lo suficientemente poderosa como para arrastrar un bloque que no funciona, pero solo si las ruedas siguen girando. Este incidente fue diferente. Las ruedas estaban atascadas, no se movían en absoluto, y estaba reduciendo la velocidad de la ciudad. Tuvimos que despejar la zona y soltar el lastre. La evacuación fue perfecta, y luego de las cinco bocinas, el sistema liberó el bloque. Perdimos algunas herramientas y el ejército perdió algunos módulos de entrenamiento de combate. La superficie perdió un módulo para jardinería. No siempre es asi. Tuvimos suerte en esa noche".

"¿Por qué? ¿Ha habido otros accidentes como ese pero no con los mismos resultados? " Preguntó Amy.

"Sí, un día, en el lado norte, tuvimos un incidente similar. La evacuación fue según lo proyectado, pero cuando se liberó el bloque, vimos a un joven Strattos en un balcón. No tuvo tiempo suficiente para escapar. El ejército disparó cadenas a la estructura, para que el pequeño pudiera tomar una y escapar, pero era demasiado pequeño y débil. Yo en mi desesperación salté al cubo que usamos para derretir el hielo. Otros ingenieros soltaron la cadena que sostenía ese balde. Me acerqué lo suficiente, pero él estaba demasiado asustado para saltar. Le grité que saltara mientras la cadena casi se agotaba. El bloque comenzaba a arder a medida que se acercaba al sol. Miré hacia atrás para ver cuánta cadena había disponible y vi mi ciudad, muy lejos. Nunca olvidaré ese momento en el que vi toda la estructura de una vez. Grité una vez más, y el joven y asustado Strattos saltó a mis brazos. La cadena se detuvo justo en ese momento y los ingenieros comenzaron a enrollar la cadena en el carrete, pero el joven tenía graves quemaduras en la espalda y murió días después del incidente".

Amy se quedó en silencio, mirando el espacio dejado por la sección que faltaba de la ciudad. Zhoto miraba hacia el horizonte.

"Nuestra especie es muy particular", dijo Zhoto. "Podemos dar vida a una nueva generación sólo una vez que cumplamos cuatrocientos años. La continuación de esa familia murió ese día con el último miembro de esa línea. Los Strattos que viven en esta ciudad son los únicos restos de nuestra especie, y lo único que nos mantiene vivos en esta enorme máquina. Tenemos la esperanza de que algún día Meryptah regrese por nosotros, liberándonos de nuestro dolor y devolviendo la Piedra del Tiempo a Pree. Sabemos que llegará el día y estaremos agradecidos por la espera".

"Quiero saber más sobre ella, sobre tu reina Meryptah", dijo Amy.

Y lo harás. Es parte del viaje de hoy", respondió Zhoto. "Pero primero te voy a mostrar el sistema de garras y cómo funcionan. Sígueme."

Zhoto sacó una cadena corta de su cinturón con un mosquetón en el extremo. Lo instaló en el cinturón de Amy para que pudiera estar a salvo por si pasaba algo. Ahora está unida a Zhoto a través de esta línea de vida.

"Vamos a caminar sobre esta viga", instruyó Zhoto, mostrándole la pieza larga de estructura metálica que conecta el extremo del balcón con el sistema de garras en el extremo de la viga. "Un paso a la vez. Usa tus manos en esta barandilla en la pared para agarrarte. ¿Estás lista?"

"¡Estoy lista!" dijo Amy emocionada.

"¡Sé que lo estás!" dijo Zhoto, comenzando a caminar.

La viga es lo suficientemente ancha para caminar con seguridad. Los ingenieros usaban esta estructura para llegar al área de trabajo cuando tenían los materiales y el tiempo para operar en el bloque faltante. Debajo de la viga, solo hay un par de estructuras que sostendrán las nuevas ruedas y el sistema de resortes de suspensión, pero el suelo es totalmente visible desde esa viga, y Amy está intentando con todo lo que tiene de evitar mirar hacia abajo.

"Solo necesitas ponerle ritmo a la caminata", dijo Zhoto mientras Amy seguía sus pasos. Ambos llegaron perfectamente al final de la viga. "¡Y aquí estamos! Esta es la garra".

Amy miró hacia arriba y vio una gran pieza de metal con cuatro grandes dientes. La particular pieza de ingeniería Strattos se encarga de mantener los bloques de la ciudad unidos. Hay una de estas piezas para cada intersección de la megaestructura. Cada garra tiene cuatro cabezas, que bloquean una esquina de cada bloque a la vez. Puede soltar una garra manteniendo las otras tres firmemente unidas a la ciudad.

"Esto es increíble. ¿Cuántas garras hay?" Preguntó Amy.

"Déjame ver. Tenemos 94 sistemas de garras por nivel. Serán 282 garras en total", respondió Zhoto. "Cada uno de ellos trabaja por sí solo de forma mecánica. Si un bloque tiene una falla de energía, el sistema libera aire a presión automáticamente a través de unas trompetas. Una vez que se inicia la secuencia, no hay vuelta atrás. Las trompetas suenan cinco veces con suficiente oportunidad entre ellas como para que todos puedan evacuar. El sistema es perfecto. Esta es una de las creaciones de tercer nivel que realmente amo".

"Si que lo es", agregó Amy. "Parece muy pesado y difícil de romper. ¿Tú lo creaste?"

"No, fue diseñado por el rey Kharpo", respondió Zhoto. "Generaciones después de él han estado reproduciendo la magnífica pieza hasta completar toda la ciudad, hace unos cuatro mil años. Y sí, es una pesada pieza de metal. Solo una gran explosión podría romper las garras".

Luego de la visita a la zona del bloque faltante, Zhoto y Amy abandonaron el lugar por una puerta que comunica con los túneles de servicio. Desde allí, caminaron por varios lugares, y Zhoto estuvo encantado de mostrarle a Amy el detrás de escena de la ciudad.

"Aquí hay diferentes túneles que se comunican con el palacio", mostró Zhoto. "Desde ese punto allá, todos esos túneles pertenecen al palacio del reino y el acceso está restringido. Solo podemos pasar a esa sección si tenemos escoltas de la guardia real".

"Pero, no hay nadie aquí. Simplemente podríamos caminar hasta allí, ¿verdad?" preguntó Amy.

"Sí, claro, pero somos un pueblo civilizado. No hacemos cosas como esas", respondió Zhoto.

Zhoto comenzó a caminar hacia la siguiente parte del viaje, mientras Amy vigilaba los túneles, contando rápidamente las luces verdes de esa sección.

"Y este es un baño especial para el ejército. Te recomiendo que no abras esta puerta", dijo Zhoto.

"¿Por qué no? ¿Voy a ver algo raro? ¿Strattos desnudos caminando a través del vapor?" dijo Amy con sarcasmo.

"Sí, más o menos eso", respondió Zhoto.

Después de caminar algunas luces verdes más, Zhoto abrió una puerta secreta en la pared. El acceso estaba completamente oculto como parte del túnel. Zhoto introdujo dos dedos en pequeños agujeros y, tras un clic dentro de la pared, se abrió una puerta del tamaño de Amy. Ambos entraron.

"¿Qué es este lugar?" preguntó Amy, tratando de ver en la oscuridad.

"Ven, paso a paso. Estamos bajando las escaleras", dijo Zhoto, sosteniendo la mano de Amy en la oscuridad absoluta. Amy escuchó algo, como la voz de una mujer. No le prestó mucha atención, especulando que tal vez el lugar oscuro engañaría su mente. Luego escuchó algo de nuevo, como si una mujer estuviera hablando al otro lado de las paredes.

"¿Zhoto, escuchaste eso?" Preguntó Amy.

"¿Qué escuchaste?" Dijo Zhoto.

"Una voz, una voz femenina, al otro lado de la pared", dijo Amy.

Zhoto no dijo nada hasta que llegaron al último escalón.

"Amy, esta es la rampa sagrada. Pertenece al tercer nivel y solo al tercer nivel," susurró Zhoto. "La existencia de este lugar es un mito para muchos. Hay un montón de rumores sobre este lugar en la superficie. Ahora, cuidado, no te vayas a lastimar los ojos con la luz que entrará", dijo Zhoto mientras tiraba de una cadena que activaba un sistema mecánico abriendo lentamente una puerta ancha y rectangular. La sección de metal se abrió, dejando entrar al cuarto oscuro la luz y el ruido de las ruedas que recorren la superficie del planeta. Luego, la puerta descendió hasta casi tocar el suelo exterior, revelando la superficie de la rampa hecha de oro puro con hermosos símbolos en los bordes. En el centro, también había una pequeña escalera de oro.

"¡Guau! ¡Este lugar es increíblemente asombroso!" dijo Amy. Podía ver el suelo corriendo bajo la ciudad y lado a lado de la rampa, dos ruedas gigantes girando a gran velocidad.

Zhoto invitó a Amy a sentarse en un banco dorado, frente a la rampa abierta.

"Es como estar sentada en la parte trasera de un camión conduciendo en medio del desierto", murmuró. "¿Por qué este lugar es tan hermoso, Zhoto? Todo este oro, ¿y por qué es sagrado?

"La reina Meryptah estaba tratando de eliminar la existencia del ejército y, por eso, fue asesinada", dijo Zhoto con tristeza. "Nunca supimos quién fue, pero los hechos fueron claros para todas las personas que vivieron ese momento. A la mañana siguiente, cuando la ciudad se acercaba a los restos del accidente donde ella murió, los ingenieros le dijeron al nuevo Rey-General y a su ejército que debían detener la ciudad por un momento y limpiar la carretera. También dijeron que necesitarían la ayuda del ejército para mover los bloques derretidos de la ciudad que fueron liberados durante el accidente. El Rey-General dio permiso para hacerlo.

Grupos de trabajadores y civiles descendieron por otras rampas y recuperaron artefactos del castillo y metal fundido que podría ser reutilizable. Había que hacerlo rápido antes de que el calor del sol llegara a la ciudad. Cuando todos estaban ocupados haciendo esa tarea, otro grupo de Strattos bajó secretamente por esta rampa. Un miembro de mi linaje familiar estaba aquí también y recuperaron el cuerpo quemado de la reina. La envolvieron en nuevas túnicas del nivel de ingeniería y llevaron su cuerpo al interior. Se usaron partes de su armadura dorada para decorar este lugar. Otros encontraron su arma real y otros elementos que pertenecían al reino.

Luego, en la noche, un pequeño grupo llegó a este lugar y le dio a la reina el funeral real que se merecía. La gente lloró y rezó con dolor. Entonces, alguien visitó la rampa. Fue descrito como un resplandor azul, y la leyenda dice que la presencia habló con ellos, diciendo que su planeta volverá a la vida algún día. Algunos de ellos dijeron que era el alma de la reina Meryptah prometiendo su regreso, mientras que otros dijeron que era una voz del futuro.

Siempre venimos aquí para escuchar su voz y encontrar la paz antes de que llegue nuestro momento de morir".

Amy estaba muy emocionada y silenciosa. Tomó la mano de Zhoto y miró hacia el horizonte a través de la abertura. "Gracias por compartir esto conmigo. Ojalá hubiera conocido a su reina".

"Esto no era parte del viaje de hoy, Amy", dijo Zhoto para su sorpresa. "Quería mostrarte una parte crucial de nuestra nación. Sé que los Strattos pueden ser una especie diferente para ti, debido al actuar de la general Sesmar y del príncipe Harkhuf, pero somos gente pacífica. Quería asegurarme de que si vuelves a tu planeta algún día, sabrás que puedes volver aquí, al tercer nivel, cuando quieras". Zhoto tomó la mano de Amy y mostró su agradecimiento por salvar las vidas de los trabajadores de la fundición.

CAPÍTULO 13 - MISIÓN DE RESCATE

Makho y Mokhy tenían una rutina diaria rigurosa, comenzando muy temprano en la mañana cuando toda la ciudad estaba durmiendo. Todas las noches hay un grupo de ingenieros que administran los generadores y se aseguran de que nada se salga de control con los motores. Los gemelos son responsables de realizar los cambios de turno y completar los informes técnicos, que son las luces rojas y azules parpadeantes en el panel principal del Kemet. Los generadores y los motores funcionan por sí mismos y no necesitan la intervención de los Strattos, a menos que haya un problema. Makho comienza a visitar a los operadores del lado norte de la ciudad, mientras que Mokhy el lado sur. Uno a uno, los hermanos revisan las máquinas para un nuevo día como primer deber de la posición que desempeñan y liberan a los operarios nocturnos.

Una vez que terminan, se reúnen en el centro del Kemet, donde tienen lugar las operaciones de velocidad. Entregan el informe a Zhoto y Jhul, quienes inician los cambios en la velocidad de la ciudad, ralentizando los motores para acercarse al sol. Luego, una vez que la máquina gigante alcanza la temperatura perfecta, los motores vuelven a acelerar hasta alcanzar la velocidad estándar.

Después de eso, Makho y Mokhy van a la cámara colectora de hielo. La operación se realiza muy cerca del suelo. Con el uso de una garra especializada que atrapa grandes bloques de hielo, trayendo a la ciudad el vital elemento que luego se derretirá en otro proceso en la sección opuesta del nivel.

Luego, los hermanos se reúnen con los ingenieros y distribuyen las tareas del día. A veces tienen que ir a la superficie, reparar las paredes de los módulos habitables o ejecutar la recuperación de metal desde las ubicaciones de distribución de la mina subterránea.

Los hermanos siempre están dispuestos a ayudar donde se necesite su presencia, desde sujetar una pieza metálica en medio de una operación de soldadura o mover elementos pesados en el área de trabajo. Cuando no hay mucho que hacer y todos están trabajando en sus asignaciones, los hermanos pasan un tiempo en el área de selección, donde llegan todos los días los artículos metálicos desechados desde la superficie.

Posteriormente, esas piezas pasan por el proceso de fundición en el horno, transformándose en artículos nuevos.

"¿Mokhy? Pensé que estabas con Amy", preguntó Makho mientras seleccionaba algunas partes pequeñas de un transporte antiguo.

En el centro del área de selección, una máquina circular gira todo el día con elementos desechados listos para ser elegidos y separados por composición, tamaño y otros aspectos técnicos. Por lo general, hay cuatro o seis trabajadores alrededor de esta máquina circular, pero siempre un par de manos más son bien recibidas.

Mokhy le hizo algunas señales a su hermano, y luego se puso unos guantes, listo para trabajar al lado de él.

"Ella está con Zhoto, ¿eh?" dijo Makho. "Ella va a estar bien, no te preocupes. ¿La traerá aquí?"

Mokhy le hizo señas positivas mientras comenzaba a seleccionar elementos de la cinta móvil. Mokhy ha estado sintiendo una gran necesidad de proteger a Amy, algo que nunca había sentido y que solo siente por su hermano. Mokhy está preocupado por Amy en su viaje con Zhoto. Sabe de qué se trata el viaje y lo peligroso que puede ser para una persona pequeña como Amy.

"¿Qué te está pasando, Mokhy?" preguntó Makho.

"No sé. Siento que necesito ir a protegerla", dijo Mokhy con una serie de señas a su hermano.

"¿Por qué? ¿Qué es este sentimiento que estás experimentando? ¿Crees que ella está en peligro?" preguntó Makho.

"No estoy seguro, pero me gustaría ser parte del tour y mostrarle el lugar", dijo Mokhy.

"¿Cómo fue nuestro primer día? ¿Cómo fue el día en que Zhoto nos llevó a ese viaje?" preguntó Makho mientras tomaba algunas piezas de plata.

"Sí, así, siento que me estoy perdiendo la diversión con mi nueva amiga", dijo Mokhy con señas, mirando al suelo, pensando.

"¿Crees que Zhoto le mostrará la rampa sagrada?" preguntó Makho.

"¡De seguro!" Mokhy hizo una seña con un dedo tocando sus cejas.

"Yo también lo creo", dijo Makho, sonriendo.

El área de selección es una habitación alta y grande con la forma de una cúpula. En la parte superior, desde el centro del techo, una gran tubería baja a la habitación con todo el metal desperdiciado a través de varios receptáculos ubicados en la superficie. Utensilios como cucharas, platos, decoraciones, artefactos y cualquier otro artículo que los Strattos decidieron que ya no son adecuados para su uso llegan a esta instalación en el tercer nivel. La tubería grande desciende a un área de selección. A partir de ese punto, los diferentes elementos se dividen para iniciar otro viaje por el Kemet a través de un tubo.

"Se me ocurrió que podríamos traer a Amy mañana y recoger hielo. Sé que Jhul quería mostrarle a Amy cómo llevamos la ciudad al sol por la mañana. ¿Qué opinas?" preguntó Makho.

"¡Fresco!" dijo Mokhy, levantando los brazos dos veces.

Luego, el tubo colector que trae el material desde la superficie comenzó a emitir sonidos fuertes.

"Debe ser otra basura que obstruye el tubo", dijo Makho en medio del fuerte ruido metálico. "¡Hermano, dame una mano aquí!"

Los gemelos dejaron su trabajo en la plataforma de selección y movieron una estructura maciza montada sobre ruedas. La pieza alta, roja y metálica con forma de letra T era una pieza de maquinaria que utilizan los Strattos para acercarse al tubo principal en lo alto del techo. Tiene una escalera en el lateral y una plataforma para caminar en la parte superior.

"Muy bien Mokhy, ten cuidado, moveré la estructura más cerca del tubo", dijo Makho. "¿Alguien podría apagar el cinturón?" Apresurandose, un ingeniero apagó el motor principal que hace girar toda la plataforma.

A partir de ese punto, el operador en la parte superior de la estructura con forma de T puede manipular una varilla de acero con la intención de mover cualquier elemento que pueda estar obstruyendo la tubería de distribución. La herramienta larga y sólida se puede insertar muy arriba en el tubo y trabaja siempre con una eficiencia notable.

111

"¡Mantente alerta, Mokhy! Sabes que a veces puede ser un poco difícil abrir el tubo", gritó Makho.

Mokhy metió cuidadosamente la cabeza dentro del tubo y, con la ayuda de su pequeña roca brillante, pudo ver el interior oscuro del tubo. Después de la mirada rápida, le hizo una señal a Makho.

"Ya lo tengo", dijo Mokhy, haciendo un cero con su mano.

"¡Todo tuyo, mi hermano!" respondió Makho, bloqueando las ruedas de la estructura, asegurando la seguridad de Mokhy.

A veces, los elementos caen más rápido a través del tubo una vez que el componente que estaba bloqueando el sistema finalmente cede a la varilla de acero. Por esa razón, todos los técnicos que trabajaban en la plataforma retrocedieron instantáneamente hasta que Mokhy solucionara el problema.

Mokhy metió la varilla dentro de la tubería principal y comenzó a golpear el elemento que bloqueaba el flujo de los artículos. No fue fácil, pero tiene brazos fuertes. Empujó y superó el problema varias veces. Escuchó ruidos extraños en la tubería que lo hacían detenerse por momentos. Mokhy continuó sus esfuerzos de desbloqueo usando diferentes movimientos de la varilla hasta que una avalancha de piezas metálicas reinició su viaje hacia el cinturón circular.

"¡Está bien, Mokhy, ahí vienen!" gritó Makho en medio del ruido de metales cayendo dentro del tubo.

Mokhy se alejó rápidamente del extremo de salida de la tubería, y un grupo grande y ruidoso de artículos cayó por todo el lugar.

"¡Esa fue la razón por la que hoy el flujo de artículos estaba tan lento!" gritó Makho, preparándose para retirar la maquinaria con Mokhy en la parte superior.

"¡Ocurría desde esta mañana, jefe!" gritó un trabajador del otro lado del cinturón.

"Sí, fue como si alguien arrojó un objeto grande y pesado al tubo. ¡Hemos estado esperando que el tubo se aclarara! " gritó otro técnico.

"Bueno, ¡manos a la obra!" Dijo Makho.

El torrente de piezas de metal disparó piezas en todas direcciones, llenando el piso de la habitación con escombros. Rápidamente, todos empezaron a recogerlos del suelo, arrojándolos de nuevo al cinturón. Los técnicos continuaron con su trabajo mientras los gemelos apartaban la estructura de la tubería principal.

"¡Esperen, qué es eso!" Un trabajador gritó desde el lado izquierdo del cinturón.

"¿Qué es que?" preguntó Makho, corriendo hacia el sector.

Algo se alejó de las partes de metal desechadas, revelando una forma cilíndrica y plateada.

"¡Saludos, amigos interestelares! ¡Vengo en paz!" dijo Frank.

"¡Qué es eso!" gritó un técnico.

"¡Es una monstruosidad!" gritó otro trabajador.

"¿Una monstruosidad? Disculpe, ¡Pero debería mirarse en el espejo antes de llamarme monstruo, señor!" dijo Frank, con su tono de humor. "Como dije en mi increíble entrada en escena, ¡Vengo en paz!"

"Espera un minuto", dijo Makho. "Tu no eres de aquí, ¿no?"

"Finalmente ¿Alguien que quiere establecer contacto con el visitante!", dijo Frank con sarcasmo. "Usted, señor, tiene toda la razón. Vengo de un planeta llamado Hyperterra y estoy en una misión secreta de rescate. Bueno, ya no es muy secreta, ¡Pero nada me impedirá salvar a mi amiga! ¡Libérenla!" gritó Frank, heroicamente y con los brazos en alto.

Todo el mundo estaba en silencio en la cámara y Frank estaba esperando a que alguien le diera información sobre Amy, con los brazos arriba.

Mokhy le hizo algunas señales a su hermano.

"Sí, estoy de acuerdo", dijo Makho. "Tú, máquina, ¿Vienes por el humano?"

"¿Te refieres a la reina de Hyperterra, Amy Lincoln?" gritó Frank, tratando de mantener sus habilidades de actuación por encima de la situación.

"¿Reina?" dijo Makho mientras los otros técnicos se hacían la misma pregunta.

"¡Ajá! ¡Ninguno de ustedes puede imaginarse en la colosal situación en la que están! ¡Liberen a mi reina o tendré que desatar mis poderes contra ustedes!" gritó Frank, reproduciendo algunos efectos de sonido en su altavoz externo.

Makho y Mokhy se cruzaron de brazos, esperando a que Frank cumpliera su promesa. Algunos de los técnicos sonrieron, caminando hacia los gemelos.

"¡No me presionen, secuestradores interestelares!" insistió Frank.

"¿Qué vas a hacer?" dijo Makho, no totalmente convencido de los poderes del visitante.

"¿Yo? Bueno, tengo varios ... Puedo usar mi ... Ya verás ... ", dijo Frank.

"No tienes poderes, ¿Cierto?" dijo Makho.

"No, pero tengo una responsabilidad solemne con esa humana a la cual tienen cautiva aquí, y la llevaré a casa, con o sin tu beneplácito".

Mokhy dio un paso adelante, mirando a esta máquina excepcional hablando de su vínculo con este humano y quién sabe qué riesgos le tomó llegar a este preciso momento.

"¿Qué estás haciendo, Mokhy?" dijo Makho mientras Mokhy se acercaba significativamente a Frank. El robot giró lentamente sus brazos hacia adelante, encendiendo sus luces defensivas rojas. "¡Cuidado, hermano!"

Mokhy tocó lentamente el brazo de madera que Amy le construyó a Frank. Ahí, Frank giró su cámara suavemente. Mokhy tardó un par de segundos en darse cuenta de que la máquina parlante perdió uno de sus brazos originales, que fue reemplazado por las manos artesanas de alguien que lo apreciaba. Luego, lentamente, hizo algunas señales.

"Está preguntando quién construyó tu brazo", gritó Makho.

"¿Por qué está hablando por ti?" dijo Frank mientras Mokhy acariciaba la parte de madera, que era suave y perfecta.

"No nació con la capacidad de hablar", respondió Makho.

"Ya veo", dijo Frank, volviendo su cámara hacia Mokhy. "Fue Amy. Ella construyó esta extensión de mi cuerpo. Amy puede hacer cosas increíbles con solo su imaginación y perseverancia. Ella arregló una de tus naves espaciales, pero la engañaron y la secuestraron".

114

"¿Quieres decir que la trajeron contra su voluntad después de arreglar la nave de la general?" exclamó Makho. Mokhy miró a su hermano, confundido. "Ese no es el camino de los Strattos".

"Todos ustedes son diferentes a ellos", dijo Frank.

"¿Otros?" preguntó Makho, sosteniendo la mano de su hermano.

"Sí, los demás que invadieron nuestro planeta. Se llevaron cautiva a mi querida Amy en un intercambio para salvar al último grupo de humanos y al planeta entero", dijo Frank, avanzando lentamente.

Mokhy le hizo algunas señales a su hermano.

"¿Vienes por el humano de cabello amarillo?" Preguntó Makho.

"¿Amarillo? Absolutamente no. Debes estar confundiéndola con otra criatura. Mi humano tiene el pelo rojo, como la sangre que corre por sus venas", dijo Frank.

Entonces Mokhy sonrió y dijo en sus señas: "¡Buen truco, hermano!"

"Si, esto es amigo de Amy", dijo Makho, mirando al resto de los Strattos en la habitación. "Si eres amigo de ella, eres un amigo nuestro también".

"Tengo que encontrarla. Necesito traerla de vuelta. Tengo la responsabilidad de protegerla", dijo Frank, apagando las luces rojas.

"Ella estará aquí pronto. Entonces ambos se reunirán", dijo Jhul.

El resto de los Strattos giraron hacia la puerta. Jhul caminó hacia Frank, preguntándose qué tipo de máquina podría desarrollar las habilidades de hablar y ensamblar pensamientos. Pero aún más intrigante, cuál es la tecnología que le lleva a generar un vínculo con una especie viva y querer protegerla.

"Tenemos máquinas que nos han estado protegiendo, desde hace miles de años", dijo Jhul, acercándose a Frank. "Pero nunca tuvimos la suerte de hablar con una de esas máquinas".

Frank volvió su cámara hacia el viejo Strattos y quiso responder a su situación.

"Quizás esas máquinas no tienen el NPL, lo que proporciona a las máquinas las capacidades de ..."

"¡Estás haciendo una metáfora, máquina!" dijo Jhul.

Frank se detuvo. "Muy bien. Claro", añadió.

Los gemelos y los técnicos sonrieron. Todos se reunieron alrededor de Frank, deseando que dijera más cosas, mientras que la selección de piezas metálicas reutilizables estaba completamente detenida.

Jhul se sentó en el borde del cinturón, mirando esta extraordinaria pieza de tecnología. Examinó visualmente cada rincón de la estructura exterior y echó un vistazo más de cerca a las cámaras sobre la cabeza de Frank.

"Dime, máquina", dijo Jhul.

"Frank, mi nombre es Frank".

"Dime ... Frank", continúa Jhul, "¿Cómo te uniste con el humano de pelo rojo?"

"Amy, su nombre es Amy", dijo Frank.

Jhul se detuvo y miró a la cámara de Frank con mucha seriedad. Frank no se movió.

"Fuí programado con la directiva de proteger a su padre y a ella", respondió Frank. "Su padre murió hace nueve años, y desde ese momento, he sido responsable de su salud mental, manteniéndola fuerte y segura, para que pueda alcanzar su destino".

Jhul estaba callado. Mokhy estaba realmente conmovido por la narrativa de esta nueva cosa unida a su amiga Amy. Él también quería protegerla. Mokhy no sabe por qué, pero ahora descubrió que no se encuentra solo en ese estado.

"Estamos vivos gracias a las máquinas", dijo Jhul con voz suave. "Estoy seguro de que si pudieran tener la oportunidad de hablar, también te contarían sobre nuestro vínculo".

Frank volvió su cámara hacia Jhul. "Podemos explorar la posibilidad de instalar un NPL en sus datos de procesamiento y ..."

"¡Estás haciendo otra metáfora, máquina!" dijo Jhul.

"Frank ... Mi nombre es Frank, y lo siento, de nuevo", dijo Frank.

116

Mokhy sonrió, golpeando dos veces el hombro de madera del brazo de Frank.

"No te preocupes, ella está con nosotros", dijo Makho, sonriéndole a Frank. "Ella debe estar comiendo ahora mismo".

"Oh, eso es bueno. ¡A ella realmente le encanta comer!" dijo Frank.

"¡Si que si!" dijo Makho, caminando hacia Frank. "Entonces, ¿Quién eres tú, Frank?"

"Soy el mejor amigo de Amy, la última generación de HHR de la tecnología robótica de IMMA. Vine aquí para llevarla de regreso a nuestro planeta. La tomaron como prisionera, alejándola de mí y de su destino. No voy a parar hasta ..."

"Ya lo sabemos, Frank", dijo Jhul. "Nos acabas de decir eso. Cálmate. Ella está a salvo con nosotros".

"Ella regresará pronto", dijo Makho. "Ahora, permítenos ayudarte colocándote en el suelo".

Makho se subió al cinturón de distribución y sostuvo el voluminoso cuerpo de Frank, pero no pudo levantarlo. La estructura de Frank era muy pesada para solo un par de manos.

"¿Cómo generas la energía que necesitas ... Frank?" Preguntó Jhul, llamando con la mano a dos Strattos más para ayudar a mover el robot.

"Utilizo una batería que contiene energía proveniente de un panel fotovoltaico que reacciona a una fuente de luz", explicó Frank. "Dentro de ese dispositivo de almacenamiento de energía, hay un ánodo, un cátodo y un electrolito. El ánodo produce electrones después de que el elemento se oxida. Después de eso, el cátodo disminuye, creando electrones".

Todos los Strattos que rodeaban a Frank no tenían ni idea de su breve, rápido y técnico informe. Jhul lo veía como una fuente de nuevas tecnologías y un tesoro para su departamento de energía.

Los otros dos Strattos subieron el cinturón y ayudaron a Makho. Juntos se alejaron de la plataforma. Entonces Mokhy, que estaba en el suelo, agarró a Frank y lo levantó con sus fuertes brazos, colocando a Frank en el piso de la instalación.

"Si es que somos gemelos, ¿Por qué no tengo esa fuerza?" dijo Makho. Mokhy le sonrió. Otros técnicos también sonrieron.

Mokhy hizo algunas señales frente a la cámara de Frank.

"Dijo que podría ayudarte a encontrar algo de luz para tu batería", tradujo Makho.

"Eso será perfecto porque me estoy quedando sin batería y me apagaré pronto", dijo Frank, moviendo su cámara en 360 grados, haciendo un escaneo completo de la habitación y las especies que lo rodean. Luego se detuvo en Mokhy.

"Y tú, ¿cómo te llamas?" preguntó Frank.

Mokhy tocó el anillo dorado que tiene en la nariz.

"Mokhy, su nombre es Mokhy", dijo Jhul. Tocó el anillo de Mokhy para describir su nombre. "Se puso esa cosa en la nariz para que pudiéramos distinguirlo de su hermano gemelo".

Mokhy sonrió a la cámara. Entonces Frank giró la cabeza, apuntando a Makho.

"¿Gemelos? ¿Tu especie puede tener gemelos? Preguntó Frank.

"Sí, pero es algo que no siempre sucede", dijo Makho.

"Quiero que mantenga esta máquina en esta habitación y no la mueva hasta que yo regrese con algunos instrumentos para medir su exposición a elementos nocivos", dijo Jhul, alejándose de la habitación.

"No te preocupes, te vamos a acercar a una ventana para que puedas cargar la batería", dijo Makho tan pronto como Jhul salió de la habitación.

"Gracias", dijo Frank. "Agradezco tu ayuda, pero tengo que preguntarte una cosa más, ¿Porque Amy se demora tanto?"

CAPÍTULO 14 - MI VIEJO AMIGO

"A partir de este punto, si deseas regresar al Kemet, serían dos hacia adelante, luego izquierda y luego siete más", dijo Zhoto. "Allí, encontrarás las escaleras al área de trabajo del tercer nivel. Es el mismo lugar donde bajaste las escaleras con Mokhy para traerme comida".

"¿Han pensado en hacer un mapa de los túneles de servicio?" preguntó Amy, siguiendo a Zhoto, quien estaba listo para dejar la rampa sagrada con Amy. "Eso ayudaría mucho en caso de perderse aquí".

"No necesitamos un mapa. Eso le serviría solamente a alguien sin memoria" dijo Zhoto, cerrando la puerta detrás de ellos. "Además, si no sabes dónde estás es porque no perteneces al tercer nivel".

Zhoto y Amy avanzaron solo dos semáforos y giraron a la izquierda. Zhoto abrió otra puerta que conecta con una habitación debajo de la cocina del tercer nivel.

"No hagas ruido, esto podría ser muy peligroso", dijo Zhoto, cerrando la puerta con suavidad y trepando por unos peldaños incrustados en el muro. Dentro de la habitación, había una luz roja en la pared y el olor era increíblemente delicioso.

"¡Qué es ese olor!" dijo Amy, dando algunos pasos hacia adelante, mientras Zhoto alcanzaba la cima de la escalada que realizaba. Comenzó a girar lentamente una rueda que mantenía cerrada la escotilla.

"¡Quédate allí! ¡No te muevas!" Susurró Zhoto. Luego abrió la pequeña escotilla y desapareció sigilosamente.

Amy estaba en silencio, y sus ojos estaban mirando hacia arriba, tratando de averiguar qué estaba haciendo Zhoto y qué tan peligrosa era la situación. El olor a horneado descendió por la escotilla.

"Eso huele a gompa", murmuró Amy.

Entonces apareció un pie, buscando el primer paso del líder. Amy movió rápidamente sus manos y ayudó a Zhoto a encontrarlo. Luego puso el otro pie y empezó a caminar.

"Amy, aguanta esto, pero cuidado, ¡está caliente!" susurró Zhoto.

Amy recibió el objeto que parecía ser una olla pesada con comida adentro. Zhoto terminó la operación, cerrando la escotilla lenta y cuidadosamente. Amy dejó la pesada olla en el suelo y ayudó a Zhoto a encontrar el último escalón. Luego, cubrió la olla con un trozo de tela y la levantó por las asas.

"Ahora, abre la puerta. Avanzaremos diecisiete luces", susurró Zhoto.

"¿Dónde está mi torgha?" Gritó un Strattos con una voz fuerte desde la habitación donde Zhoto descendió con la olla.

"¿Enserio? ¿Estamos robando comida?" dijo Amy.

"No, pero sí, y además, él puede hacer más. ¡Y esto te va a encantar!" respondió Zhoto.

"¡Zhotooo!" gritó el Strattos desde la cocina.

"¡Vamonos!" susurró Zhoto.

En medio de la caminata, Zhoto se detuvo para descansar de la pesada olla que llevaba. Ambos se sentaron bajo una luz verde.

"Cuando estaba en el ascensor bajando con el Capitán Khawo, vi la imagen de un soldado en un triángulo", preguntó Amy, sentada en el suelo. "¿Eso es sobre el festival que tu gente va a tener en dos días?"

"Sí, celebramos la esperanza y el corazón de nuestra especie", dijo Zhoto, sentándose frente a ella. "La mayoría de la gente usa el festival para divertirse y traer algo de alegría en medio de la vida que estamos viviendo en este momento. Para mí y para otros, este es el momento en que recordamos nuestro pacto con las estrellas. Prometimos proteger el tiempo, el tesoro más valioso del universo, y fallamos. Ahora estamos pagando las consecuencias de nuestros actos. Nuestras generaciones futuras recordarán ese momento por el resto de sus vidas a través de este festival".

"Pensé que conmemoraban la muerte de tu reina", dijo Amy. "¿Es eso parte de las festividades?"

"Sí. Meryptah nos enseñó cómo sobrevivir en un planeta sin vida, pero sobre todo, ella tenía la esperanza de que algún día el tesoro de la Piedra del Tiempo volvería a nosotros. La celebración simboliza sus creencias y nuestros sacrificios como raza".

Amy estaba callada. Toda la situación estaba creando un sentimiento extraño en su corazón. No podía creer que Sesmar y Harkhuf nunca hicieran el esfuerzo de llevar a su gente a otro planeta y hacer que tuvieran una vida digna. Todo eso se debió a la venganza y el odio hacia la gente de la Tierra. Pero, ¿Qué motivó ese odio y la guerra que Marshall le contó? Toda la historia sobre los Strattos que intentaron apoderarse del portal parece que no era la trama completa de este sufrimiento y dolor interminables. Amy estaba lista para averiguar qué había detrás de los planes de Sesmar.

"¿Qué estás pensando, Amy?" preguntó Zhoto.

"Nada", respondió Amy, mirando al suelo. "He tenido una tremenda angustia por la situación que he visto en el tercer nivel. No soporto ver el dolor y la injusticia. Mi padre siempre me enseñó a ser una buena persona y mi madre me enseñó a tomar el camino correcto cada vez que podía hacerlo. Esas simples acciones de ellos me salvaron durante el peor momento de mi vida cuando estaba sola y quería terminar con mi vida. Me di cuenta de que la vida era un hermoso regalo y que debía hacer lo que estuviera en mis manos para seguir con vida. Sé que el resto de su especie que sobrevivió a esos días oscuros después de la muerte de su planeta son los mismos sentimientos que yo tuve. No somos diferentes, Zhoto. Traté de explicarle esto a tu príncipe cuando estaba en mi mundo, pero estaba ebrio de rencor y rabia. Nunca entendí la fuente de todo eso, pero creo que tengo una idea de dónde emana esa sombra del mal. El problema aquí no soy yo, ni Sesmar y su arrogancia, el problema va más allá de lo que ha sufrido tu gente".

Amy miró la luz verde sobre la cabeza de Zhoto y respiró hondo.

"¿Qué es la Piedra del Tiempo? ¿Y cómo lo perdió tu gente? preguntó Amy.

"Nadie sabe realmente cómo nuestros antepasados utilizaban la Piedra del Tiempo", respondió Zhoto. "Los manuscritos de la piedra poderosa y la historia de nuestra nación ardieron con el palacio el día en que Meryptah y su padre Kharpo murieron. Lo perdimos todo, pero las historias que los guardias conocían de boca de la familia real sobrevivieron en secreto como herencia oral del pueblo. Los Strattos fueron la primera especie en el cosmos después de que la oscuridad se convirtió en luz. La leyenda decía que el poder de la piedra poderosa era un regalo que venía del otro lado de la gran primera luz del universo. La luz da vida a Pree y pone la piedra bajo la protección del primer rey, imprimiendo en su piel un resplandor azul, un triángulo al revés, que simboliza uno de los tres universos. Los Strattos vieron la vida ir y venir hasta que el último destello de luz desapareció para siempre. Inmediatamente después de ese momento, el poseedor de la piedra usó su poder y comenzó un nuevo destello de luz, creando un nuevo universo y una nueva vida en el cosmos. Algunas personas dicen que el rey retrocedió en el tiempo y reinició la primera luz, mientras que otras dicen que la vida que estamos viviendo ahora mismo es el segundo universo. Una segunda oportunidad".

"Entonces, ¿La Piedra del Tiempo es una máquina del tiempo?" Preguntó Amy.

"No lo sabemos, nadie lo sabe. Nadie sabe siquiera cómo usar la Piedra del Tiempo", dijo Zhoto. "Lo que sabemos es que la piedra guarda un poder extraordinario que si cae en las manos equivocadas, podría escribir el último capítulo de la vida en las estrellas. La piedra es tan poderosa que el fragmento más pequeño de su estructura podría traer suficiente energía para viajar entre galaxias en un abrir y cerrar de ojos. Pero las oscuras intenciones de gobernar la piedra pusieron en peligro todo el equilibrio del universo. Es por eso que el rey Ofusta, el padre de Kharpo, dividió la piedra, manteniendo el tesoro a salvo".

"¿Y dónde están los fragmentos?" preguntó Amy.

"Los fragmentos desaparecieron para siempre y esperamos que estén a salvo en algún planeta lejos del mal. Así perdimos la piedra y pagamos el sacrificio de tener una vida miserable huyendo del calor del día y evitando el frío de las tinieblas".

La pequeña piedra con el brillo azul que Sesmar tiene en su collar apareció instantáneamente en la cabeza de Amy. ¿Por qué Sesmar y Harkhuf mantuvieron en secreto la tecnología asociada con sus viajes interestelares? ¿Son poseedores de un pequeño fragmento de piedra? ¡O peor aún! ¿Son los poseedores de otras piezas y están preparando todo para reconstruir toda la Piedra del Tiempo? Amy se dio cuenta de que la luz azul brillante que vio en el collar de Sesmar era la misma luz azul brillante que vio en el portal que Marshall y su tripulación usaban para viajar desde Marte a Hyperterra. Quizás haya una conexión entre todos estos mundos. Quizás, ese es el motivo de Sesmar. Ella está tratando de poseer la fuente que genera la energía de ese portal.

"Ven, vamos", dijo Zhoto, llevando la pesada olla de nuevo a través del túnel de servicio.

"¿Qué más sabes sobre la piedra?" dijo Amy, hablando y siguiendo los grandes pasos de Zhoto.

"Sabemos que el rey Kharpo trajo un fragmento de regreso a Pree después de que se reveló su ubicación, pero nadie vio una roca así, nunca", dijo Zhoto.

"Pero pensé que el rey envió los fragmentos lejos de Pree. ¿Cómo vieron esos tipos su ubicación?" Preguntó Amy, tratando de juntar las piezas del rompecabezas.

"No sabemos todo eso, pero los guardianes de la Piedra del Tiempo murieron protegiendo los fragmentos. Sólo uno sobrevivió", dijo Zhoto.

"¿Espera un minuto, guardianes de la Piedra del Tiempo? Entonces, ¿Kharpo era uno de ellos? ¿Qué le pasó a los otros? ¿Quiénes eran los demás?" preguntó Amy, casi corriendo detrás de Zhoto.

"El rey Ofusta y la reina Tella tuvieron trillizos, algo que nunca antes había sucedido en nuestra especie", dijo Zhoto, deteniéndose para descansar un poco más. "Los trillizos eran los guardianes de la piedra. Por eso el rey dividió la Piedra del Tiempo en tres pedazos, para que su propia sangre la siguiera protegiendo. No sabemos qué pasó después de que se fueron, pero la gente de Hulmor fue responsable de la muerte de los otros guardianes".

"Los hijos del rey ..." dijo Amy. "¿Y quiénes son estas personas de Hulmor?"

"Los amos oscuros de Hulmor, una especie triste y peligrosa que se dice vivían en un planeta lleno de ira y envidia, como el mismo infierno", dijo Zhoto, recuperando el aliento. "No sabemos nada sobre ellos, o si todavía están vivos. Conocemos su nombre porque un guardia real escuchó una historia sobre Hulmor y sus oscuras intenciones. Sabemos que uno de los hermanos murió en un planeta llamado Nurbia después de que ese mundo entero fuera destruido".

"¡Esto es horrible!" dijo Amy. "Cuánto sufrimiento, ni siquiera puedo imaginar la escala de esta guerra. Mi planeta también fue atacado y mataron a todas las almas de mi especie. Somos solo yo y un montón de huevos humanos que necesito incubar tan pronto como regrese a Hyperterra".

"¿Tienes la próxima generación de humanos bajo tu responsabilidad?" dijo Zhoto, sorprendido.

"Sí. Por eso estoy aquí", dijo Amy con tristeza. "Sesmar me amenazó con destruir a todos esos bebés si optaba por no venir con ella a Pree como su prisionera. Como puedes ver, todos hacemos sacrificios".

"No puedo creer esto. Sesmar? ¿La general?" preguntó Zhoto después de ser golpeado por esta revelación.

"Sí, Zhoto, lamento decirte esto, pero toda tu gente ha sido objeto de burla de la manera más traicionera y miserable. Sesmar y Harkhuf no son las personas que crees que son. Me capturaron en mi nuevo planeta, Hyperterra. Está muy lejos de aquí, lo suficientemente lejos como para escapar de tu imaginación. Quizás en el extremo opuesto del universo. Sesmar y Harkhuf visitaron el planeta donde nací, la Tierra, que está aún más lejos. Hacen estos viajes por el cosmos en un abrir y cerrar de ojos, lo que demuestra que han tenido la posibilidad de rastrear otros mundos y traer paz a tu raza. Pero han desperdiciado un tiempo valioso y la vida de muchos".

"Amy, esto debe ser un error", dijo Zhoto, tratando de digerir esta impactante verdad. "Debes estar confundida con otras personas. Nuestro príncipe y nuestra general siempre han estado buscando opciones y empujando nuestros límites tecnológicos para …"

"No, Zhoto, ya tienen la tecnología para ir a buscar otro planeta para ti y tu gente", dijo Amy. "Y quién sabe desde que más han mantenido en secreto todos estos viajes interestelares".

"¿Pero por qué?" Preguntó Zhoto, confundido y con las manos en la cabeza. "¿Por qué te capturaron? ¿Cual es tu propósito? ¿Qué estás haciendo aquí?"

"Creo que me usaron como excusa para desviar la atención de su plan maestro, Zhoto", dijo Amy. "Me temo que están intentando volver a juntar la Piedra del Tiempo".

Zhoto miró a Amy con seriedad. Sonrió, confundido, pensando que todo era una broma de mal gusto. Pero volvió a mirar a Amy a los ojos y vio a través de ellos, sabiendo que ella le estaba diciendo la verdad sobre el príncipe y la general. Amy tenía razón y él también lo sentía. Zhoto bajó la vista y se quedó callado por un momento.

"Hace miles de años, nuestro ejército desarrolló viajes espaciales alrededor de nuestro planeta con la misión de capturar asteroides llenos de minerales que arrojaron a las áreas del planeta donde podríamos fundirnos y crear nuevas aleaciones metálicas. Luego, las máquinas se encargaban de fundir y fabricar las nuevas piezas. La fundición sigue funcionando bajo tierra. Las puertas de Kemet se abren todas las mañanas para introducir las placas metálicas que las máquinas hacen bajo tierra. La metalurgia fue uno de nuestros logros más importantes como especie. Las viejas historias decían que el rey Kharpo enseñó metalúrgica a los humanos durante los primeros pasos de su civilización. Los instruyó en matemáticas, geometría, metalurgia y otros conocimientos reales que le habían sido enseñados. Algunas historias dicen que el rey Kharpo escondió dos fragmentos en la Tierra y cuando regresó de ese planeta, escondió el tercero en el complejo minero subterráneo, aquí en Pree".

"Todo esto tiene sentido", dijo Amy. "Pero estoy perdida y no sé qué creer".

"Todos estos años mi gente murió en este planeta. Pagamos el precio de no ser dignos de cuidar el tesoro más preciado del universo, pero aparentemente, nuestra deuda aún no está cerca de ser pagada", dijo Zhoto, muy triste y decepcionado.

"Esto tiene que terminar, Zhoto. Tenemos que hacer algo al respecto. ¡Ya sea que tengan la piedra o no, este sufrimiento tiene que terminar!" dijo Amy, tratando de acercar a Zhoto a la conclusión de la miseria de su pueblo.

"¿Y si te equivocas?" dijo Zhoto, sin mirar a la cara de Amy. "¿Y si todo esto es un malentendido? ¿Qué nos va a pasar al resto de nosotros? ¿Y si fallamos? ¿Y si fracasas?"

"No fallaré. No fallaremos", respondió Amy.

Un silencio largo e incómodo siguió a esta complicada conversación, pero no hubo vuelta atrás para Amy. Necesitaba planear su escape de Sesmar y Harkhuf, pero no dejará Pree sin liberar a los Strattos de la miseria y las mentiras, o al menos inspirarlos a hacerlo por ellos mismos.

"No se que hacer. No sé qué creer", dijo Zhoto.

"Mi corazón me dice que tu gente necesita ayuda. No puedo ignorarlo. No deberías", dijo Amy. "Vi que tú, Jhul, y los gemelos son especiales para las personas del tercer nivel. Todos deberían pensar en esto y hacer algo al respecto".

Zhoto no se movió ni dijo una palabra. Era viejo y estaba pensando en las consecuencias de actuar contra el reino y el ejército. Nada de lo que Amy le estaba diciendo tenía sentido para él. Solo quiere volver a su vida cotidiana y olvidar cada palabra de esta conversación.

"Voy a desenmascararlos, Zhoto", dijo Amy, con lágrimas en los ojos. "Solo quiero volver a casa, pero no puedo huir de esto. Es demasiado grande en mi pecho. Hay mucho sufrimiento. Solo ten en cuenta el dolor que le han estado causando. Imagínate lo que podría suceder si cumplen su plan, cualquiera que sea ese plan. ¡Son malvados, Zhoto! ¡Los vi matar con mis propios ojos!"

"No estoy seguro de todo esto, Amy. Todo es confuso y difícil de creer. ¿Por qué quieres ayudarnos? ¡Sabes lo peligroso que puede ser enfrentarse a Sesmar o Harkhuf! Vas a poner en riesgo tu vida y nuestra estabilidad, y no puedo permitir que eso suceda".

Amy miró a Zhoto, frustrada. "Yo no pedí todo esto, Zhoto", dijo Amy. "Tal vez esté en mi naturaleza humana, sentir la responsabilidad de cuidar a los demás".

"El rey Kharpo sintió un profundo amor por la gente de la Tierra y les contó a todos sobre ellos. Escribió muchos manuscritos sobre su vida en ese mundo. Quizás tenía razón. Quizás eres una especie en particular, pero no puedo ayudarte".

"¿Por qué no, Zhoto? ¡Eres su líder! ¡Los amas y quieres darles una vida significativa! ¡Eso es lo que me has estado diciendo desde que nos conocimos! ¡Ahora es cuando debes usar ese amor por tu gente y alimentar tu corazón con coraje! ¡Ahora es el momento de ir a rescatarlos!"

"Necesito pensarlo. ¡Toda esta verdad me ha golpeado muy fuerte!" susurró Zhoto, frustrado. "No puedo..."

"No tienes que ser parte de esto, Zhoto, y te entiendo, pero sé que necesitaré tu ayuda".

Zhoto estaba tremendamente confundido en su mente y en su corazón. No sabía cómo reaccionar ante nada de esto. Acaba de conocer a este humano, y ahora ella le dice que necesita luchar contra el general más respetable y contra el hijo del rey. Zhoto respiró hondo.

"Gracias por salvar a nuestra gente en la fundición, Amy. Eres un miembro honorable del tercer nivel", dijo Zhoto con tono triste. "Ven, sígueme, el viaje ha terminado".

Zhoto agarró la pesada olla y caminó en silencio. Amy lo siguió, sin saber qué decir. En la siguiente luz verde, Zhoto abrió una puerta y Amy vio las escaleras que comunican los túneles de servicio con el Kemet. Gentilmente invitó a Amy a que fuera primero para que pudiera abrir la puerta. Amy aprovechó este momento de tranquilidad para mirarlo por última vez, en busca de su aprobación.

"Lo siento, Zhoto", susurró Amy.

Zhoto le dedicó una suave sonrisa. Entonces Amy subió las escaleras y empujó la escotilla horizontal. Al instante, el ruido de una zona de trabajo ocupada llenó la oscura y silenciosa escalera. Salió y abrió la puerta por completo. Zhoto salió, sosteniendo la pesada olla con un delicioso olor que salía de la tapa.

"¡Llama a los gemelos! Zhoto ha llegado", dijo un técnico.

"¿Eso es torgha?" dijo otro trabajador.

"Sí, pero no lo digas en voz alta. Tráeme algunas tazas", dijo Zhoto.

Amy cerró la puerta con la ayuda de otros Strattos. Luego caminó hacia Zhoto, tratando de hablar con él una vez más.

"¡Amy! ¡Regresaste!" gritó Makho. "¡Justo a tiempo para los regalos!"

"¡Regalos!" dijo Amy, volviendo su cuerpo hacia Makho y Mokhy y otros trabajadores. "¡Pensé que este noter era el regalo de bienvenida!"

"¡Sí, tienes razón! Pero hay algo más, ¡Y sabemos que te va a gustar mucho!" Exclamó Makho.

Mokhy caminó hacia Amy y la tomó de la mano. Luego la invitó a caminar con él en dirección a una cosa voluminosa sobre una plataforma con ruedas pequeñas.

"¿Qué es esto, chicos? ¿Otra ceremonia de bienvenida?" dijo Amy, confundida. "Espera, ¿Es esto una gompa gigante?"

Entonces los gemelos sorprendieron a Amy, tirando de la gran manta polvorienta que revelaría a su amigo de toda la vida.

Amy no reaccionó de inmediato. Estaba confundida y llena de preguntas que golpearon su cabeza en un momento difícil después de su conversación con Zhoto. ¿Qué estaba haciendo Frank allí? ¿Y cómo llegó a Pree? De repente, se sintió débil como si estuviera a punto de desmayarse. Mokhy rápidamente la sostuvo por los brazos mientras sus piernas no tenían la fuerza suficiente para mantener todo su cuerpo recto. Nunca perdió el conocimiento y tomó con fuerza la mano de Mokhy. Al instante, el resto de los Strattos se acercaron a ella para ayudarla.

"¿Frank? ¡Frank!" gritó Amy con explosivas lágrimas. Su cuerpo hizo el último esfuerzo por saltar sobre el robot y estuvo a punto de colapsar. Mokhy la tomó suavemente en sus brazos y la llevó a la plataforma móvil, donde Frank estaba en posición vertical pero sin moverse en absoluto.

"Mi viejo amigo", susurró Amy, abrazando la estructura de Frank.

Mokhy vio la conexión entre ellos. Fue algo increíble que ninguno de ellos había visto jamás. Amy comenzó a llorar y sus lágrimas cayeron por toda la superficie plateada de Frank. Los ingenieros alrededor de la plataforma formaron un círculo espontáneo y algunos de ellos compartieron la emoción del reencuentro. Los Strattos saben lo importante que es estar cerca de su Mer-Ek, y parece que estaba conectada al robot precisamente de esa manera. Amy todavía sostenía la mano de Mokhy después de que él la acercó al robot. Sintió su vínculo y lo frágil que era Amy después de estar cerca de su amigo metálico. Algo dentro de él quería ser tan relevante para Amy como lo era Frank.

128

CAPÍTULO 15 - MENTIRAS

En aquel entonces, cuando Pree era un planeta lleno de vida y prosperidad, el planeta tardaba alrededor de treinta horas en hacer una rotación completa sobre su eje. Después de que la Piedra del Tiempo desapareció, dejando así de alimentar las entrañas del planeta, los Strattos continuaron usando el mismo calendario a pesar de que el mundo detuvo casi por completo su rotación.

Las horas del día estaban a punto de terminar y Amy cree que Frank ha agotado toda la energía almacenada en sus baterías. La luz del sol es lo único que puede cargarlo.

"Ven, pongámoslo cerca de la puerta trasera", dijo Zhoto, indicándole a Mokhy que empujara detrás de la plataforma.

Makho inmediatamente empujó la palanca que abre la enorme y amplia puerta que usa el tercer nivel para traer al interior piezas significativas desde la superficie para reparar. Desde ese punto, debería haber suficiente ángulo para que Frank se cargue a través de su panel solar.

"¡Aquí, más cerca!" dijo Zhoto. "¡Amy, dinos qué hacer!"

"Mokhy, empuja a Frank hacia la izquierda. Necesito entrar en su panel frontal ", dijo Amy.

Amy presionó algunos botones mecánicos que expulsan el borde del panel solar. Luego sacó el resto del dispositivo y bajó el ángulo para que el sol pudiera llenar toda la superficie.

"Está bien, ahora haz lo tuyo, Frank", dijo Amy.

La puerta estaba casi abierta del todo y la vista desde el Kemet era espectacular. Amy vio colinas y montañas a lo lejos hacia el norte y al sur, imaginando toda esa tierra cubierta de vegetación, ríos y vida. Ahora era un planeta vacío y chamuscado, las marcas de las ruedas de la ciudad erosionaban la superficie polvorienta.

Amy apretó la mano de Mokhy con fuerza. "Gracias, Mokhy", dijo Amy, mirándolo a la cara. Mokhy sonrió y miró a su alrededor con felicidad.

Las luces de carga de Frank, ubicadas en la parte posterior de su paquete de baterías, comenzaron a parpadear en rojo. Luego, algunos ruidos mecánicos vinieron del interior de su estructura.

"Está cargando, está cargando", dijo Amy, abrazando a su amigo pero sin soltar la mano de Mokhy.

Frank inició la exploración del entorno, girando la cabeza lentamente en 360 grados. Todos los Strattos del tercer nivel se reunieron a su alrededor, curiosos por la máquina parlante.

"Frank siempre hace eso cuando se le acaba la batería. Nada de qué preocuparse", le dijo Amy a Mokhy. "A veces toma un momento, pero ahora mismo, su nivel de energía es deficiente. Puede que le lleve más de lo normal esta vez".

Mokhy miró a Frank, tratando de comprender el vínculo entre Amy y la máquina. Ninguno de ellos vio una máquina parlante antes, y esta situación se basa en varias cuestiones técnicas. Quieren investigar como ingenieros sobre el rendimiento del dispositivo o si podrían ser capaces de replicar una tecnología como esa. La conversación entre la gente del tercer nivel comenzó de inmediato.

"¿Qué está pasando aquí ahora?" gritó Jhul mientras intentaba abrirse paso entre la multitud de ingenieros. "¡Vamos, muévete!"

Tan pronto como Jhul llegó a la plataforma, vio a Mokhy sosteniendo la mano de Amy. Jhul pensó que la situación de tomarse de las manos era demasiado incómoda y poco común.

"¿Qué estás haciendo?" preguntó Jhul, con voz irritada y confusa.

Mokhy hizo espontáneamente un par de señas y respondió: "¿Por qué tengo que responder eso?"

Jhul cambió su rostro al instante. Mokhy nunca le hablaba así.

"¿Qué?" gritó Jhul.

"Reiniciando sistemas, 60%", la voz de Frank interrumpió el intercambio de palabras entre ellos.

Entonces Amy volvió su rostro hacia Jhul, moviéndose lentamente, dejándolo notar que Frank estaba de cara al sol.

"¡Les dije que me esperaran en la sala de selección!" gritó Jhul.

"Relájate, mira esto, Jhul", dijo Makho, sonriendo. "¡Apuesto a que nunca viste una máquina arrastrando energía del sol!"

Jhul miró a Frank y luego miró al sol con la cara llena de preguntas. "¿Arrastra energía del sol?" preguntó Jhul, acercándose a Frank.

"Reinicio del sistema: completo. Iniciando interfaz", dijo Frank. Luego, su cámara fue directamente a la cara de Amy. "¿Hola?"

"¡Frank!" gritó Amy. "¿Qué estás haciendo aquí? ¿Cómo ... por qué? ¿Cómo?"

"¡Necesito saber quién trajo esto a mi ciudad!" dijo Jhul.

"¿Tu ciudad?" gritó Zhoto, dando un paso adelante.

"¿Desde cuándo eres el dueño de nuestra ciudad?" dijo Makho. "¿Y desde cuándo tenemos que responder a todas tus preguntas? ¿Qué tal si te unes a nosotros como miembro del tercer nivel y disfrutas de un momento de felicidad con nosotros?"

"¡Todos ustedes están perdiendo un valioso tiempo en el Kemet! ¡Deberían estar terminando sus asignaciones de hoy!" gritó Jhul.

"¿Y tú?" dijo Makho, levantándose lentamente. "¿Está listo el generador para ser desacoplado de la nave del general? ¿Y los cables que te pedimos esta mañana? ¿Dónde están?"

"¡No tuve tiempo para hacer los cables hoy y el generador no está listo porque no puedo detenerlo! No sé qué le hizo este humano". dijo Jhul.

"Bueno, quizás deberías pedirle ayuda, ¿No crees?" dijo Zhoto.

"¿Y por qué tengo que pedirle ayuda?" preguntó Jhul.

"Porque no puede hacerlo usted mismo ¿Cierto?" dijo Makho. "Además, encendió uno de los generadores más antiguos de la nación con acceso limitado a tecnología. Estoy muy seguro de que puede ser de gran ayuda con tu tarea del día".

"¿Qué es esta subordinación?" gritó Jhul.

"¿Subordinación? ¿Quién crees que eres?" gritó Zhoto, acercándose hacia él.

"¡Qué grupo de líderes tan irrespetuosos!" gritó Jhul.

"Eso es exactamente correcto", dijo Makho. "Todos somos líderes, los cuatro, y dirigimos este lugar, pero no estamos uno encima del otro, ¡Porque trabajamos en equipo!"

"¡Cómo te atreves, jovencillo ingeniero!" dijo Jhul, dando un paso más hacia adelante.

"¿Crees que deberíamos prestar atención a tus crisis cada vez porque eres viejo?" dijo Zhoto. "¿Qué vas a hacer? ¿Vas a correr hacia tu príncipe y decirle que los niños te están gritando? ¡Anda! Ve y dile que el viejo técnico necesita que lo acaricien. ¡Anda!"

Jhul se sorprendió. Algo fue diferente en Zhoto. Detrás de él estaba Makho con los brazos cruzados, y Mokhy se puso de pie lentamente, sosteniendo la mano de Amy.

"¿Que está sucediendo aquí?" dijo Jhul. "¿Qué le estás haciendo a esta gente, humano?"

"¡Ella no nos hizo nada, Jhul!" dijo Zhoto. "Estamos teniendo un buen momento aquí hasta que llegaste arrastrando tu cara triste. Parece que no tenemos permiso para sonreír. ¡Únete a nosotros! Mantén tu ego alejado de aquí y disfruta de algunas risas. Además, ¡Está bien pedir ayuda! Y créeme, Amy nos está regalando un día emocionante. Uno de los que nunca hemos tenido en toda nuestra vida".

"¡Y se pone mejor!" dijo Makho. "Ella arregló un generador viejo, obtuvo su primer noter, trajo a cuatro ingenieros desde las garras de la muerte, y todo eso en medio día. Seguro que más de lo que tú puedes lograr en ochocientos años".

"Miren, chicos, no estoy aquí para iniciar un problema entre su gente", dijo Amy desde atrás, tratando de calmarlos. "Puedo ir a una habitación y cerrar la boca hasta que Sesmar decida qué va a hacer conmigo, pero por favor, no peleen entre sí. Por favor, no lo hagan".

Jhul miraba a Makho con rabia, mientras Zhoto se quitaba la chaqueta a medida que la conversación se calentaba. Mokhy dio un paso adelante, pero Amy le agarró la mano. Mokhy la miró, sorprendido.

"Una de las cosas más hermosas que descubrí desde mi llegada aquí es que ustedes son una gran familia", le dijo Amy a Mokhy, pero lo suficientemente alto para que todos pudieran escuchar su voz. "Aquí tienes algo increíblemente valioso, algo que yo tenía cuando era niña y que mantuvo unida a mi familia todo el tiempo. Ese sentimiento de tenernos es el sentimiento que mueve a esta ciudad. Vi que este universo es lo suficientemente grande como para estar lejos el uno del otro, y diferencias como esta no nos unirán".

"No recuerdo haberte pedido tu opinión", dijo Jhul.

Mokhy dio un paso hacia Jhul. El resto de los ingenieros retrocedió. Mokhy es un gran Strattos, y nadie quiere tener problemas

132

con él, pero tenía razón, y Jhul estaba actuando irrespetuosamente con la invitada.

"No, Mokhy, no", dijo Amy, levantándose de la plataforma, deteniendo a Mokhy y caminando algunos pasos hacia Jhul. Escucha, echaré un vistazo al generador si me dejas. Después de eso, ustedes pueden decidir lo que quieran hacer conmigo. Vamos a arreglar esa nave ahora".

Jhul, Zhoto y los gemelos estaban callados. Todos ellos tenían una sección de liderazgo en el tercer nivel y, obviamente, tenían diferencias como esta antes. Esta situación no es nueva para ninguno de los ingenieros del Kemet, pero esta vez es alguien más en la discusión, y esa persona era Amy.

Frank estaba callado pero grabando. El frente de su cuerpo todavía estaba frente al sol con su panel solar abierto de par en par, y su cabeza seguía la escena entre los Strattos y Amy.

"Necesito saber cómo detener el generador", dijo Jhul con voz tranquila. "Y explícame cómo llegó esta máquina parlante a la ciudad".

"Puedo hacerlo por ti", dijo Amy con suavidad. "Es complicado de explicar. Guíame al lugar donde está el generador y lo apagaré. Puedo mostrarte cómo lo arreglé si quieres. Además, necesito que me devuelvan mis piedras. Las puse dentro de la cámara del generador".

Jhul asintió, mirando a Zhoto. Luego miró a Frank. "¿Y qué hay de esa cosa?"

"Puedo responder a esa pregunta, pero primero déjame presentarme", dijo Frank, sorprendiendo a todos quienes no lo habían visto hablar y moverse. "Mi nombre es Frank, tercera generación de las revolucionarias unidades HHR. Los ingenieros humanos me construyeron y poseo un conocimiento increíble sobre física, química, comportamiento de los materiales y mecánica. Además, un poco de psicología", dijo Frank, mirando a Amy. Ella respondió con una sonrisa. "He estado protegiendo a esta mujer desde que fuí asignado a su familia y puedo decirte que es una persona maravillosa en la que puedes confiar. Además, es increíblemente hábil para resolver problemas. Ha, y muy, muy, muy valiente. Luchó contra animales que podían duplicar su tamaño, usando solo su cerebro y sobrevivió nueve años sola ... Bueno, con mi ayuda, en un planeta totalmente nuevo. Por supuesto, ella podría ser una buena adición para su equipo, pero lamentablemente, tenemos que volver a nuestra casa. ¿Alguien puede decirnos dónde está el estacionamiento de naves espaciales? Y también vamos a necesitar un piloto. Gracias".

Algunos de los técnicos sonreían con el discurso de Frank. Zhoto se sorprendió con la máquina. Jhul estaba serio y analizó cada movimiento del cuerpo de Frank.

"¿Cómo llegaste aquí, máquina?" preguntó Jhul.

"Frank. Mi nombre es Frank. Después de que tu gente secuestrara a mi querida Amy, entré en su nave antes de que despegaran de nuestro planeta. Una vez que estuvimos aquí, lo que tomó unos tres segundos, esperé el momento para separarme de la nave y corrí hacia un agujero en la superficie. Fue así como me quedé atrapado en un tubo, donde el generoso señor Mokhy me liberó antes de que se me acabara la batería. ¿Hay algo más que le gustaría saber, señor Jhul?"

Jhul y los demás estaban callados, mientras Mokhy y Amy sonreían.

"Parece que el nuevo invitado respondió a todas sus preguntas, ¿verdad?" dijo Makho, caminando hacia Frank.

"Zhoto, necesitaré que parte de tu equipo desmonte el generador, si es posible", dijo Jhul.

"No hay problema, dígales qué hacer", respondió Zhoto.

"Amy, ¿Me sigues?" preguntó Jhul irónicamente.

"¡Sí seguro! ¿Vienes conmigo, Mokhy? preguntó Amy.

"¡Claro que si!" dijo Mokhy, tocándose la ceja con un dedo.

"Me quedaré con Frank, Amy. No te preocupes", dijo Makho.

"Gracias. Vuelvo enseguida, Frank" dijo Amy.

El grupo caminó hacia los ascensores. Amy, Mokhy, Jhul y tres ingenieros entraron al ascensor hasta el segundo nivel.

"¿Segundo nivel?" preguntó Amy.

"Sí. Estas son las instalaciones de entrenamiento del ejército y la guardia real y donde tenemos que arreglar su equipo, como las naves espaciales", dijo Jhul. "Escuchen todos ustedes. Nos dieron permiso a nuestro grupo solo para el hangar de la general Sesmar. Vamos a estar solos aquí porque todos se van a dormir y otros comen. Hagámoslo rápido y sin interrupciones. ¿Está claro?"

El grupo asintió con la cabeza hacia Jhul mientras las puertas del ascensor se abrían detrás de él. El lugar estaba oscuro, e iluminado por pequeñas y redondeadas luces blancas en el piso que mostraban cómo llegar al hangar. Todo el lugar era exactamente como el Kemet del tercer nivel, pero limpio y reluciente. El resplandor de las luces blancas se reflejaba en cada superficie de metal brillante del piso principal y las líneas rojas en el suelo apuntando hacia la puerta grande de escape mostraban en qué dirección las naves Strattos despegaban.

"Mira este lugar", dijo Amy, caminando del lado de Mokhy.

"Sígueme", dijo Jhul, girando a la derecha inmediatamente fuera del ascensor.

"¿Cómo llegó aquí la nave de Sesmar, Jhul? recuerdo que llegamos a la superficie, frente al palacio del rey, ¿Verdad?" preguntó Amy mientras el grupo caminaba en la oscuridad, siguiendo las pequeñas luces blancas.

"Estás en lo correcto. En la superficie, hay una zona de aterrizaje. Ese lugar tiene tres plataformas que descienden hasta aquí, lo que nos facilita la reparación. Una vez que las naves son retiradas de las plataformas, esas estructuras vuelven a la superficie", dijo Jhul, girando a la izquierda.

"¡Eso es una locura! ¿Cómo construyeron esto, chicos?" dijo Amy. "Es increíble. Esta ciudad no deja de sorprenderme. Toda la máquina es una obra maestra de ingeniería. Leí sobre megaestructuras y vi videos sobre el viaje de ingeniería de construir grandes máquinas, puentes o edificios, pero estar dentro de uno, simplemente me deja boquiabierta. Ojalá pudiera tener las habilidades que ustedes tienen".

"Podemos enseñarte, Amy", dijo Jhul. "Pero será una pérdida de tiempo si sus planes de regresar a su planeta persisten. No vale la pena."

"Lo sé. Pero puedo ver cómo trabajan ustedes en el metal, así que puedo replicar eso en mi mundo si vuelvo allí algún día", dijo Amy.

"Aquí", indicó Jhul. "Ustedes tres esperen aquí mis instrucciones. Amy, Mokhy, síganme", dijo Jhul, caminando hacia la nave de Sesmar.

"El capitán Khawo me dijo que el generador estaba sumergido en agua. Eso fue exactamente lo que les dije que no hicieran", dijo Jhul, abriendo la puerta de la cámara del generador en la parte trasera del barco. "Una vez que las partes delicadas del generador entran en contacto con el agua o se exponen a cambios drásticos de temperatura, un filamento se rompe en el interior, lo que hace imposible que los anillos giren por sí mismos".

Jhul dio un pequeño paso delante de Amy, para que pudiera pisarlo y alcanzar el generador.

"Como puede ver, puse una luz dentro de esta cámara, para que el Pettron pudiera recibir luz y permanecer en un estado permanente de reacción con la luz", dijo Amy. "Pettron reacciona a cualquier fuente de luz, pero si expones las rocas negras a las blancas, se repelen entre sí. Si los pones en un círculo, correrán uno del otro para siempre hasta que elimines el elemento de activa los negros. Luz."

Amy tiró del cable que alimentaba con energía la bombilla frente al disco con las piedras. Al instante, el generador se detuvo.

"¿Qué?" gritó Jhul. "¿Cómo los pusiste en circulación por primera vez?"

"Mokhy, ¿Puedes pasarme tu pequeña roca brillante?" preguntó Amy.

Mokhy le entregó el collar que había pegado en un extremo la piedra que usaba como linterna. Amy apuntó la luz a las piedras colocadas en el disco del generador. Al instante, el generador comenzó a girar para sorpresa de Jhul.

"¿Vez? El generador está girando, creando energía instantáneamente", dijo Amy. "Ahora, el truco es usar la energía del generador para encender una bombilla y ponerla cerca de las piedras, ¡y listo! ¡Energía sin fin! Marca registrada Amy Lincoln, por si acaso".

Después de ver esta máquina funcionando de nuevo, Amy estaba sonriendo.

"El mineral reacciona a la luz, como el Zethroh", dijo Jhul.

"¿Zethroh?" preguntó Amy. "¿Es un Pettron similar a un mineral?"

"No sé nada acerca de sus piedras Pettron, pero tenemos algo similar que llamamos Zethroh", dijo Jhul. "Lo usamos en los uniformes de combate de nuestros soldados. Les permite volar, pero nunca los hemos usado en escenarios reales. Esos son solo inventos y prototipos militares en desarrollo del departamento de energía".

"Oh no, vuelan muy bien, créeme. De hecho desactivé uno de tus uniformes en mi planeta y déjame decirte, no es un buen diseño, Jhul. Necesita algunas mejoras", dijo Amy con orgullo. "Además, Sesmar, Harkhuf, Khawo y los soldados que fueron a mi planeta llevaban esos uniformes que describiste".

"¿Qué? ¡Eso es imposible! Nunca autoricé el uso de esos prototipos", dijo Jhul.

"Bueno, ahora lo sabes", dijo Amy. "No les digas que te lo dije", susurró. "Igual sabrán que fui yo la que te dijo. Quien mas".

"Tenemos la versión negra de este mineral, pero ¿cómo conseguiste poner tus manos en el mineral de carga opuesta?" Preguntó Jhul, inmensamente fascinado con el descubrimiento.

"Crecen en mi planeta, ambos. ¿Cómo conseguiste tu este mineral?" Preguntó Amy.

"Una de nuestras naves exploradoras encontró un asteroide lleno de este material. No sabemos cómo se usa realmente. Como les dije, está en pleno desarrollo de investigaciones. ¿Viste volar a nuestros soldados?" preguntó Jhul con una extraña sonrisa en su rostro.

"Hmm, si, pero no fue agradable verlo. Me estaba siguiendo y quería matarme", dijo Amy, apagando el generador.

"¿Te estaba siguiendo? ¿También tienes un traje de Zethroh?" preguntó Jhul.

"No, estaba volando en uno de mis vehículos. Todavía no le puse nombre, pero déjame decirte, en cuanto interrumpes la luz del sol, el uniforme paraliza al soldado, convirtiéndolo en una roca sólida e inmóvil. Así gané yo. Puedes preguntarle a Harkhuf si quieres".

"¿El príncipe? ¿Volaba el príncipe con el traje? ¿Y quería matarte?" preguntó Jhul con los ojos bien abiertos.

"Sí, lo siento, no es un buen tipo después de todo", respondió Amy.

"El traje tiene un mecanismo que voltea las pequeñas escamas de Zethroh a una placa de metal normal, por lo que el soldado puede moverse una vez que no tiene acceso a la luz del sol", dijo Jhul.

"Bueno, claramente, Harkhuf no conoce ese pequeño botón. O tal vez lo haga, pero necesita más entrenamiento con la situación del volteo", dijo Amy mientras sacaba las piedras del disco.

"Pensé qué habías dicho que la piedra blanca repele a las negras, pero ahora las tienes juntas", dijo Jhul.

"Así es, pero sin una fuente de luz, estas son solo rocas", dijo Amy, bromeando al respecto. "Para ser claros aquí, este es Pettron. Pettron blanco y Pettron negro. No Zethroh. Me confunde, ¿De acuerdo? Además, crece en mi planeta para que pueda conservar los derechos de autor del nombre. Es la ley."

El grupo abandonó el segundo nivel después de que los ingenieros y Mokhy ayudaron a Jhul a desmontar el generador de la nave, colocándolo en una plataforma con ruedas para su reparación técnica al día siguiente. Tan pronto como se abrieron las puertas del ascensor, el ruido y las risas sorprendieron al grupo. Se trataba de Frank y sus habilidades de actuación. Estaba haciendo bromas y reproduciendo algunas canciones que tenía almacenadas en su disco duro.

"¡Ven, Amy! Te están esperando para probar esta sopa. ¡Dijeron que te encantará!" dijo Frank.

"¡Aquí, Amy! Toma este", dijo Makho, dándole una taza de metal con torgha y otra para Mokhy. Los ingenieros y Jhul se unieron a la cena en el piso del Kemet.

"Amy, tal vez podamos intercambiar experiencias y conocimientos sobre sus minerales, y podamos enseñarle cómo fundir, dar forma y crear piezas metálicas completamente nuevas", dijo Jhul.

"¡Seguro! ¡Eso suena muy bien, Jhul! " dijo Amy, bebiendo la deliciosa sopa que venía del recipiente que robó Zhoto.

Amy buscó a Zhoto, pero lo vio alejarse hacia la sala de estar. No era parte del banquete de la torgha, y Amy cree que se debe a que le puso demasiada información en la cabeza. Quizás Zhoto necesite un momento a solas para pensar en su posición sobre este abuso de poder. Quién sabe cuántas generaciones de Strattos han vivido bajo las mentiras del poder militar. Quién sabe cuántas vidas han sufrido el sacrificio de una especie única en el universo, sumergida en profundas ambiciones de poder.

Después de que la mayoría de los ingenieros se fueron a la sala de estar, Amy comprobó cómo estaban Frank y sus niveles de carga.

"¿Estás completamente cargado?" preguntó Amy.

"El 75% no está nada mal. Puedo sentirme un poco borracho ahora mismo", respondió Frank.

"Eso es bueno, Frank", dijo Amy, abrazando a su amigo.

CAPÍTULO 16 - EN LA NOCHE

Cuando nacieron los gemelos, nadie se dio cuenta de que uno de ellos no podía hablar. Los Strattos eran una especie perfecta y nunca tuvo estos problemas genéticos. No hubo datos sobre su origen, y si los hubo, se perdió hace miles de años, luego de que todo ardiera con las llamas del sol. Al principio, la gente decía que los gemelos eran un mensaje de esperanza, pero otros decían que estaba relacionado con la cantidad de universos que vivía la creación actualmente. Los Strattos siempre traen a colación la leyenda de la conexión con el cosmos durante las festividades de Meryptah. Es una leyenda urbana que la gente habla en la ciudad, agregando detalles falsos, nuevos personajes y llevándolos a pinturas y otras expresiones artísticas.

El cuento dice que al principio, hubo una luz inmensa que inició todo. Después de eso, la creación de la Piedra del Tiempo gobernaría el equilibrio en el cosmos y el nacimiento de la especie Strattos como los guardianes del tesoro. Luego, después de que el universo alcanzó los cien mil millones de años, y el final de la última luz en su interior se extinguiera, los primeros guardianes de la Piedra del Tiempo usaron el poder del tesoro astronómico para regresar al momento en que brilló la primera luz en el cosmos. Desde entonces, cada cinco mil años, el nacimiento de gemelos recuerda a los Strattos que la Piedra del Tiempo les permitió experimentar un segundo universo. Pero todo eso es solo un mito.

Se desconoce la razón por la que Mokhy no tiene voz y puede estar relacionada con el nacimiento de los gemelos. Su madre sufrió durante el parto y murió días después. Makho lo ayudó a desarrollar una forma de comunicarse con el resto de la familia. Pero debido a su discapacidad, siempre estuvo segregado de todo. Algunas personas creen que no puede hacer nada como un Strattos normal o que Mokhy era lo suficientemente raro como para estar cerca de él. Mokhy visita la superficie de la ciudad por la noche cuando todos duermen. Camina por las calles y finge estar con amigos. Lo hace casi todas las noches. Cuando celebró sus cuatrocientos años y llegó su momento de asociarse con una Strattos, estaba solo y olvidado. Su hermano Makho estaba feliz celebrando su Mer-Ek, y la noticia de un nuevo miembro de la familia no tardó en llegar. Mokhy perdió la oportunidad de ser padre o de tener su propia familia. Desde entonces, se ha dedicado a tiempo completo a su misión de servir en el tercer nivel, y lo entregará hasta el último día de su vida.

"Terminé de codificar un programa que facilitará que mi cámara reconozca los signos de Mokhy, de modo que pueda traducir de manera más eficiente para que lo entiendas", le dijo Frank a Amy.

"¿Enserio? Eso será genial", dijo Amy. "Sé que puedo aprender su idioma, pero llevará tiempo. Quiero comenzar con lo básico para poder entenderlo en situaciones específicas. No lo sé, solo pienso. Tenemos que sentarnos y dejar que nos muestre sus señales, pero no sé cómo empezar".

"Tal vez puedas simplemente hablar con él y podamos usar esa información como primera fuente. Pero necesitamos un traductor", respondió Frank.

Amy y Frank estaban en una habitación cercana al área común. Amy cambió su túnica sucia por otra limpia y fresca, aunque todavía lleva la camiseta sin mangas y los pantalones debajo de la túnica. En su bolsito de cintura llevaba algunas cuerdas pequeñas y las piedras Pettron que sacó del disco del generador.

"Adivina qué, Frank", dijo Amy mientras se vestía. "¿Recuerdas que Harkhuf vestía un traje hecho de Pettron negro? Encontraron Pettron en un asteroide cerca de este planeta".

"Hay altas probabilidades de que el Pettron en ese asteroide provenga de Hyperterra", dijo Frank.

"Seguro, ese Pettron vino de Hyperterra", agregó Amy.

Entonces Mokhy y Makho llamaron a la puerta. "¿Podemos entrar, Amy?"

"¡Solo si me traes una gompa!" respondió Amy.

"Tenías razón, Mokhy", murmuró Makho al otro lado de la puerta.

Entonces los gemelos entraron en la habitación. Mokhy trajo una bandeja con comida decorada con algunas verduras de colores, gompas y una taza de torgha, mientras que Makho trajo algunos trapos

141

de limpieza y una solución gris cremosa en un recipiente para limpiar la estructura de Frank.

"¡Oh, vaya, Mokhy! ¡Esto es hermoso!" dijo Amy con una sonrisa. "¿Y me traes gompas también? ¡Gracias!"

"Me dijo que tendrías hambre", dijo Makho.

"Ella siempre tiene hambre", agregó Frank.

"Bueno, eso es cierto", dijo Amy.

"No sé qué está pasando aquí", dijo Makho. "¡Este gran ingeniero nunca le llevó comida a nadie en la familia y ahora está seleccionando la mejor fruta para usted!"

Mokhy le dio una palmada en la cabeza a Makho, avergonzado.

"Bueno, creo que soy un ser humano afortunado, después de todo. ¿No crees, Frank?"

"Sí que lo eres, Amy", respondió Frank.

Mokhy estaba totalmente avergonzado, y después de darle a Amy la bandeja con comida, caminó hacia una ventana rectangular que daba al Kemet, que estaba casi vacío después de que algunos de los trabajadores ya se habían ido a descansar.

"¿Y qué vas a hacer con eso, Makho? preguntó Amy. "Es eso otro tipo de cena ¿Puedo probarlo? ¡Ustedes son tan buenos cocineros! Los mejores del universo."

Makho sonrió. "No, no puedes comerte esto. Esta es una solución especial que utilizamos para dar vida a los metales viejos, haciéndolos brillar como nuevos. Limpiaré a Frank si me autorizas.

"Está autorizado, Jefe Makho", agregó Amy.

Mokhy hizo un par de señas indicando que las maniobras para la noche comenzarán pronto. Frank instantáneamente encendió su cámara, grabando esas señas.

"Sí, casi lo olvido, Mokhy, ¡Gracias!" Dijo Makho. "Oye, Amy, ¿Te gustaría venir con nosotros al Kemet? Llevaremos la ciudad a la noche. Estamos acostumbrados a hacerlo, pero creo que te interesará ver los procedimientos. Pero ya sabes, ver la ciudad en acción".

"¡Por supuesto! ¡Quiero ver eso! ¡Gracias chicos!" respondió Amy.

"Makho, ¿Puedes decirme las palabras exactas que dijo Mokhy?" Preguntó Frank. "Estoy intentando crear una base de datos con su lenguaje de señas, para poder traducirle a Amy, en caso que no haya nadie alrededor".

Poco después, Makho y Mokhy hablaron varias palabras e hicieron bromas entre ellos, mientras Frank grababa y analizaba el lenguaje corporal de Mokhy. Amy hizo algunas preguntas rápidas sobre su infancia y su vida en la ciudad, también trajo su alfabeto, preposiciones y expresiones.

"Vamos, podemos hacer esto más tarde o mañana, la maniobra comenzará pronto", agregó Makho después de terminar la estructura de Frank.

"Guau, ¿Quién es este tipo?" gritó Amy, impresionada por la nueva versión plateada de Frank. ¡Te ves increíble, Frank! ¿No crees que Mokhy?"

Mokhy mostró su pulgar hacia arriba.

"Espera. ¿Qué?" exclamó Amy. Mokhy abrió los ojos, confundido. "¿La palabra 'Estoy de acuerdo' es un pulgar hacia arriba?"

"¡Sí, vino con eso cuando era joven! ¿Por qué?" dijo Makho.

"Porque así es como los humanos también lo dicen", respondió Amy.

"No, no es así. ¿Hablas en serio, Amy?" preguntó Makho.

"No estoy bromeando", agregó Amy. "Además, el desacuerdo para nosotros es ..." Entonces, Mokhy movió su mano, moviendo su pulgar hacia abajo. "Que. Increíble. Galaxias de distancia entre sí, y el pulgar cruzó los límites de la comunicación física ", dijo Amy.

Mokhy levantó los brazos y bombeó dos veces.

"Disculpe, no tengo esa seña aún", dijo Frank.

"Fresco", dijeron Amy y Makho al mismo tiempo. Mokhy abrió la boca, riendo.

"Fresco. Lo tengo", agregó Frank.

"Ahora, vayamos al Kemet", dijo Makho.

"¡Uno más, uno más!" dijo Amy. "¿Cómo te refieres al Kemet, Mokhy?" Luego, Mokhy colocó sus manos planas, con la palma hacia abajo frente al pecho. Las puntas de sus dedos se tocaron".

Amy repitió inmediatamente la señal con las manos. "Kemet. Lo tengo ", agregó.

Makho, Mokhy y Amy corrieron al Kemet donde todo se estaba preparando. De camino a la placa base, donde todas las luces indican la velocidad y el estado de cada motor y generador, Amy vio al soldado de metal terminado que los Strattos usarían para la celebración de Meryptah. La estructura era el doble del tamaño de un Strattos, y estaba hecha de un metal parecido al bronce, unida a una plataforma plateada con forma de triángulo. El soldado bellamente construido representaba a una mujer y valiente soldado, de pie, lista para luchar contra los enemigos.

"Vaya, esto es tan hermoso", dijo Amy, mientras los hermanos corrían a sus posiciones.

Mokhy fue directamente a una escalera que conduce directamente a la cabina de mando central, donde Zhoto dirige la operación. Makho se detuvo, esperando a Amy mientras contemplaba la estatua.

"No necesito saber quién era Meryptah o qué representa para ustedes. Ya la admiro. Esta estatua es increíblemente perfecta".

"Es cierto", dijo Makho. "Cada año, hacemos un pequeño concurso entre nosotros para seleccionar quién tendrá el honor de construir la imagen de Meryptah. Mi hermano ganó este año, y todos aquí dicen que este es el más hermoso jamás construido".

"¿Qué?" gritó Amy. "Estas bromeando, ¿Mokhy construyó esto?"

"Sí que lo hizo. ¿No es hermosa?" respondió Makho, corriendo a su posición.

Amy miró la imagen que le abrió la boca una vez más, y luego buscó a Mocky, que estaba parado detrás de Zhoto.

"¿Estás listo, Mokhy?" preguntó Zhoto. Mokhy respondió, tocando con un dedo una ceja. "Muy bien, pongamos a dormir a nuestra nación".

Una enorme puerta situada en el lado opuesto donde Frank estaba cargando sus baterías se abrió, dejando que Amy viera la vista de Pree delante de la ruta de la ciudad por primera vez. Colinas, montañas y el suelo polvoriento donde la ciudad estaba a punto de entrar. La ciudad iba a gran velocidad, pero no se notaba desde el interior. Además, el asombroso sistema de suspensión ubicado entre las ruedas y

144

el resto de la ciudad era tan perfecto que Amy olvidó por completo que la inmensa máquina se movía.

"¡Amy! ¡Ven!" gritó Makho, invitándola a sentarse con él en un banco de metal ubicado en el extremo de una estructura, la cual era como una grúa.

"¡Ya voy!" gritó Amy.

Zhoto sostenía una palanca azul mirando hacia el horizonte. Luego presionó la palanca para descargar aire comprimido directamente a una serie de trompetas ubicadas fuera del Kemet. El fuerte sonido advirtió a los operadores de los diferentes motores y generadores que la maniobra estaba a punto de comenzar.

"Ponte este cinturón alrededor de tu cintura y apriétalo fuerte. Te protegerá ", dijo Makho.

"¿Protegerme de qué?" dijo Amy, pero tan pronto como salió la última palabra de su boca, el brazo se movió hacia adelante, extendiendo la estructura y moviéndolos hacia afuera. Amy contuvo el aliento, y una inmensa sensación de vértigo inundó su pecho cuando vio que la estructura salía del Kemet, suspendiéndolos lejos de la ciudad.

"¡La próxima vez, me quedaré con Mokhy!" gritó Amy mientras Makho se reía y terminaba la extensión del brazo.

"¡Este es el banco guía para la navegación! Desde aquí, nos aseguramos de que todos los motores funcionen alineados", gritó Makho en medio del ambiente ventoso.

"¡Ya veo! ¡Como un mástil vigía!" respondió Amy, gritando.

"¿Mástil vigía?" preguntó Makho.

"¡No te preocupes! ¡Te lo puedo explicar más tarde!"

"¡Escucha! El primer trompetazo indica izquierda o derecha. ¡Uno significa izquierda y dos significa derecha! ¡Y el segundo trompetazo indica si deben ir rápido o lento! ¡Uno es rápido y dos significa lento! ¿Lo tienes?"

"¿Lo tengo?" gritó Amy. Estaba totalmente asustada, tratando de escuchar las instrucciones de Makho y al mismo tiempo tratando de evitar mirar hacia abajo y ver una manera fácil de morir.

"¡Esta es la única forma en que podemos ver si la ciudad está alineada!" gritó Makho. "¡Si uno de los extremos disminuye la velocidad, las garras podrían fallar y romper la ciudad!"

"¡Entiendo! ¡Pero esto es una locura!" gritó Amy mientras Makho sonreía.

"¡Espera!" dijo Makho, moviendo una palanca. La plataforma con el banco de metal giró rápidamente en el sentido de las agujas del reloj.

"¡Aaaah!" gritó Amy.

Después de que la plataforma giratoria se bloqueó, Makho y Amy estaban frente a la ciudad. Makho hizo un bocinazo corto indicando que estaba listo y en posición. Amy puede ver desde ahí a Zhoto y a Mokhy en una cabina. Obviamente, ambos se reían. Vieron a Amy en la plataforma y seguro que la escucharon gritar.

"Genial", dijo Amy. Luego ella también sonrió.

Zhoto volvió a sujetar la palanca e hizo un segundo bocinazo, uno largo, iniciando la maniobra. Al instante sonó una campana a la izquierda de Amy y Makho. Luego otro y otro. Las campanas sonaban una a una, pasando de la extrema izquierda a la extrema derecha de la ciudad.

"¡Esos son los operadores del motor! ¡Eso significa que están listos!" gritó Makho.

Entonces, Jhul, que era el operador de los motores del palacio, tocó el timbre tres veces. La campana del palacio tiene un sonido muy distinguido y está todo hecho en bronce exquisito, brillando con la luz del sol. Ese es el llamado final para "listo".

"¡Zhoto me va a ordenar que acelere! ¡Espera, Amy!"

"¡Ya estoy aguantando! ¡Me lo dijiste hace un minuto!" gritó Amy. Makho disfrutaba esto como lo hace todos los días, pero la diferencia es que hoy tiene su pequeña audiencia.

Zhoto, después de recibir la confirmación de la campana de los veinte operadores, presionó la palanca dos veces.

"¡Eso significa prepararse para acelerar!" le gritó Makho a Amy.

Entonces Zhoto presionó un bocinazo largo. La gente en la superficie también puede escuchar ese largo bocinazo. Algunos de los Strattos entran en sus módulos de vivienda y otros esperan en sus jardines en la azotea para ver la puesta de sol. Otros se reúnen en los balcones y cubiertas para disfrutar del momento con su Mer-Ek.

Después del largo bocinazo, instantáneamente, las revoluciones de los motores aumentaron. Amy sintió el cambio de velocidad en su cuerpo de inmediato.

"¡Ahora, estamos acelerando directamente hacia la parte oscura y fría del planeta!" dijo Makho. "Por lo general, corremos a la velocidad de rotación del planeta, pero en la dirección opuesta. De esa manera, estamos en el mismo lugar todo el tiempo mientras el planeta continúa girando. Ahora vamos más rápido que la rotación. ¿Puedes notarlo? Nos estamos alejando de lo cálido y brillante, acercándonos al lugar que puede simular la puesta de sol y la noche".

Amy estaba aprendiendo toda la acción, pero sujetando firmemente su cinturón. Se dio cuenta de que la ciudad estaba tomando una forma ligeramente curva en el extremo izquierdo, que era su lado en esta estructura donde estaban suspendidos.

"¿Makho? Creo que …" En ese momento Amy fue interrumpida por un fuerte trompetazo. Éste tenía un tono diferente, un poco más agudo. Luego otro.

"Amy, ¿qué significan esos bocinazos?" Le preguntó Makho.

"Eso sería … ¿Izquierda y acelerar?" gritó Amy.

"¡Exactamente! ¡Mira!" gritó Makho, señalando el lado izquierdo de la ciudad. La forma curva que Amy vio desapareció rápidamente, alineando los bloques en una formación perfecta.

"¡Esto es increíble!" gritó Amy.

Después de unos momentos en que comenzó la maniobra, Amy vio que el color del cielo cambiaba gradualmente de azul brillante a violeta claro y naranja. Además, la temperatura del aire también era diferente, volviéndose más fría.

"¡Mira! ¡El lado derecho se curva hacia adelante! ¡Tenemos que decirles que disminuyan la velocidad!" gritó Makho. "¿Qué tenemos que hacer?"

Amy se tomó un par de segundos para procesar la pregunta de Makho. "¡Dos bocinazos y luego dos más!" ella respondió.

Entonces Makho le indicó la palanca roja que activa la trompeta. Amy no recibió el mensaje la primera vez. Makho hizo una nueva señal para que ella pudiera hacer esos trompetazos. Entonces Amy se dio cuenta de que ella estaría haciendo algo más allá de su participación como miembro de la audiencia en las operaciones de maniobra. Movió el brazo para manejar el nivel y, mirando a Makho, sonrió. Makho asintió, indicando que la palanca era toda suya. Amy sonrió de nuevo, esta vez con la boca un poco más abierta mientras su cabello rojo se movía por todas partes debido al viento.

"¡Dos y dos!" gritó Amy, confirmando el mensaje con Makho.

"¡Sí, dos y dos! ¡Hazlo!" gritó Makho.

Amy apretó la palanca rígida e hizo dos bocinazos. Luego esperó un par de segundos y volvió a presionar dos veces. Los poderosos cuernos de presión de aire hicieron el sonido fuerte, rebotando en las paredes de la estructura. Inmediatamente, el lado derecho de la ciudad comenzó a reducir la velocidad gradualmente, alineándose con el resto de la estructura.

"¡Sí!" gritó Amy. "¡Eso fue asombroso!" Luego miró hacia la cabina y vio a Zhoto y Mokhy agitando los brazos dos veces.

"¡Sí! ¡Fresco!" gritó Amy.

Después de un momento, el cielo se puso de color púrpura oscuro y las estrellas aparecieron rápidamente en el firmamento. Zhoto hizo un fuerte y largo bocinazo indicando a los operadores que habían alcanzado la temperatura perfecta para irse a dormir. Al instante, los motores volvieron a la velocidad de rotación del planeta. Después, las campanas sonaron de derecha a izquierda, lo que significaba que cada sección de los motores de la ciudad estaban listos para pasar la noche. Finalmente, Jhul tocó la campana del palacio tres veces, indicando que la maniobra había terminado con éxito.

El enorme brazo retráctil regresó al piso del Kemet con Amy y Makho sentados en la banca de navegación. Mokhy los estaba esperando con una gran sonrisa, y algunos ingenieros, Jhul y Zhoto también.

"¡Sobreviviste!" gritó Zhoto con los brazos abiertos.

"¡Bienvenida de nuevo!" dijo Jhul.

"¡No puedo!" gritó Amy. "No puedo expresarme en este momento. ¡Eso fue genial! Todavía estoy temblando, pero es solo mi adrenalina. No tengo miedo en absoluto".

"Por supuesto que no", dijo Jhul.

Mokhy ayudó a Amy a descender de la plataforma, sosteniéndola en sus brazos. Después de eso, se alejó para dejar a Amy en el suelo.

"¡Oye! ¿Qué hay de mí?" preguntó Makho con los brazos abiertos. El resto de los Strattos sonrió y rió.

"¡Gracias, Mokhy!" dijo Amy. "La próxima vez, quiero ver qué estás haciendo con Zhoto allá arriba. Makho puede ir solo. Él estará bien sin mí".

"¡Y así es como termina el primer día de un nuevo miembro del tercer nivel!" gritó Jhul. "¡Espero que no renuncies mañana por la mañana!"

Todos alrededor de Amy se rieron, celebrando y terminando uno de los días más emocionantes en la vida del olvidado Tercer nivel. Por primera vez en años, los ingenieros sonreían y se alegraban un poco al margen de sus responsabilidades.

"¡Todos, vayan y descansen!" dijo Jhul. "Mañana tenemos que terminar las reparaciones de los módulos de vivienda y todo lo que se supone que debe estar listo para el festival en un día más".

"Realmente le encanta ser la estrella, ¿eh?" le susurró Amy a Mokhy. Él asintió con la cabeza, levantando los hombros hacia ella con una sonrisa amistosa.

"¡Espera!" gritó Zhoto. Todos se giraron en silencio mirando a Zhoto, que estaba de pie en un pequeño banco de metal.

"Amy escuchó su voz" dijo Zhoto.

Los trabajadores, Makho y Jhul quedaron congelados. En un segundo, el Kemet estaba increíblemente silencioso.

La leyenda de la voz de Meryptah que vivía en las paredes de la rampa sagrada era ahora escuchada por un humano. Mokhy se volvió hacia el rostro de Amy con una expresión fiel en sus ojos. Luego tomó la mano de Amy.

"¿Qué?" gritó Jhul. Rápidamente, la multitud corrió hacia Amy para hacerle preguntas sobre la voz. Todos le preguntaban qué había oído, pero Amy no estaba segura.

"No lo sé, escuché sonidos de alguien hablando detrás de las paredes, pero no reconocí oraciones completas, solo palabras", dijo Amy.

"¿Está segura? ¿Solo palabras? Relájate y piensa en esas palabras. Debe ser una oración", preguntó Makho.

Mokhy le dio dos golpecitos en el hombro y la invitó a cerrar los ojos, respirar y relajarse.

"Piensa", pensó Amy. "¡Espera! ¡Lo tengo! Recuerdo algunas palabras que escuché", dijo Amy. "La voz dijo 'Volveré' o algo así."

La multitud se sorprendió. Por primera vez, alguien que no era un Strattos escuchó el mensaje. La gente ha creído durante cinco mil años que la voz de la rampa sagrada es Meryptah, prometiendo su regreso.

"La primera vez no recibes el mensaje, pero la escucharás claramente si vuelves a visitar la rampa sagrada algún día, cuando realmente la necesites", dijo Zhoto.

CAPÍTULO 17 - TOSKESVILLE

El Kemet guardó silencio. Las herramientas y máquinas se detuvieron por hoy mientras los ingenieros se dirigían a sus dormitorios. El horno en la parte de atrás es lo único que sigue funcionando, brillando desde el extremo norte del Kemet, trabajando y fundiendo algunas de las piezas duras de metal, moviendo pequeños moldes y creando nuevas piezas, herramientas y componentes en una lenta secuencia automática.

La superficie está tranquila y el rey mira al horizonte antes de cerrar la puerta de su habitación. El ejército realizó el último turno del día con soldados en cada cuadra, manteniendo la paz en las calles mientras el resto de ellos y la guardia real caminaban hacia sus camas, buscando un sueño reparador.

Los gemelos caminaron con Amy hasta la parte trasera de los dormitorios, donde hay habitaciones disponibles para los nuevos miembros. Para Amy, fue como caminar por los pasillos de un submarino, exactamente como lo veía en las imágenes que Frank cargó en su comunicador. El pasillo del dormitorio tenía un espacio limitado, por lo que en una fila estaban Makho liderando, Amy, Frank y Mokhy. Las luces rojas en el suelo y las luces blancas sobre cada puerta de forma ovalada iluminaban el pasillo. Amy podía escuchar hablar a algunos Strattos antes de irse a dormir. Algunos de ellos hablaban con sus familias mientras que otros hablaban con su compañero de cuarto.

"Alakamath, Amy", dijo un Strattos de pie en su puerta.

Amy no sabía qué decir, así que sonrió y asintió con la cabeza mientras otros Strattos en la puerta de al lado la saludaban también.

"Alakamath, Amy", dijo el ingeniero de al lado.

"Alakamath, Amy".

"Alakamath, Amy", dijeron otro y otro Strattos, siguiendo la línea de Makho, Amy, Frank y Mokhy.

En un instante, todo el pasillo se llenó de voces de ingenieros. Amy estaba abrumada. Aunque no sabía lo que significaba la palabra Alakamath, entendió que el grupo estaba expresando algo valioso para su persona, algo significativo para todos. Amy esperaba ser digna de ese hermoso momento.

Makho llegó a la puerta y entró. Amy dejó pasar a Frank primero y a Mokhy. Desde su punto de vista, vio todo el pasillo con todos esos rostros mirándola.

"También puedes decir 'Alakamath', Amy", susurró Makho desde el interior de la habitación.

Amy respiró hondo y no pudo contener sus emociones. Fue un día largo y duro para ella. Se siente vulnerable e impotente, lejos de su mundo, capturada por una general loca, pero acogida por un hermoso grupo de personas. Sentía más que nunca que tenía que hacer algo para ayudarlos. En su corazón, Amy pensó que el destino de las mentiras de la nación Strattos estaba a punto de ser revelado. Entonces, escuchó la voz de nuevo. La misma voz que escuchó en la rampa sagrada. Amy miró hacia atrás, buscando a la persona que estaba susurrando, pero no había nadie en el resto del pasillo.

"¿Qué pasa, Amy?" preguntó Makho. Mokhy dio un paso adelante porque también escuchó la voz.

"¿Tú ..." dijo Amy. Luego miró a Mokhy. El asintió.

"¿La escuchaste también?" preguntó Amy. Mokhy asintió con una sonrisa.

"¿La voz de Meryptah?" preguntó Makho. Mokhy lo miró y asintió.

Amy volvió la cara hacia la gente del pasillo. Con lágrimas en los ojos y una sonrisa significativa, les devolvió el saludo. "Alakamath".

Uno a uno, los ingenieros fueron entrando en sus habitaciones en silencio, y cerrando las puertas. Amy esperó hasta que se cerró la última puerta. Entonces empezó a llorar. Mokhy dio un paso adelante, pensando en abrazarla, pero de repente Makho lo detuvo. Mokhy, sorprendido, miró el rostro de su hermano en busca de respuestas, y Makho le hizo un par de señas, tratando de no hablar en medio de un momento tan personal para su nueva amiga humana.

"Este es su momento", señaló Makho a su hermano. "Sé que quieres protegerla, pero ella tiene que sentir este momento sola. Que reciba el aprecio que le tienen. Ella va a estar bien, créeme".

Mokhy estaba en conflicto, pero esperó. Amy recuperó el aliento y se limpió las lágrimas.

"Gracias, eso fue hermoso", dijo Amy, todavía de pie en el pasillo, frente a su puerta. "Nunca sentí tanto amor. Ni siquiera con mis amigos o ganando una medalla en el gimnasio de la escuela". Ella se quedó callada por un momento, y los gemelos lo respetaron. "Extraño a mi familia y me di cuenta de que no estaban aquí conmigo hace mucho tiempo. Fue difícil, pero los dejé ir. Los tengo en la memoria y eso me basta. Algo dentro de mí me dice que de alguna manera pertenezco aquí entre ustedes, y me gusta la idea. Sin embargo, sé que voy a volver a mi mundo, al que pertenezco, y es bueno ver que tengo amigos lejos en el otro lado del universo".

Makho y Mokhy pusieron su mano derecha en el centro de su pecho y se inclinaron como reverencia.

"Alakamath, querida Amy", dijo Makho.

"Gracias, chicos", dijo Amy. "Lamento que tengan que verme llorar, pero fue explosivo y no pude contenerlo. Pero fue hermoso para mí".

"Alakamath es una palabra que decimos cuando recibimos un recién nacido en una familia", dijo Makho. "Después del nacimiento, los miembros de la familia se acercan al bebé y le desean un Alakamath. Entonces, como puedes ver, este es tu cumpleaños. Eres una Strattos ahora, y nadie puede quitarte eso".

Mokhy comenzó a mover las manos y Frank vio la oportunidad perfecta para traducir las palabras de Mokhy.

"Alakamath significa hola, pero también adiós", dijo el software de traducción de Frank a través de su altavoz exterior. Los gemelos se sorprendieron y ambos miraron a Frank al mismo tiempo.

"No te detengas", dijo Amy, entrando y cerrando la puerta de forma ovalada. "Mírame y termina tu frase. No pienses en Frank traduciendo. Sólo háblame."

Mokhy miró a Frank una vez más. Luego continuó su pensamiento mirando a los ojos de Amy. "Cuando un ser querido deja esta vida y pasa a la siguiente, también le deseamos un Alakamath", señaló Mokhy. "Cuando alguien muere, el reino es quien desea el primer Alakamath. Luego viene la familia y los amigos. Alakamath significa 'hola', pero también adiós".

"No puedo creer esto", dijo Makho.

"Lo siento si esta función de traducción te limita, Mokhy", dijo Amy.

"¡No puedo creer esto! ¡Esto es perfecto!" gritó Makho. "¡Finalmente, alguien tomó mi lugar como traductor oficial de Mokhy! ¡Soy libre!" dijo Makho, celebrando y riendo.

Mokhy se acercó a Frank para analizar lo que estaba haciendo, inspeccionando. Era difícil para él entender que una máquina pudiera entenderlo. Amy sonrió y también se acercó a Frank.

"¡Este es un gran día! ¡Traductor nuevo!" dijo Makho. Mokhy estaba un poco avergonzado por los sentimientos de libertad hiper expresivos de su hermano, pero sonrió como el resto.

"Amy, ¿Cómo hizo eso? ¡Genio!" Makho gritó.

"¡Oye, más despacio, relájate!" Mokhy dijo con una traducción inmediata. "Wow", dijo, de nuevo traducido.

"¡Eso significa que puedo irme a dormir y que Frank puede traducir! Sé que Mokhy tiene algunas preguntas para ti. Además, él nunca se va a dormir temprano, pero tú, Amy, tienes trabajo que hacer mañana por la mañana. Te encontraremos en la sala de alimentos. ¡No llegues tarde!" dijo Makho, besando a Mokhy en la frente y tocando el hombro de Amy mientras caminaba hacia la puerta.

"Tengo el 65% de la batería. ¿Por dónde empezamos, Mokhy? Dijo Frank, listo para traducir cada movimiento del cuerpo de Mokhy.

"Está bien, Mokhy. ¿Tienes algunas preguntas para mí?" preguntó Amy, quitándose las sandalias.

Mokhy se giró para mirar a Frank, pero no dijo nada. Agarró un banco de la pared y se sentó cerca de Frank, que estaba justo en el medio de la habitación.

"¡Me gusta esta habitación! ¿Esa es la cama?" dijo Amy.

Fue directamente a un rectángulo que estaba cortado en la pared. En el interior estaba la cama, con una superficie suave y acolchada con delicadas telas de color azul pálido que se sentía como lino. La habitación era perfectamente cuadrada, pintada con una solución oscura que detiene los efectos de la humedad sobre el metal, oxidándolo. Dentro del corte donde se encontraba la cama, había una pequeña luz blanca y en el centro de la habitación, una lámpara esférica cubría toda la habitación con una luz suave. Además había una luz roja sobre la puerta indicando el escape. En el lado opuesto de la habitación, justo en frente de la cama, la pared tiene otro corte. Allí se ubica el suministro de agua y la instalación sanitaria con puerta y luz blanca individual en el interior. El frío suelo metálico está cubierto por alfombras rectangulares hechas de vegetación, como una alfombra rústica. El tejido de los hilos de vegetación trajo vívidos recuerdos a la cabeza de Amy.

"Así es como se ve mi habitación", dijo Amy, palpando la alfombra con los pies.

"¿Tu habitación es así?" dijo Mokhy a través de la voz de Frank. "¿Vives en un módulo metálico?"

"No, sólo la alfombra en el suelo", respondió Amy. "Hice todo lo que me rodeaba. El refugio, el campamento, las alfombras, las cuerdas, corté árboles e hice cercas, cultivé alimentos e incluso hice mi propia ropa, como esta".

Amy se quitó la túnica azul y le mostró a Mokhy sus pantalones, camiseta sin mangas y su bolsita de cintura. Mokhy vio una increíble atención al detalle en su ropa y en su bolso. Quedó impresionado.

"¿Cómo hiciste esto?" Preguntó Mokhy.

"Mi padre me enseñó a secar la vegetación y luego juntar las fibras. No tenía nada que hacer en mi planeta, así que esa era toda mi actividad. Me di cuenta de que tejer hilos de vegetación me daría protección y cobijo. Me volví loca haciéndolo", dijo Amy, riendo. "A veces, miro a mi alrededor en mi casa, ¡Y todo está hecho de trenzas de vegetación!"

"Le mostré algunos estilos diferentes de tejer, y después de eso ella se puso excelente", agregó Frank.

"Sí, por supuesto. Frank fue mi apoyo todo este tiempo. Nos convertimos en amigos inseparables, ya sabes, como tú y tu hermano".

Entonces Mokhy le hizo una seña a Amy. "Pero somos hermanos. Somos miembros de una familia. Nuestra conexión es natural y espontánea. ¿Cómo creaste este vínculo entre ustedes dos? " preguntó Mokhy.

"¡No sé!" dijo Amy, mirando a Frank. "Sucedió así nada más. Él estuvo ahí para mí en el momento en el que más necesitaba a alguien. Nunca olvidaré eso. Ahora él es parte de mí, y yo soy parte de él".

Frank giró lentamente su cámara hacia Mokhy. "¿Tienes un amigo, Mokhy?"

Mokhy miró a Amy, pero luego bajó la vista. Amy reveló que el vínculo entre ella y el robot sucedió después de que ella necesitaba a alguien. Entonces la conexión fue inquebrantable. Amy ya tiene a alguien, y si él quería ser el amigo de Amy, tenía que hacer algo por ella, al menos eso es lo que pensaba.

"Sí, tiene uno", dijo Amy. Mokhy la miró sorprendido. "¡El amigo de Mokhy soy yo! ¿Verdad Mokhy?"

La cabeza de Mokhy explotó con la sonrisa más grande que su rostro podía contener. Se puso de pie con emoción, y en su camino hacia arriba, aplastó la lámpara esférica en el medio de la habitación. El elemento en forma de cristal se rompió en pedazos dejando la habitación a oscuras.

"¿Mokhy? ¿Estás bien? Frank, enciende la luz" dijo Amy.

Al instante, la luz de uno de los proyectores de Frank mostró a Mokhy avergonzado tratando de sacudirse los trozos de vidrio. Amy caminó hacia él, pero Mokhy la detuvo, apuntando los trozos de vidrio rotos al suelo.

"Está bien, Mokhy. Deja ponerme las sandalias", dijo Amy.

Amy caminó rápidamente hacia él y vio un pequeño corte en su cabeza. La sangre de Mokhy era de un color púrpura oscuro, y a Amy no le importó tocar la herida.

"Tienes un trozo de vidrio ahí. No te muevas", dijo Amy, caminando con sus sandalias sobre los pedazos de vidrio en la alfombra. Fue a la tubería de suministro y vertió agua sobre un pequeño paño que colgaba de la pared.

"Frank dirige un poco de luz sobre la cabeza de Mokhy. Tengo que asegurarme de que no haya otros trozos de vidrio en su cabello".

Suave y cuidadosamente, Amy limpió el cuerpo de Mokhy y usó el paño para cuidar la sangre sobre su peluda cabeza.

"¿Estás bien, Mokhy?" dijo Amy gentilmente. "El corte no es profundo, por lo que ya dejó de sangrar. Solo mantén este paño sobre tu cabeza por un momento. Ven, siéntate aquí mientras estoy limpiando".

Mokhy estaba en shock después de sentir su manera gentil y dedicada de cuidarlo. Estaba convencido de que estaba en su camino por una razón. Su plan no era que Amy tuviera que hacer algo por él, pero disfrutó el momento. Realmente tiene un amigo ahora.

Amy enrolló las alfombras que tenían trozos de vidrio y las acercó a la pared. Revisó en busca de partes más significativas.

"No te preocupes, podemos limpiar mañana", dijo Amy.

"Enviaré a alguien a limpiar mañana, si me autorizas", dijo Mokhy a través de la voz de Frank.

"¿Servicio de habitación? ¡Oh, vaya! ¡Ahora puedo ver el beneficio de ser amigo del jefe de Kemet!"

Mokhy sonrió y levantó el dedo índice. "Gracias", dijo.

"De nada, amigo mío", dijo Amy. "Ahora, acerquemos el banco a la cama y alejémonos de cualquier trozo de vidrio. Y esta vez, no rompas nada más, ¿De acuerdo, Mokhy?"

Amy agarró el banco por un lado mientras Mokhy ayudaba con el otro lado. Frank mantuvo su rayo apuntando al techo para una mejor distribución de la luz. Amy saltó sobre el corte rectangular en la pared donde se encuentra la cama y Mokhy se sentó en el banco.

"Mañana, vamos a practicar cómo hablar con tus señas", dijo Amy. "En este momento, Frank es de gran ayuda, pero si vamos a ser amigos, necesito construir un puente entre nosotros. Ya sabes, porque hablar y hablar es lo que más hacen los amigos, ¿verdad?"

"¡Correcto!" dijo Mokhy. "No quiero tomar el tiempo que necesitas para descansar, y creo que ya hice suficiente daño en tu módulo. Creo que lo mejor es dejarte sola".

"Es verdad. Me siento cansada. Ahora que estoy sobre una cama, puedo sentir que mi cuerpo me pide que duerma", dijo Amy, tocando las suaves mantas de la cama.

"Pero antes de irme, vi marcas en tu cuerpo", dijo Mokhy. Ahí, en tu oreja, y otro en tu hombro. ¿Son esas marcas de batallas con personas de mi nación? ¿Somos responsables de esas heridas?" preguntó Mokhy.

157

"¿Esto?" dijo Amy, tocándose el corte en la oreja. "No, este corte en la oreja es solo por un accidente cuando era niña. Estaba con mi papá cuando un grupo de personas corrió sin control. Me caí sobre una estructura de metal y un borde afilado me cortó la parte superior de la oreja. Tuve suerte ese día porque ese trozo de metal podría golpearme en la cara o en la cabeza, y después de eso se escribiría una historia diferente".

"Eres muy fuerte, Amy. ¿Lloraste?" dijo Mokhy.

"¿Si lloré por el corte en mi oreja? Oh, sí, mucho. Fue muy doloroso. Creo que me desmayé después de ver mi sangre por todas partes".

"¿Y la de tu hombro?" Preguntó Mokhy.

"Sí, este. ¿Quieres contarle a Mokhy sobre este otro, Frank?" preguntó Amy.

Frank giró la cabeza lentamente hacia Mokhy y bajó la intensidad de su luz.

"Y aquí vamos...", murmuró Amy, sabiendo que Frank le pondría drama a la escena y a su relato.

"La familia de Amy estaba a punto de ser atacada por gente terrible", dijo Frank, comenzando su forma dramática de contar historias. "Rodearon a la familia y uno de ellos corrió hacia Amy y su madre para atacarlas. Al instante utilicé uno de mis elementos del modo de defensa ... El lanzador de cuchillos…"

Entonces Frank hizo sonidos de cuchillos silbando en el aire. Mokhy estaba con la boca y los ojos bien abiertos. "Llegué a cinco de los chicos malos, pero en un abrir y cerrar de ojos, otro chico malo sacó una pistola de su bolsillo. Apretó el gatillo y rompió mi brazo".

Frank hizo un sonido de disparo seguido de efectos de sonido devastadores. Mokhy bajó los ojos para ver el brazo de Frank, mientras Frank giraba lentamente su cuerpo para mostrar el brazo de madera que Amy construyó para él. Amy estaba sonriendo, disfrutando del momento de fama de Frank.

"En un giro de los acontecimientos", continuó Frank, "arrojé mi último cuchillo, era mi última oportunidad de salvar a la familia, y le acerté en la cabeza, pero al mismo tiempo, el chico malo apretó el gatillo de su arma. La bala viajó en el aire directamente al brazo de

Amy, tocando su piel, dejando una marca que perdurará para siempre en la memoria de mi heroica acción".

"¿Tocando mi piel? ¿Yo tengo una marca de tu momento heroico?" dijo Amy, riendo.

"Amy, tienes la suerte de tener a Frank contigo", dijo Mokhy. "Al rey le encantará tener una guardia real con el coraje de Frank".

En silencio y lentamente, Frank giró la cabeza con orgullo hacia Amy, disfrutando del momento.

"Muy bien, ya es suficiente por hoy, muchachos. Es hora de irse a la cama" dijo Amy, levantándose y empujando a Mokhy hacia la puerta. Después de que abrió la puerta y Mokhy salió, tomó su mano por un segundo. "Mi mamá siempre hizo esto, y créanme, realmente funciona. Baja la cabeza, enséñame la herida".

Lentamente, Mokhy inclinó su cuerpo y cerró los ojos. Amy le sostuvo la cabeza con ambas manos y luego besó la herida. Mokhy abrió los ojos y se puso de pie de nuevo.

"Buenas noches, Mokhy. Que tengas buenos sueños, amigo mío", dijo Amy con una hermosa sonrisa. Mokhy le respondió con una sonrisa llena de agradecimiento. Luego se alejó.

Esa noche, Amy se fue a dormir en su nueva casa con los Strattos, cansada e incapaz de permanecer despierta ningún segundo más.

Por la noche, Amy gruñía y gemía de cansancio en medio de una pesadilla. Apretando sus manos y rechinando los dientes, se movía de lado a lado en la cama. En su sueño, Amy estaba peleando con animales negros que saltaban sobre ella, lastimándola, cortándole la piel con sus afiladas garras. Ella tenía un cuchillo de cocina en la mano y cortó la piel de los animales, matándolos uno por uno. Con el rostro cubierto de sangre, corrió gritando. "¡Marshall! Marshall! ¡Espera!" Luego, se acercó a la cueva donde tenía a Harkhuf como prisionera. Antes de que pudiera acceder al lugar, Marshall estaba en la puerta con un cuchillo clavado en su pecho. "Lo siento, Amy", susurró Marshall.

"¡Marshall!" gritó Amy, despertando.

"Amy, sentí tu corazón sobre el ritmo normal. ¿Está experimentando un ataque cardiovascular?" preguntó Frank, mirándola.

"Tuve una pesadilla, Frank", dijo Amy, tratando de recuperar el aliento. "Nunca maté a un Katto, pero en mi sueño, maté a casi todos. Les enseñé a respetar mis territorios, pero nunca los maté. Había tanta sangre por todas partes. Vi a Marshall. Estaba en la cueva con un cuchillo en el pecho".

Amy se vio significativamente afectada por la pesadilla. Frank rodó hasta la tubería de suministro y le llevó agua en una taza de metal.

"Gracias, mi querido Frank."

"Luchaste como un verdadero guerrero contra los Kattos. Recuerda que ese no era su territorio y no tenían nada que hacer allí. Lo hiciste bien defendiendo tus instalaciones, Amy", dijo Frank.

"Nunca vi el cuerpo de Marshall. No sé a dónde fue a morir. Quizás tomó el dron y se fue volando para morir solo. Quizás se cayó al río y se ahogó. Quiero saber dónde está su cuerpo, Frank. Necesito saber."

"Bebe más agua, Amy. Mantén tu cuerpo hidratado".

"La primera vez que estuve a punto de matar a un Katto, algo dentro de mí me hizo renunciar. Fue un sentimiento en mi corazón. Fue como si alguien me dijera que no lo hiciera. El Katto estaba tan asustado como yo. Me detuve y el animal se fue".

"Un día, Russell hizo algo similar. Me lo contó, pero me hizo prometer que no te lo contara nunca", dijo Frank.

"¿Qué cosa, Frank? Soy lo suficientemente mayor para escucharlo, sea lo que sea, ¿no crees?"

"Probablemente tengas razón, Amy."

"Entonces, dímelo, Frank. Qué es."

Frank se movió un poco más cerca de la cama.

"Por la noche, después de que tu y Elizabeth se durmieron en la torre, Russell regresó a Toskesville".

"Sí, recuerdo que regresó con un camión cisterna de agua y comida. ¿Qué pasó allí, Frank?"

"Russell me dijo esto después de una pesadilla que tuvo, la noche después de que el Katto atacara a Singajik. Me dijo esto porque necesitaba sacárselo de la cabeza y porque estaba avergonzado de sus horribles acciones, pero la supervivencia era la única opción, y decidió luchar por su familia.

Caminó de regreso a Toskesville con la única intención de recolectar comida y la ropa que tenían en el auto. Fue directamente a buscar el auto con gran sigilo sin hacer demasiado ruido, pero los lugareños lo habían quemado todo. Fue a la tienda y agarró una mochila llena de sándwiches y otros alimentos que podrían estar listos para comer. Luego, visitó el comedor y recogió algo de ropa y más comida. Dejó las cosas en una banca entre los árboles, en la rotonda. Caminaba de regreso al comedor cuando alguien lo vió. Russell luchó y derribó a esa persona. Entonces lo vio otra persona, y otra y otra.

Luchó, pero perdió la cabeza. Vió rojo y atacó con rabia, despiadadamente y sin benevolencia. Vio el camión cisterna de agua e ingresó a la casa en búsqueda de las llaves. Llegó al dormitorio, y ese fue el momento en que vio a Carl y Marjorie durmiendo. La gente que inició la rabia contra ustedes".

"Los recuerdo, claramente", dijo Amy.

"Russell se detuvo frente a su cama y sostuvo el cuchillo que había usado para defenderse de las demás personas. Levantó el cuchillo, listo para matarlos, pero en ese instante Russell tuvo una visión frente a él. La imagen le dijo que no lo hiciera. Estaba sorprendido y en estado de shock. Reaccionó a su pecado y pidió perdón, pero ya era demasiado tarde para las personas afuera. Retrocedió y, por accidente, empujó una lámpara, estrellándola contra el suelo, haciendo un ruido fuerte. Carl y Marjorie se despertaron. Ellos también vieron la visión que estaba en la habitación, pero Marjorie gritó y la imagen desapareció. Russell vio la llave en la mesa de noche, la agarró y salió corriendo, encerrándolos en su dormitorio. Tomó el camión y escapó".

Amy estaba callada y con la mirada perdida en el aire.

"Mi papá era un héroe. No estoy justificando sus acciones en Toskesville, pero después de la noticia de los asteroides, nadie volvió a ser el mismo. Tengo los mejores recuerdos de mi padre, antes y después de que la gente del proyecto Oval nos congelara, y él siempre me animaba a ser la mejor, a ser respetuosa, y siempre ansiaba darme la mejor vida que pudiera. Gracias, por mencionar esto, Frank. Necesitaba recordarlo así. Era un buen hombre, valiente, y después de ver esa visión, estoy segura que se arrepintió de sus pecados. Sé que pidió perdón, pero también sé que se sintió bastante abandonado por Dios durante esos días".

CAPÍTULO 18 - EL ATRAPA HIELO

Amy se durmió después de su conversación de medianoche con Frank. Desarrolló un fuerte sentido de digerir los acontecimientos actuales de su vida y no arrastrar una bolsa llena de dolores o protestas. Frank la ayudó a darse cuenta de que todos esos sentimientos humanos la pondrían en riesgo, exponiendo la parte más sensible de su persona y el consumo innecesario de energía y tiempo. Solían hablar durante horas durante la noche. Frank leyó para ella centenares de libros digitales sobre psicología humana y guías de autoconfianza que Amanda almacenaba en su disco duro. Sumado a todo eso, viviendo sola desde que tenía nueve años. Su denso sentido del peligro y la aventura le enseñó a sobrevivir sin un adulto o la protección de un ser querido.

A veces, Amy tenía varias pesadillas y no la dejaba dormir bien durante días. Después de su pesadilla con los Katto y Marshall, volvió a soñar, pero esta vez, dos de sus sueños recurrentes se fusionaron en uno. Amy soñó varias veces antes en su vida con una dama hecha de oro y con máquinas rodando por un desierto polvoriento. Lo único que recordaba es que Frank estaba con ella y que podía ver las máquinas alejándose de ella.

Amy está sola en una plataforma de forma triangular. Miró a su alrededor, pero no había nada más que el desierto, aire caliente soplando sobre su rostro y máquinas alejándose de ella. En la parte superior de la máquina está Frank.

"¿Frank?" susurró Amy. Trató de alejarse de la plataforma, pero sus pies estaban fijos a la superficie metálica.

Amy tiró de sus piernas sin resultados positivos. La temperatura del aire se elevó de repente y Amy comenzó a asustarse. Miró a su alrededor, buscando ayuda.

"¡Ayuda! ¡Frank! ¡Mokhy!" gritó Amy a todo pulmón.

Detrás de ella, una ola de fuego comenzó a acercarse, quemando el suelo y anunciando que ella y la plataforma estaban en el camino del abrasador muro de calor.

"¡Ayuda! ¡Ayuda!" gritó Amy, pero nadie respondió a sus súplicas.

163

Insistió en intentar mover las piernas, pero no funcionó. Volvió a mirar el fuego y se estaba acercando. Amy miró a su alrededor a través del desierto vacío. Entonces, vio un resplandor dorado, muy lejos. Las ondas de aire caliente se estaban acercando a ella. Amy comenzó a sentir el calor en su espalda y la plataforma metálica se estaba calentando mucho. Sus pies comenzaron a sentir la superficie caliente, ardiendo. Volvió a mirar al resplandor, y estaba más cerca, pero al parecer era alguien que caminaba hacia ella. Amy pensó que las ondas de aire calientes estaban perturbando su visión. Miró hacia atrás y el fuego casi la cubría. Amy volvió la cara hacia el resplandor y vio a una persona que caminaba directamente hacia ella. Era la dama de oro que siempre estaba en sus sueños. La dama levantó el brazo y le ofreció su ayuda a Amy. El calor era insoportable y ya era demasiado tarde para escapar. Ella cerró los ojos. No había nada más que pudiera hacer. Amy comenzó a arder en llamas. Entonces, Amy abrió los ojos.

"¿Frank?" susurró Amy.

"¿Sí querida?" respondió Frank, saliendo de su modo de ahorro de batería.

"Tuve ese extraño sueño de nuevo".

"¿La dama de oro o la ciudad de metal?" preguntó Frank.

"Ambos", respondió Amy, dándose cuenta del contenido de las palabras de Frank y la proximidad de su situación actual en Pree. "Tengo miedo, Frank. Tenemos que salir de aquí pronto. Siento que estoy en peligro".

"Solo necesitamos una nave y un piloto", dijo Frank.

"¿Cómo vamos a escapar de ésto, Frank? No me quedan ideas. Vi con mis propios ojos lo lejos que estamos de Hyperterra. No lo lograremos sin una nave, un piloto y ese fragmento de roca brillante que Sesmar tiene en su collar. Solo pensar en esos elementos del plan me hace sentir en total desesperanza. No hay forma de que podamos volver a casa, Frank. De ninguna manera."

"Mantén tu espíritu en alto, Amy. Todos los elementos de tu plan están aquí. Trazar un plan para poner sus manos en esos elementos es una parte esencial del escape. No pierdas el tiempo lamentándote. Tan pronto como tengas la mente despejada, el próximo paso será juntar las piezas y elaborar un plan que podría involucrar a tus nuevos

164

amigos", dijo Frank, moviéndose hacia la sección de higiene de la habitación.

Amy se sentó en el borde de la cama, pensando en las palabras de Frank. La habitación estaba a oscuras debido a la luz rota, pero la luz roja sobre la puerta iluminaba la habitación con un suave resplandor. Amy encendió la luz sobre su cabeza, dentro de la caja de la cama. Frank abrió una puerta que comunica con una pequeña sección que parece una caja de ducha y un sensor encendió la luz del interior. Agarró una pieza larga de tela que parecía una toalla. "Ahora, refréscate y prepárate para otro día emocionante".

Makho y Mokhy terminaban de revisar a todos los operadores de motores, informando a Zhoto que la ciudad estaba lista para iniciar la maniobra hacia el sol.

"¿Cómo está Amy? ¿Crees que está despierta?" preguntó Zhoto.

"Creo que dormirá mucho hoy", dijo Makho.

"Hice un gran desastre anoche", señaló Mokhy.

"¿Por qué? ¡Qué pasó!" preguntó Makho.

"Mokhy me estaba mostrando cómo puede pararse sobre sus manos, y con sus piernas, rompió todo", dijo Amy, uniéndose al grupo.

"¡Amy!" Makho y Zhoto exclamaron.

"¿Vas a enviar al equipo de limpieza a mi habitación?" le preguntó Amy a Mokhy.

Mokhy caminó hacia Amy y la abrazó. Amy instantáneamente le devolvió el abrazo mientras Zhoto y Makho estaban sorprendidos. Entonces Mokhy corrió a buscar al equipo de limpieza.

"¡Ojalá Mokhy pudiera abrazarme así!" dijo Zhoto.

"Eres muy especial para mi hermano Amy. Apuesto a que ya te diste cuenta", dijo Makho.

"Él también es muy especial para mí, Makho. Tiene algo único saliendo de su corazón", dijo Amy.

"¿Por qué llevas eso en la cabeza, Amy?" Zhoto pidió la toalla que Amy llevaba sobre su cabeza.

"Me estoy secando el pelo. ¡Ustedes deberían tener secadores de pelo en los baños!" dijo Amy, bromeando.

165

"Bueno, puedes ir con Makho", dijo Zhoto. "¡Sobre esa plataforma el aire secará tu cabello en un instante!"

"Oh, no, gracias, paso. Hoy estoy probando otro departamento, uno con ventanas y bancos que no están suspendidos en el aire. Ayer tuve suficiente adrenalina".

"Makho, ¿Vas a llevar a Amy a recoger hielo?" preguntó Zhoto.

"¡Sí! Estoy seguro de que te va a encantar", dijo Makho.

"Atrapando hielo, ¿eh? ¡Ya me encanta! ¿Dónde es?" dijo Amy.

"Por aquí, sígueme. Tenemos que hacer esto todas las mañanas antes de volver al sol. Después de eso, no encontraríamos piezas grandes", dijo Makho, bajando las escaleras hacia los túneles de servicio. "¿Vienes, Mokhy?"

Una vez en los túneles, Amy esperó a Mokhy. Le hizo algunas señales, pero ella no las entendió todas.

"¿Están limpiando tu habitación ahora mismo?" dijo Amy.

"Sí, y la luz también será reemplazada", completó Makho.

"¡Gracias!" respondió Amy mientras Mokhy cerraba la escotilla detrás de él. "¡Solo asegúrate de no volver a romperlo!" Entonces Mokhy respondió, haciendo un cero con sus dedos.

"¡Vamos!" gritó Makho.

El grupo caminó, una luz verde directamente desde las escaleras. Luego giraron a la izquierda y caminaron cinco luces verdes más hasta el final del túnel. Allí, Mokhy giró una cerradura con forma de timón y abrió la puerta a un balcón con varias cadenas colgando del techo.

"Toma esta cadena y ajustala en tu cintura. Esto te mantendrá a salvo si algo sale mal", dijo Makho.

"¿Por qué me estoy acostumbrando a escuchar esta frase", dijo Amy, sin saber de qué se trata la próxima aventura.

El cielo afuera estaba de un púrpura oscuro y las estrellas se veían desde el balcón. Más cerca de la baranda del balcón, una enorme máquina estaba ubicada en el medio de la vista.

"Vaya, ¿qué es esto? ¿Un cañón?" preguntó Amy.

"Este es el cañón de Hielo, Amy", dijo Makho.

166

"¿Qué? Pensé que íbamos a atrapar hielo, ¿No?" preguntó Amy, confundida.

Luego, Mokhy se sentó en una pequeña superficie acolchada en la parte posterior de la base donde se opera el cañón. Makho le dio a Amy una barra de metal larga y sólida con una gran forma de flecha en la parte superior, y entre los dos, empujaron hacia la abertura en la parte delantera del cañón.

"¿Vas a dispararle al hielo? Estoy totalmente perdida aquí", dijo Amy con un tono de voz divertido.

"¡Sí! ¡Estamos atrapando hielo, Amy!" gritó Makho.

Mokhy miraba con un ojo a través de un tubo, como si buscara un trozo de hielo en el horizonte. Luego golpeó el metal del cañón, indicando que tenía algo en su objetivo. Amy miró hacia adelante, tratando de ver en la oscuridad.

"¡Tu tienes este, Mokhy!" gritó Makho.

"Pero qué estás ..." dijo Amy cuando fue interrumpida por un gran sonido, como una pequeña explosión seguida por el sonido de una cadena golpeando la parte trasera del cañón repetidamente.

En el aire, Amy vio la enorme flecha volando en el aire y la cadena siguiendo la pesada pieza de metal dibujando un arco en el cielo púrpura.

"¿Qué? Esto es como cazar monstruos", murmuró Amy.

"¡Casi llegamos!" gritó Makho.

Amy vio algo brillante en el suelo, mirando hacia adelante en la dirección de la flecha. "Es eso..."

"¡Sí, Amy! ¡Es un gran trozo de hielo!" gritó Makho.

Mokhy le sonrió a Amy. Entonces la cadena se detuvo y el fuerte sonido de un crujido llenó el aire frente a ellos.

"¡Lo conseguimos!" gritó Makho. "Amy, tira de esa palanca, ahora!"

Amy miró a su alrededor, pero no vio nada. "¡Dónde! ¡Dónde!"

"¡Detrás de ti!" gritó Makho.

Amy se giró y vio una gran palanca amarilla, e instantáneamente con ambas manos la bajó. El siguiente ruido metálico activó un engranaje gigante debajo de ellos, haciendo girar la cadena hacia atrás a gran velocidad.

167

"¡Tenemos que levantar el hielo del suelo antes de que la ciudad pase sobre él!" gritó Makho.

"¿Qué? ¡Cómo! ¡Estamos muy lejos!" dijo Amy.

"¡Exactamente!" gritó Makho en respuesta. "La ciudad avanza hacia el hielo. Una vez que estemos lo suficientemente cerca, tenemos que levantarlo. ¡Pero ten cuidado, puede ser muy peligroso!" agregó Makho, sonriendo.

"Por supuesto que lo es", murmuró Amy. "¡Que quieres que haga!"

"¡Ven!" dijo Makho mientras Mokhy bajaba de la máquina.

Amy caminó hacia el borde del balcón, pero la cadena sujeta a su cintura no la dejó moverse. Las cadenas de seguridad están sujetas a ganchos en el techo. De esa manera, podrían caminar hacia adelante o hacia atrás, pero la línea de Amy no funciona. Mokhy se dio cuenta y fue a ayudarla.

"Mira mis manos", le indicó Mokhy.

"Está bien, estoy mirando tus manos", dijo Amy.

"Baja la cadena y sostenla. Entonces camina con ella. Suéltela y la cadena se detendrá y asegurará tu línea de nuevo".

"Entendido", dijo Amy. "Tira hacia abajo, camina, suelta".

Mokhy asintió y movió la cadena, asegurándose de que estuviera asegurada.

"¡Amy, Mokhy, rápido, ven al borde!" gritó Makho.

"¡Esto va a ser una locura! ¡Puedo sentirlo!" dijo Amy.

Mokhy se tocó la barbilla con el dedo índice.

"No te preocupes", dijo Amy. "Sabía que ibas a decir eso".

Entonces Amy bajó la cadena y caminó hasta el borde del balcón. Una vez que estuvo allí, la sensación de vértigo fue increíblemente fuerte. Era diferente a sentarse en un banco con Makho el día anterior.

"¡Amy, agárrate a la barandilla!" gritó Makho.

Entonces Mokhy tomó su posición frente al cañón y sostuvo sus manos en la barandilla del balcón. Amy lo estaba mirando e instantáneamente hizo lo mismo.

"¡Es exactamente por eso que no me gusta pasar el rato con ustedes!" gritó Amy.

168

"Espera, espéra, aún no", dijo Makho, indicándole a Mokhy cuándo mover una palanca verde que tenía cerca de él. El corazón de Amy bombeaba sangre como nunca antes, con los ojos bien abiertos y la mano apenas sujeta a la barandilla. Los tres miraron hacia adelante, esperando que apareciera el bloque de hielo. Mokhy en el centro, Amy y Makho uno al lado del otro. Amy trató de visualizar lo que estaba frente a ellos en la oscuridad, y vio el significativo fragmento blanco. Se acercaban rápidamente a medida que la ciudad avanzaba.

"¡Ahora, Mokhy, ahora!" gritó Makho, seguido por el brazo de Mokhy tirando de la palanca verde.

Toda la plataforma descendió hasta casi el nivel del suelo en un vertiginoso descenso desde el balcón. Debajo de ellos, el engranaje seguía recogiendo la cadena velozmente y una malla de metal esperaba para agarrar el bloque.

"Amy, ¡Sostén tu barra!" gritó Makho. "¡Está justo enfrente de ti!"

Amy miró de cerca sus manos y vio una barra colgada de la barandilla.

"¿Qué tengo que hacer con esto?" gritó Amy.

"Cuando el hielo esté casi debajo de nosotros levanta la barra. ¡Eso activará tu lado de la garra!" gritó Makho.

"¡No estoy segura de poder hacerlo!" gritó Amy mientras los gemelos estaban muy concentrados en el bloque de hielo que estaba casi frente a la ciudad.

"¡Recuerda, levanta la barra!" gritó Makho una vez más cuando el hielo estuvo perfectamente claro a segundos de ser atrapado por la malla debajo del balcón.

"¡Agárrate fuerte!" gritó Makho.

"¡Aaaaaaa!" gritó Amy.

El hielo estaba casi allí, y Amy podía sentir la niebla fría que venía del bloque gigante del hielo.

"¡Tiren!" gritó Makho. Amy sostuvo la barra con ambas manos y tiró de la sólida barra metálica hacia arriba con todas sus fuerzas.

"¡Lanzanos Mokhy!" gritó Makho.

En un movimiento rápido, Mokhy devolvió la palanca verde a la posición original. El balcón salió despedido verticalmente hacia arriba

169

como un rápido ascensor, atrapando el hielo con la malla metálica y dejando a Amy sin aliento.

El balcón volvió a la posición inicial con el extremo de la cadena golpeando el rollo debajo del balcón, y una brisa helada en el rostro de Amy les dijo que la captura fue exitosa. Los gemelos se golpearon las manos, celebrando, como chocar los cinco entre sí mientras Amy sujetaba la barandilla con tanta fuerza que perdió la sensibilidad de las palmas.

"¡Y así es como atrapas un gran bloque de hielo!" dijo Makho.

Mokhy fue hacia Amy y la separó de la línea de seguridad. Tan pronto como Makho llegó al lado de Amy, los miró con odio y comenzó a golpearlos en sus brazos.

"¡Chicos, ustedes están locos!" gritó Amy, medio gritando y medio riendo. Además, casi a punto de llorar.

Los gemelos sonrieron y terminaron de desacoplarla.

"¿Te imaginas esta ciudad aburrida sin algo de diversión?" dijo Makho.

"¡Pero, esto fue una locura!" gritó Amy. "¡Ustedes, chicos, son ingenieros! ¿Ninguno de ustedes tuvo otra idea? Apuesto a que esta máquina fue idea tuya, Makho".

"Realmente no. Ha estado aquí durante casi cinco mil años", respondió Makho.

Mokhy, sonriendo, le hizo algunas señales a Amy.

"Mokhy dijo que si te gustaría volver a hacerlo mañana", dijo Makho, riendo.

"¡Están locos!" dijo Amy, entre riendo y llorando.

"Amy, no te relajes todavía, porque tenemos que derretir el hielo después de traer la ciudad a la luz", dijo Makho.

"No me lo digas", dijo Amy, levantando la mano. "Va a ser divertido, ¿verdad?"

"Lo siento, pero derretir el hielo es bastante aburrido", respondió Makho.

"Te creeré. Ponme en la lista de asistentes", dijo Amy, caminando hacia la puerta.

La ciudad estaba lista para volver a la luz y los operadores del motor, Jhul y Zhoto, estaban casi en posición.

"¿Cómo te fue?" preguntó Zhoto.

"Bien, tenemos uno o dos días de agua dulce allí", respondió Mokhy, señalando a Zhoto.

"¿Y tú, Amy? ¿Aprendiste algo nuevo?" dijo Zhoto.

"Sí, y mi sentido de la aventura se ha ido", respondió Amy.

"Ven conmigo, Amy", dijo Zhoto.

"Ven conmigo Amy, esta será la segunda parte más divertida del día!" dijo Makho, riendo y caminando hacia el banco, sobre el brazo metálico.

"¡No gracias!" dijo Amy, caminando hacia las escaleras que van directamente a la cabina de maniobras.

Mientras subía, Amy vio que los ingenieros la saludaban como a una amiga. Bajó las escaleras para saludarlos a todos. La mayoría de los Strattos le dieron dos golpecitos en el hombro y otros mostraron su amistad entrelazando sus manos a la distancia.
Luego, un bocinazo largo alertó a todos de que el día estaba a punto de comenzar. Fue el comienzo de la maniobra de sacar a la luz la ciudad.

"¡Está bien, chicos! ¡Los veo más tarde en la sala de comida!" gritó Amy.

Estaba encantada con todos ellos. Rápidamente, subió las escaleras para acercarse a Zhoto.
La ciudad rodaba a la misma velocidad que la rotación del planeta durante la noche simulada. La ciudad se apresura más de lo normal para mantenerse alejada del sol, pero lo suficientemente cerca para mantener a la gente caliente durante la noche. Luego, vuelve a la velocidad de rotación del planeta. Un sistema mecánico activa una secuencia única que cierra las ventanas de las grandes cúpulas en todo el reino. Las luces de las calles se encendieron y algunos altavoces de la ciudad reprodujeron los sonidos de un Pree perdido, cuando existían los animales y los bosques. Algo muy parecido a lo que Amy tuvo en Hyperterra o en el planeta Tierra durante la noche.
Una vez que la ciudad vuelve a la luz, el sistema abre las ventanas y los sonidos se desvanecen, anunciando el comienzo de un nuevo día.

Amy se paró detrás de la silla de Zhoto, ubicada en una cabina rodeada de vidrio. En un diseño que se diferencia de las típicas cabinas de control, Zhoto solo tiene una palanca blanca donde activa la bocina con la que coordina las maniobras.

"Esperaba luces parpadeantes, monitores y muchas más cosas aquí", dijo Amy.

"¿Enserio?" Dijo Zhoto. "Lo único que necesito para controlar la ciudad son los operadores y una vista clara de Makho allá abajo, para que pueda decirme lo que no puedo ver".

"Vaya, ustedes son realmente un equipo de ensueño", dijo Amy, mirando alrededor de las ventanas. "Me gusta mucho esta vista, más que la otra con Makho y su plataforma suspendida", dijo Amy.

"Cuando era joven, yo estaba sentado allí, en la posición de Makho", dijo Zhoto. "Estoy entrenando a Mokhy ahora, ya que él se sentará en mi lugar cuando me retire".

"¿En verdad? ¡Fresco!" dijo Amy. "Oye Zhoto, sobre lo que te dije ayer ..." En ese preciso momento, Mokhy llegó, tocando el hombro de Zhoto. Luego, Zhoto presionó la palanca blanca liberando el aire a través del fuerte cuerno.

"Amy, ayer aceleramos la ciudad. Pero ahora, por la mañana, reducimos la velocidad hasta casi detenernos".

"Ya veo, entonces la ciudad se acerca al sol", dijo Amy. "¿Y qué pasa después de eso?"

"Después de alcanzar el punto de calentamiento mínimo, aceleramos hasta alcanzar la velocidad de rotación del planeta", dijo Zhoto. "Entonces, tenemos que maniobrar alrededor de la montaña de la Piedra del Tiempo y regresar al camino normal".

"Espera, ¿Dijiste la montaña de la Piedra del Tiempo?" preguntó Amy.

"Sí, ahí la verás", respondió Zhoto.

Después de que los motores redujeron la velocidad paulatinamente, Amy vio formas de algo en el terreno frente a ellos. Parece máquinas o camiones estacionados en el camino de la ciudad.

"¿Zhoto?" dijo Amy.

"Sí, sabía que lo preguntarías. Buenos ojos, Amy", dijo Zhoto. "Esas son las máquinas de minería con una carga de nuevas placas de metal, esperando a que las recojamos".

Un fuerte ruido de puertas abriéndose llenó el Kemet, y los ingenieros estaban listos para la llegada de nuevos materiales. Al acercarse a esas máquinas, Amy vio que el cielo cambiaba gradualmente de púrpura oscuro a azul claro. Desde la cabina, podía ver las máquinas, extendiendo plataformas llenas de láminas de metal. Después de eso, las máquinas en el suelo comenzaron a acelerar para alcanzar la velocidad de la ciudad.

Amy salió de la cabina para ver mejor la transferencia del material.

"¿Quién está operando esas máquinas?" preguntó Amy.

"Nadie", señaló Mokhy a Amy.

"¿Nadie? Pero ... " dijo Amy.

"Esas máquinas están trabajando en las cuevas mineras bajo la montaña Piedra del Tiempo", respondió Zhoto. "Esas máquinas solo salen con láminas de metal nuevas en el mismo punto exacto del suelo, casi todos los días. Luego regresan al subsuelo después de que sacamos la carga y antes de que el sol queme la superficie ".

Amy vio cómo las máquinas fuera de las puertas de Kemet transferían el nuevo metal y cómo la perfecta coreografía de los ingenieros movía los materiales del piso de trabajo.

"Esto es increíble. Muy impresionante", dijo Amy, regresando al interior de la cabina. "Entonces, ¿Dónde está la montaña que me dijiste?"

"Allí mismo, la montaña de la Piedra del Tiempo", dijo Zhoto, señalando a la derecha de la ciudad.

Amy estaba en estado de shock. La montaña tenía la forma de un volcán perfecto y algunas nubes rodeaban el medio de la elevación rocosa. La cima de la colina era plana y en la base, varios agujeros y túneles indicaban la zona minera subterránea de Strattos.

Zhoto presionó tres veces la bocina, iniciando la maniobra para rodear la gran colina. La ciudad mecánica corre alrededor del planeta en línea recta, y el único obstáculo en su camino es la montaña. La maniobra comenzó mucho antes de que la ciudad llegara a la base de la formación, haciendo una larga curva que es imperceptible para la gente de la superficie y es una obra maestra de coordinación entre los operadores, Makho y Zhoto. La mayoría de los Strattos todavía duermen, mientras que a otros les encanta experimentar el comienzo del día. La vista de la montaña es hermosa. Quienes se levantan temprano tienen el placer de verla e imaginar cómo esa formación se llenó de vegetación y vida.

La maniobra comenzaba con tres bocinazos y la aceleración instantánea de un lado de la ciudad. De esa manera, la estructura masiva puede cambiar la dirección. Luego, después de dos bocinazos, los operadores regresan sus motores a la velocidad mínima mientras el otro lado de la ciudad acelera, haciendo una curva alrededor de la montaña. Una vez más, tres bocinazos y un lado se ralentiza, y el otro lado acelera, volviendo al camino original y dejando atrás la montaña. Un bocinazo largo finaliza la maniobra de curva, volviendo a la operación principal, llevando la ciudad al lado cálido.

"Nunca vi una formación como esa. Ni siquiera en la Tierra o en Hyperterra", dijo Amy, mirando la formación rocosa que desaparecía en el costado de la ciudad. "¿Cuál es la conexión de esa montaña con la Piedra del Tiempo?" preguntó Amy.

"Hay un disco de piedra colosal que hace que la montaña parezca plana en la cima. En el centro, hay una conexión con el centro del planeta. Eso es lo que mantenía vivo al planeta y la Piedra del Tiempo protegida", explicó Zhoto. "El palacio del reino estaba allí, en la cima de la montaña. Solo un Strattos con la marca de nacimiento en su cuerpo podría entrar en ese Plató, rodeado por un campo de fuerza que rodeaba la Piedra del Tiempo".

Entonces Makho hizo dos secuencias de dos bocinazos, indicando a Zhoto que la ciudad alcanzó la temperatura perfecta.

"¿Qué significa eso?" preguntó Amy.

"Estamos a punto de acelerar", señaló Mokhy a Amy.

Zhoto presionó su palanca, emitiendo un bocinazo largo, iniciando la carrera para igualar la velocidad del planeta. Gradualmente, los motores comenzaron a aumentar la velocidad y los generadores comenzaron a entregar más energía hasta alcanzar la velocidad.

Después de un momento, Jhul tocó el timbre, informando a Zhoto que la ciudad está lista para bloquear la velocidad. Zhoto inmediatamente hizo un largo bocinazo, terminando la maniobra y solo esperando el último procedimiento, que son las campanas de los operadores del motor.

Mokhy y Amy bajaron para encontrarse con Makho cuando entró en el Kemet sobre el brazo telescópico.

"¿Estás segura de que no quieres volver a hacerlo, Amy?" dijo Makho, saltando del banco y sacudiendo el polvo de su túnica.

"Estoy bastante segura, ¡Pero gracias por preguntar!" respondió Amy.

"¡Vamos a comer!" Mokhy hizo una señal.

"Tengo una pregunta", dijo Amy. "¿Tu gente consideró vivir bajo tierra?"

"¡Sí! Al principio, los supervivientes entraron en los túneles mineros, pero las condiciones de vida eran horribles", respondió Makho, mientras los tres comenzaban a caminar hacia la sala de comidas. "Humedad, inundaciones por la mañana y aire helado por la noche. Las nulas posibilidades de cultivar alimentos y los gases liberados en los túneles mataron a muchos supervivientes. La única solución era permanecer en la superficie, pero lejos del frío o del calor".

"¡Buenos días a todos!" dijo Frank, encontrándose con el grupo en la puerta del comedor.

"¡Frank!" dijo Amy.

Mokhy fue al sistema de rastreo de Frank, identificando un problema en una de sus ruedas. "Zhoto puede arreglar esto", señaló Mokhy a Amy y Makho.

"De acuerdo", dijo Makho. "Pero primero, vamos a comer".

175

CAPÍTULO 19 - EL PLAN DE SESMAR

Desde la escotilla en el piso del Kemet, bajando las escaleras, girando a la derecha en la primera luz verde y caminando recto hacia seis luces verdes más, hay una puerta que se comunica con un balcón muy similar a la plataforma del atrapa hielo, pero al lado opuesto de la ciudad. Ubicado debajo de la sección del ejército del palacio, el derrite hielo es el elemento que utilizan los Strattos del tercer nivel para derretir el hielo de forma natural. Los gemelos son responsables de la tarea, desde la captura hasta el derretimiento e inyección del agua en estado líquido al sistema de tuberías de la ciudad.

"Bienvenida al derrite hielo", dijo Makho, con una voz divertida.

Amy y Mokhy pasaron por la puerta que sostenía Makho.

"Está bien, primero, necesito saber qué tan peligrosa es esta cosa. Cada vez que estoy cerca de ustedes dos, siento que me voy a romper un hueso o simplemente me voy a caer al suelo", dijo Amy.

"¡Y es por eso que vas a estar totalmente a cargo de esta misión!" dijo Makho, tocando un par de palancas insertadas en una pequeña caja, cerca de la barandilla del balcón. "No hay nada más aburrido, lento y simple que derretir hielo en el cubo".

Mokhy hizo un par de movimientos simulando quedarse dormido en la pared, marearse y finalmente dejarse caer al suelo.

"Vaya, esto del derretimiento es realmente aburrido, ¿eh?" dijo Amy, sorprendida.

"Te prometo que te vas a aburrir miserablemente", dijo Makho, sonriendo.

"Está bien, puedo hacerlo", confirmó Amy.

"¿Recuerdas el hielo que atrapamos hoy?" preguntó Makho.

"Cómo olvidar eso", dijo Amy con sarcasmo.

"¡Excelente! Con este equipo, lo traemos debajo de esta plataforma. Lo verás a través de este agujero", dijo Makho, señalando un corte en el piso de metal. "Para traer el hielo del otro lado, activamos una correa con esa pequeña palanca".

Mokhy empujó la palanca tres veces, como si se bombeara un sistema hidráulico. Después de eso, el cinturón comenzó a moverse.

Amy y los gemelos esperaron pacientemente a que apareciera el trozo de hielo. Los tres de rodillas miraban por el hueco.

"¿Cuánto se demorará?" preguntó Amy, sin perder de vista la cinta transportadora.

"No se necesita demasiado tiempo. Ten en cuenta que viene del otro lado del Kemet", dijo Makho, mirando a través del agujero también.

La correa, hecha de fibras orgánicas, avanzaba a una velocidad constante hacia ellos. Al final del transportador, un cilindro rueda, enviando la correa de regreso al principio. Debajo del cilindro está el balde, posicionado para recibir la carga helada.

El balde era un gigantesco tanque de bronce con la forma de una bañera rectangular construida sobre enormes ruedas pero suspendida en el aire por cuatro gruesas y fuertes cadenas. Todo el balde está unido a una sólida cadena enrollada en un carrete, muy similar a los elementos de la infraestructura del atrapa hielo.

"¡Ahí viene!" dijo Makho.

El frío bloque de hielo apareció lentamente, abriéndose paso hacia el balde. El hielo le trajo recuerdos tristes a Amy, teniendo destellos de su padre cayendo al agua fría y Malik abrazando a Zima en su último minuto de vida. La imagen de alejarse de Malik y dejar atrás ese lugar frío marcó el final de su familia y el comienzo de lo que ella es ahora.

Amy sintió la brisa fría pasar por debajo de la plataforma. El fuerte estruendo del hielo cayendo en el cubo de metal la despertó de sus recuerdos.

"¡Derritamos este hielo!" gritó Makho, caminando hacia la caja con palancas.

Mokhy notó que Amy estaba actuando de manera diferente y se quedó de rodillas, mirándola. Movió su mano sobre el hombro de Amy suavemente. Amy le tocó la mano y miró a Mokhy a los ojos.

"Momentos dolorosos de mi vida vienen a mi mente cada vez que estoy cerca del hielo", dijo Amy en voz baja. "Una parte de mí quería llorar y gritar. Siento que me estoy cayendo en un agujero, extrañando a mi familia y amigos. Pero la otra parte de mí me invita a seguir caminando y crear mi propio camino. Escucho a mi corazón decirme que hay más cosas por delante en mi vida. Necesito perseguir ese destino".

"Puedo ayudarte", dijo Mokhy con lentas señas, mirándola a los ojos.

"Si sé. Ya me estás ayudando, Mokhy", dijo Amy.

"Siento molestarles, pero tenemos una ciudad esperando agua dulce y ... " dijo Makho, en broma. "Sabes, este hielo no se va a derretir por sí solo. Además, debido a que esto es increíblemente aburrido, decidí que Amy será la nueva 'Jefa de Derretimiento de Hielo', un puesto emocionante al que muchas personas harían todo lo posible por poseer.

Amy y Mokhy sonrieron, caminando hacia Makho.

Mientras tanto, en la cubierta del segundo nivel, el capitán Khawo está esperando a Sesmar después de recibir un mensaje indicándole que se encontrará con él temprano en la mañana después de su conferencia con el reino.

El segundo nivel solía ser parte de las instalaciones de ingeniería. Sin embargo, después de que el general Kortox descubrió que un posible fragmento de la Piedra del Tiempo podría estar en la Tierra, reclamó todo el Segundo nivel con fines militares. Presentó un plan al reino para construir naves espaciales para transportar a toda la nación Strattos a un nuevo planeta. Aún así, no fue más que la preparación de su ejército para el control total del universo. Una parte significativa del nivel se utiliza como fábrica de armas, pruebas de armamento, transporte y entrenamiento físico de soldados. Justo sobre el Kemet, el área central se usa para diferentes propósitos, pero la mayoría de las veces es el acceso principal para que los técnicos e ingenieros realicen tareas de reparación. Es por eso que esa área está ubicada justo a la salida de los elevadores del segundo nivel.

"Capitán Khawo," dijo Sesmar, acercándose al balcón.

"Mi señora," respondió Khawo. "Tengo todo listo para mañana".

"Perfecto. ¿Empacaste todo en la nave?" Preguntó Sesmar.

"Sí. La mayor parte de la carga son herramientas de excavación y un generador adicional, por si falla el principal".

"Muy bien, Khawo. No sabemos qué tan profundo deberemos cavar, pero no podemos comprometer esta última misión agregando más soldados".

"Estoy de acuerdo. ¿Cómo fue la conferencia con el reino?" preguntó Khawo mientras un grupo de soldados marchaba cerca de ellos, dirigiéndose a la primera rutina de entrenamiento del día.

"Espera", susurró Sesmar mientras saludaba a las tropas.

Los soldados marcharon en perfecta formación, vistiendo sus túnicas rojas y una elegante boina cubriendo sus cabezas entre sus orejas. Un cinturón de herramientas ancho y negro les permite llevar un arma, su registro y una herramienta de uso general que parece un cuchillo dorado con un borde afilado y un borde dentado en el lado opuesto.

Después de que los soldados pasaran, Sesmar y Khawo se giraron mirando hacia el desierto.

"Estamos demasiado expuestos aquí, síganme", dijo Sesmar.

Decidieron bajar a un escalón intermedio entre el segundo y tercer nivel.

Makho, Mokhy y Amy están listos para soltar el balde, pero los hermanos quieren asegurarse de que Amy aprenda el procedimiento para que así pueda estar en esta posición, liberándolos de esta aburrida tarea.

"Esto no es nada complicado", dijo Makho, sonriendo. "Tienes que mover estas palancas en el orden correcto, ¡Y eso es todo!"

Palancas, por supuesto. Ustedes tienen palancas para todo, ¿Eh?" Amy, dijo bromeando.

Entonces Mokhy le pidió que prestara atención a sus movimientos, explicando el procedimiento, y Makho habló durante la clase rápida.

"Primero, la palanca naranja pone el balde en el suelo o lo levanta. Si empujas, el balde baja, y si tiras, el balde sube, fácil", dijo Makho.

"¡Sí, muy bien! fácil." agregó Amy.

"Ahora, la palanca amarilla suelta el carrete, dejando que el balde se quede detrás de la ciudad, pero sin perderlo ya que está sujeto a la cadena".

"Bien, entonces ustedes ponen el hielo en el balde y luego sueltan el balde para que se acerque más al calor del sol". dijo Amy. "Muy inteligente." exclamó.

"¡Gracias!" Mokhy dijo después de levantar su dedo índice.

"Ahora, el truco aquí es soltar la cadena hasta que se desenrolle completamente, pero muy suavemente", continuó Makho. "Tan pronto como el carrete esté vacío, este disco te mostrará cuándo tienes que traer el balde de regreso", dijo Makho, mostrándole un disco marrón ubicado en la pared. "Esta flecha blanca rodea todo el disco. Después de que la flecha complete un círculo, es hora de traer el balde de regreso".

"¿Y qué pasa si el balde permanece allí más tiempo?" preguntó Amy. "¿Se derretirá?"

"No, no se derretirá mientras el agua mantenga fresco el metal, pero el agua se evaporará muy rápidamente después de que la flecha complete el círculo. Entonces el cubo se derretirá y Zhoto se burlará de nosotros durante todo un año aproximadamente".

"Un círculo completo. Lo tengo", dijo Amy.

"Luego, tiras de la palanca amarilla, que comenzará a recoger la cadena, trayendo el cubo hacia adentro", dijo Makho. "Después de eso, el balde estará en posición. Luego, tirarás de la palanca naranja y levantarás el cubo".

"Perfecto. Suena fácil", dijo Amy.

"Sí, y aburrido. Pero no te preocupes, regresaremos cuando traigas el balde", dijo Makho.

"Esperen, ¿Ustedes se van a ir?" preguntó Amy.

"¡Sí!" Mokhy hizo una señal.

"No te preocupes. Vas a hacerlo bien, Amy", dijo Makho.

"No estoy segura de esto", dijo Amy. "¿Qué pasa si derrito el cubo? ¡Zhoto me pondrá en el brazo telescópico contigo todos los días!"

Los hermanos rieron. Luego le mostraron a Amy cómo hacerlo, poniendo el balde en el suelo y soltándolo. Luego, el cubo comenzó a alejarse lentamente de la ciudad, acercándose al lado caliente. Amy estaba fascinada viendo cómo se alejaba el balde, hasta que el carrete hizo clic, deteniéndose y activando la flecha sobre el disco.

"¡Y eso es todo!" dijo Makho. "Ahora, recuerda, después de un círculo completo alrededor del disco, vuelves a traer el balde. ¿Qué palanca vas a utilizar?"

"La palanca amarilla", dijo Amy.

"¡Muy bien!" Mokhy hizo una señal.

"Estaremos de regreso para cuando traigas el balde", dijo Makho, caminando hacia la puerta. Mokhy abrazó a Amy. "No te preocupes", dijo, tocándose la barbilla y señalando hacia adelante.

"Gracias, Mokhy", dijo Amy, mirando a sus amigos alejarse, dejándola ser responsable de una tarea.

"Este es mi segundo día aquí y ya estoy a cargo de algo. Impresionante," murmuró Amy.

Amy se paró frente a la barandilla del balcón, mirando a la distancia el balde, que era muy pequeño desde su punto de vista. Echó un vistazo al disco, que estaba marrón debido a la corrosión. La circunferencia del disco era del tamaño de sus brazos abiertos y estaba montado en la pared opuesta de donde estaba la puerta. La flecha blanca, ubicada en el borde del disco, era del tamaño de un dedo. Sin embargo, solo avanzaba a la velocidad de un caracol perezoso.

"Ahora veo por qué Makho y Mokhy me pusieron aquí", dijo Amy, soplándose el cabello frente a la cara.

Sesmar y Khawo caminaron hacia las escaleras ubicadas en un muro externo de la ciudad. Las escaleras comunican el segundo y tercer nivel, construidas para casos de emergencias. La general y el capitán se reunieron allí varias veces antes, lejos de la gente y siempre con la intención de planificar movimientos claves para sus malvados planes. Bajando las escaleras, esa plataforma es ideal para que hablen sin interrupciones, en secreto y cómodamente. Amy escuchó los pasos afuera de su balcón, pensando que los gemelos habían vuelto, y que querían sorprenderla. Se acercó a la puerta y luego hizo un movimiento suave colocando sus manos en la barandilla. Amy respiró hondo para poder gritar fuerte y asustar a los hermanos.

"¿Tratando de asustar al humano?" murmuró Amy para sí misma. Luego empujó la mitad de su cuerpo fuera de la barandilla, abriendo la boca lista para lanzar el grito más fuerte y aterrador de la historia, cuando vio a Sesmar y Khawo de espaldas, mirando a su alrededor.

En un movimiento rápido e inteligente, Amy se giró, volteando su cuerpo con la espalda hacia la pared. Khawo examinó los alrededores, pero no vio el balcón ni la caja de control del cubo.

"Está despejado, general", dijo Khawo. "¿Qué dijo el rey?"

"Ese viejo y tonto rey está empeñado en eliminar nuestro ejército mañana por la mañana, en la ceremonia de apertura del festival. No hay nada que lo saque de esa idea que la retardada reina Meryptah propuso hace mucho tiempo".

Khawo fue siempre uno de los seguidores más fieles de Sesmar. Aceptó unirse a la misión, y la búsqueda del tesoro más poderoso del cosmos, fue una inspiración. Pero Khawo también era un devoto creyente del legado de Meryptah, y Sesmar simplemente insultó al personaje más icónico y fuerte de la nación Strattos. Sin embargo, Khawo sabe de lo que Sesmar es capaz y que no dudaría ni un solo momento si alguien la contradecía, incluyendolo a él mismo. Por ahora, tiene que tragarse su religión y bloquear su profunda sensación de golpear la cara de Sesmar.

"Tenemos que cambiar nuestros planes y apresurar el comienzo de nuestra dinastía", dijo Sesmar.

Mientras tanto, Amy estaba inmóvil, apenas respiraba, escuchando atentamente su conversación sin que la vieran.

"Pero, mi señora, tenemos que intentarlo de otra manera. ¡Tiene que haber otra opción para hacer esto!" dijo Khawo con un tono molesto.

"No hay otra manera, Khawo. Tenemos que matar al príncipe. Harkhuf tiene que morir", dijo Sesmar.

Amy estaba aterrorizada. Después de escuchar esta revelación, su vida estuvo en peligro inmediato. Si Sesmar o Khawo descubren que ella conoce este horrible plan maligno, la forma más fácil de silenciarla sería matándola.

Khawo desaprueba la parte del plan que mata al príncipe, pero Sesmar insiste en que es la única forma. Ella le promete a Khawo al comienzo de su viaje que él será el nuevo rey, pero nunca dijo nada sobre matar a un miembro del reino.

"¡Pero por qué! ¿Por qué tenemos que matar a Harkhuf?" dijo Khawo, molesto.

"A Harkhuf le lavaron el cerebro en ese planeta, mientras era prisionero de ese humano repugnante", dijo Sesmar. "Me ha estado ignorando desde entonces, y me dijo hoy, al final de mi conferencia con el rey, que mañana se entregará y revelará todo mi plan de ir a la Tierra y reunir la Piedra del Tiempo".

"¿Ir a la Tierra?" murmuró Amy. "¿Por qué van a la Tierra?"

"¿Y qué va a pasar con el Rey?" preguntó Khawo.

"Si interpone su cuerpo entre mis planes y yo, él también morirá", dijo Sesmar con una declaración definitiva. "Soy la sangre del general Prass, y todo el mundo debería saberlo y respetarlo. Soy el legado viviente del carácter supremo de Pree, que trajo demasiadas victorias a esta nación y fue tratado sin respeto por Meryptah y su padre, el rey Kharpo. Cualquiera que aspire a detenerme sucumbirá al mismo destino del reino de sangre real".

Amy perdió totalmente la concentración acerca del balde de hielo y la flecha estaba a punto de trazar un círculo completo. El momento de traer el balde de regreso estaba muy cerca.

"¿Cuál es el plan para mañana?" dijo Khawo, con un tono triste.

"Destruiré el generador que está debajo del palacio", reveló Sesmar. "Una pequeña cantidad de rocas explosivas cortará la energía y los motores se detendrán. Luego, el protocolo de seguridad mecánica abrirá las garras, liberando el palacio. Eso arrastrará mi laboratorio, todas las instalaciones del ejército real y los segmentos de justicia. Tomaremos el control después de eso".

"¡Y qué va a pasar con toda esa gente! ¿Estás planeando matarlos a todos?" exclamó Khawo.

"Relájate, Khawo, todo el mundo estará en la plaza en el festival, frente al palacio", dijo Sesmar. "Todos esos creyentes tontos de Meryptah estarán listos para su festival de débiles mentales".

Khawo apretó la barandilla de las escaleras después de que Sesmar se burlara del festival de Meryptah, pero no perdió el control. Ella le prometió que sería el próximo rey, y sus aspiraciones de pertenecer a la realeza se interponen en el camino de sus creencias.

Amy estaba en shock. Todo el plan era siniestro. Ahora que comprende cómo funcionan los bloques de la ciudad y como sería el comportamiento de las garras después de una falla en el motor, siente la imperiosa necesidad de advertir a todos antes de que Sesmar cometa este atroz crimen. Mientras tanto la flecha blanca llegó al punto donde Amy debería traer el balde de regreso, pero se olvidó por completo de él.

"Mañana por la mañana, después de que el reino salga del palacio rumbo al festival, entraré en la cámara del rey y tomaré la llave del sarcófago de Kharpo", dijo Sesmar. "Hay historias sobre el contenido de ese ataúd, y si todo eso es cierto, tomaré todo lo que me ayude a cumplir mi misión. Llevaré a Harkhuf a través de los túneles de servicio y lo dejaremos atado al generador, que luego explotará".

"¿Y qué hay de la información que extrajimos del dispositivo humano?" Dijo Khawo.

"¡Mi comunicador!" murmuró Amy.

"Esa máquina me dio el lugar exacto donde están el resto de los fragmentos", dijo Sesmar. "En ese planeta, una civilización anterior erigió enormes construcciones hechas de piedras con una base cuadrada y cuatro lados triangulares que se unen en un cenit. Relativamente cerca de estas pirámides, hay una tumba donde fueron enterrados los fragmentos. Ese es el lugar donde encontraremos el poder absoluto".

"Espera, ¿Está hablando de Egipto?" dijo Amy, mirando hacia adelante. Luego vio la flecha blanca e inmediatamente reaccionó.

"¡Oh no! ¡El balde!" susurró Amy, corriendo hacia la caja de los controladores y tirando de la primera palanca más cerca de ella. Desafortunadamente, tiró de la palanca equivocada.

"¿La anaranjada o la amarilla? ¡Soy tan tonta! ¡Era amarilla!" murmuró Amy, tratando de que Khawo y Sesmar no la vieran.

Retiró la anaranjada y empujó la amarilla, pero el sistema bloqueó el carrete y un horrible sonido metálico hizo vibrar todo el

184

balcón. La cadena estaba atascada entre el elevador que sube el cubo, pero el cubo estaba lejos.

"¿Qué es eso?" dijo Sesmar.

"No lo sé", dijo Khawo, mirando a su alrededor, siguiendo el ruido metálico.

"¡Oh no!" susurró Amy.

En ese momento, los gemelos abrieron la puerta, sintiendo el horrendo y fuerte ruido del sistema de cubos colapsando debajo de la plataforma.

"¡Qué hiciste!" dijo Makho, corriendo hacia los controladores.

Amy dio un paso hacia la pared y vio los pies de Khawo y Sesmar bajando las escaleras. Rápidamente, se movió hacia la puerta arrastrando su espalda contra la pared. Mokhy instantáneamente la vio asustada y dio un paso adelante para que Amy pudiera pasar por la puerta. Entonces Mokhy se acercó a la barandilla para ver qué había aterrorizado tanto a Amy.

"¡Que está sucediendo aquí!" dijo Khawo desde la escalera.

"¡Capitán Khawo, general Sesmar!" gritó Makho. "El sistema está atascado. ¡Estoy tratando de arreglarlo!"

"¡Quién estuvo aquí ocupándose de este procedimiento!" gritó Sesmar, buscando quién probablemente escuchó su conversación con Khawo.

Makho abrió la boca y miró a Amy, escondida en la parte oscura del túnel de servicio, detrás de la puerta. Amy movió la cabeza, señalando que no debería revelar que ella estaba allí. Ella estaba aterrorizada.

"¡Fuimos al Kemet por un momento, pero no llegamos a tiempo, general!" dijo Makho.

"¡Puedo ver eso!" gritó Sesmar.

"No se preocupe, mi señora. ¡Lo vamos a arreglar! " dijo Makho.

"Y por qué este otro no habla. ¿Estás escondiendo algo?" le gritó Sesmar a Mokhy.

"Nació así, mi señora. No habla", dijo Khawo.

"Tercer nivel… Todos un montón de bichos raros. ¡Arregla eso ahora!" gritó Sesmar.

Sesmar y Khawo se miraron, asegurándose de que los ingenieros no escucharan.

"No creo que hayan escuchado", susurró Khawo.

"Qué criaturas repulsivas tenemos en el tercer nivel", dijo Sesmar.

Mokhy apretó los dientes mientras Makho traía el balde de regreso. Sesmar y Khawo subieron las escaleras y los gemelos colocaron el balde lleno de agua en la posición para enchufarlo al sistema de tuberías.

"Amy, ¿Qué pasó? ¡Era tan simple!" dijo Makho, frustrado. "Pon más atención la próxima vez. ¡Escuché que los humanos eran especies inteligentes!"

Mokhy le dio una palmada en el hombro a Makho. Hizo una seña para disculparse.

"Lo siento, Amy. La general nunca me gritó", dijo Makho.

"No tienes que preocuparte por eso. Fue totalmente culpa mía. Tiré de la palanca equivocada. Lo siento, me distraje", dijo Amy desde la puerta.

Makho preparó las tuberías para iniciar el proceso de succión, y Amy agarró el brazo de Mokhy y le susurró al oído. "Algo terrible va a pasar".

186

CAPÍTULO 20 - EL PLAN MAESTRO

Zhoto caminaba deprisa por el Kemet. La mayoría de los ingenieros lo conocían y podían sentir que algo estaba sucediendo. Podría ser otra discusión sobre el liderazgo con Jhul, o el reino pidiendo un nuevo muro dentro del palacio. Todo lo que sale de las asignaciones programadas del Tercer Nivel pone a Zhoto en un modo loco. También están a un día del festival y tienen mucho trabajo por terminar.

Una de las asignaciones es del ejército real sobre tres transportes que debían ser repintados para la caravana. Desde el departamento exterior del palacio, necesitan los postes de las banderas para ser instalados hoy. Además, el escenario donde el rey inicia el festival debe ser instalado por el tercer nivel.

Zhoto no tiene suficiente espacio en su cerebro para un problema más.

"¿Qué la general qué?" gritó Zhoto, muy molesto.

En una habitación cercana a los ascensores, los gemelos, Amy y Zhoto, tienen una acalorada discusión. Algunos de los ingenieros se acercan a las puertas para vislumbrar el problema.

"Déjame explicarte", dijo Makho, tratando de calmar la situación.

"¿La general les gritó a ustedes tres? ¿Quieres explicarme eso?" gritó Zhoto, caminando en círculos, rascándose la cabeza.

"Es mi culpa, Zhoto, se suponía que debía estar concentrada y ..." dijo Amy cuando fue interrumpida por Zhoto.

"¡Y dejaste a Amy a cargo del balde!" gritó Zhoto, casi levitando del suelo.

"Solo fuimos a revisar el ..." dijo Makho antes de ser interrumpido.

"¡No hay razón para abandonar sus asignaciones! ¿Sabes cuántas personas dependen de nuestro trabajo? Todos ellos viven su vida porque les damos la seguridad de tener agua en sus cañerías, semillas para sus jardines, energía, cosas reparadas y, sobre todo, mantenerlos vivos, alejados del calor o del frío".

"Puedo imaginar lo que podría ser si derritiera el balde", pensó Amy.

Estaban callados. Amy estaba triste y avergonzada. Toda la situación fue un desastre por su culpa, pero gracias a eso y a lo que escuchó en ese balcón, Amy está en una posición que podría cambiar para siempre la vida de los Strattos.

"Hay una cosa más", dijo Amy.

"Lo único aquí es que vamos a recibir una declaración del reino", gritó Zhoto, todavía moviéndose en círculos. "Ahh, puedo ver esas palabras diciendo ..."

"El príncipe va a morir", dijo Amy.

Los gemelos la miraron y Zhoto detuvo su terapia de caminar. Siempre mirando hacia abajo con las manos sostenidas por la espalda, las orejas de Zhoto se movieron hacia atrás, como si mirara a Amy a la cara.

"¿Qué, qué?" dijo Zhoto, todavía mirando al suelo.

"Algo horrible va a pasar mañana, muchachos", dijo Amy.

"Mira, Amy", dijo Zhoto, cansado y confundido. "Ayer, fue un placer mostrarte cómo funciona la ciudad y vi que podrías ser una adición increíble a nuestro equipo durante tu estadía, obviamente si así lo decides. No tienes ninguna obligación de trabajar aquí. El general te puso aquí para mantenerte oculto de la superficie, y quién sabe qué planea hacer contigo".

Zhoto se giró y caminó hacia Amy, poniendo sus manos en su cintura. "Pero el día no terminó muy bien para mí. Después de nuestra conversación, no dormí bien. Quiero creer todo lo que dijiste sobre el plan que involucra a Sesmar y al príncipe Harkhuf. Pero soy viejo y estoy a punto de jubilarme. Amy, no quiero acabar mi vida en una celda, privado de libertad por blasfemar contra el reino".

"¿De qué estás hablando, Zhoto?" dijo Makho, confundido.

"¿Que está sucediendo aquí?" hizo Mokhy una señal.

"Amy cree que el general y el príncipe le han estado mintiendo a la nación. Y lo peor es que si todo lo que dice es cierto, estas mentiras vienen de mucho más atrás, del General Kortox".

"¿Qué?" dijo Makho mientras Mokhy se acercaba a Amy. "¿Es eso cierto?" Mokhy hizo una señal.

"Es mucho peor que eso", dijo Amy. "Tengo que encontrar una manera de decirles esto y créanme que estoy haciendo un gran esfuerzo por no perder el control de mis emociones aquí. Hay una razón por la que perdí la atención en el balde. Sesmar y Khawo hablaron en secreto en una escalera cerca del balcón. Escuché todo, y después de que la cadena se atascó, pensaron que Makho y Mokhy escucharon su conversación, pero era yo".

"¿Te vieron?" dijo Zhoto.

"No lo creo", respondió Amy. "Por eso estaban tan molestos por el ruido y el movimiento allí".

"Eso tiene sentido", dijo Zhoto. "Me sorprendió que estuvieran tan preocupados y molestos por un procedimiento técnico. Por supuesto, no tienen idea de lo que hacemos con ese balde todos los días".

"Es verdad. Nunca se involucraron en problemas técnicos. Ni siquiera entienden nuestro trabajo".

Entonces, Zhoto vio en el metal brillante detrás de Amy el reflejo de los ingenieros acercándose a la puerta, curiosos por lo que estaba pasando en esa habitación. Zhoto agarró a los gemelos por los brazos y se acercó a Amy.

"Tenemos que salir de aquí. Ya no podemos hablar de esto en el Kemet" dijo Zhoto.

"¿Qué estás sugiriendo? preguntó Makho.

Jhul caminaba por los túneles de servicios y, detrás de él, Frank llevaba una bandeja con comida.

"Estos túneles son impresionantes", dijo Frank. "¿Cómo sabes adónde ir? ¿Tienes memoria fotográfica, Jhul?"

"Solo cuenta cuántas luces verdes y cuántas vueltas. Eso es todo", respondió Jhul, girando a la izquierda.

"Fascinante", añadió Frank. "¿Tiene un nombre para esta forma matemática ligera de orientación?"

"¿Cuenta las luces verdes?" dijo Jhul.

"Esa fue una pregunta, ¿verdad?" preguntó Frank.

Entonces Jhul se detuvo frente a una puerta y miró hacia atrás.

"¿Jhul? ¿Por qué nos detenemos?" preguntó Frank.

"¡Silencio, Frank!" dijo Jhul, esperando mientras miraba el pasillo oscuro. Luego se volvió de cara a la puerta y giró la cerradura. "Tú primero, Frank".

El grupo se estaba reuniendo en secreto en la rampa sagrada, lejos de todos y de cualquier posible informante del reino.

"Traje comida", dijo Frank.

"¡Oh, gracias, Frank! Me muero de hambre", dijo Amy.

"Hiciste un buen trabajo al contactar a Jhul, Frank gracias", dijo Zhoto, levantándose y saludando a Jhul.

"¿De qué se trata todo esto, gemelos?" preguntó Jhul.

"Tenemos malas noticias, Jhul, y sabemos lo cerca que estás del reino", dijo Makho.

"Por eso te llamamos, para que supieras esto primero y probablemente nos ayudes a salvar lo que tenemos", agregó Zhoto.

"Dime. Me estoy poniendo ansioso. ¿Que sucede?" dijo Jhul, sentado en un banco.

"Hoy escuché a Sesmar y Khawo hablar sobre matar al príncipe Harkhuf mañana por la mañana, antes de la ceremonia del Reino", dijo Amy.

Jhul, sorprendido, miró a Zhoto y a los gemelos, nervioso y confundido.

"¿Qué tipo de broma es esta?" dijo Jhul.

"Me temo que esta vez no hay ninguna broma para ti, Jhul", dijo Zhoto. "Amy los escuchó hablar en una plataforma, entre el sector uno, en medio de las escaleras de emergencia".

"Y se pone peor", dijo Makho, apoyado contra la pared. "Sesmar está planeando destruir todo el palacio".

Jhul caminó hacia la rampa, sorprendido por la noticia. Es un fiel partidario del ejército, y después de muchos años de colaboración, construyó una fuerte conexión cuando era joven con el general Norfet, luego con su hijo, el general Kortox, y actualmente con su hija, la general Sesmar. Esta revelación caló profundamente en su alma, y necesitó un momento para digerir la sombra oscura del mal que cubría a la nación.

"¿Qué más escuchaste?" preguntó Jhul con voz suave.

"Sesmar está conspirando para entrar en la cámara del rey y saquear un sarcófago que, según dijo, pertenecía a alguien llamado Kharpo".

"¿El ataúd sagrado del rey Kharpo?" dijo Zhoto, saltando del banco. "¡Sabía que no era un mito! Ese es un baúl que el rey Kharpo trajo desde la Tierra".

"Eso es imposible", dijo Jhul.

"¿Estás seguro de que eso es lo que escuchaste?" Mokhy hizo una seña, que fue traducida por Frank al instante.

"Me temo que sí. Es exactamente lo que dijo", respondió Amy. "Sesmar está preparando una nave para ir a la Tierra, utilizando como cortina el caos que se producirá cuando el palacio de desacople de la ciudad, todo en medio de la fiesta".

"¡Tenemos que alertar a todos, incluido el reino!" dijo Jhul, caminando hacia la puerta. "Muchas vidas pueden perderse mañana si no tienen tiempo suficiente para evacuar. El palacio es uno de los bloques más grandes de la ciudad".

"Detente ahí, Jhul", dijo Zhoto, poniendo su mano delante de Jhul.

"Nunca pongas una de tus manos sobre mí", dijo Jhul.

"No puedo dejarte ir y hacer un gran ruido sobre esta situación. Nos pueden matar a todos", dijo Zhoto. "Tenemos que hacer un movimiento silencioso e inteligente, para poder detener a la general y remitirla a la justicia".

"¡Todo esto no tiene ningún sentido!" dijo Jhul, en negación. "¿Desde cuándo ustedes creen cada una de las palabras que dice este humano? ¿Por qué debería creerle? ¡Esto es ridículo! Me voy de aquí."

"Has estado trabajando con ellos, ¿Verdad?" dijo Amy.

Jhul se detuvo instantáneamente.

"La pregunta es por qué debemos confiar en ti", agregó Amy.

"¿Por qué deberíamos confiar en ti?" dijo Jhul, volviendo su cuerpo hacia Amy.

"Mira, hay algo que nos hace similares en esta situación, con la única diferencia de que no le debo nada a esta nación".

"¿Qué quieres decir?" dijo Jhul, nervioso.

191

"Vi lo que pueden hacer esas naves espaciales y lo lejos que pueden llegar en el universo. Tú también lo has visto", dijo Amy.

"¿Jhul?" dijo Zhoto, sorprendido.

"¿Qué te hace llegar a esa conjetura, humano?"

"Cuando estaba en mi planeta, Sesmar y Khawo descubrieron que el generador de su nave estaba arruinado. Dijeron que el ingeniero energético les dijo que no expongan la máquina al agua ni a ningún otro cambio brusco de temperatura. No sé de ningún otro ingeniero energético por aquí ", dijo Amy.

Los gemelos y Zhoto miraron a Jhul, esperando que dijera algo, esperando escuchar una palabra razonable de su amigo de toda la vida y uno de los jefes de departamento más influyentes del tercer nivel.

"Siempre me atrajo la idea de conquistar nuevas fronteras. Necesitaba los elementos y la confianza del reino", dijo Jhul. "Un día, se me ofreció la oportunidad de colaborar con los planes de encontrar un nuevo planeta invitado por el mismísimo general Kortox. No pude resistir una oportunidad tan importante. Desde entonces, les he ayudado con el diseño y la creación del flujo macrozoide, que utiliza la energía de un pequeño fragmento de la Piedra del Tiempo. De esa forma, podrían viajar por el universo en busca de un nuevo hogar. Poner fin al sufrimiento de nuestra nación fue mi principal motivación, pero era débil y ayudé con las ambiciones del general más allá de mi comprensión".

"¡Por qué no pediste ayuda, Jhul!" gritó Zhoto entre lágrimas.

"¿A quién?" gritó Jhul. "¡Nadie me creería! Somos una nación ignorante, y basamos nuestra miserable vida diaria en historias tontas sobre tesoros cósmicos y los retardados y falsos cuentos sobre el reino de sangre real".

"¡Limpia tu boca sucia antes de hablar de nuestros íconos!" gritó Makho. Mokhy estaba a punto de caminar hacia Jhul, pero Amy lo agarró de la mano.

"No hay razón para volver esta situación en nuestra contra, así que todos tienen que relajarse aquí", dijo Amy en voz baja, invitándolos a enfrentar la idea de unir fuerzas en nombre de la ciudad.

"La general es poderosa y no perdonará ningún indicio de revolución o insubordinación", dijo Jhul, mirando hacia abajo.

"Y es por eso que tenemos que sorprender a Sesmar e interrumpir sus planes", dijo Amy. "El rey desmantelará el ejército mañana por la mañana como la primera proclamación de la fiesta. Después de eso, Sesmar no tendrá acceso a nada, terminando todos sus planes, cerrando todas las instalaciones y el segundo piso. Tenemos que retenerla hasta que el rey entregue esa proclamación".

"¿Y cómo piensa hacer eso?" preguntó Jhul.

"Bueno, Amy tiene un plan", dijo Zhoto.

"Un plan perfecto", señaló Mokhy. Todos se quedaron callados por un momento.

Amy miró a Mokhy, quien asintió con la cabeza, dándole el valor para explicar su plan.

"Queremos que no nos descubran. Por esa razón, tenemos que movernos lo más normal posible", explicó Amy. "Tenemos que hacer todos nuestros movimientos mañana, temprano en la mañana, en cuanto termine la maniobra de sacar la ciudad a la luz".

"Estoy escuchando", dijo Jhul.

"Mañana, actuaremos como de costumbre en el Kemet, y luego tomaremos nuestras posiciones, tratando de no ser vistos o actuando de manera extraña", dijo Amy. "Una vez terminada la maniobra de traer la ciudad a la luz, hay que ser vistos en el comedor, llevando algo de comer y beber. Luego, Mokhy y yo caminaremos hacia los túneles de servicio llevando comida a Zhoto. Jhul tomará su primera tarea de revisar los generadores para el festival. Después de esta reunión, tiene que ir y poner eso en sus asignaciones para mañana para que se vea como programado previamente".

"Puedo hacer eso", dijo Jhul.

"Genial", agregó Amy. "Entonces te unirás a nosotros en el generador del palacio. Zhoto recogerá su máquina de soldar portátil de su habitación y se unirá a nosotros en ese lugar".

"Sí, después de que terminemos con el procedimiento de velocidad, iré directamente a mi recamara y tomaré ese equipo", le explicó Zhoto a Jhul. "Nadie estará en los dormitorios a esa hora de la mañana. Luego, atravesaré los túneles de servicio y me encontraré contigo en el generador".

"¿Y qué vamos a hacer allí?" preguntó Jhul.

"Sesmar está planeando destruir ese generador, así que tenemos que bloquear la entrada", dijo Amy.

"Eso será un poco difícil porque no hay puerta dentro de la sala del generador", dijo Jhul.

"Exactamente", dijo Makho. "Después de que saquemos la ciudad a la luz, traeré conmigo la herramienta de corte para hacer reparaciones en la sección que falta, que ya está en mis asignaciones para mañana. Luego llegaré primero al generador y cortaré una sección de la pared interior".

"Eso es ridículo. ¿Sabes lo pesadas que son esas placas de metal?" gritó Jhul.

"Sí, lo sabemos", dijo Amy. "Es por eso que necesitamos que todos nos reunamos allí para que podamos mover esa placa de metal y soldarla a la entrada de la caja del generador. No habrá forma de atravesar esa placa antes del primer anuncio del rey".

"Tengo que reconocer que es un buen plan. No veo ningún agujero en esta trama", dijo Jhul.

"Necesitamos asegurarnos de conocer la posición de todos en este plan. Pase lo que pase desde este punto hasta mañana, tienen que comprometerse a lograr su parte de la lista", dijo Amy. "Quizás no nos veamos hasta ese momento, mañana".

"¿Qué tan pesada es tu máquina de soldar portátil?" preguntó Jhul.

"No demasiado pesada. ¿Por qué?" dijo Zhoto.

"Puedo pasar a tu habitación y así caminamos juntos. De esa manera, podemos ir cambiando la carga hasta que estemos en la sala del generador", dijo Jhul.

"Eso funcionará, gracias, Jhul", agregó Amy.

"¿Qué pasa si algo sale mal?" preguntó Zhoto. "Quiero decir, ese plan funcionará, lo sé, pero ¿Qué pasa si somos descubiertos o ninguno de nosotros lo logramos? Tenemos que advertir al príncipe que su vida está en peligro. Además, todas las personas alrededor del palacio también podrían estar en peligro".

"Ahí es donde Frank juega nuestra última carta", dijo Amy.

"¿Qué? ¿Vas a confiar en esta máquina?" dijo Jhul con un alto nivel de escepticismo.

194

"Esta máquina tiene más lealtad que todos nosotros juntos", dijo Makho. "Al menos él no mantiene secretos como tú".

Jhul bajó la vista. "¿Y cómo nos ayudará Frank?" preguntó Jhul gentilmente.

"Frank está grabando esta reunión en este momento", dijo Amy. "Makho y Mokhy lo colocarán esta tarde bajo el trono del rey. Estarán trabajando en el montaje del escenario, y así podrán esconderlo en la estructura. La plataforma lo levantará del suelo cerca del rey en caso que fallemos. Reproducirá la grabación de esta reunión, revelando nuestro plan para detener a Sesmar y sus malvados planes".

"Pensaste en todo, ¿No es así?", dijo Jhul.

"Lo hicimos. A partir de ahora, somos un equipo. Tú confías en mí y yo confío en ti", dijo Amy. "La única tarea que queda en este plan es que tenemos que actuar con normalidad y ceñirnos al plan".

"Tenemos mucho trabajo por hacer hasta mañana, que nos mantendrá ocupados y el día pasará rápido", dijo Zhoto. "Tal vez no te vea hasta bien tarde, cuando coloquemos la ciudad en la noche. Hasta entonces, mantente alerta".

"Tengo que revisar todos los generadores hoy para que estén listos para mañana. También te veré en la noche", dijo Jhul.

"Vamos a llevarnos a Amy con nosotros. Hay mucho trabajo en el Kemet. Todos estaremos ocupados", dijo Makho.

"Pondré a Frank cerca de la puerta, para que su batería esté completamente cargada. Estará alejado de la luz solar después de que lo coloquen debajo del escenario. Eso le dará suficiente energía para estar despierto hasta mañana", dijo Amy.

"Después de que los hermanos me coloquen en la plataforma, cambiaré todo mi proceso a bajo consumo de energía", agregó Frank.

"Eso es perfecto", dijo Zhoto.

"Frank, ¿Entiendes que eres la última esperanza de la nación?" preguntó Jhul.

"Fui construido para ser una solución ingeniosa para los seres vivos, como los humanos o tu especie", dijo Frank. "Estoy programado para proteger y servir. No puede ser de otra manera. Soy una máquina, pero veo el destino y el propósito como un camino lleno de logaritmos y fórmulas matemáticas".

"¿Y qué ves, Frank?" Mokhy hizo una señal.

"Veo la providencia como una ecuación matemática, o como todos ustedes dicen, destino", dijo Frank. "Era mi destino llegar a este punto. Seguí mis algoritmos y serví a Amy. Si su plan falla, le entregaré al rey sus intenciones de rescatar esta ciudad, como lo planearon".

El grupo abandonó la rampa sagrada en silencio, sabiendo que sus siguientes opciones podrían traer paz a su nación, pero para Amy era algo con un significado diferente. Vio la oportunidad de salvar a alguien. Algo que no pudo hacer hace nueve años atrás, mirando a su familia y amigos morir. Puede ver su destino impreso en la ruta de las próximas horas y la posibilidad de regresar a su planeta como resultado del triunfo de la verdad.

CAPÍTULO 21 - CONFINAMIENTO

El día del festival, después de que la ciudad sale a la luz cada año, cada familia Strattos se reúne en sus módulos de vivienda y toman un momento para pensar y tener una reflexión privada sobre la vida. Algunas familias mantienen una imagen de la reina Meryptah en sus hogares y se congregan a su alrededor, mientras que otras oran por que un día tengan la oportunidad de devolver el equilibrio al universo, restituyendo la vida al planeta muerto Pree.

Después de la mañana de buenos pensamientos y deseos de paz, un desfile comienza justo debajo del muro venerado por los reyes generales, ubicado al final del lado norte de la ciudad. Los Strattos se reúnen fuera de los módulos vivientes para saludar a la imagen de la difunta reina del pueblo. Detrás del primer transporte está el carruaje del reino, que está vacío al comienzo del desfile, pero después de la ceremonia frente al palacio es ocupado por el rey Kaemsekhem y el príncipe Harkhuf. El último transporte pertenece al departamento de justicia. Durante la ceremonia, el rey bendice a los nuevos miembros de justicia elegidos por la propia ciudad. Juran lealtad al pueblo y suben a bordo del último vagón de la caravana.

A medida que el desfile avanza desde el lado norte de la ciudad, los Strattos se reúnen detrás de los vehículos, marchando hacia el palacio, aplaudiendo, cantando y expresando la alegría y el disfrute de la festividad. El grupo marcha por la calle principal, pasando por las instalaciones educativas y las salas de salud, terminando en la plaza del reino, justo en frente del palacio, que también se utiliza como puerto de desembarco de las naves espaciales del ejército.

Después de la ceremonia, el desfile recorre el lado sur de la ciudad. La gente espera el momento para encontrarse con la montaña de la Piedra del Tiempo. Sostienen una moneda con la marca real del reino en sus manos, contemplando la vista de la imponente formación geográfica a distancia de las calles.

Allí, la gente tiene un momento de silencio y desea la estabilidad del cosmos. Es el momento de pedir disculpas por perder el tesoro más valioso del universo y también de unir fuerzas y pedir el restablecimiento del equilibrio.

Finalmente, el desfile viaja de regreso, marchando a la plaza del reino. La gente camina hacia las cubiertas alrededor del palacio para presenciar el punto culminante de la celebración. Los ingenieros sacan una grúa gigante, decorada con flores que los Strattos cultivan en el techo de sus módulos de vivienda, especialmente para ese día. La grúa toma suavemente la imagen metálica de la reina Meryptah y la mueve por el palacio. Una vez que la grúa llega a las cubiertas, el cable guía, baja lentamente la imagen hasta que toca el suelo. En ese momento, un mecanismo de grúa desengancha la estatua y la deja en el suelo.

La gente se reúne en las cubiertas y balcones, presenciando cómo la ciudad se aleja de la estatua. El momento simulado es muy emotivo para ellos, apuntando al instante en que el último Strattos con la marca real del reino en su cuerpo sucumbió, perdiéndose para siempre.

La ceremonia termina cuando el resplandor resultante del reflejo de la luz del sol brilla como un fuego de oro en el horizonte. Entonces, la nación de Strattos llora y la gente tira al suelo la moneda con la marca del reino.

El día continúa con un gran festival, lleno de música, comida, arte e historias contadas por las voces más antiguas de la ciudad.

Fue un día ajetreado en el Kemet. Los arreglos finales para la gran celebración anual de Strattos se estaban completando en una sincronización acelerada pero perfecta de todos los ingenieros involucrados. Una de las asignaciones del día fue pintar tres transportes del ejército, preparándolos para el desfile de Meryptah al día siguiente.

Mokhy fue designado para lograr esta tarea, mientras que Makho trabajará en las piezas del escenario del rey, asegurándose de que la plataforma elevadora donde Frank se escondería funcione correctamente según lo planeado.

Frank ya está cargando cerca de la enorme puerta de Kemet, y su almacenamiento de energía está casi lleno en un 90%. Makho tomó las dimensiones de Frank, le hizo una caja y la ubicó cerca de donde se sentará el rey durante las festividades. Con un sistema mecánico, Frank podrá accionar las poleas que elevarán la caja, revelándose asimismo al rey.

Zhoto comenzó su día, como de costumbre, ocupándose de las tareas del día, gestionando el cronograma de las reparaciones de la sección faltante para los próximos días, después de las festividades. Jhul fue a su revisión diaria de los sistemas, generadores y motores.

Los ingenieros murmuraron sobre la discusión que tuvieron los líderes en la sala de reuniones sobre la situación del balde de hielo. Nada parece mostrar que los Strattos estén al tanto de alguna otra reunión secreta o de las intenciones del grupo contra el complot mortal de Sesmar.

"Quiero aprender a fundir metal y crear un molde para piezas nuevas", dijo Amy. "Todo lo que tengo en Hyperterra está construido con rocas o madera. Ojalá pudiera tener elementos duros hechos de metal para unir piezas de madera, como clavos".

"Puedo enseñarte", señaló Mokhy, señalando la sección del horno.

"¿En verdad?" preguntó Amy "¿Podemos hacerlo ahora?"

Mokhy le hizo una señal negativa, mostrándole que primero tenían que terminar la tarea de pintar.

"Pero esto nos va a llevar mucho tiempo", dijo Amy, quejándose. Entonces Mokhy la miró con expresión seria y paró sus orejas.

"Está bien, está bien", dijo Amy, sonriendo. "Lo único que sé sobre mi planeta es que tenemos acceso ilimitado a Pettron. No sé si podemos cavar en el suelo y encontrar otros minerales que podamos derretir para hacer metal".

Entonces, se abrieron las puertas de ambos ascensores. Un grupo de soldados entró en el Kemet marchando en perfecta doble fila, vistiendo sus características y elegantes túnicas azules y sosteniendo sus armas. Los ingenieros detuvieron su trabajo instantáneamente. Mokhy instintivamente se puso de pie, avanzando frente a Amy, protegiéndola. Makho se sorprendió, pero pensó que la visita era una inspección de rutina para el festival.

"Capitán Khawo, ¡Qué placer! ¿Qué podemos hacer por ti?" dijo Makho, caminando hacia Khawo y ofreciéndole un apretón de manos.

"¿Dónde está el líder del Kemet?" gritó Khawo, ignorando el saludo de Makho.

"Bueno, aquí mismo", dijo Makho, confundido.

El Kemet estaba en silencio, y los soldados detrás del Capitán Khawo estaban en posición de disparar a cualquiera que decidiera moverse.

"¿Qué está sucediendo aquí? ¡Y baja esas armas, Khawo!" dijo Makho.

"¿Eres responsable si Zhoto o Jhul no están aquí?" preguntó Khawo.

"Sí, lo soy, y si no estoy aquí, Mokhy es el último líder en el tercer nivel", respondió Makho.

"Recibimos información de que una máquina no autorizada llegó a la ciudad y se esconde en este nivel", dijo el Capitán Khawo. "Cualquiera que intente ocultar la máquina será tomado como prisionero del reino. El mismo trato se llevará a cabo para quienes ayudaron a la máquina no autorizada".

"¿Una máquina? ¿De qué estás hablando?" preguntó Makho.

"¡Cuatro grupos! Registren todos los rincones del Kemet" pidió Khawo a los soldados, que obedecieron rápidamente sus órdenes.

"¿Que estás buscando?" gritó Makho. "¡Además, no puedes entrar al Kemet con armas! Este es un lugar pacífico y todos estamos desarmados. Esto es abuso, Khawo. ¡Qué estás pensando!"

Los soldados caminaron alrededor del Kemet, moviendo puestos de trabajo, pateando herramientas y empujando a los ingenieros que se interponían en su camino. Quitaron varias mantas que cubrían las estructuras, y Makho se puso ansioso, mirando a los soldados acercándose cada vez más a la caja del ascensor que diseñó para Frank.

"Están buscando a Frank", le susurró Amy a Mokhy. Los dos no estaban lejos de Frank, y pudieron verlo cargando sus baterías con la luz del sol fuera de la puerta. Aún así, no lo suficientemente cerca como para advertirle. Amy hizo un movimiento suave, tratando de

200

escabullirse y gatear. Mokhy entendió la idea de Amy y caminó de lado, cubriéndola.

"¡Eh, tú! ¡Qué estás haciendo!" Un soldado gritó. Mokhy lo miró desafiante y sin mover un músculo.

Khawo estaba quitando las mantas de las estructuras del escenario. La caja del ascensor de Frank estaba a dos estructuras de distancia, y Makho estaba realmente asustado.

"¡Dije que estas haciendo!" Repitió el soldado, caminando hacia Mokhy, mientras Amy se quedaba paralizada en el suelo.

Frank sintió los latidos del corazón de Amy, levantándose. Detuvo su tiempo de carga, guardó el panel solar y se dirigió hacia ella.

"¡Oye! ¿Vas a decirme qué estás haciendo?" El soldado le gritó a la cara de Mokhy. "¡Habla, Strattos retrasado!"

Mokhy estaba molesto e irritado. El soldado miró detrás de Mokhy y vio por primera vez a un humano. Instintivamente, los soldados pusieron su mano en su cinturón de herramientas, agarrando la pistola de chispas, pero Mokhy hizo un movimiento rápido y levantó al soldado por el cuello con una mano.

Khawo estaba a punto de tirar de la manta, revelando la caja del ascensor para Frank, cuando escuchó la pelea entre el soldado y Mokhy.

"¡Mokhy, basta! ¡Déjalo ir!" Makho gritó.

El Capitán Khawo corrió hacia ellos después de ver la situación, sabiendo que Mokhy no habla. El soldado agarró su pistola de chispas y le puso una descarga eléctrica a Mokhy. La patada paralizante de energía pasó del cuerpo de Mokhy al cuello del soldado, empujando a ambos Strattos al suelo, inconscientes.

"¡Mokhy!" gritó Amy, arrastrándose cerca de él.

Makho corrió hacia su hermano, mirando al Capitán Khawo con odio.

"¿Así es como tu ejército protege a su propia gente?" gritó Amy entre lágrimas, sosteniendo la cabeza de Mokhy en sus brazos. "¡Esto es gente inocente, Khawo! ¡Bastardo!"

Makho llegó al otro lado del cuerpo de Mokhy, sosteniendo a su hermano en sus brazos y asegurándose de que respirara. Otros soldados se llevaron al soldado inconsciente. El Capitán Khawo estaba de pie más cerca, mirando esta situación con sentimientos encontrados. Khawo y los gemelos tienen la misma edad y se conocen desde que eran pequeños. Además, Khawo es el único en el ejército que conoce el lenguaje de señas de Mokhy.

"¡Capitán, lo encontramos!" Un soldado gritó a lo lejos, más cerca de la gran puerta del Kemet. Khawo caminó de inmediato y Amy corrió detrás de él.

"Khawo, ¿Qué vas a hacer con él?" preguntó Amy, caminando rápido, siguiendo los pasos de Khawo. "¡Respóndeme! ¡Qué vas a hacer con él!"

"¿Qué estás haciendo entre la gente del tercer nivel?" susurró Khawo enérgicamente. "Se supone que debes estar en una habitación, lejos de la vida de estas personas".

"¿Si? Estoy aquí ahora, y soy uno de ellos ", dijo Amy.

"¿En un día? ¿Uno de ellos?" dijo Khawo, burlándose de ella.

Cuando Amy y el capitán Khawo llegaron a la puerta, Frank estaba rodeado por cinco soldados que apuntaban con sus armas. Amy agarró el brazo de Khawo, girando su cuerpo. "¡Detén esto, Khawo! ¡Tienes un buen corazón! ¡No dejes que Sesmar te controle!" susurró Amy.

"¡Sargento, traigan usted y sus hombres esa máquina!" gritó Khawo, mirando a los ojos de Amy.

"Eres simplemente un desperdicio miserable de una especie tan hermosa, Khawo", dijo Amy.

Al instante, Khawo abofeteó la cara de Amy. Amy perdió el equilibrio, cayendo en los brazos de otros ingenieros a su alrededor. Frank rápidamente encendió sus luces en rojo y rodó hacia Khawo a alta velocidad. En ese momento, un soldado apuntó a una de las ruedas de Frank y disparó una bola de energía amarilla, destruyendo el sistema de oruga de Frank. El impacto del disparo hizo que Frank perdiera el equilibrio, cayendo de frente al suelo.

"¡Frank!" gritó Amy, tratando de recuperar el equilibrio. Un Strattos detrás de la multitud sostenía un sólido tubo de metal. Amy lo agarró y, caminando hacia Khawo, levantó la mano con la barra de metal, lista para luchar. Un soldado vio sus intenciones y se acercó a Amy sosteniendo una pistola de chispas, tocándola en la espalda.

202

Amy cayó al suelo, golpeándose el cuerpo con mucha fuerza, completamente paralizada. La multitud en el Kemet jadeó después de ver a Amy herida e indefensa.

Uno de los ingenieros agarró una pieza sólida de metal, listo para luchar contra los soldados que atacaron a Mokhy, Frank y Amy, pero justo en ese momento, Makho sostuvo la barra. Khawo se paró frente a la estructura de Frank e hizo una señal a sus soldados.

"Sargento, ponga la máquina no autorizada en una caja y lleve a la humano al segundo nivel", gritó Khawo. Luego miró a su alrededor a los rostros de los ingenieros. "Esto no salió nada bien", murmuró Khawo.

Los ingenieros se acercaron a los soldados intimidándolos con el rostro lleno de ira.

"¡Háganse a un lado, todos!" gritó Makho. Déjalos que se vayan. Son solo un grupo de cobardes que se esconden detrás de sus armas".

El Capitán Khawo lo miró fijamente después de sus palabras.

"¿Qué? ¿Me vas a paralizar también, Khawo?" gritó Makho, parado desafiante con otros ingenieros detrás de él.

"Detente ahí, Makho", dijo Khawo con voz suave, caminando con los soldados hacia los ascensores, llevándose a Amy y Frank con ellos.

Todos en el Kemet estaban silenciosos y se quedaron atónitos después del dramático incidente. Mokhy seguía inconsciente mientras otros Strattos le ponían unas túnicas debajo de la cabeza. Las puertas del ascensor se cerraron, dejando a una multitud desesperada, atormentada y amenazada por un ejército sin otra misión en particular que hacer sufrir y desgraciar a su propia especie.

Después de un rato, Amy comenzó a despertarse lentamente. Miró a su alrededor, confundida, y la luz roja sobre la puerta le hizo pensar que estaba en su habitación en el tercer nivel. Había algo cerca de la puerta.

"¿Frank?" susurró Amy, desorientada y dolorida.

"Sargento, la prisionera está despierta", dijo un soldado dentro de la habitación.

203

"Bien, voy a llamar al general inmediatamente", respondió otro Strattos desde el otro lado de la puerta.

"¿Qué?" murmuró Amy, sentada en un banco, con las manos y los pies atados. "¿Qué está sucediendo? ¿Me puedes ayudar? Estoy atada a este banco".

El guardia dentro de la habitación no hizo un solo sonido, sosteniendo un arma con otro soldado al otro lado de la habitación.

Amy se estaba despertando lentamente. Tenía la boca seca y tenía dolores musculares en todo el cuerpo. Su brazo derecho le dolía más porque se cayó sobre él después de ser electrocutada con la pistola de chispas. Amy probablemente necesitará ayuda médica por su lesión en el brazo.

"¿Puedes darme un poco de agua, por favor?" preguntó Amy, suavemente con una voz adormecida, tratando de abrir los ojos en el cuarto oscuro.

"Mi señora, la prisionera está despierta", dijo un soldado fuera de la habitación.

"¿Dónde pusieron la máquina?" preguntó Sesmar.

"El Capitán Khawo lo llevó a la instalación de armas, mi señora," respondió el soldado.

Se abrió la puerta de la celda y una luz blanca brillante iluminó la habitación. Amy apretó los ojos por el resplandor radiante mientras Sesmar caminaba con pasos pesados y rápidos hacia Amy.

"¿Estás teniendo una buena estadía, humano?" murmuró Sesmar en su rostro, agarrando su cabello con firmeza.

"¡Ay! ¿Dónde dejaste mi robot?" dijo Amy, con dolor y lágrimas en los ojos.

"Tu tontería está a punto de derretirse con un montón de otras cosas inútiles, como tú", dijo Sesmar.

Amy, todavía desorientada, trató de poner sus sentimientos juntos. Es fuerte, pero lloró en silencio, con solo lágrimas en los ojos, atada y desesperada.

"Ahora, si quieres mantener esa máquina en una sola pieza, puedes ayudarme con un rompecabezas que no puedo resolver", dijo Sesmar, caminando en una línea frente a ella.

"¿Por qué debería ayudarte?" dijo Amy. "Despúes de todo, estoy atada a este banco, herida y sedienta. Usted y su gente no tienen ninguna intención de tratarme con dignidad. ¿Cuáles son mis garantías si hacemos un trato?"

Sesmar hizo una señal a los soldados que estaban dentro de la habitación, diciéndoles que se fueran. El general caminó hacia la entrada y esperó a que pasaran los guardias, y luego cerró la puerta.

"En el planeta de los humanos, hay una estructura singular que se ilustra en casi todos los manuscritos de un antiguo rey de Strattos", dijo Sesmar. "Encontré la misma forma de esa estructura dentro de la información de tu dispositivo. Necesito saber qué es y tú me vas a ayudar".

"¿Dónde está mi comunicador, Sesmar?" preguntó Amy.

"No sé. Probablemente esté quemado en un contenedor de desechos", respondió Sesmar. "En este momento, necesito saber sobre esas estructuras y cuál fue el propósito para el que los humanos las usaron".

"¿Qué estructura?" dijo Amy, moviendo su cuerpo con cautela, con dolor.

"Es una estructura con forma de obelisco corto. El viejo rey detalló varias de esas estructuras en los manuscritos del reino, pero solo cuatro aparecieron en su dispositivo. Necesito saber qué representan esas cuatro estructuras y dónde puedo encontrarlas en tu planeta".

"No sé de qué estás hablando. Si pudieras ilustrarme, eso ayudará", dijo Amy.

Sesmar se arrodilló en el suelo cerca de los pies de Amy y ella raspó el suelo metálico de la celda con su anillo. Amy tenía curiosidad por ver qué estaba tratando de lograr Sesmar en la Tierra, considerando que el planeta estaba destruido. La general hizo un triángulo y otros tres triángulos más uno al lado del otro pero de diferentes tamaños.

"¿Qué es esto humano? ¿Tu gente construyó esto con qué propósito?"

Amy sabía de qué se trataban esas formas triangulares pero quería extraer más información al respecto. Ella no planea liberar información valiosa que alimente los malvados planes de Sesmar.

"¿Qué estás buscando, Sesmar?" preguntó Amy.

"No juegues conmigo, humano", dijo Sesmar, mirando a los ojos de Amy. "Solo dime de qué se tratan estas formas".

"Yo también vi estas formas aquí, Sesmar. Tu reino lo tiene, pero esas están al revés, ¿verdad?" Dijo Amy.

"No es mi reino, y no es la misma imagen", dijo Sesmar. "Si crees que existe una conexión entre nosotros y tu especie natural inferior y cruda, estás muy equivocada".

Sesmar se puso de pie y rodeó a Amy. "Los humanos están muy lejos en la línea evolutiva. Los Strattos somos diferentes. Somos la especie más antigua e inteligente del universo. No te atrevas a comparar a tus humanos con nosotros".

"Sí, pero todavía necesitas de un humano para decodificar tu problema, ¿Verdad, cara fea?"

En un movimiento rápido y sólido, Sesmar abofeteó la cara de Amy otra vez, dejando una marca en el lado izquierdo de su rostro. "Deja de jugar conmigo, humano. ¡Dime qué significan estas formas!"

"¡Muerte!" gritó Amy. "¡No vas a encontrar nada más que la muerte!"

"¿Qué quieres decir con la muerte?" preguntó Sesmar, sorprendida. La general no esperaba esta respuesta, y ahora tiene un mapa vacío en su búsqueda de la Piedra del Tiempo. Amy no la está ayudando en absoluto.

"Las pirámides eran una forma de dar vida a la muerte", dijo Amy, mirando hacia abajo y pensando en aprovechar esta oportunidad para darle a Sesmar una razón para mantenerse alejada de la Tierra. Pero también, Amy quería saber por qué la Tierra. ¿Por qué tiene que ir a la Tierra?

"¡Explícame!" gritó Sesmar.

"Esos son lugares de muertos, Sesmar. Esas pirámides están llenas de espíritus poderosos y formas horribles de encontrar la muerte. Los egipcios creían que había una ruta para que los faraones ascendieran a la luz, para ir hacia la próxima vida. ¿Quieres ascender a la luz, Sesmar? No creo que te vayan a dejar entrar".

Sesmar sonrió y suspiró, moviendo la cabeza. "Humanos, Strattos, todo el mundo cree en historias aburridas y asume que hay otra vida después de la muerte. El universo está condenado".

"Y crees que puedes hacerlo mejor, ¿Eh?" dijo Amy, tratando de encontrar una posición cómoda para sentarse. "Sabes, armar la Piedra del Tiempo no te dará lo que estás buscando".

"No sabes nada sobre la Piedra del Tiempo", gritó Sesmar.

"Sé lo suficiente", respondió Amy. "Sé lo suficiente para entender que las piezas están perdidas y nadie sabe la ubicación de esos fragmentos. Quizás eso es lo que estás buscando en la Tierra".

"Los humanos nos mintieron. Nos dijeron que nos iban a dar los fragmentos, pero nunca lo hicieron", dijo Sesmar, mirando a la pared. "En cambio, tu gente creó máquinas, portales con una pequeña pieza de un fragmento derretido. Así es como llegaste a ese planeta, y así es como llegué yo a tu ubicación", dijo Sesmar, caminando hacia la puerta. "Tu dispositivo tenía suficiente información para que pudiera localizar el resto de la Piedra del Tiempo. Los humanos han ocultado los fragmentos todo el tiempo".

"¿Cómo sabes que vas a encontrar esos fragmentos en las pirámides?" preguntó Amy.

"¡Guardias!" gritó Sesmar. La puerta se abrió casi instantáneamente y Sesmar salió.

"¡Oye! ¡Respondí a todas tus preguntas! ¡Déjame ir!" gritó Amy.

"Pon al humano en la caja," le indicó Sesmar al Sargento.

"¡Sesmar! ¿Qué vas a hacer con mi robot?" gritó Amy con lágrimas en los ojos. "¡De alguna manera, las estrellas te van a hacer pagar por lo que hiciste, Sesmar! ¡Tu vas a pagar!" gritó Amy.

La general se detuvo en la puerta y movió la cabeza hacia la derecha, pero sin mirar a Amy a los ojos. "Yo les digo a las estrellas lo que tienen que hacer, y ahora mismo les digo que se acerca el fin de los tiempos. Buena suerte en tu nueva celda. Espero que algún día vuelvas a ver las estrellas".

Sesmar se alejó y dos guardias se acercaron a Amy para su posterior transporte. Amy les gritó y se sacudió como un animal para evitar que los soldados la tocaran. Otro guardia se acercó a ella y disparó la pistola de chispas en su pecho.

CAPÍTULO 22 - UNA NOCHE

Amy corría por el bosque. El suelo estaba embarrado y la niebla cubría la mayor parte de la parte del terreno. Estaba casi oscuro y la puesta de sol ya se había ido. Algo la seguía, corriendo a través de la vegetación. Amy corrió sin mirar atrás con un objetivo frente a ella. Ella tenía un plan.

En línea recta, Amy corrió sin dejar de empujar sus piernas al máximo, sintiendo al enemigo casi respirando en su espalda.

"¡Ahora, Frank, suéltalo!" gritó Amy.

Frank hizo un movimiento rápido, soltando una cuerda que sostenía una gran red entre los árboles. Amy saltó, extendiendo su cuerpo y brazos en el aire, mientras un Katto, una especie felina original de Hyperterra, saltaba a través de la niebla con garras afiladas y asesinas. La red cayó sobre el animal, inmovilizándolo, y Amy se sumergió en un estanque de agua, a salvo del depredador.

Nadando de regreso a la superficie, Amy vio un resplandor amarillo afuera, como un sol ardiente. Empujó con fuerza para volver a la superficie y respirar, pero alguien tiró de su pierna. Era Marshall, ahogándose y perdiendo la batalla.

"¡Marshall!" gritó Amy bajo el agua, dejando escapar el aire.

Entonces, Marshal soltó su pierna y Amy empujó a toda velocidad hacia la superficie.

"¡Marshall! Marshall!" gritó Amy una vez que recuperó el aliento. Algo fue diferente. Ella estaba flotando en el agua pero dentro de un balde enorme hecho de bronce. Amy alcanzó los bordes y tiró de su cuerpo para ver a su alrededor. Amy vio la ciudad de los Strattos y una larga cadena entre el balde y la ciudad. Amy se dio cuenta de que estaba dentro del balde para derretir hielo, así que miró hacia atrás y vio el sol abrasador, con la gigantesca pared de fuego acercándose a ella.

"¡Frank! ¡Mokhy! ¡Ayuda!" gritó Amy. Marshall regresó y tiró de la pierna de Amy. Amy trató de mantenerse en la superficie agarrada de los bordes del balde, pero Marshall la arrastró con fuerza. Vio a Marshall estirando los brazos bajo el agua, tratando de alcanzar las piernas de Amy. Ella vio que Marshall tenía un cuchillo clavado en el pecho. Se estaba quedando sin aire cuando un fuerte golpe metálico retumbó en sus oídos.

Toc, toc, toc.

Marshall la agarró de la pierna una vez más antes de dejar de moverse.

Toc, toc, toc.

Marshall se ahogó, sucumbiendo, mirándola a los ojos. No hay nada que ella pueda hacer. Amy comenzó a nadar de regreso a la superficie.

Toc, toc, toc.

"¡Marshall!" gritó Amy, despertando.

En una celda oscura y cuadrada con espacio limitado, Amy tenía suficiente distancia de pared a pared como para estirar su cuerpo por completo, pero no lo suficientemente alto como para permitirle ponerse de pie. Confundida por la claustrofóbica situación, Amy volvió a oír el ruido metálico.

Toc, toc, toc.

La pequeña celda llamada "la caja" tenía pequeñas luces rojas en cada esquina con suficiente intensidad para ver alrededor, pero la caja metálica está totalmente vacía.

Toc, toc, toc.

Amy tocó la pared, pensando que quizás otro prisionero estaba tratando de hacer contacto con ella.

"¿Alo? ¿Dónde estoy?" murmuró Amy. Luego llamó a la pared.

"Toc Toc." Después de eso, nada. Amy esperó una respuesta, pero nada.

Toc Toc. Amy insistió y esperó.

Toc, toc, toc. La persona del otro lado respondió.

"¡Ayuda! ¿Puedes escucharme?"

Toc, toc, toc. Respondió la otra persona.

Amy rodó su cuerpo para permanecer en una mejor posición porque le dolía el brazo y parece que está muy malherida. Ahora el ruido había aumentado de intensidad, golpeando muy fuerte la pared. Amy se asustó de inmediato. Está atrapada ahí y parece que algo o alguien está tratando de entrar.

Toc ... Toc ... ¡Blam!

Un pedazo de la celda se arrugó en la esquina más cercana a su cabeza. La pieza de metal aplastada cayó al otro lado de la pequeña celda, y una luz blanca iluminó el conducto, revelando un pequeño túnel un poco más grande que su cuerpo.

"¿Aló?" dijo Amy.

Entonces algo se arrastró hacia la salida del pozo. Una luz blanca brillante iluminó la celda de repente. Amy se tapó los ojos con la mano.

Toc, toc, toc.

Amy escuchó el golpeteo y lentamente se descubrió los ojos. Era Mokhy, sonriendo y sosteniendo su pequeña piedra de luz.

"¡Mokhy!" dijo Amy, volteando su cuerpo y arrastrándose hacia él. Estaba tan feliz y agradecida de verlo. Mokhy la abrazó por un momento.

"¿Dónde estoy? ¿Cómo me encontraste?" preguntó Amy.

Mokhy la invitó a recorrer el pequeño túnel con él. Él comenzó a retroceder mientras Amy empujaba su cuerpo con dificultades debido a su brazo herido. Mokhy le indicó que dejara de moverse. Luego retrocedió una corta distancia y agarró su túnica, tirando de su cuerpo hacia él. Repitió el movimiento varias veces para que Amy no tuviera que mover el brazo.

Después de muchos tirones, Mokhy llegó al piso de una habitación y sacó suavemente el cuerpo de Amy. La habitación era cuadrada y tenía muchas cosas militares. La salida del túnel estaba a nivel del suelo.

"¡Gracias por rescatarme, Mokhy!" dijo Amy con agradecimiento, pero Mokhy fue muy claro en su declaración.

Mokhy movió la cabeza, diciéndole que esta no era una misión de rescate.

"¿No? ¿Y esto qué es?" preguntó Amy, confundida y desorientada.

"Tienes que volver a la celda", señaló Mokhy.

"¿De regreso a ese lugar?" preguntó Amy.

Mokhy señaló: "Sí".

"Pero ... ¡Mokhy!" dijo Amy.

"Tú, yo y el grupo tenemos un plan. Tienes que actuar como si no hubiera ningún plan", señala Mokhy.

Ya veo, y tienes razón. Y si tengo que volver a esa celda, ¿Cómo nos vamos a encontrar en el generador mañana por la mañana? preguntó Amy, dudosa.

"Acabo de mostrarte cómo", señaló Mokhy, sonriendo.

Amy miró el agujero en la pared que conectaba con su celda. "Fresco. ¿Y a ti se te ocurrió esto? preguntó Amy burlonamente.

Mokhy se cruzó de brazos y la miró de reojo. "Ven, vamos a comer algo", señaló Mokhy.

Mokhy apagó la luz y abrió lentamente la puerta. Primero salió y luego agarró la mano de Amy. Ella vio los túneles de servicio. Las luces verdes iban de izquierda a derecha en un pasillo infinito. Mokhy señaló la luz verde sobre la puerta.

"Entendido, esto es cero", dijo Amy. Mokhy asintió.

Caminaron seis verdes y luego giraron a la derecha. Desde allí, caminaron dos verdes más, y Mokhy abrió una escotilla sobre su cabeza. Extendió los brazos y agarró una escalera plegable. Subió suavemente, seguido por Amy. El pequeño túnel vertical estaba oscuro y era lo suficientemente largo para que Amy se diera cuenta de que estaban subiendo un nivel superior al Kemet.

"¡Mokhy!" susurró Amy. "¿A dónde vamos?"

Entonces Amy comenzó a ver una luz clara más adelante. Mokhy salió del túnel y Amy salió lentamente.

"¿Estamos en la superficie?" dijo Amy, impresionada. El olor del aire era diferente, pesado, viciado, pero una brisa fresca movía su cabello rojo. Miró hacia arriba y vio las estrellas en un cielo de color púrpura oscuro. La ciudad estaba en silencio y las calles estaban iluminadas por una luz clara proveniente de postes que seguían el camino en un lado de las calles metálicas. Amy vio módulos hexagonales, con ventanas y puertas.

"¿Son esos donde vive tu gente?" preguntó Amy.

Mokhy dijo que sí, moviendo la cabeza. Luego tocó la mano de Amy, invitándola a caminar con él. Amy salió del pozo que estaba en el nivel del suelo de una calle corta, y Mokhy movió la parte superior circular sin hacer demasiado ruido.

"Esto es hermoso, Mokhy", dijo Amy, mirando a su alrededor.

Ella notó que las casas tenían grandes jardines sobre los techos, donde el verde de la vegetación se destacaba de las paredes exteriores metálicas y corroídas de los módulos habitables.

Mokhy y Amy caminaron tranquilamente por las calles silenciosas y vacías de la ciudad. Para sorpresa de Amy, ni la velocidad de la ciudad ni los obstáculos en el terreno se sentían en la pacífica noche. Se dio cuenta de que un leve crujido pasaba a través de sus sandalias cuando caminaban sobre una unión entre bloques. Aún así, considerando el tamaño de la megaestructura y el terreno accidentado donde las ruedas giran sin parar, era un increíble logro de ingeniería de los Strattos como especie.

"Se siente como si no nos moviéramos en absoluto", dijo Amy.

Después de caminar un par de cuadras a través de los módulos habitables, Amy notó que un símbolo y una caja con tres luces verdes redondeadas estaban sobre cada puerta. Algunos otros módulos tenían una o dos luces, mientras que el resto de las luces de la caja estaban apagadas.

"Mokhy, ¿Qué representan esas luces?" Amy preguntó, caminando detrás de él.

Mokhy se giró para ver de qué estaba hablando Amy. Luego apuntó las luces sobre una de las puertas del módulo. Mokhy metió la mano dentro de su túnica y sacó un collar con un símbolo. La pieza de metal parecía de oro y tenía medio círculo con dos cuadrados cortados.

"Esto es hermoso, Mokhy. ¿Es ese uno de esos símbolos sobre las puertas?" preguntó Amy.

Mokhy le mostró que cada familia tenía una marca representativa transferida a ellos al principio de los tiempos. Tienen esos símbolos en las entradas de sus hogares y se transmiten de generación en generación.

"Entonces, es como el apellido de la familia ..." dijo Amy. Mokhy movió la cabeza, tratando de entender qué significa la palabra apellido. "Verás, mi familia tiene un nombre que pasó de generación en generación, ¡Como tu símbolo! Mi padre lo tenía, y su padre antes que él. Y el padre de su padre".

Caminaron, cruzaron la calle y Mokhy invitó a Amy a mirar por una puerta que tenía un símbolo especial.

"Eso es ..." murmuró Amy.

"Sí", señaló Mokhy. Era el mismo símbolo en su collar.

"Pero cómo es esto ..." dijo Amy, confundida, mirando ambos símbolos. "¿Es esta tu casa?"

Mokhy sonrió y señaló que no. Entonces Mokhy tomó su collar y lo movió en el sentido de las agujas del reloj. El símbolo se separó en dos piezas idénticas.

"Entonces, esto te representa a ti y a Makho, ¿Verdad?" preguntó Amy.

Mokhy asintió, sí.

"Osea, ambos comparten el mismo símbolo, y él continuó con su propia familia, ¿Cierto? Espera, ¿Esta es la casa de la familia de Makho?"

Mokhy estaba muy feliz de que Amy hubiera entendido al instante. Hizo una señal recordándole que se quedara callada.

"¡Esto es asombroso!" susurró Amy. "¿Y qué significan las luces pequeñas?" Mokhy explicó que la luz representaba el número de Strattos que vivían dentro de esa casa. En este caso, es la Mer-Ek de Makho y su hijo. En otros módulos de vivienda habían tres luces, o solo una.

"Ven, sígueme", señaló Mokhy.

Cruzaron de nuevo la calle y caminaron hacia el centro de la ciudad. Amy vio a la distancia en medio del cielo oscuro la forma alta del palacio. Algunas luces en el interior todavía estaban encendidas, pero no hay guardias caminando.

"La ciudad está totalmente vacía por la noche, ¿Eh?" preguntó Amy, caminando del lado de Mokhy.

Mokhy hizo una señal de gente durmiendo.

"Sí, por supuesto, lo tengo", dijo Amy. "Pero, ¿Qué pasa con la seguridad del palacio? ¿Dónde están los guardias o el ejército?"

Entonces Mokhy volvió a hacer la señal de dormir.

"¿En verdad? ¿Sin guardias?" Amy preguntó de nuevo, sorprendida e interesada por esta nueva información sobre el palacio.

Llegaron a un edificio más grande que un módulo de vivienda normal. Tenía paredes plateadas y amplios ventanales. Todo parece oscuro por dentro. Mokhy caminó hacia la puerta y la abrió con cuidado.

"¡Mokhy!" susurró Amy. "¡Qué estás haciendo!"

Mokhy se tomó un momento dentro mientras Amy miraba a todos lados a su alrededor.

"¡Mokhy!" Ella susurró de nuevo. Luego, la puerta se abrió con Mokhy sosteniendo una canasta en sus manos, cubierta con un paño. Le pidió a Amy que sostuviera la puerta mientras él salía. Entonces Amy cerró la puerta con suavidad.

"A ustedes del tercer nivel, les encanta la comida sin gas, ¿Eh?" susurró Amy.

Mokhy sonrió y le indicó que caminara hacia un amplio espacio que cruzaba la calle. El lugar que acaban de visitar era como una panadería, donde hacían gompas y bebidas. Tomó varios trozos de gompas y dos botellas metálicas con jugo morado adentro.

Mokhy se sentó en un banco ubicado en un lugar que parece una plaza. Varias formas hexagonales como grandes macetas sostienen árboles que, durante el día, dan una sombra fresca a la gente de la superficie. Amy se sentó cerca de Mokhy y devoró gompas una tras otra en una secuencia frenética. Mokhy estaba sonriendo, mirando a su amiga comer con tanto placer.

"Puedes dejarme en esa caja para siempre Sesmar, pero voy a regresar a este lugar por la noche y comer todas las gompas que mi barriga pueda contener", dijo Amy en tono optimista.

Esa noche, Mokhy y Amy caminaron por la ciudad, visitando monumentos, entrando en las aulas educativas y en los puestos de salud. Mokhy decidió detenerse allí y cuidar de el brazo de Amy. No sabía nada sobre procedimientos de emergencia, pero Amy manejó muy bien la situación. Mokhy puso un cabestrillo en el brazo de Amy para sostenerlo y mantenerlo inmovilizado.

Saltaron de un lugar a otro, sonriendo y divirtiéndose como nunca antes. Amy se escondió detrás de un recipiente para artículos reutilizables y Mokhy se asustó. Pensó que Amy se había caído dentro del tubo. Mokhy insertó la cabeza completamente dentro del tubo, asegurándose de que Amy no estuviera allí.

"¡Aaaaaa!" gritó Amy, agarrando las piernas de Mokhy.

Mokhy saltó, golpeándose la cabeza con el tubo de metal, y un gracioso sonido metálico hizo eco en el aire a su alrededor. Mokhy asomó la cabeza, se frotó y sonrió.

"¿Parece que la gente del palacio todavía está despierta?" preguntó Amy mientras los dos estaban sentados en una terraza, con las piernas colgando.

"Mañana es el festival", explicó Mokhy, mostrándole un cartel que colgaba en un pilar más cercano a ellos.

"Oh, ya veo", dijo Amy, como uniendo piezas en un plan que comienza a invadir su cabeza. "Mokhy, ayer me dijiste que tienes una lista de cosas que te gustaría que la gente de la superficie hiciera por ti y por la gente del tercer nivel".

Mokhy asintió diciendo que sí. Luego se puso de pie y agarró la canasta vacía de gompas y una botella metálica. Caminó hasta un recipiente para artículos reutilizables y se paró en el frente. Mokhy miró a Amy y levantó el brazo por encima del tubo. Entonces dejó caer la botella metálica.

"¿Muy bien?" dijo Amy, levantando una ceja.

Luego Mokhy caminó hacia otro receptáculo, muy similar al tubo de artículos reutilizables, pero este tenía una tapa. Mokhy la llamó para que se acercara.

"¿De qué se trata esto, Mokhy?" dijo Amy.

Mokhy levantó la tapa del recipiente e instantáneamente un olor no muy agradable escapó del conducto. Luego Mokhy arrojó la canasta con el resto de las frutas y las migas de gompa. Luego cerró la tapa.

"Lo entendí perfectamente. Eres tan dulce, Mokhy", dijo Amy. "¿Esta es tu lista? ¿Quieres que la gente aprenda a separar los artículos de entre la basura y los reutilizables?"

Mokhy sonrió y dijo que sí.

"Vaya, ¿Sabes lo difícil que fue eso para los humanos? Solo ten en cuenta que los Strattos son la especie más inteligente y antigua del universo. ¿Qué más nos queda al resto de nosotros?" Amy dijo, riendo.

Mokhy sonrió y se rió un poco, haciendo hermosos mullidos con su garganta, como un perro feliz. Amy lo miró, tratando de no hacerlo sentir avergonzado por sus sonidos felices, obligándolo a reír aún más, haciéndole cosquillas en las costillas. La risa inocente de Mokhy, hecha sonidos como de un cachorro, casi hizo llorar a Amy. Movió los brazos de izquierda a derecha, tratando de zafarse de las manos de Amy.

"Oye, Mokhy, yo tengo perros en Hyperterra. Son una especie única y me protegen de cualquier peligro. Tenemos dos lunas, una es blanca y la otra es azul. ¡A mis perros les encanta aullar a la luna!" dijo Amy, haciendo un aullido muy bien ejecutado, como un lobo en una noche de caza.

Mokhy quedó impresionado e intentó replicar. No tiene cuerdas vocales, pero un sonido como un silbido agudo salió maravillosamente.

Luego miró a Amy en busca de aprobación.

"Eso ... fue ... encantador!" dijo Amy, abrazándolo. "¡Hagámoslo juntos!"

Entonces ambos dieron otro aullido. Esta vez, Amy trató de alcanzar el tono de Mokhy, y salió hermoso. Estaban en el lado opuesto del palacio, por lo que nadie los escuchó.

Caminando hacia el final de la noche, Amy habló sobre la importancia de tener a alguien con quien reír o compartir momentos de la vida.

"La gente me evitó toda mi vida", señaló Mokhy. Explicó que nunca tuvo un amigo debido a su condición.

Amy lo tomó del brazo derecho y caminaron juntos hacia la sala de estar. "¿Pero qué tal ahora? Creo que nunca te reíste en tu vida, ¿No es así?" dijo Amy, sonriendo. "Tuve la suerte de tener amigos y tengo maravillosos recuerdos con ellos. Tal vez es hora de que tú empieces a construir esos recuerdos conmigo, ¿no crees?"

Mokhy sonrió y asintió, sí.

"Nunca tuve la oportunidad de despedirme de mis amigos. Nuestro mundo fue destruido mucho antes de que llegaran los asteroides. Fue una pesadilla. Los humanos brotaron con lo peor de sus almas y lo arrojaron a las calles. Sobrevivimos casi una semana en medio de una sociedad rota, huyendo por nuestras vidas".

"¿Qué le pasó a tu familia?" Mokhy hizo una seña.

"No sé si tuve suerte o no, pero antes de que mi planeta Tierra fuera destruido, fuimos rescatados y enviados a un nuevo mundo. Ese es mi nuevo planeta, Hyperterra. Todos murieron haciendo todo lo posible por mantenerme con vida. Estoy agradecida por eso, y lucho todos los días por mantenerme así con el único propósito de honrarlos".

Mokhy se detuvo y se giró para verla cara a cara. "Te ayudaré. Volverás a tu planeta. Es una promesa."

La amistad de Mokhy conmovió el corazón de Amy. Quería ir a Hyperterra más que nada. Aún así, su apego emocional al Tercer nivel y las injusticias que Sesmar cometió con la gente inocente de Pree dividieron su corazón.

"Sabes, me encantaría que me visitaras algún día. Puedo mostrarte mi planeta, el bosque, los animales…"

Mokhy abrió los ojos y algo apareció en su cabeza. Tomó la mano de Amy y juntos corrieron hacia la entrada del pozo. Amy estaba sonriendo, pensando que Mokhy le mostraría algo más antes de regresar a la celda.

Una vez en los túneles de servicio, Mokhy dio varias vueltas. Izquierda, derecha, adelante, izquierda de nuevo, y fue un desafío para Amy mantener el conteo de la luz verde en la ruta. Todo el segundo nivel era una instalación militar, pero algunos de los tesoros de la nación estaban allí también, bajo la custodia del ejército.

Entonces, Mokhy se detuvo y comenzó a moverse lentamente hasta que llegó a una puerta doble. Esta podría ser la única puerta doble en los túneles de servicios.

"¿Qué hay ahí, Mokhy?" preguntó Amy, tratando de recuperar el aliento.

Entonces Mokhy hizo una seña de silencio. Un ruido sordo hizo vibrar el suelo del pasillo. Amy abrió los ojos, pensando en cientos de opciones sobre lo que podría haber al otro lado de la puerta.

Mokhy la miró e hizo una señal, poniendo una palma plana, y con la otra mano, simuló algo que se arrastraba lentamente.

"¿Qué? ¿Hay un animal ahí?" preguntó Amy.

Mokhy sonrió y mostró cuatro dedos.

"¡Pero, espera!" susurró Amy mientras Mokhy abría la puerta lentamente.

Entraron en la cámara que olía a perro sucio y mojado, y la vegetación seca estaba por todas partes en el suelo. Mokhy cerró la puerta suavemente e invitó a Amy a sentarse en un pequeño banco, unos pasos adelante. La habitación estaba oscura como el resto de los túneles de servicios, con luces rojas en las paredes. El resplandor rojo mostraba barras verticales en fila, como la pared de barrotes de una jaula larga. En las paredes, el triángulo invertido, el símbolo del Reino, estaba en todos los demás pilares metálicos de las paredes.

"¿Qué hay ahí, Mokhy?" susurró Amy, sintiendo la presencia de algo respirando al otro lado de los barrotes.

Mokhy señaló una corona sobre su cabeza, y luego colocó la mano plana de nuevo con la otra mano arrastrándose. Amy se tomó un momento para comprender las palabras.

"El rey, ¿Verdad?" dijo Amy. "¿Y un animal?"

Mokhy movió su mano, animando a Amy a seguir decodificando. Repitió las señales hasta que ella llegó con las palabras.

"¿El animal del rey?" dijo Amy. Mokhy sonrió, señalando el símbolo en la pared, y luego señaló su piel.

"Creo que escuché algo sobre esa marca en la piel de los Strattos", dijo Amy. "¿Esa marca desapareció con la muerte de la reina Meryptah, verdad?"

Mokhy señaló: "Este animal era la conexión entre la vida salvaje y la sangre real".

"Vaya, ¿Y puedo verlos? ¿Puedes encender una luz aquí dentro?" susurró Amy.

"Sí, pero en silencio", señaló Mokhy.

A estos animales que Mokhy estaba a punto de mostrarle a Amy no les gustaba que nadie los tocara porque pertenecían a los Strattos de sangre real. Estos especímenes salvajes de Pree eran los últimos sobrevivientes después de la muerte del planeta. El rey Kharpo y la reina Meryptah fueron los últimos en tocar pacíficamente a estos animales. Los Strattos han retenido a estos animales durante 5.000 años, con la esperanza de que algún día vuelvan al suelo. Ahora mismo, tienen dos adultos y dos jóvenes. Solo comen vegetación, que se cultiva exclusivamente para ellos en la habitación contigua a la jaula. Además, una de las paredes de la cámara tiene ventanas que se abren durante el día, para que pueda disfrutar del aire y la luz del sol.

Mokhy se acercó a la pared y atenuó las luces de la cámara lentamente, revelando que tras las rejas había dos gigantescos animales blancos con forma de rinoceronte. En la parte delantera, sobre su nariz, tenían tres cuernos negros impresionantes, relucientes y gruesos. Sus patas son exactamente las mismas que las de los elefantes, pero con uñas negras. Su piel era gruesa y de color gris o blanco, con pelo blanco en algunas áreas alrededor de las costillas y alrededor del cuello. No tenían cola y dormían plácidamente boca abajo con las piernas completamente estiradas en el suelo.

Uno de ellos estaba justo frente a Amy y el otro en la dirección opuesta. En la parte de atrás, hay una caja grande con los más pequeños durmiendo.

"Esto es asombroso", murmuró Amy. "Estos son los animales más hermosos que nunca vi".

Mokhy los miraba desde la pared, tratando de no moverse. Por un momento, la habitación quedó en silencio y la respiración del animal era el único sonido alrededor. El más cercano a Amy, uno de ellos comenzó a oler algo cerca de su nariz como si reconociera un olor familiar en el aire. De repente abrió los ojos. Mokhy estaba preocupado y tan asustado que incluso dejó de respirar. Amy estaba inmóvil, tratando de no molestar al animal.

La criatura adulta miró a Amy sin mover un músculo. Después de un largo lapso, movió las piernas, incorporándose y acercándose lentamente a las barras, con las orejas planas hacia atrás, contra la cabeza, en un acercamiento amistoso hacia Amy. Ella no sabía qué hacer, y lentamente movió la cabeza hacia Mokhy, pero estaba petrificada.

"Fresco", murmuró Amy.

Luego, el segundo adulto se puso de pie y caminó hacia Amy.

"Tengo que acercarme", murmuró Amy.

Suavemente, Amy deslizó su cuerpo desde donde estaba al piso y comenzó a gatear hacia los barrotes. Los animales parecían amistosos, esperándola, algo que nunca había sucedido.

Un adulto empujó su nariz hacia la barra, invitando a Amy a tocar entre el espacio. Mokhy estaba horrorizado, asustado y sorprendido. Sabía que los animales no comían más que verduras y que nunca atacarían a nadie físicamente. Amy decidió avanzar, levantando la mano y acercándose suavemente a su nariz.

En un momento mágico, Amy entró en contacto con una especie completamente nueva en su vida. El otro adulto empujó suavemente la cabeza de la pareja para tener la oportunidad de tener una caricia también.

Amy miró lentamente a Mokhy, sin poder creer el increíble momento que estaba viviendo. Mokhy sonrió con lágrimas en los ojos, confundido pero agradecido por ese momento único.

CAPÍTULO 23 - ADVERTENCIA

Por primera vez, un grupo de Strattos enfrentará las prácticas dañinas y corruptas del ejército y revelará la gestión descuidada de la general Sesmar y las vergonzosas acciones de su difunto padre, el general Kortox. La misión de salvar al príncipe Harkhuf y prevenir la falla del generador no será fácil, pero ellos tenían un plan y estaban organizados. La suerte ya estaba echada.

Ya era tarde. Amy y Mokhy necesitaban dormir, descansar y prepararse para el día más crucial en la historia de los Strattos. Mokhy llevó a Amy directamente a la habitación en el segundo nivel, donde podía regresar a su celda, arrastrándose por el hueco. Revisó una vez más su brazo asegurándose de que comenzara a recuperarse de su lesión.

"Te veo en la mañana", señaló Mokhy.

Amy lo abrazó, apretadamente y agradecida por su amistad. "Vamos a detener esto, Mokhy", dijo Amy. "Y después de que termine la lucha contra el mal, vamos a encontrar la manera de llevar la paz a tu gente y un nuevo planeta para todos. Quizás, conmigo, en Hyperterra".

Mokhy se fue, sonriendo y con la esperanza de que un mundo nuevo se abrirá frente a sus ojos. Mokhy apagó la luz y cerró la puerta mientras Amy estaba con medio cuerpo en el hueco. Luego Amy salió lentamente y se sentó en el suelo por un momento mirando la puerta.

"Dos ... Tres ..." Amy contó en su mente las luces que Mokhy caminaba hacia el tercer nivel. "Muy bien, vamos."

Amy abrió la puerta y asomó la cabeza, asegurándose de que Mokhy estuviera lejos. No había nadie en el túnel de servicio. Cerró la puerta suavemente y caminó hacia lo que cree que cambiará el curso de los eventos contra Sesmar para siempre.

Amy tiene una memoria espectacular, y volvió al tercer nivel para iniciar la misma ruta que hizo con Zhoto en su primer día. Recuerda que Zhoto le mostró el túnel de servicio que usan cuando el reino requiere ingenieros en el palacio. Zhoto le dijo que no había seguridad ni puertas cerradas más allá de esos túneles para acceder al palacio desde el tercer nivel.

"Aquí, este es el punto. Es ahora o nunca Amy", murmuró, llegando a la intersección de los pasillos. "Ahora, busquemos la cámara del Príncipe Harkhuf".

Amy caminó rápidamente, esperando encontrar al príncipe todavía despierto. Al final de los túneles, había un pozo vertical con escalones. Todo el tubo estaba iluminado por luces rojas, yendo directamente al nivel de la superficie. Fue un viaje largo y Amy hizo todo lo posible usando un solo brazo.

"Espero que el camino hacia abajo sea mucho más fácil", murmuró Amy.

Una vez que llegó al final del tubo, la habitación se iluminó completamente. A partir de ese momento, Amy no supo qué hacer ni adónde ir. Ella investigó los ascensores y detrás de las puertas de la habitación, pero nada. Tampoco había forma de ingresar a los ascensores desde allí o una caja de control que pudiera activar el sistema para subir a los pisos superiores del palacio.

"¡Piensa, Amy, piensa!" susurró Amy. Luego escuchó voces provenientes del hueco del ascensor. Se paró en el borde y miró hacia arriba. La luz proveniente de diferentes secciones del palacio le permitió ver que en el muro lateral, dentro del hueco del ascensor, había una escalera vertical que comunica varios portales de servicio. Durante ese momento del día, no había tráfico y Amy decidió continuar su misión.

"Más escalada vertical. ¡Estupendo!" murmuró Amy.

Pronto, Amy llegó a la primera apertura. Desde ese lugar, vio pequeñas ventanas que rodeaban la caja del ascensor. Amy descansó su brazo, tratando de averiguar adónde ir.

"Esta comida debe estar lista para el rey temprano en la mañana", dijo un trabajador del palacio.

Amy trató de ver entre las ventanas, escondiéndose en la oscuridad del pozo.

"Tome estas dos bandejas y llévelas inmediatamente a la cámara del príncipe Harkhuf. Él está esperando esto ahora mismo".

Esta era la oportunidad que Amy necesitaba. Ahora se está preparando para caminar sobre una pequeña repisa para ver en qué dirección irá la comida de Harkhuf. Empujando su espalda contra la pared del pozo y caminando de lado, Amy comenzó su movimiento hacia la ventana más cercana. Luego, vio a alguien acercándose a ella, sosteniendo una bandeja con comida, y presionó el botón del ascensor. El sonido de un motor se puso en marcha instantáneamente y los cables delante de su cara empezaron a moverse. Amy miró hacia abajo, y uno de los ascensores comenzó a subir. Ella miró hacia arriba, tratando de encontrar algo, una puerta, una ventana, una salida a esta situación fatal. El ascensor estaba casi enfrente de ella.

"Solo hazlo, Amy", murmuró.

En un solo movimiento, Amy giró su cuerpo en un pie, con la espalda hacia el ascensor que llegaba y dejó caer su cuerpo sobre el techo. Su cuerpo aterrizó suavemente en la superficie superior, y el sonido del encuentro se confundió sutilmente con el clic metálico del ascensor que llegaba a su destino. Las puertas se abrieron y los Strattos entraron en la caja, sosteniendo la bandeja con una mano y moviendo una palanca al nivel del príncipe.

"¡No puedo creer que realmente haya funcionado!" susurró Amy, mirando hacia arriba.

El ascensor inició el próximo viaje hacia arriba. Los destellos de luz provenientes de los diferentes niveles anunciaron que Amy tenía un largo viaje hacia abajo después de su misión. También notó que el techo del pozo se acercaba cada vez más. Amy miró por todas partes, tratando de encontrar un lugar seguro, pero todo el techo era plano.

Dos grandes luces rojas advierten el final del viaje, y Amy cerró los ojos, esperando que no sea así como morirá. De repente, la caja se detuvo, seguida de la apertura de la puerta del ascensor. Amy abrió los ojos y el motor se detuvo a poca distancia antes de aplastar su cuerpo contra la parte superior. Amy rodó inmediatamente hacia el borde donde se encuentra la escalera vertical. Se agarró con fuerza a los escalones de metal mientras veía al Strattos salir con la bandeja.

Después de un breve momento, el Strattos regresó, entró en la caja del ascensor y bajó la palanca. El ascensor empezó a bajar y Amy se puso en cuclillas sobre el techo, sosteniendo una mano en la escalera de metal. Gradualmente se estiró mientras la caja bajaba. Segundos antes de que su cuerpo pudiera estar colgando por completo, con gran astucia, Amy puso los pies en los escalones y miró hacia abajo mientras el ascensor se alejaba de ella.

"He llegado demasiado lejos para renunciar aquí", dijo Amy.

Caminó sobre la pequeña repisa, acercándose al pozo de servicio, que funciona como un conducto de ventilación. En el interior, el pasillo de servicio está a oscuras y la luz que pasa por las rejillas de ventilación ilumina el lugar.

Amy se acercó sigilosamente y trató de no revelar su presencia cuando el ascensor detrás de ella se movió de nuevo. Escuchó una voz familiar, dos rendijas más adelante. Rápidamente, llegó el ascensor y Amy se detuvo en una de las superficies metálicas para observar la situación, con la esperanza de localizar al príncipe. La voz dentro de la habitación se detuvo cuando las puertas del ascensor se abrieron.

Un sirviente caminó directamente a la habitación y Amy lo siguió tan pronto como lo vio entrar.

"Príncipe mío, aquí tienes las gompas que pediste. ¿Hay algo más que necesite?" Preguntó el sirviente, dejando otra bandeja en una mesa redonda en el medio de la habitación.

"No, puedes irte a descansar ahora", dijo Harkhuf. "Mañana será un día largo".

"Como desee, mi príncipe", dijo el Strattos, caminando hacia el ascensor.

Amy estaba observando como este sirviente se iba cuando de repente la cabeza de Harkhuf cubrió la abertura por la que ella miraba secretamente. El príncipe estaba mirando al sirviente salir de la habitación.

Amy abrió los ojos, sorprendida y asustada. En medio de este momento crucial, Amy sabía que esta era su oportunidad y no la iba a desperdiciar.

Esperó a que se cerrara la puerta del ascensor y, tan pronto como eso sucedió, habló.

"Antes de hacer nada, por favor, primero escúchame", le susurró Amy a Harkhuf a través de las rendijas. Harkhuf movió las orejas al instante, enfocándolas hacia atrás. "Sesmar se está preparando para asesinarte mañana por la mañana antes de la ceremonia del rey. Ella también planea destruir el generador del palacio, y mucha gente morirá. Escóndete hasta que termine la ceremonia. Ella planea ir a la Tierra durante el festival y encontrar el resto de los fragmentos de la

Piedra del Tiempo. Ella es muy peligrosa Harkhuf, pero no vale la pena luchar contra ella ahora mismo. Por favor escóndete y déjala ir"

Harkhuf movió suavemente la cabeza hacia la izquierda, mirando hacia abajo. Amy contenía la respiración, deseando que todo su esfuerzo por salvar su vida valiera la pena.

Entonces, Harkhuf asintió suavemente con la cabeza.

Tras esa confirmación, Amy caminó rápidamente hacia el hueco del ascensor y comenzó su descenso de inmediato. Miró hacia arriba todo el tiempo pensando que Harkhuf o un soldado la detectarían, pero aterrizó en la base sin obstáculos.

Amy estaba emocionalmente a punto de estallar, cansada, confundida y tomando sobre sus hombros una batalla que no había pedido. Pozo tras pozo, pasando por pasillos y escaleras, llegó a los túneles de servicio del tercer nivel. Quería llegar a su celda rápidamente antes de que alguien descubriera que ella no estaba allí.

Caminó rápido hacia la ruta del segundo nivel sin detenerse cuando su carrera fue interrumpida por una voz detrás de las paredes.

"Volveré", susurró la voz.

Amy miró hacia atrás y hacia adelante, pero no había nadie en el pasillo. Se dio cuenta de que estaba cerca de la rampa sagrada y decidió recuperar el aliento allí por un momento. Caminó cuatro luces verdes y giró a la izquierda. A partir de ahí, dos luces más la hicieron llegar al origen de la voz en sus oídos. Abrió la puerta y un cálido resplandor iluminó su rostro. En el suelo, dos cajas de metal estaban llenas de velas encendidas, iluminando toda la habitación. Amy cerró la puerta con suavidad y se sentó en el banco.

"Volveré..." dijo la voz claramente en sus oídos. Entonces apareció un resplandor diferente justo sobre la rampa, y no era la luz de las velas. El evento de luminosidad suave con el tamaño de una persona se movió de derecha a izquierda. La imagen pacífica se movió lentamente, desapareciendo después de un par de segundos en la otra pared de la habitación. Entonces, sintió la voz de nuevo un poco clara.

"Espérame..."

Amy estaba en shock y no pudo contener la emoción de ese momento tan espiritual y se echó a llorar. Ha estado sola durante tanto tiempo, extrañando a su familia, amigos, sin saber dónde está Frank o si todavía está de una pieza. Amy pensó en Marshall y en lo mucho que lo extrañaba. No tuvo la oportunidad de despedirse y decirle lo maravilloso que fue su tiempo con él. Amy nunca amó a nadie antes de Marshall, y su corazón estará conectado con su primer amor para siempre.

Amy nunca tuvo un momento como este, para llorar en paz. Sintió la compañía de esta presencia. Quizás fue un ángel, o el espíritu de Meryptah, o quizás algo más. Pero también pensó por un momento que conocía esa voz de antes.

Ella lloró, esperando sentirse mejor después de eso.

CAPÍTULO 24 - FESTIVAL

El día estaba a punto de comenzar, y Zhoto hizo el último y largo bocinazo para anunciar que la maniobra de traer la ciudad a la luz había terminado. El brazo retráctil con Makho en la parte superior estaba regresando al interior del Kemet, mientras que Jhul fue el primero en ir inmediatamente a su asignación del día, como lo habían planeado.

Zhoto asintió con la cabeza a Mokhy y se dirigió a la sección de dormitorios, mientras los gemelos comenzaban a caminar hacia la sala de comidas, bromeando con los demás, tratando de actuar con normalidad como lo hacían todos los días.

"Escuché que alguien fué a la cocina de los Kemet anoche y robó una canasta entera de gompas", dijo uno de los ingenieros a los gemelos mientras caminaba en grupo.

"Me pregunto quién fue el ladrón que cometió tal locura", dijo Makho, mirando hacia adelante.

"Sí, el cocinero estaba furioso temprano en la mañana", dijo otro Strattos. Mokhy sonrió cuando llegaron al comedor.

Mientras tanto, Amy dormía en la pequeña y claustrofóbica celda, soñando de nuevo la misma pesadilla sobre la ciudad del metal y la dama de oro.

"¡Marshall!" gritó Amy, despertando. Luego, un fuerte ruido frente a su rostro seguido de una luz brillante anunció que era el gran día.

"¡Espero hayas dormido bien, humano!" gritó un soldado, riendo con los otros dos detrás de él.

"Toma, te trajimos algo de comer. Nada delicioso, desafortunadamente, pero de seguro vas a tener una gompa en aproximadamente ... ¿Cuántos años piensan ustedes? ¿Un año? ¿Quizás dos años? Dijo un soldado desde atrás.

"¡Qué tal nunca!" dijo otro soldado.

"¡Sí, nunca! Jaja", se rieron los tres.

Amy se cubría los ojos, tratando de bloquear la luz y simplemente ignorando a esos soldados.

"Oye, una cosa más. Hoy vamos a estar un poco ocupados celebrando, así que tu próxima comida será ... Déjame pensar. ¿Mañana?" El soldado en el medio gritó.

Tiraron la bandeja dentro con una taza pequeña de agua y una verdura que parece una zanahoria maloliente y un poco podrida. Luego cerraron la puerta y se alejaron hacia el festival que comenzaría pronto.

"No te preocupes por mí", susurró Amy, apartando la bandeja y girando su cuerpo. Detrás de ella, tenía una canasta llena de gompas y jugo púrpura en su botella de metal. "Además, no sé si ustedes saben esto", continuó susurrando mientras saboreaba una gompa. "Escuché por ahí que todos ustedes van a ser despedidos hoy. Lo siento."

Luego pateó la pared en la parte trasera de su celda, y la pieza de metal que cubría su túnel de escape cayó.

"Es la hora del espectáculo ..." susurró Amy.

Meryptah creó varios generadores, construyendo bloques uno al lado del otro en un solo lado, haciendo que la ciudad creciera hacia el lado norte. Después de los trágicos eventos de su muerte, la parte de la ciudad que albergaba su palacio y otros bloques de viviendas, ubicada en el lado norte, se quemaron y se derritieron bajo el sol. Después de eso, la ciudad creció a la derecha y a la izquierda del generador número uno. Los ingenieros construyeron el nuevo palacio sobre ese generador viejo pero muy bien construido y estable, dejándolo justo en el centro de la mega construcción.

El icónico generador número uno se encuentra ahora debajo del bloque del palacio actual, con acceso directo desde el tercer nivel. El dispositivo, que tiene el tamaño de un elefante adulto, está rodeado por una cabina, construida solo para albergar la máquina y protegerla de los cambios de temperatura o la humedad del aire. Al principio, tenía una puerta doble, pero con el paso de los años, el metal se oxidó y la puerta nunca fue reemplazada. La cabina que resguarda el generador se encuentra dentro de otra habitación, la cual tiene un balcón donde el operador recibe las instrucciones que les dan Zhoto y Makho durante las maniobras de trasladar la ciudad.

Makho fue el primero en llegar a la cámara del generador, como lo habían planeado, y comenzó de inmediato con su misión. Makho cortaría la superficie de una de las paredes interiores. Una placa lo suficientemente grande como para cubrir la entrada de la cabina que Zhoto luego podría soldar a la entrada del generador.

Con grandes habilidades, Makho hizo un corte vertical con su herramienta especial que dispara una chispa de energía lo suficientemente caliente como para hacer un agujero en la gruesa placa de metal. Comenzó desde abajo, subió y luego se movió a la derecha. Makho era uno de los mejores ingenieros cortadores de metales en el Kemet, y sintió que todas esas habilidades y experiencia estaban destinadas a este momento.

Mokhy llegó a la habitación y detrás de él, Amy. Los tres se abrazaron, aterrorizados, pero con una misión en sus manos. Tienen que darse prisa para que Zhoto llegue directamente a la soldadura y última parte del plan.

Zhoto fue a su habitación, en la sección de los dormitorios, a buscar su herramienta de soldadura. Una de las unidades de soldadura portátiles más destacadas de la ciudad que fue creada por él mismo para aquellas tareas de difícil acceso o cuando necesitaba colgarse de una cuerda a grandes distancias.

Buscó un juego de protección corporal que lo mantendría alejado de las chispas calientes. En ese momento, escuchó un ruido en su puerta.

"¡Jhul! ¿Eres tu?" gritó Zhoto. "¡Estaré allí en un segundo!"

Zhoto encontró el delantal, una chaqueta, guantes y un casco y los puso dentro de una bolsa. Corrió hacia la puerta con la máquina, pero la puerta no se abría.

"¡Qué está pasando con esta puerta!" gritó Zhoto, empujando y tirando de la manija. "¿Jhul? ¡No puedo abrir la puerta!"

Pero Jhul no respondió. Zhoto insistió en intentar abrir la puerta, pero estaba atrapado en su propia habitación.

"¡Jhul! ¡Ayúdame!" gritó Zhoto, golpeando y pateando el metal, pero no había nadie al otro lado de la puerta. Ni siquiera había nadie en los pasillos ni en el Kemet ya que todos habían subido a la superficie para estar al comienzo de la caravana del festival. La puerta de

Zhoto tenía un trozo de metal cruzado de borde a borde en el exterior del marco de su puerta.

"¡Ayudar! ¡Alguien, ayuda!" Los gritos ahogados de Zhoto no fueron escuchados por nadie esa mañana.

Makho estaba a punto de terminar el segundo corte vertical, soltando finalmente el metal pesado de la pared.

"¡Mokhy, Amy, sujeten el metal!" dijo Makho.

Los tres pusieron sus manos en lo alto de la placa de metal. Entonces Makho dirigió el movimiento lateral, apartando la pieza y arrastrándola hacia la entrada de la cabina.

Cuando los tres retiraron la lámina de metal que formaba parte de esa pared, ninguno de ellos vio que ciertos elementos estaban alojados dentro de la pared. Escondidos dentro de la estructura durante miles de años, algunos de estos elementos contenían piezas hechas de oro macizo, así como pergaminos con escrituras y manuscritos antiguos.

"¡Empuja, Mokhy!" gritó Makho.

Los tres llegaron a la abertura de la cabina y la pieza de metal encajó perfectamente.

"Excelente, ahora solo necesitamos a Zhoto para terminar esto. Debe estar a punto de llegar", dijo Amy.

"¿Cómo está tu brazo, Amy?" preguntó Makho.

"No es nada, si lo mantengo así, estaré completamente recuperada en un par de días", respondió Amy.

Entonces se abrió la puerta de la habitación.

"¡Zhoto! ¡Lo lograste!" dijo Amy con una sonrisa, pero su rostro cambió instantáneamente cuando vio a Sesmar entrar en la habitación. Detrás de Sesmar, estaba Jhul.

"¡Qué estás haciendo, Jhul! ¡Traidor!" gritó Makho con lágrimas en sus ojos.

Mokhy corrió hacia Jhul, y Sesmar levantó su brazo, apuntando su arma hacia el pecho de Mokhy.

"¡Alto ahí!" gritó Sesmar.

Mokhy, casi sangrando por los ojos llenos de rabia, se detuvo y levantó los brazos.

"¡Gira! Tú también", ordenó Sesmar a los gemelos.

Makho y Mokhy se pusieron de pie uno al lado del otro, frente a Amy.

"Lo siento, Amy. Fracasamos", dijo Makho.

Mokhy estaba increíblemente decepcionado, con lágrimas en los ojos al igual que su hermano. Entonces Sesmar los tocó con una pistola de chispas. Ambos cayeron al suelo, paralizados e inconscientes.

"¿Te gustó eso, humano? A los humanos les encanta el drama, no es así", dijo Sesmar, riendo. "¿De verdad pensaste que podrías completar tu plan? No creo que lo sepas, pero ... ¡El artefacto explosivo ya está dentro del generador, gracias a mi amigo Jhul!"

Jhul estaba detrás de Sesmar, en la puerta, sonriendo con los brazos cruzados.

"Ahora, voy a mantenerte viva y consciente. No querrás perderte la mejor parte del festival. Además, eliminaré al último humano del universo".

En ese momento, alguien tocó a la puerta. Jhul la abrió solo un poco para ver quién estaba del otro lado. Luego asintió con la cabeza a Sesmar y abrió la puerta por completo. Era el capitán Khawo quien traía al príncipe Harkhuf esposado, amordazado y con los ojos vendados.

"¡Oh no!" dijo Amy, entre lágrimas y desesperada. "¡Por qué haces esto, Sesmar! ¡Por qué!"

"Pronto, me convertiré en el ser más poderoso del cosmos", dijo Sesmar. "Tratar con humanos y especies antiguas que creen en espíritus ya no existirá en mi futuro. ¡Estoy harta de eso! ¡Ya es suficiente! Los humanos jugaron durante tantos años el juego del más poderoso, con trucos y mentiras. Mi padre sacrificó años de su vida tratando de traer la paz a este ingrato planeta, pero los humanos siempre quisieron jugar un poco más".

Sesmar se acercó al príncipe Harkhuf y le sacó la venda de los ojos con brusquedad. Harkhuf la miró, moviendo la cabeza y pidiéndole que se detuviera. Sesmar tomó la llave de la habitación real que Harkhuf tenía en su collar. Harkhuf hizo todo tipo de ruidos con la boca. Trató de gritar, enojado y decepcionado.

"¡Basta!" le gritó Sesmar. Le dio un fuerte puñetazo en el pecho e hizo una señal al capitán Khawo.

"Ponlos juntos dentro de la cabina del generador", dijo Sesmar.

Khawo empujó al príncipe hacia el generador e hizo una señal diciéndole a Amy que también caminara.

"¡Escuchaste a la general, muévete!" dijo Khawo.

Amy se movió lentamente con tanto odio por este giro injusto de los acontecimientos.

"¡Gira!" Khawo le gritó a Amy. Luego la esposó y la empujó al interior de la cabina. Harkhuf estaba callado, mirando hacia abajo, tratando de no hacer contacto con los ojos de Amy.

"¡Te dije! ¡Te dije que te escondieras!" gritó Amy, sentada en el suelo de la cabina, llorando de gran impotencia.

"¡Ya es suficiente!" gritó Khawo, activando su pistola de chispas.

Amy cerró los ojos, asumiendo lo que le deparaba el futuro, esperando que la descarga de energía tocara su cuerpo.

"¡Ah!" El príncipe Harkhuf gritó, todavía amordazado. Luego cayó al suelo, inconsciente. Amy abrió los ojos y Khawo salió de la cabina.

"Puedes irte ahora, Jhul", dijo Sesmar. El traidor se fue inmediatamente del lugar y cerró la puerta.

"¡Tenemos que movernos rápido, general!" dijo Khawo.

"Lo sé, sólo dame un momento", dijo Sesmar. "¿Sabes qué, Amy? Fui yo. Yo destruí tu mundo. Mi padre era débil y tu repugnante especie lo manipuló. Yo no lo pensé dos veces y lo hice de una buena vez. Yo envié esos asteroides que arrasaron con tu mundo".

Amy estaba que se desmayaba de la rabia, pero no mostró ninguna reacción hacia Sesmar.

"¿Te acuerdas de esa pequeña cueva que tienes en ese otro planeta? Adivina qué ... esa cueva será la próxima en la lista".

"¡No por favor!" gritó Amy.

No había nada que Amy pudiera hacer en ese momento. Apretó sus manos y las lágrimas corrieron por su rostro.

"Adiós, humano", susurró Sesmar, inclinándose hacia el rostro de Amy. En ese momento, Amy escupió en la cara de Sesmar.

Sesmar cerró los ojos y se quedó paralizada por un momento. Se limpió la cara y le dio a Amy una última mirada.

"¡Tenemos que irnos, general!" dijo Khawo.

La General y su fiel capitán abandonaron la habitación, cerrando la puerta desde fuera. Khawo usó una llave para cerrar la entrada.

"Pásame tu pistola de chispas", dijo Sesmar.

"Claro, mi señora. ¿Qué vas a hacer?" preguntó Khawo.

"Voy a derretir la chapa y estas barras", dijo Sesmar, tocando el ojo de la cerradura, destruyendo las pequeñas piezas dentro del sistema.

Khawo estaba sorprendentemente preocupado por la acción de Sesmar y su nivel de crimen.

"Ahora estamos muy seguros de que no se van a escapar", dijo Sesmar.

Se fueron corriendo por los túneles de servicio, dejando a Makho, Mokhy, Amy y Harkhuf atrapados sin esperanza de sobrevivir o alguna forma de pedir ayuda.

"Lo siento ..." susurró Amy. "Lo siento mucho..."

Entonces, el príncipe Harkhuf movió su cuerpo y se sentó repentinamente. Amy lo quedó mirando en shock. Harkhuf se quitó rápidamente las esposas y el trozo de tela que le amordazaba la boca.

"¡No tienes nada de qué disculparte, Amy!" dijo Harkhuf.

"Pero, que..." dijo Amy, perdida y confundida. "Khawo te tocó con la pistola de chispas. Cómo..."

"No, no lo hizo. Fingió hacerlo", dijo Harkhuf con un tono divertido.

"¡Pero te quedaste inconsciente!" dijo Amy.

"¡Yo también fingí!" dijo Harkhuf. "Ven, déjame ayudarte."

Amy se puso de pie, perpleja, y Harkhuf usó la misma llave para quitarle las esposas.

"¿Qué estás haciendo aquí Amy, tu y los gemelos? Ustedes casi ponen en peligro mi plan".

"No entiendo lo que está pasando aquí", dijo Amy.

"¡Si! ¡Yo también! Ven, ayúdame con los gemelos. Tenemos que poner sus pies en alto. Eso los despertará y saldremos de aquí". dijo Harkhuf.

233

Amy y Harkhuf movieron primero a Makho, arrastrando su cuerpo hacia la ventana para que pudieran poner sus pies en el borde. Hicieron lo mismo con Mokhy. Pesaba un poco más que su hermano.

"¿Cuántas gompas se comió este?" dijo Harkhuf.

En el lapso de unos segundos, los gemelos comenzaron a despertar. Amy estaba acariciando la cabeza de Mokhy, sosteniendo su cuello con la otra mano. Harkhuf estaba muy interesado en la conexión que Amy tenía con el ingeniero. Mokhy abrió lentamente los ojos y lo primero que vio fue el rostro de Amy, todavía confundido por los efectos del choque de energía, Mokhy pensó que estaba soñando. Él le sonrió.

"¿Estás bien, Mokhy?" dijo Amy con voz suave.

Mokhy movió la cabeza positivamente, con una amplia sonrisa. Entonces Makho le dio un puñetazo en el pecho.

"Oh, lo siento. ¡Me estaba asegurando de que respirabas!" dijo Makho, sonriendo. "¿Cómo te sientes, hermano?"

"Este es mi segundo choque de energía", señaló Mokhy. "Ya estoy empezando a acostumbrarme".

Entonces los hermanos se dieron cuenta de que estaban en presencia del príncipe Harkhuf. Inmediatamente intentaron inclinarse.

"Lo siento, mi príncipe, ¡No te vimos!" djo Makho.

"¡Paren, paren! No tienen que inclinarse ", dijo Harkhuf. "Vengan, siéntense y dejen que la sangre se mueva por sus cuerpos".

"Harkhuf, por favor explícame qué está pasando aquí", dijo Amy, ayudando al hermano a apoyarse en la pared.

"Anoche recibí una visita inesperada a mi habitación", dijo Harkhuf.

"Sí, fui yo", dijo Amy a los hermanos. Ambos se sorprendieron.

"No del todo", dijo Harkhuf. "Anoche el capitán Khawo me pidió en secreto una audiencia urgente".

"¿Khawo?" dijo Amy.

"Sí, Khawo me dijo que Sesmar estaba preparando un espectáculo de derramamiento de sangre para la mañana, y también mi muerte", dijo Harkhuf. "Empezamos a planear una forma de escapar de esta situación e interrumpir los planes de Sesmar, por lo que una gran

234

parte del plan era hacerle creer que iba a ganar, y eso es exactamente lo que le dimos hoy".

"Pero Khawo ... Él está con ella ahora mismo. ¿Está con nosotros o solo está jugando contigo?" dijo Amy.

"Anoche, después de que pedí algo de comida, Khawo estaba a punto de darme información importante sobre mi seguridad. Me paré en medio de mi habitación, esperando a que el sirviente saliera y se fuera en el ascensor. Ese fue el momento en que te escuché advertirme sobre mi asesinato".

"¿Pasaste por los túneles de servicios hasta el palacio?" preguntó Makho.

"¡Si ella lo hizo! Y gracias a la audaz acción de Amy, Khawo no tuvo que terminar su mensaje", dijo Harkhuf. "El capitán Khawo también estaba en la habitación en ese momento y me asintió con la cabeza cuando escuchó la información de Amy, confirmando el plan destructivo que Sesmar tejía. Entonces te mostré que reconocí tu alerta, pero te habías ido cuando me volví para verte".

"Me fui porque tenía miedo. No sabía si podía volver a confiar en ti ", dijo Amy.

Los gemelos estaban asombrados, pero también sabían de la compleja relación que tenían Amy y el príncipe mucho antes de que ella llegara a Pree.

"Puedes confiar en mí", dijo Harkhuf. "Estaba equivocado. Estaba tratando de justificar mi posición de poder y tratando de impresionar a mi Mer-Ek, pero nada llenó mi corazón tanto como el amor que la gente tiene por este reino", dijo Harkhuf, mirando a los gemelos.

"Sé que te debo una disculpa, pero también entiendo que este no es el momento ni el lugar para hacerlo. Me has demostrado que tenías razón todo el tiempo y que tu deseo de poner fin a la guerra contra los humanos era genuino. También entiendo ahora que Sesmar está equivocada y les prometo que pagará por cada crimen que haya cometido. Mi padre tiene razón y el ejército tiene que acabar. No necesitamos un ejército como el que crearon los antepasados de Sesmar. El propósito del ejército de Strattos era proteger el tesoro más valioso del universo, y fracasaron. Khawo tuvo la idea de crear una ilusión para

Sesmar, mostrándole que estaré inconsciente aquí mientras ella intentará entrar a la cámara del rey".

"¡Pero ella se va a apoderar de todo!" dijo Amy. "Eso incluye el fragmento de la Piedra del Tiempo".

"Sí, y también consideramos esa posibilidad en nuestro plan", dijo Harkhuf. "Hace casi cinco mil años, el rey Kharpo regresó a Pree y escondió su fragmento de la Piedra del Tiempo debajo de la montaña, en los túneles mineros. Ella nunca pondrá sus manos sucias sobre ese tesoro. Khawo me pidió que escondiera mi llave y reemplazara mi collar con otra llave".

"Brillante", dijo Makho.

"¿Y qué hay del explosivo que ya está dentro del generador? ¿Cómo vamos a prevenir la explosión?" dijo Amy.

"Esa es la otra parte del plan", dijo Harkhuf. "Khawo le dará otro disparador que no funcionará. Eso nos proporcionará un tiempo precioso para salir a la superficie. Sesmar irá inmediatamente a la cámara del rey y perderá mucho tiempo intentando abrir esa puerta. A partir de ahí, Sesmar y Khawo se retirarán del palacio para hacer la detonación. Para entonces, ya estaremos con mi padre. Una vez que estemos con él, la desenmascararemos frente a toda la ciudad".

"Este fue un plan loco y peligroso, Harkhuf, pero te funcionó muy bien", dijo Amy, tocando la mano del príncipe.

"Sí que funcionó. Ahora, explíquenme lo que están haciendo aquí", dijo Harkhuf.

"Amy creó un plan simple que evitaría que la general entrara en la cabina del generador y colocara el artefacto explosivo", dijo Makho.

"Sí, cortamos un trozo de metal de esa pared y lo soldaríamos a la entrada de la cabina", dijo Amy. "Pero Zhoto nunca llegó. Jhul lo ayudaría a llevar las herramientas para hacer el trabajo. Ahora sé por qué Zhoto no lo logró. Espero que esté bien y que Jhul no haya intentado nada contra él".

"Gracias a todos ustedes", dijo Harkhuf. "Ustedes son la representación del verdadero espíritu Strattos. Me aseguraré de que mi padre se entere de vuestro heroico esfuerzo".

Makho y Mokhy recuperaron la movilidad y el equilibrio. Amy y Harkhuf los ayudaron y juntos caminaron hacia la puerta.

"¡Nos atraparon desde afuera, Harkhuf!" dijo Amy.

"No te preocupes", dijo Harkhuf. "Khawo, y yo también pensamos en esto".

El príncipe inclinó su cuerpo y sacó una llave de su sandalia.

"Fresco", dijo Amy.

"Él es el príncipe, por supuesto", dijo Makho.

"Gracias", dijo Harkhuf. Introdujo la llave en el ojo de la cerradura y movió la cerradura, pero no pasó nada.

"La puerta todavía está cerrada. ¡No entiendo!" dijo Harkhuf. "¡Se suponía que Khawo debía cerrar la puerta con su llave!"

"Cuando se fueron, escuché un zumbido proveniente de la puerta. Quizás Sesmar nos puso obstáculos adicionales", dijo Amy.

"Déjame escuchar", señaló Mokhy. Se arrodilló y apoyó una oreja en la puerta metálica. Hizo algunos movimientos con la llave.

"¿Qué pasa, Mokhy?" dijo Makho.

"Las barras de las llaves dentro de la puerta están rotas. No hay forma de abrir esta puerta", señaló Mokhy, mirando a Amy.

"¿Qué?" dijo Harkhuf.

"Debe haber otra forma", dijo Amy.

"¡Puedo cortar el metal y abrir un espacio!" dijo Makho.

"No hay tiempo para eso, tenemos que salir a la superficie ahora", dijo el príncipe.

Mokhy corrió hacia la ventana que ocupaba el operador y empujó el pesado metal. Al instante, Harkhuf y Makho se unieron y juntos abrieron la ventana tipo toldo.

"¿Crees que podamos escapar por aquí?" dijo Harkhuf.

"¡Sí, aquí hay una escalera vertical! Va a ser peligroso, pero podemos lograrlo ", dijo Makho.

"Por supuesto, más escalada", dijo Amy.

"Khawo…" Murmuró Harkhuf. "Ahora el plan está en tus manos, capitán."

CAPÍTULO 25 - LA REDENCIÓN DE KHAWO

Khawo estaba preocupado por el príncipe después de que Sesmar derritiera las piezas de la cerradura. Seguía a Sesmar a través de los túneles de servicio pensando en regresar y abrirle la puerta a Harkhuf, pero su intención de detener el plan de Sesmar lo empuja a seguir con el programa.

"Harkhuf y los demás estarán a salvo en esa habitación hasta que regrese por ellos," pensaba Khawo.

El plan que construyeron Khawo y Harkhuf era perfecto. Sesmar irá directamente a la cámara del rey y se dará cuenta de que la llave no es la correcta, perdiendo un tiempo valioso. La general luego irá a un lugar alejado del palacio para activar el pulso electromagnético, destruyendo el generador. Después de que Sesmar se dé cuenta de que el disparador remoto no funciona, regresará a su laboratorio dentro del palacio. Necesitará algunos componentes que Khawo le ofrecerá para reparar el disparador. Ese es el momento en que Khawo cerrará su puerta, dejándola atrapada en una de las habitaciones más impenetrables del lado militar del palacio. Durante ese tiempo, el rey realizará la proclamación pública durante el comienzo del festival, poniendo fin a la era del ejército para siempre. A partir de ese momento, Sesmar ya no tendrá acceso a los recursos del reino y será detenida por la guardia real como un civil. Sesmar enfrentará la justicia y pagará con prisión todos sus crímenes contra la nación Pree y el genocidio de la especie humana.

Durante su juicio, el príncipe Harkhuf y el capitán Khawo servirán como testigos de sus transgresiones, revelando sus verdaderas intenciones, declarándose culpables como cómplices de sus fechorías. Harkhuf y Khawo confesarán su participación y lo equivocados que estaban, influenciados por las ambiciones y los siniestros planes de dominación del universo de Sesmar.

"Hay seis luces verdes hasta el próximo giro, vamos", dijo Sesmar, caminando rápido a través de los túneles de servicio.

Khawo conoce esos túneles porque solía jugar con los gemelos a una edad temprana. Sesmar, por otro lado, sigue la ruta en un mapa que Jhul diseñó para ella. El trozo de tela estampado con tinta vegetal roja le mostró el camino para llegar a los ascensores.

"Aquí", dijo Sesmar, girando a la derecha y entrando por las escaleras que comunican con el piso principal del Kemet.

Esta es la única época del año en que el Kemet está completamente vacío durante el día, y Sesmar aprovechó este momento para cruzar el Kemet y acceder al sistema de ascensores. Desde allí, puede ir rápidamente al nivel del rey y acceder a la cámara real, como lo planeó.

Khawo miró a su alrededor, esperando ver a alguien y decirles que el príncipe está atrapado en el generador número uno. En la superficie, el festival estaba a punto de comenzar. Las posibilidades de ver a un ingeniero en el Kemet eran casi nulas. Mientras tanto, el ruido de la multitud penetraba a través de los gruesos muros de la ciudad y viajaba dentro del hueco del ascensor.

"¿Puedes oír eso, Khawo?" preguntó Sesmar, mirando hacia arriba, respirando profundo y cerrando los ojos. "Ese es el sonido de la multitud de creyentes con distorsiones mentales de Meryptah. Todo eso va a terminar hoy, capitán. Crearemos una nueva generación de Strattos, una inteligente, y juntos vamos a poner orden en este planeta".

Khawo sintió que le hervía la sangre mientras Sesmar hablaba. Apretó sus manos después de que el nombre de Meryptah fuera insultado por esta general traicionera, impulsada por sus firmes ambiciones de poder y envenenada por el infame legado de sus predecesores. Él era uno de esos fervientes devotos del legado de Meryptah, pero este no era el momento de considerar castigarla. El momento de la justicia de Sesmar llegaría muy pronto.

Las puertas del ascensor se abrieron y, mientras Sesmar entraba, Khawo echó un último vistazo alrededor del Kemet, buscando a alguien que pudiera ayudar al príncipe. Aun así, también entró en el ascensor, decepcionado, molesto y con la esperanza de que Harkhuf, Amy, Makho y Mokhy pudieran encontrar la manera de salir pronto de esa habitación.

Después de que Khawo presionó el botón, cerrando las puertas, Sesmar movió la palanca activando el motor apuntando al nivel de la superficie.

239

Khawo estaba confundido por esa acción. La miró, buscando una respuesta.

"Lo sé, capitán. Estamos cambiando los planes", dijo Sesmar.

"¡Pero, mi señora, la cámara del rey y todos esos tesoros!" dijo Khawo, tratando de traerla de vuelta al plan principal. "¡Tenemos que ir allí primero!"

"Vi la llave de la cámara del rey antes, Khawo, y esta ..." dijo Sesmar, mirando la llave que tomó de Harkhuf. "Esta es una llave falsa".

Una sensación de frío recorrió el cuerpo de Khawo. Sesmar sabía que la habían engañado. Khawo está preocupado ahora por su vida, y cualquier movimiento en falso desde este punto podría poner en riesgo todo el plan. Khawo se quedó mirando la puerta durante el corto viaje a la superficie.

"¿Qué vamos a hacer ahora, mi señora?" dijo Khawo.

"Ya verás", dijo Sesmar. "Ya tengo lo que necesito".

El aire dentro de la caja era pesado y el ruido de la multitud se hizo más intenso a medida que se elevaban. Finalmente, se abrieron las puertas y el festival era ruidoso y colorido.

"Vamos, Khawo. Terminemos esto," dijo Sesmar.

Frente a ellos, el cielo estaba lleno de cometas de colores, todos con el símbolo del reino Strattos impresos con motivo de la celebración. Para el festival, los Strattos se vestían con una túnica inusual que mostraba una gruesa línea dorada en los bordes inferiores y alrededor del cuello. Otros Strattos tenían postes altos con banderas del reino, mientras que otros llenaban el piso del palacio cuadrado con pétalos de flores de color púrpura, rosa y fucsia. Los mayores golpean el suelo metálico de la ciudad con sus bastones. Todos los niños vestían túnicas blancas al igual que los miembros del reino, todos ellos sentados en sillas de patas largas, montados sobre ruedas y empujados por los miembros de sus propias familias. La caravana estaba a punto de girar hacia la plaza, y una ruidosa banda estaba en medio del escenario tocando música. El primer transporte lleva la enorme imagen del guerrero dorado que construyó Mokhy. La grúa, operada por los ingenieros de tercer nivel, está en posición y lista para tomar la estatua y colocarla en el suelo después de que el rey le hable a la nación.

240

A medida que la caravana se acercaba, los guardias reales levantaban las banderas blancas del reino con el triángulo invertido en cada rincón del palacio. Los miembros del departamento de justicia salieron por cada una de las ventanas del palacio, agitando pañuelos blancos y saludando a la gente. Finalmente, la multitud se hizo más ruidosa cuando la montaña de la Piedra del Tiempo apareció en el horizonte.

El rey Kaemsekhem vestía de blanco y estaba rezando con su esposa Kherda dentro de la capilla privada del rey, ubicada en la parte superior del palacio. La corona dorada, creada por Rey-General Net, nieto del general Prass, estaba sobre una almohada frente a una ventana, reflejando los rayos del sol por toda la habitación. El rey sostiene el manuscrito que pondrá fin a la era del ejército y establecerá un nuevo plan para buscar un planeta para una nueva nación. Esta vez, el rey gestionará personalmente todos los esfuerzos para encontrar un nuevo mundo para los Strattos.

Sesmar y Khawo caminaron alrededor de la multitud, apuntando al edificio de tres pisos de la sala de salud. A partir de ahí, la radiofrecuencia del disparador remoto podría tener una mejor recepción, evitando a la multitud como un obstáculo.

Khawo siguió a Sesmar muy de cerca. Miles de pensamientos pasaron por su mente mientras rodeaban el edificio tomando las escaleras exteriores hasta el nivel superior. Sesmar no habló en todo el recorrido, y Khawo, quedándose sin aliento, sintió que el final de su vida estaba cerca. Khawo hizo cosas horribles bajo el mando de la general Sesmar, pero cree que así es como enmendará sus pecados y el dolor que causó a los demás, incluida su propia familia y toda la especie Strattos.

Tan pronto como llegaron a la parte superior del edificio de la sala de salud, Sesmar le pidió a Khawo el detonador remoto. Khawo ya tenía el dispositivo en la mano y se lo pasó al general.

"Este es el momento, Khawo", dijo Sesmar.

Respiró hondo y se acercó a la barandilla del borde del tejado. Ella levantó el gatillo remoto lentamente. En un momento de gloria, Sesmar estuvo a punto de presionarlo, pero de repente se detuvo.

De fondo, el sonido de la celebración era la expresión del alma de la nación Strattos, mientras que uno de los eventos más catastróficos desde la muerte de la reina Meryptah estaba a punto de suceder. Ahí, ella suspiró.

"No puedo hacerlo, Khawo", dijo Sesmar.

"¿Mi señora?" dijo Khawo, confundido.

"No puedo hacerlo, porque este gatillo no funcionará, Khawo", dijo Sesmar, girando su cuerpo hacia Khawo, sosteniendo un arma de bola de energía en su otra mano.

"¡Espere!" gritó Khawo.

Sesmar disparó su arma directamente a la pierna de Khawo, haciéndolo caer al suelo, gritando de dolor. Nadie en la plaza se dio cuenta mientras todos estaban en medio del fervor festivo.

"¿Por qué cambiaste los controladores, Khawo?" dijo Sesmar mientras Khawo se retorcía de dolor en el suelo. "Y, por favor, no seas tan miserable y trates de mentirme ahora. ¿Crees que no me di cuenta de que no tocaste a Harkhuf con la pistola de chispas? ¡Pedazo de basura sin valor!"

"¡Ya es tarde, Sesmar!" dijo Khawo. "El príncipe sabe todo sobre tu plan y ya está escapando con Amy y los gemelos. Pronto tu vida de privilegios terminará, ¡Y enfrentarás la justicia que te mereces!"

"¡No puedo creer que seas uno de esos creyentes retrasados!" dijo Sesmar, riendo. "Y además, no van a ir a ningún lado. Es demasiado tarde para ellos", dijo Sesmar, caminando hacia Khawo y pisando su herida. "Todos los que jugaron un papel en mi contra morirán hoy, incluidos ellos y tú, Khawo. Nadie sabrá jamás mis planes y que la Piedra del Tiempo será mía muy pronto. Créeme, ¡No querrás estar vivo cuando eso suceda, traidor!"

"Tengo malas noticias para usted, general", dijo Khawo, gritando de dolor, esforzándose por hacer una revelación que cambiará la perspectiva de Sesmar. "Yo no destruí el robot".

"¿Y qué se supone que significa eso? ¿Cómo cambian las cosas?" dijo Sesmar, burlonamente.

"El robot de Amy tiene un plan más eficaz que el tuyo. Su plan tendrá éxito hoy", dijo Khawo. "El robot lo sabe todo y está programado para revelar nuestros planes al mismísimo rey", dijo Khawo.

"Bueno, yo también tengo malas noticias para ti, querido capitán", dijo Sesmar.

El rey terminó de rezar y se puso la corona sobre la cabeza caminando hacia las puertas mientras los guardias reales le esperaban afuera para escoltarlo al escenario. Mientras tanto, Harkhuf, Makho, Amy y Mokhy están subiendo la escalera vertical en la pared exterior del generador número uno.

Sesmar lanzó el falso gatillo remoto en el pecho de Khawo y sacó otro gatillo remoto con dos botones.

"La mala noticia es que nadie escapará hoy, Khawo", dijo Sesmar.

La general presionó el primer gatillo activando artefactos explosivos en diferentes áreas del palacio, bloqueando las puertas de la capilla privada del rey, fragmentando el sistema mecánico de garras que mantiene el palacio unido a la ciudad y bloqueando las rutas de evacuación del ejército real y del departamento de justicia.

"Eras un buen capitán", dijo Sesmar, apuntando con su arma a Khawo. "Ponte de pie con honor y orgullo. Aquellos que mueren hoy por Pree vivirán para siempre".

Sesmar disparó su arma, matando al capitán Khawo. Enseguida, la general se giró y caminó hacia la barandilla de nuevo, sonriendo y levantando el brazo con el control remoto en la mano. Apretó el segundo botón, activando el dispositivo de pulso magnético que estaba debajo del generador, dañando los componentes sensibles e inutilizando el generador instantáneamente.

Con la descarga, el bloque del palacio cambió su velocidad abruptamente, encendiendo las bocinas exteriores de alerta y haciendo sonar todas las campanas dentro de las habitaciones del edificio. La fiesta se vió interrumpida por un movimiento brusco inesperado de la ciudad, haciendo que algunos perdieran el equilibrio. Las descargas explosivas se fusionaron con los sonidos de la festividad hasta que algunos notaron que algo andaba muy mal. Después de la ronda secuenciada de detonaciones, la estructura de las doce garras se rompieron y no tenía la fuerza mecánica para sostener el bloque masivo, estallando en pedazos. Dentro del palacio, los guardias intentaban abrir la capilla privada del rey mientras los miembros del departamento de justicia corrían hacia las puertas pidiendo ayuda a gritos.

En presencia de una multitud asombrada y enmudecida, el palacio se separaba de la ciudad. La estructura sin energía, y con Strattos gritando a través de todas las ventanas, se aleja lentamente de la ciudad. La gente corrió a las cubiertas y balcones, gritando y llorando, presenciando cómo toda la corona iba en camino al muro de fuego que los incineraría en un infierno de llamas.

CAPÍTULO 26 - EL RESPLANDOR DORADO

Tan pronto como Zhoto se dio cuenta de que Jhul podría estar involucrado en los planes del general Sesmar, inmediatamente pensó en sus amigos y en el peligro que podían correr sus vidas. Rápidamente comenzó a pensar en lo que podía hacer para liberarse en su propia habitación.

Zhoto abrió su caja de herramientas y extendió las partes del generador de energía dentro de su máquina de soldar portátil. Zhoto cambió la polaridad del equipo y puso su cerebro a trabajar. Tan pronto como los terminales hicieron contacto con las bisagras de la puerta, el metal se puso rojo y caliente. Con la ayuda del martillo, Zhoto golpeó repetidamente y con mucha fuerza las piezas incandescentes a punto de derretirse. Las bisagras se derrumbaron y la puerta cayó al suelo de su habitación, liberándolo. En ese momento, Zhoto escuchó una secuencia de detonaciones provenientes de toda el área cercana al Kemet.

Zhoto corrió instantáneamente por el pasillo que separa el Kemet del resto del área de los dormitorios. Tan pronto como llegó al piso principal, un sonido fuerte, vibrante y crujiente seguido de pedazos de metal rasgándose alrededor de los ascensores colapsó, dejando que la luz del sol entrara por la pared rota de Kemet que comparte con la estructura del palacio.

"¡Que está sucediendo!" Zhoto gritó, presenciando la destrucción frente a sus ojos.

Los trozos de metal, las tuberías que revientan y los tubos que caen por todas partes ponen en riesgo a Zhoto. Saltó debajo de una plataforma con barras sólidas y se arrastró hacia adelante para tener una mejor vista de la situación. Los gritos de la gente en la superficie viajaron hasta el tercer nivel, y Zhoto, moviéndose entre los restos de una sección que caía, vio cómo el palacio se desprendía de la ciudad.

"¡Esto no está sucediendo! ¡Esto no está sucediendo!" gritó Zhoto.

Una de las vigas que sostienen la parte superior del Kemet fue la única pieza metálica fuerte y sólida que impidió que todo el palacio se separara por completo. La parte pesada conectada a una garra del

245

segundo piso fue la única sección que Sesmar olvidó para instalar un artefacto explosivo.

El enorme palacio tiró de la viga que estaba firmemente unida al hangar de Kemet. Zhoto vio la inminente separación del palacio y se le ocurrió un plan para rescatar a todos. Zhoto tuvo una experiencia parecida al recuperar un Strattos de un bloque defectuoso, pero en esta oportunidad, no pudo hacer lo mismo porque el cubo de hielo está al otro lado del palacio.

Zhoto corrió hacia el lado opuesto del Kemet y activó el cinturón que lleva el recolector de hielo al piso principal para el mantenimiento periódico.

"¡Vamos! ¡Vamos! ¡Apúrate!" gritaba Zhoto mientras la máquina le traía el cañón.

Entonces, toda la viga se derrumbó. Por un momento, el bloque estructural donde se erige el palacio siguió avanzando debido a la inercia de la ciudad. Zhoto detuvo el recolector de hielo en medio de la horrible secuencia de eventos y empujó el cañón en una plataforma adyacente. En la espantosa escena, un par de cuerpos del departamento de justicia cayeron por las ventanas, saltando con la esperanza de agarrar algo y salvarles la vida del mortal destino al que se acercaban.

Zhoto cargó el cañón con uno de los arpones gruesos y apuntó el sistema mecánico directamente a una de las ventanas.

"Meryptah, si estás ahí fuera, me gustaría tener algo de ayuda ahora mismo", dijo Zhoto, presionando el gatillo y soltando un fuerte puñetazo de vapor el pesado arpón.

Las personas en la superficie que presenciaban la horrible escena vieron la barra sólida viajando en el aire apuntando al lugar. La mayoría de ellos señaló el objeto afilado, mientras que otros vieron la última oportunidad de rescatar a sus seres queridos y al rey de las garras de la muerte.

El arpón rompió una de las ventanas y viajó profundamente, atravesando varias paredes dentro del primer nivel. Zhoto movió instantáneamente la palanca que activa el carrete que recoge la fuerte cadena hacia atrás. Los crujidos provenientes del interior del sistema de rotación indicaron que el engranaje que opera el sistema colapsaría pronto. Pero Zhoto cree, y sostiene la palanca con la esperanza de traer a sus amigos y al reino de regreso a la ciudad.

"¡Que está sucediendo!" gritó Amy, colgando de los peldaños de la escalera vertical.

"¡El plan no funcionó!" gritó Harkhuf. "¡Khawo está muerto!"

"¿Qué? ¡No!" gritó Amy.

"¡Sesmar destruyó el generador!" gritó Harkhuf.

"¡Vamos a morir!" gritó Makho.

Mokhy agarró la pierna de Amy llamando su atención. Miró hacia abajo y Mokhy le indicó que regresara a la sala del generador.

"¡Vamos!" gritó Amy.

"¡Que están haciendo, chicos!" gritó Harkhuf.

Amy y Makho entraron rápidamente ya que toda la sección masiva todavía se movía a alta velocidad gracias a la acción de Zhoto.

Mientras tanto, el rey Kaemsekhem y su esposa Kherda quedaron atrapados en la capilla, ambos confundidos por la situación. Kaemsekhem no sabía que el palacio estaba separado de la ciudad.

"¡Vayan a buscar un ingeniero que pueda abrir la puerta!" gritó el rey, pero nadie respondió desde el otro lado. "¿Hola? ¡Guardias!"

"¡Kaemsekhem, ven a la ventana!" gritó Kherda, llorando.

Entonces el rey caminó hacia las ventanas que dan a la ciudad, dándose cuenta de que la situación era un camino directo a la muerte. El bloque se movía de izquierda a derecha conectado solamente por una cadena.

"¿Qué es ésto? ¿Que está sucediendo?" dijo el rey con lágrimas en los ojos. "¿No hemos pagado ya nuestra deuda? ¿No hemos recibido todos los castigos en la piel de nuestra nación?"

El rey Kaemsekhem tomó la mano de Kherda y ambos se arrodillaron frente a la ventana mirando cómo la ciudad se separaba del palacio, viendo a la gente acumulada en los balcones. Cerró los ojos y comenzó a rezar.

Zhoto empujó la palanca manteniendo el sistema haciendo girar la cadena, pero uno de los engranajes principales se rompió. Un gran y fuerte ruido vino desde debajo del Kemet, anunciando que no se podía hacer nada más para rescatarlos. En ese momento, los ingenieros bajaron por los ascensores, corriendo hacia Zhoto.

"¡Eso fue increíble, Zhoto!" Gritó uno de los técnicos más jóvenes. Otros corrieron hacia las herramientas y las máquinas, en busca de ideas para revertir el destino mortal de los atrapados en el palacio.

"¿Tenemos más cañones?" preguntó un ingeniero.

"Este es el único que podría lanzar arpones", gritó Zhoto.

"¡Tenemos que hacer algo!" gritó otro ingeniero.

Otros miembros del tercer nivel ingresaron a Kemet pensando en ideas e impulsando sus habilidades y conocimientos, buscando una solución para recuperar el bloque.

"¡Todavía hay tiempo para hacer algo hasta que estallen las cadenas!" gritó Zhoto, bajando del banco de cañones.

"¡Hagamos otro lanzador con vapor!" algunos de ellos gritaron.

"¡Llevará un día entero hacerlo! ¡Tenemos que hacer otra cosa!" dijo Nohan, un viejo técnico.

"Este es el momento de mostrar nuestro papel en todo esto", dijo Zhoto.

"¿Qué tienes en mente, Zhoto?" preguntó Nohan.

"No tenemos que hacer otro cañón. Tenemos que usar la línea que nos conecta con el palacio y enviar otra cadena para reforzar".

"Podemos conectar un pequeño tanque de vapor y enviarlo por la línea con otra cadena", propuso Nohan.

"¡Podemos poner un balde y traerlos en grupos!" dijo un técnico.

"¡Pero tenemos que colocar la nueva cadena en el otro lado!" dijo otro técnico.

"Tenemos que enviar a alguien para que sujete la nueva cadena al palacio".

"Sólo hay un Stratto adecuado para realizar esa tarea", dijo Nohan, mirando a Zhoto.

"Traigamos ese balde", dijo Zhoto.

Mokhy ayudó a Amy a entrar en la habitación del generador, sosteniéndola en sus brazos.

"¿Qué vamos a hacer?" dijo Amy, temblando. "Podemos intentar bajar al suelo y correr, pero ¿Qué tan rápido nos atrapará el calor?"

Mokhy miró a Amy a los ojos. "Tu ya sabes qué hacer", señaló Mokhy.

"¿Qué quieres decir, Mokhy?" Amy preguntó, desorientada.

Harkhuf y Makho entraron por la ventana, asustados y listos para escuchar ideas. Mokhy la tomó de la mano y caminaron juntos hacia la cabina del generador.

"¡Que están haciendo, chicos!" dijo Makho.

"¿Cuál es el plan?" gritó Harkhuf.

Mokhy entró con Amy a la cabina del generador y le mostró la solución. "Hiciste esto antes", señaló Mokhy.

"¿Yo? Yo nunca he arregla ... " dijo Amy, deteniéndose y pensando en ello.

Entonces Amy se movió la túnica y metió las manos dentro de su bolsito.

"... arreglado un generador antes ..." dijo Amy, murmurando y sacando las rocas de Pettron. Las mismas piedras que usó para arreglar el generador de la nave de Sesmar. "¿Pero cómo vamos a traer la luz del sol aquí adentro?"

"¡Busquemos algo que pueda reflejar el sol desde la ventana!" dijo Makho.

"¡Sí, eso funcionará!" dijo Amy.

El grupo recorrió la habitación, buscando entre las cajas y otros elementos almacenados en la habitación. Amy salió de la cabina, mirando a su alrededor, aterrorizada por la situación. No podía pensar con claridad. Entonces, vio algo brillando dentro de la parte de la pared que Makho cortó.

"¿Qué es eso?" dijo Amy.

"¡No encuentro nada!" dijo Makho. Él estaba fuera de control, pensando en no volver a ver a su familia.

Amy metió la mano dentro del agujero en la pared y trajo algunos pergaminos con bordes dorados que brillaban con la luz que entra por la ventana. Metió la mano de nuevo y sacó un montón de piezas de metal dorado.

"¿Esto está hecho de oro?" susurró ella. "Espera un minuto. ¡Esto podría ayudar!"

Amy corrió hacia la ventana con un plato plano hecho de oro, con una inscripción alrededor de la circunferencia. El símbolo del reino prominente estaba estampado en el centro del objeto.

"¡Lo tengo, chicos!" gritó Amy. Movió el plato y la luz del sol se reflejó dentro de la habitación con una mancha dorada sólida. "Makho, esta será tu misión".

Amy le dio a Makho la placa dorada y corrió hacia el generador. Ella comenzó a trabajar en las piedras de inmediato. Le pidió a Harkhuf y Mokhy cuerdas o trozos de alambre que pudieran ayudar a ajustar las piedras de Pettron alrededor del disco primario.

Mientras tanto, en el Kemet, los ingenieros trabajaban a toda máquina para hacer una línea de rescate secundaria, pero la cadena estaba débil y a punto de estallar. Las enormes tuercas y tornillos que sujetaban el cañón al suelo de Kemet sufrían fatiga de material. Zhoto notó que el plan no funcionaría y que todos en el piso principal estaban en peligro de interponerse en el camino de piezas de metal que podrían volar por todas partes. Era demasiado tarde para salvarlos.

"¡Todos corran! ¡Muevanse!" gritó Zhoto. Tan pronto como terminó la advertencia, todo el cañón colapsó, tirado por el bloque masivo. Toda la placa de metal debajo de la estructura fue arrancada como una lata de sardinas. Los ingenieros que estaban parados alrededor de esa parte del piso fueron expulsados en el aire mientras otros se agacharon, cubriéndose de fragmentos de metal voladores. Zhoto y los demás vieron con horror cómo la ciudad se alejaba de sus seres queridos. Los gritos de la gente en la superficie se escucharon en todos los niveles de la estructura masiva. Otros rezaban en el suelo, llorando, esperando un milagro. Los miembros de la guardia real y el departamento de justicia se pararon en las ventanas del palacio, inmóviles y consternados al ver que ahora estaban a merced de la muerte. Muchos vieron a sus familias a la distancia y tuvieron unos segundos de contacto visual para despedirse. Una vez más, los Strattos eran afectados por el horror y la muerte. Pero lo peor aún no había sucedido. Sesmar se estaba preparando para esclavizar a los supervivientes en lo que sería la pena más opresiva que aún pagarían las especies ancestrales.

Los Strattos atrapados en el palacio estaban en silencio, reunidos en las ventanas, llorando, desesperados y sintiendo cómo la velocidad del bloque disminuía debido a la inercia. El rey Kaemsekhem sintió que el palacio estaba a punto de detenerse. Levantó la cabeza para mirar por la ventana, sorprendido al ver que la ciudad se alejaba en una nube de polvo y desolación.

"¡Nos detenemos!" gritó Harkhuf.

"¡Todos vamos a morir!" gritó Makho.

Mokhy caminó hacia Makho y le dio una bofetada en la cara. Su hermano estaba cansado de que perdiera el control, y agarró la mano de Makho, recordándole que se mantuviera alerta con el plato dorado.

"¡Te necesitamos!" Hizo una señal mientras el palacio llegaba a una parada completa.

Amy, Makho, Mokhy y Harkhuf escucharon los gritos de las personas atrapadas en los niveles superiores. Era casi imposible no pensar en la muerte y que en unos minutos más todos afrontarían su último momento. Gritos desesperados resonaron en las paredes del generador número uno, cuando Amy terminó de colocar las piedras de Pettron en secuencia, pronto para poner la máquina en funcionamiento.

Mokhy, limpiando las lágrimas de la cara de su hermano, vio algo peculiar en el plato dorado. Vio un símbolo que ya había visto antes en una pieza de armadura dorada del antebrazo que guardan en la sala principal del Kemet, e impresa por todas partes en las piezas de metal de la rampa sagrada. Era la firma de Meryptah. Dos triángulos invertidos, uno superpuesto sobre el otro.

"¿Príncipe?" dijo Makho.

"¿Qué pasa, Makho?" dijo Harkhuf, caminando hacia la ventana.

"Mira esto", señaló Mokhy.

Harkhuf vio esta vieja placa en detalle, reconociendo varias inscripciones impresas en la gruesa pieza de oro. El símbolo del reino en el medio y finalmente la marca de Meryptah.

"¿Es esto ...", dijo Harkhuf, asombrado.

"Sí, príncipe," dijo Makho. "Esta es la bandeja del día de la coronación de Meryptah. La leyenda decía que volvería el día en que apareciera este plato".

Los tres asombrados Strattos caminaron hacia Amy, creyendo que finalmente había llegado el día.

"¿Amy?" dijo Harkhuf.

"Chicos, ya casi termino, sólo denme un momento", dijo Amy, terminando el disco.

"¿Dónde encontraste esto?" Preguntó Makho.

Amy miró hacia arriba y vio la placa circular con la que espera reflejar la luz del sol. Estaba a punto de responder cuando los gritos de los Stratto en el nivel superior se intensificaron.

"¿Que sucede?" dijo Makho, corriendo hacia la ventana.

"¿Qué pasa, Makho?" preguntó Harkhuf.

"Es demasiado tarde, se acerca el muro de fuego", respondió Makho.

El máximo calor frontal del planeta se acercaba al bloque inmóvil y sin energía.

"¡No sobreviviremos a esto!" gritó Makho.

"¡Si lo haremos! ¡Siempre lo hago!" gritó Amy. "¡Chicos, apartense del camino! ¡Makho, necesitamos luz!"

"¡Harkhuf! ¡El plato!" dijo Makho.

El príncipe arrojó la pieza circular de oro rodando por el suelo hacia Makho. Lo tomó y colocó el metal brillante en la ventana, enviando un rayo sólido de luz dorada directamente al disco del generador. Instantáneamente, las piedras de pettron se repelieron entre sí, iniciando una secuencia frenética, haciendo girar el generador. El golpe de energía hizo que los motores se movieran de inmediato, enviando a todos al suelo, incluida la gente del palacio, Kaemsekhem y Kherda. Mokhy, Harkhuf y Amy se abrazaron para no caer.

"¡Estamos salvados!" dijo Makho celebrando, pero alejando la luz del disco. Instantáneamente el bloque se detuvo.

"¡Makho!" Amy, Mokhy y Harkhuf gritaron al mismo tiempo.

"¡Lo siento, lo siento!" gritó Makho, devolviendo la mancha de luz solar al generador.

Los motores volvieron a arrancar a toda velocidad. El Palacio comenzó a avanzar, pero no era suficiente para escapar del muro de fuego. La sección de bloques que miraba hacia el sol comenzó a calentarse y las capas de pintura, cortinas y otros elementos se incendiaron espontáneamente. La guardia real y el departamento de justicia se trasladaron a las distintas secciones del palacio, cerrando las puertas y aislando el fuego. Vieron que el palacio se movía de nuevo y una brisa de esperanza llenó sus corazones. El rey también sintió que el bloque se movía de nuevo, y cerró los ojos, suplicando fervientemente las alabanzas que citan a Meryptah como el salvador de la nación Strattos.

"¡Tenemos que acelerar!" dijo Makho.

El calor también le estaba afectando el brazo, pero se mantuvo firme. La nación lo necesitaba más que nunca. Pensó en su familia. "Harkhuf, hay una palanca aquí, afuera de la ventana. ¡Empújala hacia adelante!"

El príncipe corrió hacia la ventana y sacó su cuerpo. Instantáneamente sufrió quemaduras en el momento en que tocó la palanca. El sol brillante le quemó una parte de su espalda.

"¡Ahhh!" gritó el príncipe.

"¡Harkhuf!" gritó Amy.

El príncipe empujó la palanca al siguiente nivel y los motores aumentaron la velocidad al instante.

"¡Empuja un nivel más, Harkhuf!" gritó Makho.

"¡No puedo! ¡Está atorada!" gritó Harkhuf, casi desmayándose.

"¡Mokhy, tráelo adentro!" gritó Amy.

Mokhy sacó la mitad de su cuerpo por la ventana y, con sus fuertes brazos, agarró el cuerpo del príncipe casi inconsciente.

"¡Ho, no!" gritó Amy cuando vio las graves quemaduras en la espalda de Harkhuf. La túnica se quemó, haciendo un agujero en la tela, dejando al descubierto su espalda. El olor a pelo quemado y humo que salía de su cuerpo anunciaba lo que se avecinaba para ellos en la escena más devastadora.

"¡Lo siento mucho, Harkhuf!" dijo Amy, ayudándolo a mantenerse boca abajo.

"Esta es la palanca que usamos todos los días y el calor del sol probablemente dañó el equipo debajo del sistema", dijo Makho, mirando hacia abajo desde la ventana. "Si esta palanca se rompe, todavía tenemos una oportunidad más de acelerar. Hay otra palanca, pero esa no tiene cerradura", dijo Makho.

"¿Qué significa eso?" dijo Amy.

"Esta palanca tiene una abolladura en cada velocidad y se mantendrá así a menos que la mueva de nuevo. El otro no mantiene a la velocidad seleccionada y necesita ser empujado hacia adelante hasta que lleguemos a la ciudad", dijo Makho.

"¡Yo puedo hacer eso! ¿Dónde está?" dijo Amy.

"No, Amy. Con las llamas acercándose afuera, es un suicidio", dijo Makho.

"¿Pero dónde está?" dijo Amy.

Mokhy le tocó el hombro e hizo una seña.

"¿Está afuera en el techo?" preguntó Amy. "¿Cómo vamos a salir sin ..." En ese momento, Amy vio la placa dorada que sostenía Makho, dirigiendo la luz del sol. Vio que Makho estaba sintiendo el calor del sol en su brazo, pero sus manos sostenían la pieza de metal sin el problema de la alta temperatura. Amy tocó el metal sin interrumpir el reflejo, detectando que la superficie no estaba caliente. "¿Qué tipo de metal es este? ¡Este metal no se calienta en absoluto!"

"¿Qué significa eso?" dijo Makho.

"¡Mokhy, sígueme!" dijo Amy.

Ambos corrieron hacia el agujero en la pared donde Amy encontró el plato. Sacó algunas piezas del mismo metal. Mokhy tenía un brazo más largo y agarró aún más partes de lo que parecía una armadura dorada para un Strattos joven.

"Esto podría ayudar, ¿Verdad?" preguntó Amy a Makho.

Estaba confundido por toda esta secuencia de eventos. "¿Cómo?" Mokhy hizo una señal.

"¡Toma esos y sígueme! ¡No hay tiempo!" dijo Amy.

Mokhy agarró todas las partes y corrieron hacia la ventana.

"¡Qué está pasando!" dijo Makho, apuntando la luz completamente hacia el disco del generador.

254

"¡Voy a vestirme con estas partes de una armadura que encontramos!" dijo Amy.

"¿Qué? ¡No!" dijo Makho.

Mokhy sostuvo a Amy por los hombros y la miró a la cara. Estaba visualmente molesto por el riesgo que Amy estaba a punto de correr.

"Confía en mí. No hay otra manera. Ustedes son demasiado grandes para esta armadura, y seguro que funcionará. ¡Tenemos que intentarlo!" gritó Amy.

"Mokhy, ayúdala", dijo Harkhuf, cerca del suelo pero mirándolos.

Amy se quitó la túnica y la riñonera. Inmediatamente comenzó a ponerse las partes en sus pies y piernas. Un trozo de un antebrazo rodó cerca de Harkhuf, y vio la firma de Meryptah en él.

"Espera, ¿Dónde encontraste esto?" dijo Harkhuf.

"Ahí, en el agujero que Makho hizo en la pared", dijo Amy, terminando una pierna.

"Este es uno de los bloques más antiguos de la ciudad", dijo el príncipe. "Y esa es la armadura que usó Meryptah cuando se entrenaba con el ejército real a una edad temprana".

Makho y Mokhy se sorprendieron y miraron a Amy, que estaba sentada en el suelo de espaldas a ellos.

"Escuché historias sobre esa armadura y lo grandiosa que era Meryptah al comienzo de su entrenamiento", dijo Harkhuf. "Cuando el traje le quedó pequeño, hizo otro que luego fundió para hacer una versión más grande cuando fuera adulta. Nadie sabía dónde puso Meryptah su primera armadura, hasta hoy. Ella construyó esta habitación por sí misma. Apuesto a que los tesoros de la historia de nuestra nación están escondidos en cada pared de esta cámara".

Amy se tomó el cabello, enrollándolo y poniéndolo sobre su cabeza. Luego se puso el casco, manteniendo su cabello rojo dentro del casco metálico, dejando su cuello expuesto.

"Mokhy, ayúdame con la parte de atrás de la armadura", dijo Amy.

En ese momento, Makho, Mokhy y Harkhuf quedaron congelados.

El momento que la nación Strattos esperó cinco mil años finalmente llegó. El último superviviente de la sangre real estaba frente a ellos, liquidando el regreso del salvador. Finalmente se establecería la paz para los Strattos.

"¿Mokhy?" dijo Amy.

"Meryptah ..." murmuraron Harkhuf y Makho. Mokhy sostenía la parte trasera de la armadura con lágrimas en los ojos.

En la espalda de Amy, debajo del cuello y entre los hombros, la marca del reino real, un perfecto triángulo invertido, precisamente el mismo símbolo de la familia real impreso en cada bandera, manuscrito y artefacto del reino de la nación Pree firmaba el comienzo de la dinastía Meryptah. Los tres Strattos sintieron que la paz se acercaba a su gente y el comienzo de una nueva era para la existencia de su especie. Mokhy puso lentamente la parte trasera de la armadura mientras Amy empujaba la sección frontal. Los hombros, el cuello, la cintura y las piernas protegerán su cuerpo del calor mientras se expone a las abrasadoras temperaturas.

"¿Qué tengo que hacer, Makho?" dijo Amy, terminando de colocarse la armadura.

"Al final de la escalera, verá una ruta al balcón del palacio", dijo Makho en voz baja y aguantando el no llorar. "Es una rampa larga que sube por encima del nivel de la superficie, justo en el frente del palacio. Usted encontrará una palanca que controla la velocidad de los cuatro motores de este bloque. Empújela hasta el final".

Amy se puso de pie. La armadura le queda perfectamente, luciendo asombrosa y poderosa. Se giró y miró a Mokhy.

"Volveré. Espérame ", dijo Amy, bajando el protector facial del casco.

Salió y manejó la escalera vertical, sin perder un solo segundo, trepando en el ambiente abrasador. Algunas personas del palacio miraban hacia abajo a través de las ventanas. Uno de ellos vio un resplandor que venía del borde del bloque. Deslumbrado y sin palabras, el miembro de la guardia real se quedó sorprendido ante la ventana.

"¿Qué estás mirando?" gritó otro soldado.

Entonces, ambos vieron al soldado dorado caminando sobre la rampa abrasadora. Amy caminaba a paso sólido sobre la superficie de la estructura casi derretida. Otros vieron el resplandor en las ventanas y se reunieron, apretándose todos juntos para ver la hermosa imagen del salvador. Amy vio las caras de las personas en las ventanas mientras su armadura se calentaba un poco, pero nada que no pudiera soportar.

"Sigue caminando, Amy. No te distraigas", se dijo así misma durante la desafiante tarea.

El rey rezaba con los ojos cerrados. Lloró por su gente. La noble misión de ser el líder de la ciudad fue algo que su madre, la Reina Klya, le pasó. Su reino puso fin a miles de años de gobierno bajo los autodenominados Reyes-Generales. Apenas unos días antes de la coronación de Nofret, la madre del general Kortox, y la siguiente en la línea de los Reyes-Generales, la gente de la ciudad expresó su deseo de ser responsable de elegir a su nuevo líder. Durante esos complicados días, Klya lideró las manifestaciones y zanjó el diálogo. La gente la quería mucho. Desde que murió la familia de sangre real, dejando al pueblo a merced del ejército, el camino hacia el fin de la presencia militar en el planeta comenzó a unir la decisión que finalmente tomó el rey Kaemsekhem, cientos de años después.

"Sé que fuiste tú, Sesmar", dijo Kaemsekhem.

Kherda estaba perpleja ante tal revelación de la atroz verdad de boca del rey.

"Sesmar y su linaje recibirán el castigo adecuado, pero no de nosotros. Quizás, todos vamos a morir hoy, pero Meryptah nos prometió que algún día ella ... "

Sus oraciones fueron interrumpidas cuando un intenso brillo molestó sus ojos. El rey se acercó a la ventana para mirar de qué se trataba el reflejo dorado. Luego hizo una pausa. No podía creer lo que estaba pasando frente a sus ojos.

"Kaemsekhem ..." susurró Kherda.

"Sí, asi es mi querida esposa ... es Meryptah", dijo el rey Kaemsekhem.

Amy, caminando entre las llamas y el humo oscuro, se acercó a la palanca con pasos lentos y sólidos frente al balcón, reflejando limpias y poderosas ondas de luz del sol por todo el frente del palacio. Los rayos entraban por las ventanas, dejando a la gente dentro de esas habitaciones sin palabras. La mayoría de ellos se arrodillaron y empezaron a rezar.

La gente de la ciudad lloraba a sus seres queridos y miraba al horizonte. No había esperanza para ellos, e inmediatamente la mayoría de las familias comenzaron a llorar en el día más oscuro de sus vidas. Entonces, un resplandor dorado brillante parpadeó a lo lejos. La mayoría de los Strattos en las cubiertas y balcones asumieron que el fuego estaba envolviendo toda la estructura, mientras que otros mantuvieron la esperanza.

"¿Quién es eso?" dijo un guardia. "Parece que..."

"Meryptah ..." dijo Zhoto, rodeado de ingenieros, todos alineados en la pared rota del Kemet mirando al horizonte.

Amy se paró frente a la palanca. "Espero que esto funcione."

Puso su cuerpo sobre la palanca y empujó hacia adelante. La palanca también estaba atascada, pero no se rindió tan rápido. El calor aumentó y comenzó a penetrar su armadura. Amy apoyó todo el cuerpo en la palanca para romper el metal corroído. Después de la presión, un sonido de clic abrió la esperanza. Empujó de nuevo y la palanca se movió lentamente.

"¡Vamos!" gritó Amy. Empujó de nuevo y la velocidad del bloqueo se intensificó.

"Ella lo está haciendo", dijo Harkhuf, poniéndose de pie con la ayuda de Mokhy.

Makho estaba sólido en su posición, alimentando con un disparo claro la luz que necesitaba el disco.

"Puedes hacerlo, Amy", dijo Makho.

Mokhy cerró los ojos.

Amy empujó la palanca completamente hacia adelante y los motores aceleraron a toda velocidad. La velocidad hizo retroceder a la mayoría de las personas en el palacio. El rey se aferró con fuerza a la ventana, tratando de vislumbrar al guerrero dorado de nuevo. El bloque del palacio avanzó, ignorando la muerte, alejándose del muro de fuego. La gente de la ciudad estaba confundida. Algunos de ellos comenzaron a gritar de alegría, animando el milagro que estaba sucediendo frente a sus ojos.

El rey vio cómo la ciudad se acercaba cada vez más.

"Meryptah ..." dijo el rey.

"Meryptah ..." dijo la gente de la ciudad.

"¡Meryptah ha regresado!" Otros Strattos gritaron. Reconocieron el resplandor dorado que anunciaba la resurrección de su amada reina. El resplandor fue intenso en el horizonte con un mensaje inspirador de esperanza. El bloque se acercaba rápido, desafiando el destino impuesto por la malvada acción de Sesmar.

"¡Lo van a lograr!" gritó Zhoto. "¡Todos, vayan a las garras! ¡Tomen sus herramientas y prepárate para atracar el palacio!"

Los ingenieros saltaron sobre la sección de herramientas y corrieron en diferentes grupos y direcciones. Zhoto se puso de pie en el borde del suelo roto de Kemet, mirando ese hermoso resplandor dorado en el horizonte.

"Soñé con este momento toda mi vida. Ella está de vuelta. Este es el amanecer de la dinastía Meryptah".

CAPÍTULO 27 - MERYPTAH

Los ingenieros trabajaron en las garras mecánicas alrededor del bloque faltante, preparando el sistema de acoplamiento como parte central de la operación de rescate. La misión fue desafiante porque las detonaciones anteriores destruyeron la mayoría de los componentes esenciales de esas estructuras.

"¡Vamos a requerir más material y trabajo de soldadura en cada garra!" dijo Nohan. "¡Soldadores! ¡Lleven consigo todas las herramientas que necesiten y realicen la reparación de las piezas lo más rápido posible!"

Todos sabían qué hacer después de esas instrucciones básicas, y la garra era una de las piezas de fabricación más icónicas en la vida del mundo de la ingeniería de los miembros del tercer nivel.

"Zhoto, ¿Vas a encargarte de estas garras en el Kemet?"

"Sí, Nohan, haré las cuatro", dijo Zhoto.

Entonces Zhoto se puso de pie en una plataforma. "¡Vayan, todos, vayan y sirvan a nuestra nación! Este es el momento que estábamos esperando. ¡Este es el momento de mostrarle a Meryptah que su legado vive en el tercer nivel!"

La adrenalina, las habilidades y los cinco sentidos agudos corrían por cada miembro del nivel de ingeniería. Chispas y humo salieron de todos los rincones alrededor de las garras. En la superficie, los guardias reales y los civiles ayudaron a mover las pesadas piezas de metal mientras el palacio se acercaba a la ciudad a toda velocidad.

Arreglar las garras alrededor del Kemet no fue un gran problema para Zhoto. Pero mientras soldaba el último, se le ocurrió una idea.

Los ingenieros trabajaron diligentemente, uniendo las piezas pesadas y creando sustituciones para los segmentos destruidos. Cada una de las doce garras que sostenían el palacio se estaban preparando.

En ese momento de máxima presión, un fuerte y largo bocinazo rompió el aire. La ciudad estaba a punto de realizar cambios de velocidad. Luego otro bocinazo largo. Los ingenieros se miraron unos a otros, sabiendo inconscientemente que el plan que estaba elaborando Zhoto era la decisión correcta.

Zhoto estaba llamando desesperadamente a todos los operadores de todos los motores. Al instante, los operadores respondieron a la llamada de emergencia, corriendo por los túneles de servicio seguidos por guardias reales para protegerlos de cualquier otro ataque. Zhoto no dejó de hacer sonar la alerta, que también fue un grito de esperanza para los Strattos atrapados en el palacio. También fue un mensaje de Zhoto a Amy, diciendo que la ciudad estaba preparando todo para atracar el palacio y rescatarlos.

"Puedo escucharte Zhoto", susurró Amy, todavía empujando la palanca con todo su cuerpo. El bloque del palacio estaba a máxima velocidad, y pasará mucho tiempo hasta que pueda llegar a la ciudad. Es por eso que el plan de Zhoto funcionará, reduciendo el ritmo de la ciudad para que el bloque del palacio pueda alcanzar la megaestructura y atracar pronto.

Mientras tanto, los Strattos que estaban dentro de las habitaciones del palacio miraban al milagroso soldado dorado a través de las ventanas. Aquellos en los niveles debajo del balcón principal no tenían idea de que el soldado dorado salvó el reino. Simplemente pensaban que algo estaba arreglado mecánicamente y que ahora huían de la muerte.

En el nivel superior, el rey no se movió de las ventanas de la capilla, rezando y enviando a esta representación divina de la difunta Meryptah toda la fuerza que necesitará. El rey Kaemsekhem no tiene idea de que un humano está haciendo posible el milagro bajo esa armadura sagrada que desapareció hace miles de años.

"Sigue orando, Kherda", dijo el rey Kaemsekhem, cerrando los ojos y sosteniendo la mano de su esposa.

Zhoto preparó a los operadores para realizar la primera llamada, la que iniciará la secuencia de verificación de campanas. Las terrazas y balcones de la ciudad estaban llenos de Strattos. Todos siguieron cada movimiento de las operaciones de rescate. Otros ingenieros de la superficie coordinaron grupos con cadenas y cuerdas, preparándose para ayudar con la maniobra de atraque.

Comenzó la secuencia de la campana. La mayoría de los Strattos de la superficie nunca vieron la coordinación de alto nivel de los operadores del motor. Las campanas sonaban de un lado a otro de la ciudad.

Entonces, Zhoto les dio la orden de reducir la velocidad con el siguiente bocinazo.

Después de un momento de silencio, el palacio inició el acercamiento de la ciudad con el brillo dorado en la parte superior. La gente gritaba y saltaba de alegría, mientras que los operadores e ingenieros estaban totalmente concentrados en el éxito de esta misión. Por primera vez en miles de años, el Tercer nivel estaba teniendo el reconocimiento que siempre les perteneció, y escribir este capítulo de la historia de los Strattos estaba en sus manos.

Mientras tanto, en la cámara del generador, Mokhy se movió detrás de Makho para cambiar su posición para que pudiera descansar. Lentamente, pasó el brazo por debajo del brazo de su hermano y sostuvo la placa metálica. Makho se alejó suavemente, casi desmayado, exhausto y con quemaduras en la piel del brazo y parte del hombro. Los tres estaban callados, mirándose el uno al otro, sintiéndose dignos y con propósito. El príncipe puso las rodillas en el suelo y empezó a rezar. Makho lo siguió.

Zhoto tocó la bocina y los motores controlaron la velocidad a un ritmo estable pero mínimo. La maniobra debe ser muy rápida porque la ciudad ya está lo suficientemente cerca del sol. El plan era restaurar la velocidad a la normalidad tan pronto como el palacio acoplara las doce garras.

Debido a la exposición y las llamas, las habitaciones y cámaras ubicadas en la parte trasera se cubrieron de humo y fuego. Amy, en la parte superior, sufría de deshidratación y su visión se volvió borrosa por un instante. Entonces, de repente, se dio cuenta de que estaba a punto de estrellarse contra la ciudad.

"¡Ahhh!" gritó Amy, moviendo la palanca firmemente un par de posiciones hacia atrás, lo suficiente para igualar la velocidad de la ciudad y evitar una colisión.

Zhoto notó que el bloque del palacio no se alineaba con el resto de la ciudad, y las garras estaban fuera de posición hacia la derecha.

"¡Cómo vamos a atracar el palacio!" gritó Zhoto.

Miró hacia arriba, pensando en un nuevo plan cuando en ese preciso momento vio una ola de cadenas y cuerdas que se elevaban por el cielo hacia las estructuras, los mástiles y las ventanas del palacio. La tripulación en la superficie tiró todo lo que tenían para controlar la posición del bloque masivo.

Luego, cuando el bloque estuvo lo suficientemente más cerca de la ciudad, la gente tiró de las líneas arrastrando la gran construcción en un intenso y emocional esfuerzo de atraque a alta velocidad. Las filas de Strattos tirando las cuerdas y cadenas recorrieron toda la calle principal, sobre la plaza y alrededor de las cubiertas y balcones.

El brillo dorado que se reflejaba en la armadura de Amy pasó frente a los ojos de Zhoto. Amy lo estaba mirando, haciendo un contacto visual conmovedor. La unión de la gente en la superficie era increíblemente poderosa, encendida por el deseo de volver a ver a sus seres queridos, pero también por la emoción y actitud de profunda veneración religiosa que les inyectó la imagen de Meryptah en lo alto del castillo del rey.

En medio del chirrido del metal acercándose a la ubicación precisa de acople, el bloque comenzó a moverse hacia la izquierda. Nohan se subió a la grúa que trasladaría la imagen del guerrero dorado durante el festival. Esa era la ubicación alta perfecta para hacer contacto visual con el balcón del palacio.

Nohan tenía un brazo levantado, totalmente extendido, llamando la atención de la imagen dorada controlando la velocidad. La gente tiró y tiró hasta que el bloque coincidió con la gran brecha. En una secuencia sin aliento, Nohan dejó caer su brazo, indicándole al soldado dorado que acelerara los motores. Amy recibió el mensaje y empujó la palanca hacia adelante lo suficiente para que el bloque entrara perfectamente, acercándose cada vez más a las garras. Los ingenieros y las personas estaban listos para ayudar en el sistema de ajuste y recibir a sus seres queridos al final de una horrible pesadilla.

El palacio alcanzó la posición final, y los ingenieros de todo el bloque en los tres niveles zurcaron el aire con mazos golpeando las garras. La superficie, el segundo y el tercer nivel resonaban con toques metálicos de desesperación, coordinación y esperanza. El palacio estaba seguro.

Zhoto tocó la bocina larga y fuerte, mientras las campanas de los motores de la ciudad sonaban sin parar. Gritos de felicidad y alegría viajaron por todos los rincones de la nación. Simultáneamente, se abrieron las puertas del palacio, reuniendo a los supervivientes y devolviéndolos a los brazos de sus familias. Regresaron de la muerte, torciendo la mano del destino. Los Strattos heridos salieron ayudados por otros y, espontáneamente, los civiles ayudaron a transportarlos a la sala de salud para recibir atención médica urgente.

Los latidos del corazón de Amy le movían la sangre como si estuviera en medio de un ataque Katto, y bajó corriendo la rampa. Rápidamente, saltó a la escalera vertical, acelerando paso a paso frenéticamente para reunirse con sus amigos y ayudarlos a obtener atención médica.

De rodillas, el rey Kaemsekhem y su esposa Kherda rezaron con los ojos cerrados, mientras los guardias reales desgarraban las puertas de la capilla. El rey miró por la ventana para echar un último vistazo a Meryptah, pero ya se había desvanecido. Kherda lo ayudó a ponerse de pie y extendió los brazos con la corona en las manos. Kaemsekhem se inclinó y ella le puso la corona en la cabeza. El rey tomó en sus manos el manuscrito que pondrá fin a la continuación del ejército, y todos caminaron juntos fuera de la capilla resguardados por la guardia real.

Makho y Mokhy encontraron una manera de mantener la placa dorada reflejando los rayos del sol en el disco del generador, usando las herramientas y otras cosas que encontraron dentro de la cámara.

"¡Mokhy! ¡Mokhy!" gritaba Amy mientras bajaba por la escalera exterior.

Mokhy al instante se asomó por la escotilla abriendo los brazos, listo para recibir a Amy. Ella miró hacia abajo, sonriendo, tratando de contener la respiración y acelerando el ritmo de sus pasos. Ni siquiera se había dado cuenta de que el dolor en su brazo había desaparecido por los efectos de la adrenalina. Mokhy la ayudó a entrar en la habitación, y tan pronto como puso los pies en la cámara del generador, abrazó a Mokhy y comenzó a llorar. Harkhuf, Makho y Mokhy esperaron a que se recuperara, sin interrumpir su descarga de emociones, dándole el momento que necesitaba. En un honesto momento de conexión entre los cuatro, abrazaron a Amy en un círculo de amistad y aprecio.

"Tuve sueños de esto durante años", dijo Amy entre sus dulces suspiros, levantando la protección facial del casco. "Vi a la dama de oro y la ciudad hecha de metal en sueños desde que tengo recuerdos. No entiendo cómo estamos conectados o si tal vez desarrollé una habilidad para conocer el futuro, lo cual es ridículo, por cierto".

Ellos sonrieron, mirándose el uno al otro.

"Aún así, siento que los conozco de mucho antes, y me siento cómoda con eso", dijo Amy. "Puedo sentir que soy parte de esta ciudad y que mi corazón pertenece aquí. Vi a Harkhuf por primera vez hace poco más de una semana, y no sabía sobre los malvados planes de Sesmar ni nada sobre la Piedra del Tiempo. Sabía que había una guerra entre la gente de la Tierra y algunos extraterrestres de un planeta lejano, y también sé que no pedí ser parte de todo esto. Pero estoy aquí ahora, con ustedes, y sé en mis huesos que esta es mi guerra también. Quería estar aquí hoy".

Amy respiró hondo, mirando a los ojos de sus amigos en silencio.

"De todos modos, no sé si te diste cuenta, pero hemos engañado a la muerte" dijo Harkhuf.

"Hace un momento atrás, todos estuvimos a punto de morir", dijo Amy. "Algo dentro de mí me dijo qué hacer y me dio la confianza de que íbamos a salir vivos de esto".

Amy se tomó un momento para limpiarse las lágrimas. Makho, Mokhy y Harkhuf guardaron silencio, mirándola con amor como a uno de ellos. El momento fue interrumpido por un fuerte golpe en la puerta.

"¡Amy! ¡Mellizos! ¿Están ahí dentro?" gritó Zhoto desde el otro lado.

"¡Sí, Estamos aquí!" gritó Makho.

"¡No se preocupen, amigos! ¡Los sacaré de allí!" gritó Zhoto.

El golpe continuo y robusto en la cerradura expulsó todo el sistema de bloqueo de la puerta. Zhoto empujó la puerta de una patada y vio a sus amigos abrazándose. Se movieron lentamente, dejando a Amy en el medio. El momento emotivo fue el reflejo de todo un viaje para Zhoto. Caminó hacia ellos, dejando caer el mazo al suelo.

"Meryptah", susurró Zhoto, mirando a Amy con la armadura dorada. Se arrodilló sollozando.

Amy caminó hacia él y se arrodilló. "Lo hicimos, Zhoto. Y te escuché ahí fuera. Ojalá pudiera ser quien quieres que yo sea, pero quiero que sepas que me siento honrada de usar su armadura", dijo Amy, levantando su rostro con las manos. "Están pasando tantas cosas en mi cabeza en este momento, pero estoy segura de una cosa, hoy cambiamos la vida de muchos, incluyéndome a mí. Las cosas van a ser muy diferentes a como eran antes. Juntos, al igual que hoy, daremos el siguiente paso y salvaremos al resto de esta nación. Somos el mejor equipo, el mejor que nadie haya visto o imaginado antes, pero juntos".

"Aún así, hay una cosa que tenemos que decirte, Zhoto", dijo Harkhuf.

"Dos cosas", dijo Mokhy, levantando los dedos.

"Espera, ¿Qué cosas?" dijo Amy.

Afuera del Palacio, las familias estaban juntas, la mayoría de ellas rezando, pero todos frente a las puertas del palacio esperando que el rey saliera. La multitud guardó silencio y el festival fue interrumpido drásticamente en una ola de eventos que les hizo creer en los milagros.

"¡Puedo verlos!" dijo una dama Strattos.

"¡Es el rey!" gritó otro.

Los ciudadanos de la ciudad de Strattos se unieron en un fuerte grito, vitoreando con felicidad y agradecimiento. El rey cruzó solemnemente las puertas del palacio, seguido por Kherda y la guardia real. Su túnica blanca reflejaba la luz del sol, y el viento movía las telas mientras caminaba hacia el escenario en el reencuentro más emotivo y emocionante entre los ciudadanos y su reino. Los jóvenes Strattos sentados en las sillas altas agitaron sus banderas en el aire, y la banda puso sus instrumentos para tocar la pieza musical favorita del rey. Algunos de los miembros del departamento de justicia, heridos y otros con sus túnicas cubiertas de cenizas, se pararon en el costado de las escaleras del escenario tocando la mano del Rey Kaemsekhem mientras caminaba hacia la cima. El escenario estaba cubierto de flores violetas y rosas rodeadas de grandes banderas blancas con el símbolo del reino impreso en negro. Al costado del escenario, la imagen del soldado dorado que hizo Mokhy se mantuvo alta y maravillosa con un notable sentido de fe durante la llegada del rey. Al fondo, el palacio humeaba con las últimas llamas consumiendo los escombros del interior de las salas metálicas. Algunos ciudadanos se encontraban en los balcones del edificio de salud, atendiendo a los heridos en el ataque.

La banda se detuvo tan pronto como el rey dio sus últimos pasos en el centro del escenario. En silencio, la multitud esperó el discurso del rey, pero él solo miró al público con los ojos cubiertos de lágrimas. Los ciudadanos sintieron lo mismo y se reunieron en un momento tranquilo de reflexión y agradecimiento.

El rey Kaemsekhem desenrolló el manuscrito sobre el podio dorado y respiró hondo. Estaba a punto de leer cuando decidió primero llevar una palabra directamente a la nación.

"Ponte de pie con honor y orgullo", dijo. "Mis queridos ciudadanos, ¡La nación Pree es fuerte!" Kaemsekhem hizo una pausa mientras la gente se expresaba con aplausos y vítores. Después, el rey continuó.

"Hoy celebramos a nuestros antepasados, quienes nos unieron en esta estructura hace cinco mil años. Nuestra generación quería detener el sufrimiento, ¡Y hoy Meryptah escuchó nuestras oraciones!"

La multitud vitoreó a todo pulmón, con los brazos en alto y las banderas moviéndose por toda la superficie. Kaemsekhem miró el manuscrito y comenzó la ceremonia.

"Han pasado muchos años desde que se establecieron nuestros esfuerzos por encontrar un mundo nuevo para nuestra gente. Muchos miembros de nuestra nación perecieron en la lucha por sobrevivir. Manos inescrupulosas dominaron nuestro mundo y nos engañaron poniendo sus propias ambiciones antes que nuestra gente".

El rey alzó la vista hacia la multitud que los miraba con tristeza. "Hoy, vimos uno de sus actos desesperados con la intención de continuar con sus planes destructivos a costa de la vida de nuestra gente. Pero ella escuchó nuestras oraciones y vino a salvarnos a todos. El mal ha sido derrotado hoy."

La multitud vitoreó. Kaemsekhem volvió a bajar la mirada para seguir leyendo el manuscrito, terminando así con la proclamación real.

"Hoy, el reino de Pree, en un acto de libertad unánime y sin precedentes, gobierna la disolución permanente y definitiva de las Fuerzas Armadas, las cuales estaban destinadas a proteger al planeta de las amenazas desde lugares remotos del cosmos. Los recursos, áreas y pertenencias de esta rama del reino están bajo el completo control de la guardia real bajo las órdenes de este rey y de aquellos que gobiernan esta nación después de mí. Los miembros del extinto ejército serán reubicados en trabajos civiles y en tareas del reino. Ejecútese esta proclamación pública de forma inmediata".

Los Strattos explotaron en la celebración del final de una era de sufrimiento e imparcialidad. Muchos se abrazaron en un acto espontáneo de liberación cuando los miembros del ejército fueron despojados pacíficamente de sus armas y pertenencias. Los viejos ciudadanos dieron la bienvenida a los soldados que ya no eran militares, invitándolos a regresar con sus familias y comenzar un nuevo episodio en sus vidas basado en el amor, la bondad y ciudadanía. El rey Kaemsekhem, todavía en el podio, observó a la multitud mientras la nación asumía la noticia con esperanza y en camino hacia una transición de paz y armonía cuando su esposa Khenra le tocó el hombro. El rey la miró sonriendo de alegría.

"Ella está aquí", dijo la esposa del rey.

"¿Quién está aquí, Khenra?" preguntó Kaemsekhem, mirando hacia las puertas del palacio.

Entonces la multitud se volvió hacia la entrada del palacio, moviéndose rápido y empujando, apresurándose para acercarse y vislumbrar lo que estaba sucediendo.

"Meryptah ..." susurró el rey, bajando del podio con la ayuda de Khenra.

"Meryptah ..." murmuraba la multitud.

"¿Fue real? ..." susurró el rey.

Amy, vestida con la joven armadura de Meryptah, caminó respetuosamente hacia el rey, seguida por el príncipe Harkhuf, Zhoto y los gemelos. Quería quitarse la armadura.

"Todavía no, quédatela", señaló Mokhy.

Harkhuf caminaba con dificultades debido a sus heridas, pero ignoró su dolor.

"¡Hijo!" dijo Khenra.

"¿Está herido?" dijo el rey.

"Parece que está herido por alguna razón", dijo Khenra.

La guardia real caminó alrededor del rey en una formación, y Khenra tomó la mano del rey cuando el rey se detuvo.

"¡Meryptah! ¡Meryptah!" La gente lloraba.

Amy se detuvo no lejos del rey, pero Harkhuf dio algunos pasos más adelante.

"Padre", dijo Harkhuf, acercándose a ellos.

El rey y Khenra lo recibieron con lágrimas en el rostro de su hijo, besándolo en la frente. El rey Kaemsekhem miró a Amy.

"¿Es... ella ...?" dijo el rey, mirando a Amy, que no se movía y con el protector facial del casco bajado. "¿Es esto un sueño? ¿Está ella aquí con nosotros en este momento?" dijo Kaemsekhem, muy emocionado.

"Padre, esta corona ya no nos pertenece", dijo Harkhuf.

Kaemsekhem lo miró con lágrimas en los ojos. Al instante, el rey se quitó la corona de la cabeza, casi con vergüenza. La multitud estaba asombrada.

"No, padre, no se trata de esta pieza de metal", dijo Harkhuf, girándose y poniendo su cuerpo entre sus padres. Los tres miraron a Amy. Harkhuf asintió con la cabeza hacia Amy, indicando que era su momento.

Mokhy dio un paso adelante, solemnemente, y ayudó a Amy a quitarse el casco. Suavemente, movió las dos piezas del casco, revelando su brillante cabello rojo y su rostro. La multitud se congeló y el rey abrió los ojos.

"¿Meryptah... es... Un humano?" dijo Kaemsekhem.

"Sí, padre", dijo Harkhuf.

"Pensé que eran más grandes", susurró el rey.

Kaemsekhem se acercó a Amy en medio de un momento puro y silencioso. Harkhuf caminó detrás del rey, y Zhoto, Makho y Mokhy se pararon detrás de Amy.

"Estoy confundido", dijo Kaemsekhem. "¿Por qué llevas la armadura de la reina Meryptah?"

"Creo que esas son las palabras equivocadas, padre", dijo Harkhuf.

"Respeta la corona, hijo", dijo Kaemsekhem, levantando las manos para volver a ponerse la corona en la cabeza. Harkhuf lo detuvo.

"Padre, como te dije, no se trata de esta pieza de metal. Este reino ya no pertenece a nuestras manos", dijo Harkhuf, asintiendo con la cabeza hacia Zhoto y los gemelos.

"¿Qué? ¿Qué pasa, hijo? ¿Qué estás tratando de decirme?" dijo Kaemsekhem, confundido.

Zhoto dio un paso adelante mientras los gemelos desmontaban la parte trasera de la armadura.

"Rey Kaemsekhem ..." dijo Zhoto, "Ella alimentó a los Khaloopers".

"¿Qué?" dijo Kaemsekhem, sorprendido.

"Anoche, en compañía de Mokhy, su tutor designado, fue a la jaula de los Khaloopers y los alimentó con sus propias manos", dijo Harkhuf.

"¿Los animales reales? Eso es imposible", dijo el rey, mirando a los ojos de Amy.

"Ella los alimentó y jugó con los bebés", dijo Zhoto.

El rey se acercó un paso más a Amy y la miró a la cara en detalle. "No prueba nada", dijo Kaemsekhem con tono escéptico.

"Padre", dijo Harkhuf, reteniendo a su padre. "Le aconsejo que respire hondo. He aquí Amy Lincoln, la humana de sangre real".

Los gemelos le quitaron la parte trasera de la armadura y Zhoto la delantera. Amy tomó su cabello sobre su cabeza y se giró lentamente, revelando la marca real en su espalda. El rey abrió los ojos y miró el símbolo. Se hiperventiló instantáneamente, perdiendo el equilibrio casi desmayándose. Harkhuf lo tomó del brazo y Khenra se acercó a él por el otro lado.

"¿Qué pasa, Kaemsekhem? ¿Qué te está agitando tanto?" ella dijo. Entonces Khenra también visualizó la marca.

"Mi gente esperó durante años", dijo Kaemsekhem, tratando de respirar y unir las palabras. "Pasaron generaciones esperando ser testigos del regreso del reino. Hace cinco mil años, en su lecho de muerte, agonizando después de ser apuñalado en su habitación real, el rey Kharpo le dijo a uno de sus soldados que había dejado una semilla en el planeta de los humanos. Que el reino estaba a salvo y que la paz volvería a nuestro mundo una vez que el universo lo decidiera. Que, primero, deberíamos pagar por nuestros errores y fracasos como guardianes del tesoro".

Amy estaba de pie, mirando a Mokhy. Ambos tenían lágrimas en los ojos. Amy estaba pensando en la fortuna de estar viva y en el significado que tenía su vida en ese momento. Los recuerdos de su familia y amigos hicieron de este instante el logro de su destino.

"Por favor, gírate, Amy Lincoln", dijo el rey.

Amy, visualmente emocionada, se giró hacia el rey Kaemsekhem con una suave sonrisa.

"Tenemos el privilegio de estar aquí hoy. Ninguno de nosotros es lo suficientemente digno para estar frente a ella".

El rey se inclinó y se arrodilló frente a Amy. Después de él, Khenra y Harkhuf. Zhoto y los gemelos hicieron lo mismo. Un joven Strattos sentado en las sillas altas arrojó al escenario la moneda con el símbolo del reino destinado a celebrar el sacrificio de Meryptah. Otro Strattos más cercano a ellos hizo lo mismo. Entonces toda la multitud arrojó la importante ofrenda de la gente a los pies de Amy. Ahí toda la nación se arrodilló en silencio en lo que sería el regreso del reino real a Pree, el fin del sufrimiento de la gente y la restauración del equilibrio del cosmos.

En el escenario, Amy miraba de derecha a izquierda a toda la ciudad, arrodillados frente a ella. Harkhuf levantó lentamente la vista y miró a Amy con lágrimas, pero sonriendo. Amy lo miró.

CAPÍTULO 28 - CULPA VERDADERA

La ciudad está celebrando como nunca antes. El festival de Meryptah fue diferente este año y la gente tiró todo a las calles. En el escenario principal, una banda tocó las canciones más felices de su repertorio y los artistas organizaron un show de talentos improvisado. Fuera del edificio de salud, los Strattos heridos cuentan historias fantásticas para los más pequeños, todos ellos sentados en el suelo sobre cojines de colores. Los encargados de la panadería de la ciudad trabajaron sin parar en la elaboración de gompas de todo tipo de tamaños y formas. Cerca de las puertas del palacio, algunos ingenieros mostraron los avances tecnológicos del Tercer nivel por primera vez. La mayoría explica cómo se mueve la ciudad y otros describen la importancia del nivel en la vida de los ciudadanos.

El departamento de justicia ubicó una carpa con el propósito de recibir cosas del ejército, como armas, cinturones utilitarios, uniformes y cualquier otro elemento que ahora pertenecían al reino. También les dieron a los ex-militares la opción de elegir qué les gustaría hacer en la ciudad. Les ofrecen una lista de tareas y nuevos puestos, considerando sus habilidades y elecciones personales. Muchas familias ofrecieron bebidas, comida y ropa a los ex soldados, ayudándolos a hacer la transición a su nueva vida civil.

Más temprano, después de la revelación de que Amy era la heredera del reino, el grupo entró al salón del reino, ubicado a la derecha de las puertas principales del palacio. La gran cámara sirve como el lugar donde el rey firma las órdenes y el departamento de justicia discute la importancia de la gente. Sus miembros también garantizan la seguridad pública y trabajan directamente con la guardia real previniendo y controlando el crimen.

El techo alto y las paredes de lujo sostienen una plataforma con el trono de Pree en la parte posterior de la habitación, el cual es uno de los elementos que sobrevivieron a los acontecimientos apocalípticos de hace cinco mil años.

Dentro del salón del reino, los gemelos, Zhoto, Harkhuf, Kaemsekhem, Khenra y Amy, se sientan en un círculo de bancos de metal dorado con cojines blancos. Hermosas alfombras cubren el piso con colores dorado y rojo. El trono en la parte de atrás mostraba quemaduras y marcas de derretimiento como parte de la historia de la nación. Mientras usa una túnica blanca, Amy está mirando al trono, pensando en muchas cosas que se le vienen a la cabeza.

"¿Dónde está Sesmar?" dijo Kaemsekhem. "¡La quiero ahora! Tiene que pagar por lo que hizo".

"No lo sabemos, padre", dijo Harkhuf. "Khawo se fue con ella en nuestro último esfuerzo por romper sus planes. No sabemos dónde está Khawo, pero sabemos que no lo logró. Sesmar debió haber descubierto sus intenciones y ciertamente debe haber atentado contra la vida del capitán".

"Localicen a la familia del capitán y transpórtela al palacio de inmediato. Es un héroe de Pree y quiero que lo sepan" dijo Kaemsekhem a los guardias.

"Tenemos que encontrar el cuerpo de Khawo", dijo Harkhuf a uno de los guardias. "Khawo me dijo que Sesmar planeaba estar en un punto más alto para dirigir el ataque. Organice un equipo y comience a buscar allí".

Los miembros de la guardia real movieron sus fuerzas instantáneamente.

"¿Cómo están tus heridas, hijo?" preguntó Khenra.

"No es nada, madre", dijo Harkhuf. "Mi vida le pertenece a Makho y Mokhy, ingenieros jefes del tercer nivel, y a Amy".

Los gemelos asintieron al príncipe y Amy miró a Harkhuf con una sonrisa amistosa. "Tú habrías hecho lo mismo por nosotros, Harkhuf", dijo Amy.

Harkhuf bajó la vista, avergonzado y muy apenado por sus acciones contra Amy.

"Amy, el capitán Khawo me dijo que habló con su robot, Frank. Ambos se comprometieron con el éxito de la misión de hoy".

"¿Frank? ¿Él está bien? ¿Dónde está?" dijo Amy, levantándose del banco.

"Él está bien. La guardia real lo traerá aquí mientras hablamos" dijo Harkhuf.

Un largo y tranquilo momento siguió a la conversación. Todo el mundo estaba exhausto después de los eventos que involucraron sus creencias y sus miedos más espantosos. Además, el próximo movimiento para el reino era incierto. No había un solo procedimiento ni ninguna regla que dictara qué hacer en esta situación. Una especie de otro planeta estaba a punto de tomar el timón del reino bajo la tradición del legado de la sangre real. Nadie en la habitación sabía qué decir o qué hacer. El rey Kaemsekhem sintió que su presencia en el palacio ya no era necesaria. Harkhuf sintió la necesidad de confesar y admitir todos sus actos de vandalismo contra otras especies y la suya propia. Amy, de nuevo en el banco, estaba callada y respetuosa. Pensó que estaba a punto de tomar algo que no le pertenecía. Fue una situación incómoda para todos.

"Estamos esperando a los miembros del departamento de justicia que rigen los procedimientos de coronación", dijo Kaemsekhem. "Han estado involucrados en este protocolo durante generaciones. Esa es su misión en la vida y saben qué hacer".

"Escuche, rey Kaemsekhem ..." dijo Amy.

"No te preocupes, Amy", dijo Kaemsekhem. "No tienes que decir nada. Estamos bendecidos por su presencia hoy. No hay nada que alimente más nuestros corazones que tener el privilegio de estar frente a ti en este momento".

Ellos volvieron a estar en silencio por un momento.

"Padre", dijo Harkhuf. "Seguí a Sesmar en todos sus planes, ignorando el dolor de nuestra gente y el dolor de los demás. Padre, tengo que pagar por mis crímenes y mis malas acciones. La amaba, y estuve envuelto en la nube de lo que mi corazón me decía que hiciera, cegué mis ojos a propósito, sin querer mirar a mi alrededor, empujando hacia adelante en sus deseos y rompiendo todas las reglas de nuestra nación, abusando de los recursos del país. Abuse de la gente por mis propios intereses y sus malvados planes. Padre, le ruego que me disculpe.

Harkhuf apoyó las rodillas en el suelo, y llorando, bajó la vista.

"Vi a un hijo diferente cuando regresaste de tu último viaje de exploración", dijo Kaemsekhem en voz baja. "Tus ojos estaban arrepentidos por alguna razón. Estabas avergonzado. No sé qué te pasó en ese planeta de donde deliberadamente trajeron a Amy. Pero puedo decirte que pagarás por esos crímenes según la ley Strattos. Aún así, hay otro juicio esperándote, y tienes que enfrentar ese destino y asumir esa situación. Eres y siempre serás mi querido hijo, y te perdono por los errores que cometiste. Ahora, hay alguien en esta sala esperando tus palabras. Tu misión con ella es protegerla con tu vida y tu lealtad. Quizás, después de toda una vida sirviendo a Amy, tu alma encontrará la paz y la llave para abrir las puertas del perdón".

Harkhuf giró sus rodillas hacia Amy en silencio. Llorando, dejó que la culpa fluyera de su pecho. Sus manos entrelazadas en el centro de su frente pidieron perdón por sus acciones.

Amy era una persona de alma pura. Su propósito en la vida nunca fue infligir dolor o miseria a los demás y cuidar el delicado equilibrio de la vida y el respeto por encima de todas las cosas. Ella nunca mató a un solo animal en Hyperterra. Basó su territorio en el uso de técnicas disuasivas, pero nunca la muerte. Mató a ese Katto sobre el puente de hielo para defenderse y honrar a quienes lucharon por su vida. Desde entonces, prometió no matar. Amy siempre se consideró la invasión del planeta, pero aprendió a vivir en armonía con él y a hacer que otros seres vivos siguieran esos principios.

Amy se puso de pie y caminó hacia Harkhuf. Ella sostuvo su cabeza entre sus manos y acercó la suya a la frente de Harkhuf.

"Tú no querías hacer todo eso. Era ella hablando a través de ti ", dijo Amy. "Eso no es lo que eres. Vi tus ojos y supe que estabas fingiendo ser otra persona. Por eso te mantuve vivo en mi planeta porque sabía que algún día reconocerías que yo no era como los demás de mi especie. Sentí que teníamos algo en común y que juntos podíamos hacer algo por todos. Algo significativo. Hoy nos probamos mutuamente que somos almas dignas y que nuestro destino está en las estrellas. Te perdono, Harkhuf".

Amy besó la frente de Harkhuf.

"No merezco tu perdón, Amy. No soy un alma digna ", dijo Harkhuf, llorando.

"Nuestro trabajo aún no ha terminado. El plan era poner a Sesmar tras las rejas y, como pueden ver, tenemos una misión que cumplir", dijo Amy, mirando a Zhoto y a los gemelos. "No estamos solos en esto, somos un equipo y juntos vamos a traer paz y equilibrio. Entonces, y sólo entonces, encontraremos la paz en nuestros corazones".

Amy movió el rostro de Harkhuf para que él pudiera ver sus ojos. "Muéstrame que lamentas tus crímenes, Harkhuf. Muéstranos que quieres corregir los errores de tu vida. Pero lo más importante, demuéstrales que eres un alma digna".

Amy se puso de pie y caminó hacia Kaemsekhem. "El general Kortox y muchas generaciones antes que él buscaron los fragmentos de la Piedra del Tiempo visitando varias civilizaciones sin éxito. No hace mucho, descubrió que esos fragmentos estaban ocultos en el planeta Tierra. Finalmente, Sesmar decidió aniquilar a mi especie en el genocidio más horrendo en respuesta a su búsqueda infructuosa".

"¿Qué? ¡Esto es terrible!" gritó Kaemsekhem, levantándose y caminando con las manos sobre su cabeza. "¡Cómo no me di cuenta de este camino de maldad y dolor!" Luego se detuvo y se volvió hacia Harkhuf.

"Hijo, por favor dime que no sabías nada sobre esto", dijo Kaemsekhem con voz suave.

Harkhuf bajó la vista.

"¿Hijo?" dijo Khenra. Ella rompió a llorar.

Kaemsekhem se acercó a una pared con una obra de arte metálica. En la imagen enmarcada en material estampado dorado, un Strattos sostiene una corona que la gente le está otorgando.

"Un Strattos nacido en el corazón del reino se coloca naturalmente en el orden de sucesión. Ese hijo mío no puede ser destinado a heredar la corona de Pree", dijo Kaemsekhem, mirando la imagen. "Siempre fue así desde el comienzo de nuestra existencia cuando la primera luz nos puso aquí. Esa cadena de sangre real se rompió y el legado desapareció para siempre. Desde aquellos tiempos, nuestra nación fue gobernada por manos oscuras, corruptas y ambiciosas. La opresión y el dolor recorrieron cada viejo y nuevo hierro de esta ciudad, ocultando el deshonor y el sufrimiento de una especie condenada al castigo, después de haber perdido el tesoro cósmico del tiempo. Aquí no había ni pasado ni presente para nuestra gente, pero tampoco había futuro por delante".

Kaemsekhem caminó hacia el grupo nuevamente y se sentó en el banco. Invitó a Amy a sentarse con él.

"Un día, la gente puso un nuevo reino y luchó por el derecho a ser feliz y perseguir un futuro", continuó Kaemsekhem. "Fueron tiempos difíciles para cada uno de los Strattos que lucharon por la libertad. Fueron dirigidos por una voz fuerte que equilibró el método y las negociaciones. Las generaciones egoístas que reinaron el período del Rey-General dieron un paso atrás después de miles de años, y la gente avanzó a través de esa brecha sin miedo. A partir de ese momento, los Strattos descubrieron que juntos podríamos elegir tener una vida mejor y lograr la paz lejos de la miseria y el cautiverio. Al final, la gente la puso en la cima, eligiéndola como la nueva reina de Pree. Esa dama era mi madre, Klya".

Kaemsekhem hizo una pausa, mirando la imagen en la pared. Se le llenaron los ojos de lágrimas y Amy le tomó la mano con suavidad. Kaemsekhem respondió al amable gesto de Amy sosteniendo su mano con ambas manos.

"Desde entonces, el nuevo reino creció en paz, Amy", continuó Kaemsekhem. "La rama militar, al mando de la casi Reina-General, Nofret, propuso a mi madre nuevos planes en busca de un nuevo mundo para la gente. Ella confiaba en Nofret, fervientemente. Nofret fue quien acordó el cese del régimen e idearon juntas una solución para el fin del conflicto. Se conocían y no había ninguna razón para sospechar que ella había traicionado al reino. Ahora puedo entender que Nofret no era el personaje que vio mi madre. Continuó ampliando sus planes en las sombras, pasando esas siniestras intenciones a su hijo Kortox, y él a su hija, Sesmar".

Kaemsekhem miró a su hijo. Harkhuf estaba en el suelo, con la vergüenza de fallar al legado de su familia y traicionó a las personas que eligieron a su abuela como referencia de la savia misma de los Strattos.

"Y tú ..." dijo Kaemsekhem. "Hijo mío, eres igualmente culpable de todos esos actos horrendos. No deberías estar aquí ahora mismo frente a la sangre real".

Kaemsekhem miró a Amy y se arrodilló frente a ella, tomándola de las manos.

"Me ofrezco voluntariamente bajo vuestra aprobación para pagar por las fechorías y crímenes que mi hijo cometió contra la vida de tantos, incluidos los humanos y nuestra nación. Tómame como deuda por estos horrores. Creo que mi hijo merece saber que eligió el camino equivocado y que debe pagarlo, como también creo que debe pagar con su libertad y servirte hasta el último día de su vida".

Kaemsekhem agarró la mano de Harkhuf y ambos lloraron. Amy estaba profundamente en conflicto, tratando de equilibrar la destrucción de la humanidad en manos de extraterrestres corruptos, pero también teniendo en cuenta que no todos eran malos.

"Amo a mi hijo", dijo Kaemsekhem. "Sé que hay algo bueno en su corazón. Por favor, tome mi libertad en lugar de la suya y guíelo por el camino de la verdad y la luz."

Amy se puso de pie y caminó detrás de su banco.

"Tu ejército viajó a varios planetas, durante muchos años, usando tecnología desarrollada en secreto aquí debajo de tus narices", gritó Amy, molesta. "Podrían llevar a su gente a comenzar una nueva vida lejos de aquí, y nada de los eventos de muerte y dolor hubieran ocurrido".

Amy estaba furiosa. Quería llorar y golpear algo. "Las acciones incontroladas de un grupo de Strattos pusieron la vida de muchos en peligro, ¡Y la mayoría de ellos ahora están muertos! ¡Muertos, Kaemsekhem!"

La quietud de la sala transmitió un mensaje claro de Amy corrigiendo un liderazgo roto, abordando una declaración contundente sobre culpas y verdades.

"Recibiste un reino que es igualmente responsable de la secuencia adversa de eventos espantosos", continuó Amy. "Todos ustedes comparten la deshonra. ¡Las almas de muchos que perecieron durante la guerra también están sobre tus hombros! ¡Tu nación es culpable también de ser ignorantes y de la falta de control sobre tu ejército!"

Amy rompió a llorar. Zhoto, Makho y Mokhy estaban inmóviles con la cabeza gacha, mientras Khenra sostenía las manos de Harkhuf y Kaemsekhem.

Después de respirar, su voz vino calma y serena. "Su hijo tomó decisiones terribles. De hecho, Sesmar manipuló el corazón de Harkhuf, pero fue él quien decidió matar a mi amiga Amber en medio de su invasión a Hyperterra. Estoy segura de que Harkhuf ahora sabe que soy muy diferente de los humanos de las historias que Sesmar le contó", dijo Amy, caminando hacia Mokhy. "También vi durante estos días que los Strattos también son diferentes y que algunos de ellos son corazones hermosos. Es hora de pasar la página y caminar hacia adelante", dijo Amy, limpiándose la cara y agarrando el casco de la armadura de Meryptah. "Desde que era un niña y el último ser humano vivo, entendí que era una pérdida de tiempo precioso llorar y lamentar cosas del pasado. Yo sigo adelante, y ahora todos vamos a avanzar también. Así es como ganamos. Así es como vamos a devolver la paz a nuestros mundos".

Se abrieron las puertas de la cámara real y entró un grupo de miembros del Departamento de Justicia con manuscritos y pergaminos sobre el día de la coronación. Detrás de ellos, Frank venía transportado en una plataforma móvil.

"¡Frank!" gritó Amy, corriendo hacia su amigo.

Un guardia se acercó a Harkhuf, que estaba en el suelo. "Príncipe Harkhuf, aquí está la caja que pediste", dijo el guardia real.

"Gracias", respondió Harkhuf, tomando la caja negra metálica y caminando hacia Amy.

"Me golpeó una descarga eléctrica y parte de mi sistema de rastreo no funciona. Algunos de los componentes deben estar fritos, pero sigo siendo el mismo robot guapo y de buen humor", dijo Frank.

"Te vamos a arreglar, Frank", dijo Amy, abrazando la estructura de Frank.

"Hay una dama afuera de la sala que dice que viene a curar sus heridas, príncipe Harkhuf", dijo un guardia.

"Sí, por favor, déjela entrar", dijo Harkhuf. Luego le entregó a Amy la caja metálica. "Este es el comunicador que Sesmar te quitó. Ella solía..."

"¡Nadie se mueva! ¡Guardias, salgan de aquí, ahora!" gritó Sesmar en la puerta de la sala real. Vestía un uniforme de enfermera y manejaba dos armas dirigidas al grupo que estaba sentado en los bancos, y a Amy que estaba en compañía de Harkhuf.

CAPÍTULO 29 - SORVATS

El segundo grupo de guardias reales llegó a las puertas del salón del reino, pero la puerta estaba completamente cerrada.

"¡Qué pasó!" dijo un capitán de tropa.

"¡Es la general del ejército! ¡Los tiene encerrados como prisioneros!" dijo uno de los guardias reales que estaban dentro.

"¿Está armada?" preguntó el capitán.

"¡Sí, tiene dos armas de energía, capitán!" respondió el guardia.

"¡Debe haber otra entrada!" dijo el sargento.

"Dentro de la sala real, hay un tubo al departamento de reutilizables en el tercer nivel. Si llegamos allí, podríamos entrar sin ser detectados", dijo un guardia.

"Nos llevará demasiado tiempo. ¡Necesitamos algo rápido!" dijo el capitán.

"¡Lo tengo! ¡Por el comedor!" gritó un guardia.

"Sí, pero no son puertas", dijo otro. "Esas son dos correas que el personal de la sala de comidas usa para entregar alimentos en el salón del rey".

"Eso es suficiente para mí", dijo el capitán, llevando consigo a dos de los guardias más calificados.

"¿Es eso lo que estamos haciendo ahora?" gritó Sesmar. "¿Un ser humano como líder de nuestra nación? ¿Están locos?"

En la sala, el grupo de cautivos está detrás de los bancos contra la pared. Los cinco miembros del departamento de justicia que sostienen los pergaminos del día de la coronación están detrás de Zhoto, Makho y Mokhy. El rey Kaemsekhem y su esposa Khenra están frente al círculo hecho por los bancos tratando de calmar la ira de Sesmar. Lejos de los bancos están Amy, Harkhuf y Frank. Los tres están frente a Sesmar con las manos en alto.

Sesmar está enojada, caminando desde las puertas principales de la cámara apuntando con las armas a todo el grupo desde su perspectiva. Sesmar puede ver el rostro de Kaemsekhem detrás de Amy y Harkhuf. Sus dulces palabras y conocimientos siempre inspiraron sus pequeños pasos. Kaemsekhem se convirtió en una de las figuras más importantes para ella después de la muerte de Kortox. Le prometió a Sesmar que estaría para ella en cualquier momento que ella requiriera, pero se sintió traicionada después de que el rey le contó sobre la disolución del ejército. Desde entonces, ha tenido pensamientos conflictivos, pero el legado de sus predecesores tiene un alcance más significativo en sus creencias y acciones.

"Esta sombra oscura en tu corazón te está conduciendo por el camino equivocado, mi querida hija", le dijo Kaemsekhem con su dulce voz.

Sesmar está inmóvil, todavía apuntando hacia ellos. "¡Esta habitación está sucia!" gritó ella. "¿Por qué, rey Kaemsekhem? ¿Por qué?"

"Hija preciosa, déjanos ayudarte. Todos estamos juntos en esto", dijo Kaemsekhem.

"¡No estamos juntos en esto! ¿Crees que soy una tonta? dijo Sesmar. "¡Estoy más cerca que nadie del resto de los fragmentos! ¡Voy a traer equilibrio al cosmos y convertirme en el ser más poderoso que jamás haya existido!"

"¿Y luego qué, Sesmar?" preguntó Amy.

"¿Cómo te atreves a hablar conmigo?" dijo Sesmar, apuntando las dos armas hacia Amy.

Mientras tanto, el capitán de la guardia real estaba en una de las correas de la cocina mientras los otros dos soldados pasaban por el otro sistema. Ambos llegaron al mismo tiempo sigilosamente, arrastrándose sobre la cinta transportadora. Desde ahí ven toda la escena desde un lado, y el capitán prepara su arma esperando la ventana precisa para cuando Sesmar no apunte sus armas a los cautivos.

"Todo habría sido muy diferente si sus compañeros humanos nos hubieran dado los fragmentos cuando los pedimos", dijo Sesmar.

"No puedo hablar por ellos o sus intenciones, pero creo que los fragmentos de tu tesoro están en la Tierra por una buena razón", dijo Amy.

"¡Porque los humanos nos lo robaron!" gritó Sesmar.

"Eso es ridículo", dijo Amy en broma.

Sesmar apuntó una de sus armas al techo y apretó el gatillo, destruyendo una parte del sistema de luces que colgaba en la sección más alta de la cámara. El capitán tenía una vista de la espalda y el costado de Sesmar, pero los muebles y elementos metálicos frente a él interferían con sus oportunidades, y hacer el tiro podía poner a todos en riesgo. Los soldados tenían una vista frontal de Sesmar, pero la gente de la cámara estaba obstruyendo las posibilidades de un disparo claro en sus hombros o rodillas.

"¿Qué quieres, Sesmar?" dijo Harkhuf.

"Mírate", dijo Sesmar, caminando hacia él y Amy. "Has cambiado, mi amor."

Luego, mientras Sesmar caminaba hacia Amy y Harkhuf, algo comenzó a brillar en su espalda. El capitán vio desde su ángulo la luz azul que venía de una bolsa en la espalda de Sesmar.

"¿Qué es eso?" murmuró el capitán.

"Pensé que tenías todo lo que necesitabas", dijo Harkhuf.

"Sí, pero cambié de opinión", dijo Sesmar, mientras el brillo se intensificaba en la bolsa de su espalda. "Me llevo esta mitad humana Strattos conmigo".

"¡No, Sesmar, por favor!" Kaemsekhem gritó desde atrás.

"Este humano híbrido podría ser beneficioso para mí en ese planeta destruido. Ella puede ayudarme a encontrar el resto de los fragmentos".

"No te la vas a llevar", dijo Harkhuf.

"¿O que? ¿Qué vas a hacer?" dijo Sesmar, deteniéndose no muy lejos de ellos, pero la luz azul en su espalda era brillante e intensa.

"¿Qué tienes en tu espalda?" dijo Amy.

"¿Qué? ¿Qué es lo que …?" dijo Sesmar, moviendo su mano y sacando el objeto de la bolsa. Entonces vio el resplandor azul, intenso y puro, iluminando toda la sala real.

"¿Qué está sucediendo?" murmuró Sesmar.

"¿Es el fragmento del rey Kharpo …", dijo Kaemsekhem.

"¿Cómo lo encontró?" Susurró un miembro del departamento de justicia.

La conexión invisible y sorprendente entre el fragmento y Amy se manifestó con una intensa luz azul brillante a medida que la pieza se acercaba a ella, pero también presionando su pecho, dejándola aparentemente sin aliento. Amy estaba completamente consciente, pero en un aparente estado de dolor.

En un instante, la marca real del reino en su cuello también comenzó a brillar. Amy perdió los sentidos y entró en un estado de trance. Su cuerpo todavía de pie pero inmóvil y con los ojos cerrados.

Su cuerpo seguía en pie pero débil, y Harkhuf la tomó del brazo, confundido y sin saber qué hacer pero evitando que cayera al suelo.

"¡Qué estás haciendo humano!" gritó Sesmar. "¡Detente!"

Amy estiró involuntariamente sus brazos hacia el fragmento, exclamando en un dialecto desconocido.

"Está activando la Piedra..." murmuró Kaemsekhem.

"Debería haberte matado", dijo Sesmar, desenfundando rápidamente su arma y apuntando directamente a la cabeza de Amy.

"¡Fuego!" gritó el capitán de la guardia real.

Entonces, una bola de energía disparada por uno de los guardias surcó el aire de la cámara real y golpeó a Sesmar en el hombro, enviándola instantáneamente al suelo. En una acción rápida, Sesmar giró su cuerpo y disparó desde el suelo directamente a Amy.

"¡Amy!" gritó el príncipe.

Harkhuf reaccionó rápidamente empujando a Amy fuera del alcance del disparo, pero la bola de energía siguió su curso golpeando el antebrazo del príncipe.

"¡Harkhuf!" gritó Sesmar.

Amy y el príncipe cayeron al suelo en una frenética secuencia, mientras varias explosiones de las armas de los guardias y del capitán apuntaban a Sesmar. El resplandor azul se desvaneció y Sesmar se lanzó ágilmente a través del tubo de elementos reutilizables, escapando con el fragmento.

"¡Abre las puertas! ¡Envía un grupo al tercer nivel, ahora!" gritó el capitán.

Mokhy corrió hacia Amy, sosteniendo su cabeza entre sus brazos. Harkhuf estaba de lado en el suelo mirando el tubo por donde Sesmar realizó su escape. Amy tosió un poco recuperando el aliento y sosteniendo firmemente los brazos de Mokhy.

"¿Estás bien?" dijo Harkhuf.

"Sí, estoy bien, supongo. ¿Que fue eso? ¿Me desmayé?" dijo Amy.

"Esperaba que tú pudieras decírmelo", dijo Harkhuf.

Mokhy ayudó a ambos a levantarse.

"Aparentemente, estabas conectada con el fragmento de alguna manera".

"¡Harkhuf!" gritó Khenra.

Los miembros del departamento de justicia rodeaban un cuerpo en el suelo, mientras que Zhoto y Makho ayudaban con los primeros auxilios.

"¡Padre!" gritó Harkhuf.

La bola de energía que casi mata a Amy e hirió a Harkhuf siguió su curso, golpeando al rey en su pecho directamente. Kaemsekhem está muriendo.

"Oh, no, padre, no, no, no ...", dijo Harkhuf, llorando.

"Hijo, hijo ..." susurró Kaemsekhem.

"¡Estoy aquí, padre, estoy aquí!" dijo Harkhuf.

"La gente, hijo ..." susurró Kaemsekhem. "Se merecen la paz. Encuéntrala y entregala hijo" dijo Kaemsekhem, sosteniendo firmemente la mano de Harkhuf.

"Meryptah, ven ..." susurró Kaemsekhem.

Amy se arrodilló y le acarició la cabeza.

"Estoy aquí, rey Kaemsekhem", dijo Amy.

"Yo ... yo no soy el rey del cosmos, pero es un honor estar a tu vista", susurró Kaemsekhem. Respiraba con dificultad, tenía espasmos musculares, pero miraba a Amy con amor y agradecimiento.

Khenra le besó la cabeza y Harkhuf apretó con fuerza la mano del rey.

"Vi en mis sueños a un guerrero vestido de oro", susurró el rey. "Vi armas siendo absorbidas por la vegetación y niños corriendo por los campos de cosechas, esperando un futuro brillante para nuestra especie. Vi la ciudad oxidada y rodeada de plantas y animales. Puedo ver todo eso muy claro ahora, Amy Lincoln".

"Yo ..." dijo Amy.

"No se preocupe ... No tiene que decir nada", dijo Kaemsekhem.

"Lo siento, padre, te he fallado", dijo Harkhuf.

"Aún no, hijo …", dijo Kaemsekhem. "Ayuda a Meryptah a encontrar los fragmentos. El rey Kharpo transformó las otras dos piezas en otra cosa. Ya presenciaste lo que pasó cuando ella estuvo cerca de ese fragmento".

Kaemsekhem miró a Amy a los ojos. "No dejes que la oscuridad gane, Amy Lincoln. Ve y trae la Piedra del Tiempo a Pree. Ponte de pie con honor y orgullo, Meryptah".

El rey exhaló por última vez, dejando a una esposa, un hijo y a todo un reino sumergido en el dolor.

"Ve a las estrellas, rey … Te están esperando..." dijo Amy, acariciando su cabeza.

"Padre …" murmuró Harkhuf, llorando por el cuerpo sin vida de Kaemsekhem.

"No hay tiempo para llorar", dijo Amy. "Tenemos que encontrar una manera de detener a Sesmar".

"Tiene un pequeño fragmento de la Piedra en su collar y una de las tres piezas de la Piedra del Tiempo. Ella puede atravesar el universo con la energía de ese pequeño fragmento. No hay nada que podamos hacer", dijo Harkhuf.

Amy estaba perpleja. Había tanto sufrimiento para los Strattos que parecía nunca acabar. Amy se quedó sin ideas para lograr el objetivo de traer paz y equilibrio.

Sin esperanza, Amy abrazó al rey Kaemsekhem, al igual que Harkhuf. Amy apoyó su cara en el pecho del rey y comenzó a llorar.

Mokhy se arrodilló junto a su amiga y así compartió su dolor cuando vio algo inusual en el pecho del rey. Quizás esta podría ser la solución para la próxima parte del plan.

Mokhy tocó el hombro de Amy y ella abrió los ojos suavemente entre lágrimas. Ahí vio un resplandor azul que salía del pecho del rey.

"¿Qué es esto?" dijo Amy.

Khenra removió la túnica alrededor del pecho del rey y una piedra larga, del tamaño del dedo de Amy brillaba intensamente con una luz azul.

"Es esto …" dijo Amy.

"El rey Ofusta hizo un collar con un pedacito de Piedra del Tiempo que encontró en el suelo, luego de que separara el tesoro en tres piezas. Lo puso en un collar y se lo dio a la reina Tella, su esposa", dijo Khenra. "Este collar fue entregado a la madre de Kaemsekhem, la reina Klya, la misma noche del día de su coronación. Esto, gracias a que un grupo de Strattos salvó artefactos el día del desastre y los almacenó durante generaciones. Ahora entiendo las palabras de Kaemsekhem sobre el propósito y de estar en el momento correcto. Parece que el universo tiene todo planeado y todas las piezas del rompecabezas colocadas".

Khenra tomó suavemente el collar del cuello del rey y se lo dio a Amy.

"¿Podemos usar esto para volar a la Tierra?" preguntó Amy.

"Preparemos la nave. Tenemos una misión que cumplir", dijo Harkhuf.

CAPÍTULO 30 - CORONACIÓN

La alegría del festival de Meryptah estaba a punto de ser interrumpida nuevamente. Mientras sonaba la música y el show de talentos improvisado estaba a punto de decir los ganadores, la multitud se agitó y algunos de los Strattos corrieron hacia la puerta del palacio. Algunos de ellos propagaron instantáneamente la idea de que algo andaba mal o que las malas noticias seguirían. Otros sabían que demasiada felicidad era solo una ilusión temporal en la vida.

La gente llorando se alejó del palacio. Hubo desinformación, desesperación y confusión.

"¿Qué está sucediendo allí?" dijo uno de los músicos.

"No lo sé, sigamos tocando", dijo otro.

"No, espera. Algo anda mal", dijo el músico en la parte de atrás.

Los guardias corrían hacia el palacio y todos usaban los ascensores. Entonces, un ruido sordo hizo vibrar el piso de la superficie.

"¡Todo el mundo muévase! ¡La plataforma de lanzamiento se está abriendo!" gritó un guardia.

Rápidamente, las familias tomaron a los niños de las sillas altas mientras otros tomaron a los Strattos mayores en brazos. Todos evacuaron el área de despegue del barco, que está justo en frente al palacio. Las enormes puertas corredizas se desplegaron de izquierda a derecha, dejando al descubierto un gran agujero rectangular en el suelo de la plaza.

"¿Qué pasa?" dijo un guardia.

"No hay despegue autorizado. Creemos que la general Sesmar se está escapando".

"¿Escapar de qué?" preguntó un civil en medio de la confusión.

"¿No lo sabes? ¡Mató al rey Kaemsekhem!" dijo el guardia.

"¿Qué?" Gritaron los Strattos.

Entonces, una enorme nube de vapor y humo se elevó a través de la abertura de la plataforma de lanzamiento, y el ruido de una nave vino de detrás de la nube borrosa.

"¡Abran fuego!" gritó un Sargento desde la puerta del palacio, apuntando con su mano a la nube.

Inmediatamente, los miembros de la guardia real usaron sus armas contra la nave, pero la visibilidad era pobre. Uno de los soldados que acababa de entregar su arma en la caseta del Departamento de Justicia corrió y tomó una de las armas del baúl de la recepción. Tomó una posición desde otro ángulo y disparó. Las balas de energía no afectaban el fuselaje de la nave. Tan pronto como la nube se disipó, la nave espacial de la general se elevó rápidamente y desapareció en lo alto del cielo en cuestión de segundos.

En medio del asombro de la situación, un miembro del departamento de justicia abrió las ventanas en lo alto del dañado palacio sosteniendo un cono metálico en forma de cuerno. La multitud miró hacia arriba.

"¡Ciudadanos de Pree! ¡Escuchadme! ¡El rey Kaemsekhem ha muerto!"

Dentro del hangar del segundo nivel, Amy, Zhoto, Makho y Mokhy están revisando algunos de los vehículos del ejército que podrían usar para seguir a Sesmar.

"Necesitamos un piloto. No importa qué tan rápidas o grandes sean estas máquinas. Si no tenemos un piloto no podemos hacerlas volar en el aire", dijo Zhoto.

"¿Quién estaba pilotando la nave de Sesmar cuando viniste aquí, Amy?" preguntó Makho.

"Era Khawo", dijo Amy.

"Debe haber otro Strattos que pueda controlar estos complicados sistemas", dijo Makho.

"Sé que Sesmar llegó a Hyperterra con un grupo grande, pero no todos sobrevivieron", dijo Amy.

"¿Qué les pasó a ellos?" Mokhy le hizo una seña.

"Kattos les atacaron", dijo Amy. "Esos son los animales salvajes más peligrosos de mi planeta. La tropa de Sesmar no estaba preparada para un ataque como ese. Hay un soldado al que llamaban 'el ingeniero'. Tenemos que encontrarlo y traerlo al equipo".

"¿Dónde podemos encontrarlo, Amy?" preguntó Zhoto.

"Cuando llegamos, Sesmar lo envió a recuperar sus heridas", dijo Amy. "Debe estar en el edificio de salud".

Makho se movió rápidamente hacia ese lugar y pidió a dos guardias reales que lo siguieran.

"¿Dónde está Harkhuf?" preguntó Amy.

"Debe estar en la cámara del rey, en preparación para el funeral", dijo Zhoto.

Amy tomó rápidamente el ascensor hasta el palacio, llegando en medio de la preparación del cuerpo de Kaemsekhem. Ahí estaban Khenra, los miembros del departamento de justicia y Strattos del procedimiento funerario. Amy llevaba la túnica blanca que le pasó Kaemsekhem y le puso una tiara en el pelo. Su imagen real era poderosa, y todos la quedaron mirando cuando ella entró.

"¿Dónde está Harkhuf?" preguntó Amy.

Khenra movió la cabeza, indicando que su hijo estaba en la habitación contigua. Amy asintió con la cabeza y se acercó al cuerpo de Kaemsekhem acariciándole la frente. Luego, después de un momento en silencio, caminó suavemente hacia la siguiente habitación, donde Harkhuf miraba afuera a través de una ventana.

"Necesito un piloto", dijo Amy, deteniéndose en la ventana, al lado de Harkhuf.

"No sé nada sobre eso", dijo Harkhuf.

"Lo último que necesitamos ahora es un berrinche de un Strattos de cuatrocientos años llorando".

"¿Cómo te atreves ..." gritó Harkhuf fuertemente.

"¡Al menos tuviste la oportunidad de despedirte de tu padre, tomándolo de la mano antes de que su alma partiera!" gritó Amy más alto en respuesta. "¡Además, te pidió que fueras un Strattos digno!"

Harkhuf la miró fijamente, irritado y con lágrimas en sus ojos. Amy se giró lentamente hacia la ventana. Los Strattos en la otra habitación podían escuchar su discusión claramente, y Amy no pretendía bajar la voz.

"Vi a mi padre caer en agua helada, ahogándose y pidiendo ayuda a gritos mientras el agua le llenaba la boca. Tenía nueve años y el destino me dejaba solo dos caminos para terminar ese día. Llorar, quejarme y dejar que la vida salvaje me devorara o sacudirme la pena, mantener a mi padre en mis recuerdos y luchar por mi vida".

Amy hizo una pausa y respiró hondo. Harkhuf volvió a mirar hacia afuera, avergonzado y en silencio.

"Perdí a toda mi familia y amigos esa semana", dijo Amy. "Si crees que esto es difícil para ti, adelante y tírate al hoyo. Créeme, ya tendrás tiempo para llorar, pero ahora mismo, las cosas están un poco difíciles para todos".

Amy se mantuvo callada por un momento, tratando de no presionar demasiado a Harkhuf, pero alentándolo a dar un paso adelante y comprender la angustia de perder a su padre.

"De todos modos, con o sin tu ayuda, esta nación merece avanzar hacia el futuro", dijo Amy. "Quiero volver a mi planeta, pero primero, le daré a Sesmar el castigo que se merece, restableceré la paz entre nuestros mundos y traeré la Piedra del Tiempo a Pree".

Amy se alejó de la ventana y salió de la habitación, pero se detuvo justo en el espacio entre las habitaciones. Khenra y los demás la miraban con agradecimiento y respeto. Amy volvió la cabeza hacia Harkhuf, que seguía mirando por la ventana.

"Iré a la Tierra con el grupo después del funeral de tu padre", dijo Amy. "Espero verte en la plataforma de lanzamiento, listo para emprender este viaje con nosotros. Y por favor, no lo hagas por la gente de Pree, o por mí o por tus creencias. Hazlo por tu padre y por su perdón".

Amy salió de la habitación y, cuando estaba a punto de bajar las escaleras, vio la estatua dorada del guerrero. La imagen hermosa y brillante pasó a través de los marcos de las ventanas quemadas. Bajó dos pisos más y llegó a un balcón. Desde ese punto de observación la figura que hizo Mokhy era colosal y majestuosa, y decidió quedarse en ese lugar por un momento.

Mokhy regresaba del edificio de salud cuando vio a Amy apoyada en el balcón. Agradeció a los guardias que caminaban con él y se dirigió hacia el balcón donde estaba ella.

Amy miraba las calles casi vacías de la ciudad. Después de que el día de festividades en las que la gente debería reunirse y celebrar la vida fue interrumpido, la triste y trágica vista desde esa plataforma era un claro mensaje de esperanza y propósito para ella. Entonces, llegó Mokhy.

"¡Mokhy!" dijo Amy, llamándolo para poder abrazarlo. "¿Alguna noticia sobre el ingeniero de Sesmar?"

"El ingeniero está muerto", señaló Mokhy.

"¿Cómo es eso posible? Lo vi y estaba asustado por lo que sucedió después del ataque de los Kato", dijo Amy.

"La gente de allí dijo que estaba vivo esta mañana", dijo Mokhy a través de señas fáciles para ella.

"Es obvio lo que sucedió. Sesmar sabía que lo necesitaríamos para pilotar una nave. Quizás ella lo mató también. Necesitamos un piloto, Harkhuf necesita venir y ser parte del equipo, y sé que es uno bueno. Llegaron en varias naves a Marte y seguro que él estaba pilotando una por su cuenta. Además, lo vi presionando botones en la nave espacial de Sesmar".

Amy y Mokhy se sentaron en ese lugar por un momento, contemplando la escultura.

"¡Meryptah!" una pequeña mujer Strattos saludó desde la calle. Amy la saludó con una sonrisa.

"Hay mucho que proteger, Mokhy", dijo Amy. "Tenemos que ir a la Tierra y conseguir esos fragmentos antes de que Sesmar les ponga las manos encima. No sé por dónde empezar, pero tengo una idea de dónde comenzará la búsqueda. Necesito examinar los mapas de las pirámides de Egipto con Frank y, a partir de ahí, juntos elaboraremos el plan".

"Tengo algo que decirte", señaló Mokhy.

"¿Qué pasa, Mokhy?" dijo Amy.

Mokhy usó piezas de material carbonizado y dibujó una secuencia de imágenes en el suelo, similar a los jeroglíficos egipcios. Le explicó que tuvo un sueño la noche antes de comenzar a construir la estatua. En su sueño, Mokhy vio a Amy. Una vez que se despertó, estaba confundido acerca de la criatura que vio en su sueño, pero la particularidad de esa visión es que la criatura estaba vestida con una armadura dorada. Ese día, Mokhy cambió el diseño pensando en ese sueño. Sabía que Amy era especial en el momento que la vió tras su llegada. Mokhy sabía que algo más grande cambiaría su mundo y que necesitaba asegurarse de que la humana cumpliera su misión.

Mokhy estaba trazando la última línea de su secuencia y Amy entendió cada uno de esos dibujos.

"¿Me viste?" dijo Amy, muy emocionada.

Mokhy asintió.

"Esa noche, cuando rompiste la lámpara de mi dormitorio, volví a tener ese sueño, ese sueño que tengo desde que era pequeña. Estaba a punto de morir en ese sueño y lo que fue diferente esta vez es que grité tu nombre pidiendo ayuda".

Amy tomó la mano de Mokhy y sonrió.

"De alguna manera, todo esto que nos rodea tiene una conexión incomprensible", dijo Amy. "Kaemsekhem me dijo que llegarían las respuestas, y no puedo esperar por ellas. Deberíamos estar agradecidos por la oportunidad que el destino nos ha puesto en el camino del otro".

"Lo soy", dijo Mokhy.

"Y yo también", dijo Amy.

Pronto, las puertas del palacio se abrieron y la fila de Strattos afligidos y tristes entraron para despedirse de su rey por última vez. En el centro del palacio, dos escaleras largas y curvas suben al siguiente piso, en una plataforma circular, cubierta de telas blancas y rodeada de velas y flores blancas, yace el cuerpo sin vida del rey Kaemsekhem.

La fila de personas pasaba cerca de su sarcófago abierto decorado con los símbolos del reino grabados en la superficie superior metálica dura, que está erguida en la parte posterior. Una secuencia de imágenes que cuentan una historia sobre la vida después de la muerte está soldada en la superficie del sarcófago.

Ocho miembros de la guardia real estaban parados uno al lado del otro alrededor del rey, vestidos con túnicas rojas con anchos bordes dorados. Sostenían lanzas largas y doradas con una pequeña bandera blanca del reino en la parte superior.

Khenra estaba sentada a un lado en una silla dorada, con dos miembros del departamento de justicia detrás de ella.

La fila de personas continuaba hacia la izquierda, donde otra plataforma rodeada de flores violetas contenía los restos del Capitán Khawo, quien fue encontrado asesinado en lo alto del edificio de salud. Su viuda y su hija estaban sentadas a la izquierda de su sarcófago rojo.

Tan pronto como la sala se llenó de gente, el sonido de una campana anunciaba la entrada del sucesor de la corona. Luego, rodeada de finas ramas de vegetación, un grupo entró por la puerta principal. Los dos primeros Strattos del grupo cargaban una placa metálica donde un poco de vegetación quemaba humo blanco, dejando el aire tranquilo y aromático.

Los miembros del Departamento de Justicia, vestidos con túnicas blancas y collares de oro, se dirigieron hacia el sarcófago del rey mientras la multitud comenzaba a tararear una melodía que seguía el ritmo de la dulce y elegante campana. Detrás de la bandeja humeante, caminaba un Strattos que llevaba en las manos un cojín de delicada tela roja. En la parte superior del cojín, un par de brazaletes dorados con triángulos invertidos tallados alrededor de la pieza, realzados con detalles de cristal y gemas. Las pulseras brillaban en medio de la marcha.

Al final del grupo, vistiendo una túnica dorada con rayos brillantes que se reflejaban por todas partes, caminaba Amy como la sucesora de la nación Pree.

Mientras caminaba, los Strattos más cercanos a la procesión arrojan pétalos de flores blancas a sus pies desnudos, purificando el camino de la nueva reina. Amy está visiblemente conmovida y las lágrimas corren constantemente por su rostro. Lleva el collar que el rey Ofusta hizo para su esposa, Tella, que brilla de un azul intenso en su pecho. También colgando de su pecho, Amy llevaba el collar con la bolsita que le dio la abuela Erinak, con el pequeño pescador tallado dentro.

La melodía y el sonido de la campana llenaban la sala de una atmósfera majestuosa. El humo agregaba un sentimiento solemne a las circunstancias hasta que el grupo se detuvo en la plataforma, volviéndose hacia el público listo para iniciar la ceremonia.

Uno de los miembros de la coronación se paseó por el sarcófago de Kaemsekhem con una rama delgada y ardiente, colocando tres amuletos que completarán su viaje al cosmos. Al mismo tiempo, otros dos miembros se acercaron a Amy, cada uno con los brazaletes del reino, símbolos del poder sobre la nación Pree.

De fondo, la multitud llenaba el aire con la hermosa melodía, tarareando las oraciones de coronación escritas en uno de los pergaminos más antiguos que posee la ciudad. Entonces, la campana y los cánticos se detuvieron al unísono.

Los Strattos que custodiaban el cuerpo sin vida del rey marcharon hacia Amy. Después un Strattos cubrió suavemente la cabeza de ella con una delicada tela blanca que caía hasta sus hombros y luego se cubrió él mismo los ojos con una tela blanca.

Amy recibió instrucciones de permanecer inmóvil, tranquila y callada durante la ceremonia de coronación. Además, le dijeron que tendría un momento para hablar con la gente después de que tomara el poder.

"La primera luz nos dio seis valiosos regalos, todos ellos conectados al tiempo", dijo el Strattos que tenía los ojos vendados. Luego, extendió su brazo izquierdo, pidiendo que le entregaran el primer brazalete.

"Esta pulsera simboliza el amor, la bondad y la religión", dijo, colocando la pieza en el antebrazo de Amy con suavidad. Luego, extendió su brazo derecho, pidiendo el segundo brazalete. "Esta pulsera simboliza el poder, la sabiduría y la protección", dijo.

Otro miembro del grupo se acercó a ellos, trayendo una copa de plata con agua. El Strattos que estaba con los ojos vendados sacó un poco de agua con su mano y la vertió suavemente sobre las manos de Amy.

"Con el sello del elemento más puro de nuestra nación, le transfiero el poder de Pree, hijos de la primera luz", dijo.

Al instante, toda la multitud se arrodilló, incluida Khenra, los miembros del departamento de justicia y la guardia real. Amy estaba a punto de llorar de emoción. Su corazón casi se le escapaba del pecho y deseaba que Russell y Elizabeth estuvieran allí en ese momento.

"Repita después de mí, pero fuerte, para que todos la escuchen", le susurró el Strattos, arrodillándose lentamente frente a ella. "Ponte de pie con honor y orgullo", susurró.

Amy levantó la vista y se tomó un par de segundos para mirar a su alrededor. Vio a Frank, Zhoto, Makho y Mokhy en la pared izquierda. Vio a toda la ciudad arrodillada en frente de ella, y vio a Harkhuf de pie en las puertas principales. Harkhuf asintió con la cabeza y se arrodilló con honor suavemente. Una lágrima recorrió el rostro de Amy mientras sujetaba con fuerza la bolsa con el amuleto de pescador tallado.

"¡Ponte de pie con honor y orgullo!" gritó Amy.

La multitud saltó, gritando en celebración de un nuevo comienzo para la nación. Música, risas y abrazos entre los ciudadanos cubrieron cada rincón del salón del palacio. El grupo de coronación acompañó a Amy al sarcófago de Kaemsekhem para que pudiera completar las reglas del funeral real.

"Cuando alguien muere, el reino es quien desea el primer Alakamath. Luego la familia y los amigos", le dijo un Strattos.

Amy tomó gentilmente la mano de Khenra.

"Alakamath, mi querido rey", dijo Amy suavemente. Luego giró para darle privacidad a Khenra. Amy caminó hacia el ataúd del capitán Khawo. Ella hizo lo mismo con la esposa y la hija de Khawo, indicándoles que se levantaran y tomaran su mano.

"Tu padre era valiente y brillante. Él restauró su honor y el de su familia con el máximo sacrificio, por ti, por nosotros, por el reino", dijo Amy a la joven Strattos. "Alakamath, querido Khawo. Ve a las estrellas...", dijo Amy.

Camino de regreso pasó y se detuvo una vez más en Khenra.

"Necesito que cuides a la gente mientras yo estoy afuera, trayendo de vuelta al animal que le quitó la vida a tu esposo", dijo Amy.

"Lo haré, mi reina", dijo Khenra, besando la mano de Amy.

La guardia real escoltó a la nueva reina, dirigiéndose al salón sagrado del rey. En las puertas, Harkhuf la esperaba con su uniforme de soldado, listo para iniciar el viaje. Ese uniforme negro hecho de pettron le trajo recuerdos no muy agradables a la cabeza. Amy sintió un conflicto en su corazón cuando lo vio, pensando en las atrocidades que hizo Harkhuf. Amy está lista para dejar pasar las cosas y luchar por lo que es correcto.

"Mi reina", dijo Harkhuf, humilde y agradecido. Se ve afectado visualmente por la muerte de su padre, pero su expresión física proyecta un nuevo Strattos, con propósito y redención.

"Mi príncipe", dijo Amy.

"Ya no soy un príncipe", dijo Harkhuf.

"Para mi, siempre serás de la realeza", respondió Amy.

Las puertas del salón del Rey se cerraron detrás de ella. Un miembro del departamento de justicia la invitó a caminar hacia el trono. En un momento de silencio y paz, Amy caminó hacia el trono Strattos. Mientras caminaba, todavía pensaba que todo esto era nada más que un sueño. Las cosas se movieron extremadamente rápido frente a sus ojos y le resultó difícil procesar cada paso del viaje. Entonces, Amy se detuvo justo frente al trono.

"Ahora, siéntese, mi reina", dijeron los Strattos del cortejo de coronación.

Harkhuf la miraba desde una distancia corta.

En el silencio que dejó Amy frente al trono, esbozó una frase que sentía venía dentro de su corazón.

"No vine aquí esperando ser la reina de tu pueblo, pero sé que hace mucho tiempo atrás alguien escribió este día, y yo, soy la portadora de su legado y su sangre", dijo Amy.

Amy se giró hacia ellos. Se tomó un momento para aclarar su mente.

"Usemos este momento para recordar a todos aquellos que sufrieron todos estos atroces años", dijo Amy. "Tengo tantos nombres en mi mente en este momento, como sé que ustedes también. Todos merecen saber que la guerra y la desesperanza están a punto de terminar. Quiero ser la que traiga respeto, prosperidad y futuro a los Strattos, pero también a los humanos".

Luego, Amy se sentó lentamente y con honor en el trono Strattos.

CAPÍTULO 31 - ESPÍRITU DE PTAH

"Nos gustaría ver a la reina. Estamos con ella", dijo Zhoto a los guardias que aseguraban la entrada del pasillo. Detrás de él están Frank, Makho y Mokhy. Todos ellos cargaban las partes de la armadura dorada de Meryptah.

"Sí, así tenemos entendido. Por favor, esperen aquí y permítanos anunciarle su entrada a la reina", dijo uno de los guardias reales. Makho le sonrió a Mokhy y le tocó el codo.

"¿Mira eso, hermano? ¡Vamos a ser anunciados!" le dijo.

Mokhy estaba ansioso por ver a Amy y abrazarla. Entonces sonó una campana y la fuerte voz de un guardia Strattos resonó en el interior del pasillo.

"Mi reina, los visitantes del tercer nivel traen su armadura dorada. Además ... Una máquina viene con ellos", dijo el locutor.

"Frank, dile que mi nombre es Frank", le dijo a los otros guardias en la entrada.

Los guardias reales no movieron un músculo. Zhoto y los gemelos se rieron por dentro. Entonces salieron dos guardias y abrieron las puertas.

"La reina los recibirá a todos ahora", dijo el guardia. "Por favor sígame."

Mientras entraban, vieron a la hermosa reina Amy sentada en el trono del reino. La luz sobre la silla metálica la hace parecer un ángel vistiendo su túnica blanca. Amy se puso de pie y bajó las escaleras de la plataforma.

"Mi reina", dijo Zhoto, arrodillándose. Makho y Mokhy hicieron lo mismo.

"Vamos, parense, no tienen que hacer eso conmigo", dijo Amy, abrazándolos a todos. "Tenemos trabajo que hacer y no hay tiempo que perder".

"Príncipe Harkhuf", dijeron Zhoto y los gemelos.

"Solo llámenme Harkhuf", dijo.

"¡Frank! ¡Tu sistema de orugas está arreglado!" dijo Amy.

"Siempre pensé que el blanco era la mejor combinación para tu cabello rojo", dijo Frank. "Y sí, Mokhy hizo un excelente trabajo conmigo. También arregló mi pintura en el costado. Deberíamos considerar llevarlo con nosotros a Hyperterra".

"¡Pensé lo mismo! Además, me dijo que sabe cómo hacer gompas", dijo Amy mientras todos se reían.

"Tengo esto para ti, mi reina", dijo Zhoto, dándole las piedras de pettron que usó en el generador número uno.

"Gracias, Zhoto", dijo Amy, sosteniendo esas rocas en sus manos. "Eso fue todo un viaje. No sabía que la misma idea que usé para arreglar el generador de Sesmar funcionaría en el generador grande, pero Mokhy me dio la confianza que necesitaba en ese momento".

Mokhy asintió con una hermosa sonrisa.

"¡Y yo también!" dijo Makho. "¡Estaba sosteniendo el reflector!"

"¿Y ahora qué, Amy?" dijo Harkhuf.

"Bueno, sabemos que Sesmar se dirige hacia la Tierra, pero no estoy muy segura de a qué parte del planeta apunta", dijo Amy. "Ella me interrogó sobre las pirámides, pero tenemos varias de esas estructuras en la Tierra, en diferentes lugares. Traté de obtener algunos detalles sobre lo que estaba buscando, pero sin éxito. Dibujó esos tres triángulos en el suelo, pero no sé qué significa".

"Yo estaba allí, en el laboratorio de Sesmar cuando logró entrar en su comunicador", dijo Harkhuf. "Sesmar activó una especie de mapa secreto incrustado en ese dispositivo".

"Después de todo, ella tenía razón. Había un mapa en el comunicador, ¿Eh? Dijo Amy, decepcionada. "¿Tuviste la oportunidad de mirar el mapa?"

"Sí, hubo una proyección de tres grandes estructuras que quizás sean los mismos objetos que mencionaste antes".

"¿Las pirámides?" dijo Amy.

"No estoy seguro, pero había una secuencia de letras y otros símbolos", dijo Harkhuf, arrodillándose y dibujando con el dedo sobre la alfombra roja.

"Sí, esas son prácticamente pirámides", dijo Amy. "Civilizaciones antiguas de la Tierra construyeron esas cosas hace miles de años, o eso es lo que se dice".

"Reconozco esos objetos", dijo Zhoto.

"¿Qué? ¿Cómo?" preguntó Harkhuf.

"Recuerdo que cuando era joven, la reina Klya recibió regalos de la gente el día de su coronación. Mi familia formó parte del grupo que recuperó el cuerpo sin vida de la reina Meryptah y conservaron en secreto objetos sagrados del reino, incluidos algunos rollos y manuscritos. Estos elementos pasaron de generación en generación, y finalmente, fueron entregados a la reina elegida por el pueblo. Uno de esos pergaminos tiene textos e ilustraciones del viaje del rey Kharpo. Vi esas mismas estructuras triangulares en uno de esos documentos reales".

"Sé dónde podrían estar", dijo Harkhuf.

El grupo llegó raudo a la cámara del rey, escoltado por guardias reales, que es una habitación muy segura junto al dormitorio real. La sección está decorada con cortinas blancas, bancos dorados y objetos con acabados preciosos y lujosos, ejecutados después de delicados procesos de fundición. Finas alfombras rojas cubren el piso, y en el centro, una mesa rectangular y brillante con una hermosa lámpara colgando sobre los muebles.

"¡Ahí, en ese armario!" dijo Harkhuf, caminando hacia una puerta doble hecha de un material transparente, como vidrio rústico.

"Wow", dijo Amy, asombrada por el lujo de la habitación.

Makho estaba fascinado con todos esos tesoros brillantes que rodeaban la habitación. Cerca de su rostro, había un candelabro plateado con una miniatura dorada de un rey Strattos. Tenía tantas ganas de tocar esa figura. Entonces, movió un dedo hacia el objeto, y un guardia real le dio una suave palmada en la mano.

"No tocar", dijo la guardia real.

Mokhy y Amy rieron.

"¡Aquí, ayúdame con esto!" dijo Harkhuf, entregándole los pergaminos a Zhoto.

Pusieron algunos de esos documentos en la mesa grande y todo el grupo buscó la figura que pudiera representar las pirámides. Los guardias reales pusieron algunos objetos dorados pesados para mantener los pergaminos abiertos en su lugar. Amy buscó con una vista rápida, y todo para ella estaba familiarizado con las cosas que aprendió en la escuela y con Frank.

"Oye, Frank, ¿Crees que podrías traducir el idioma egipcio antiguo?"

"Por supuesto que puedo. Simplemente sostenga el elemento frente a mi cámara para que pueda cargar la imagen en mi sistema", dijo Frank.

"¿Antiguo egipcio? ¿Qué es eso?" dijo Harkhuf.

"Estos textos, todo esto, parecen jeroglíficos de los antiguos egipcios",

"¿Te refieres a nuestra escritura?" dijo Harkhuf.

"Espera un minuto. ¿Estos textos son la forma en que escriben ustedes?" dijo Amy.

Zhoto, los gemelos, Harkhuf y los guardias reales respondieron al mismo tiempo.

"¡Sí!"

"Entonces, ustedes son ... no, no, debo estar confundida", dijo Amy.

"¡Aquí!" gritó Zhoto. "Este es el pergamino que vi. Es exactamente este".

"Déjame ver", dijo Harkhuf.

En el documento, hecho con finos hilos de vegetación e increíblemente bien conservado, un mapa con varias pirámides se extiende por toda la superficie, detallando rutas, porciones de agua y ciudades con sus nombres. Luego, el pergamino se movió accidentalmente, revelando otro documento debajo.

"¿Qué es esto?" dijo Harkhuf.

"No sé. Nunca lo había visto antes", dijo Zhoto.

En el segundo pergamino, el símbolo del reino está rodeado por varios círculos, algunos de ellos uniéndose entre sí y formando nuevas formas. Hay otros círculos y óvalos en cada esquina del triángulo invertido, pero las posiciones de esas figuras no están perfectamente alineadas.

En el centro del símbolo del reino, dibujado con tinta roja, la escritura SO RVAT S está rodeada por un anillo rojo grueso.

"Rey Karshaham," dijo Zhoto.

"¿Qué dijiste?" preguntó Amy.

"La firma en la parte inferior de este manuscrito", respondió Zhoto, señalando el lugar. "Pensé que el rey Karshaham era solo un mito".

"Nunca supe de él", dijo Harkhuf.

"Este documento podría ser más antiguo que la dinastía del rey Kharpo", dijo Zhoto. "Escuché la leyenda del rey Karshaham y la primera luz".

"Esa es la leyenda del primer Strattos, Zhoto. ¿Estás seguro acerca de esto?" dijo Makho.

"Sí, la leyenda dice que la primera luz puso a Karshaham a cargo de la Piedra del Tiempo. Este documento debe ser el mapa del universo en ese momento. Estos grupos de círculos podrían ser galaxias lejanas y este círculo en el centro, Pree".

"Espera, creo que vi algo", dijo Amy.

"¿Qué pasa, Amy?" dijo Harkhuf.

"Aquí, en la esquina inferior del triángulo, ese grupo de círculos me resulta familiar", dijo Amy. "Frank, ¿Arreglaste el comunicador?"

"Sí, Amy, pero algunos componentes están fritos. La memoria si está completa", dijo Frank.

"¿Está funcionando la pantalla?" dijo Amy.

"Sí, Amy."

"Perfecto. Frank, por favor carga cualquier imagen que tengas del sistema solar donde está la Tierra. Quizás tengas alguna en la base de datos de libros académicos. Uno con las órbitas de los planetas en él". dijo Amy.

"Buscando", dijo Frank.

"¿Qué pasa, Amy?" dijo Zhoto.

"Parece que cada círculo en este dibujo es una órbita de sistemas planetarios, galaxias y cúmulos", dijo Amy. "Quizás estoy equivocada, pero si estoy en lo cierto, una nueva serie de preguntas saltará a nuestras mentes".

"Imagen cargada", dijo Frank.

Amy tomó el comunicador de uno de los compartimentos frontales de Frank y encendió la pantalla. En la imagen en blanco y negro, el sistema solar muestra los ocho planetas desde Mercurio hasta

Neptuno, todos ellos con sus órbitas. Amy colocó el dispositivo sobre el documento comparando las formas de las órbitas con los dibujos. Hizo girar el dispositivo, tratando de hacer coincidir las formas.

"No puedo creer esto", dijo Amy. "Este grupo de círculos es el sistema solar donde está el planeta Tierra. Esos puntos y esas líneas circulares representan los ocho planetas. Ahora, este otro tiene tres órbitas y este otro cuatro, pero no los reconozco".

"Estoy desorientado. ¿Qué significa esto?" dijo Harkhuf.

"Esto significa que la Tierra siempre ha sido parte de la cultura Strattos", dijo Amy.

"Este documento fue creado mucho antes de que el Rey Ufusta separara la Piedra del Tiempo", dijo Zhoto. "Ufusta envió los fragmentos a tres sistemas diferentes muy lejos y desconocidos en el borde del cosmos, manteniéndolos a salvo y lejos de las manos equivocadas. Ahora, todos podemos ver que se trataba de un plan de contingencia construido hace miles o quizás millones de años".

"No entiendo. Esto es confuso", dijo Amy.

"Los manuscritos del viejo Pree decían que el rey Ufusta envió los fragmentos sin destino, para preservar el equilibrio del tiempo. También dijo que los trillizos del rey llegaron por accidente a los planetas Nurbia, Hulmor y Tierra. Escondieron los fragmentos allí, pero uno de los hermanos traicionó el cosmos y quería la Piedra del Tiempo para su propio deleite y poder. Al final de la pelea, solo uno de los hermanos sobrevivió y regresó a Pree con su fragmento. Nadie sabe qué pasó con las otras dos piezas".

"Tal vez lo sé", dijo Amy. "Antes de morir, Kaemsekhem me dijo que el rey Kharpo transformó las otras piezas en algo más y lo escondió en la Tierra".

Zhoto se paseaba, confundido y sorprendido. Se sentó en un banco, mirando el vacío. "Todo es verdad", dijo Zhoto. "La primera luz, el Rey Karshaham, los tres fragmentos ..." Luego miró a Amy. "El poder de la sangre real".

"Cuando era joven, escuché historias sobre la transferencia del rey Kharpo a la vida humana", dijo Harkhuf. "Pensé que era solo otra historia diciendo que el poder de la primera luz estaba viviendo en otra persona, en lo profundo de las estrellas. Hoy, cuando vi la marca real en el cuerpo de Amy, supe que todos habíamos sido elegidos para servir en el último viaje de la sangre real y que teníamos que poner nuestras vidas al frente para salvar el destino del universo. Esto es lo que nuestros antepasados diseñaron para mantener el tesoro a salvo, y estamos en la última página de ese plan".

"Somos los Sorvats del reino", dijo Zhoto.

"¿Sorvats?" preguntó Makho.

"Allí, en el centro del mapa", dijo Zhoto, señalando. "Ese texto SO RVAT S significa Sorvats, los sirvientes del reino".

"Sorvats ..." dijo Amy.

Al instante, Frank hizo un ruido prolongado proveniente de su altavoz externo. Las luces de su superficie se volvieron azul brillante intenso y el sonido comenzó a interrumpirse en una secuencia de ruta, como el código morse.

"Archivos Sorvats, desbloqueados", dijo Frank con un tono de voz femenino.

"¿Mamá?" dijo Amy. Reconoció que la voz que venía de Frank era Elizabeth.

"Accediendo a los archivos Sorvats", dijo la voz de Elizabeth. "Palabra clave, Sorvats: Inicio de la descripción. La antigua congregación de la Tierra que protege a las generaciones descendientes del faraón. Los primeros Sorvats se reunieron en Hwt-Ka-Ptah ó la mansión del Espíritu de Ptah, en el antiguo Egipto. Los Sorvats rescataron y escondieron la primera generación de sangre real y ocultaron el tesoro del tiempo en sus muros. Fin de la descripción".

El grupo estaba en silencio y Amy estaba sorprendida y confundida. Lágrimas incontrolables corrieron por su rostro trayendo recuerdos fuertes y tristes a su mente. Amy trabajó muy duro para bloquear los recuerdos de su madre, pero en ese momento, esos recuerdos la golpearon muy duro. Ella explotó en llanto.

Las luces azules de Frank se apagaron.

"¿Por qué lloras, Amy?" djo Frank, acercándose a Amy.

"¿Qué? ¿No escuchaste lo que acaba de pasar?" dijo Amy, sollozando.

"Lo siento, parece que tuve un evento de bajo voltaje hace unos segundos", dijo Frank.

"No, no lo hiciste, Frank", dijo Amy. "Parece que ingresaste en un estado de configuración de palabra clave de contraseña. Tus luces cambiaron a azul, y la voz de mi mamá dijo algo sobre el Espíritu de Ptah o algo así".

"¿Espíritu de Ptah?" dijo Frank. "Buscando ... Hwt-Ka-Ptah es la Mansión del Espíritu de Ptah. Memphis es la mansión del Espíritu de Ptah, cerca del complejo de pirámides de Egipto" dijo Frank.

"Espera un minuto", dijo Amy. "Zhoto, enséñame ese pergamino con los dibujos de las pirámides".

"Aquí, todo el documento tiene pirámides", dijo Zhoto.

"Este es un mapa del antiguo Egipto", dijo Amy. "Frank, carga un mapa del antiguo Egipto en el comunicador".

Amy repetía una frase que escuchó durante el lapsus de Frank.

"...Ocultaron el tesoro del tiempo en sus paredes... Ocultaron el tesoro del tiempo en sus paredes ... " murmuraba.

"Cargando", dijo Frank.

"Está bien, muchachos, miren esto", dijo Amy, señalando una zona específica del pergamino, limpiándose las lágrimas de los ojos. "Esta es Memphis, una ciudad del antiguo Egipto. Ahí es donde se esconden el resto de los fragmentos".

"Y ahí es donde Sesmar se dirige ahora mismo", dijo Harkhuf.

Amy le ordenó a Frank que tomara fotografías de todos los pergaminos y mapas. Makho y Mokhy lo ayudaron rápidamente. Makho estaba interesado en tocar una figura hecha de oro macizo, sosteniendo el pergamino. Entonces, un guardia real le dio una suave palmada en la mano. "¡No tocar!" dijo el guardia.

El grupo salió del palacio hacia la plataforma de lanzamiento con la nave del reino lista para partir, llevando su equipo y provisiones.

"Hola, Amy, traje esto también", dijo Harkhuf, mientras le pasaba un dispositivo a Amy. "Sesmar usaba este dispositivo para rastrear las naves de su flota. Pensé que podríamos conectar esto con Frank y cargar esa información en nuestra nave para una ubicación más precisa. ¿Crees que podría funcionar?"

"No lo sé, pero hay una cosa de la que estoy segura, Frank está lleno de sorpresas", dijo Amy.

Después de que Amy conectó el dispositivo rastreador a uno de los puertos de Frank, el aparato se encendió instantáneamente y envió una solicitud de rastreo de ubicación. Los datos recopilados pasan a través del poderoso sistema de comunicaciones de la nave.

Lejos en el espacio, después de un par de segundos más tarde, una luz azul comenzó a parpadear en secuencia en la nave de Sesmar, pero ella no se dio cuenta. Estaba a punto de llegar a su destino, lista para entrar en la atmósfera de la Tierra. Sesmar estaba escuchando un archivo de audio en su casco que reproducía una y otra vez un antiguo discurso del icónico general Prass. Sesmar siempre reproducía este audio que el hijo de Prass grabó y pasó a las generaciones posteriores.

"La Piedra del Tiempo pertenece a los que tienen poder", decía Prass en la grabación. "El tesoro pertenece a aquellos que quieren ser los gobernantes del universo. No importa si estás listo o no. El tiempo te llevará hacia adelante, una fuerza tan poderosa como la gravedad. Cuando tienes el conocimiento y la ambición, hay una fina separación entre el pensamiento racional y la locura. Esta guerra es tuya ahora. ¡Ve y termínala! Pree nos pertenece. Toma el reino y limpia el nombre de nuestra familia".

"Recibí la confirmación de la ubicación de la nave, Amy", dijo Frank.

"Perfecto. Carga la información en el panel de nuestra nave. Es hora, chicos", dijo Amy, reuniéndose con el equipo debajo de la nave. "Solo quería decir que estoy contenta y honrada de que ustedes hayan aceptado mi llamado para hacer este viaje juntos. Necesito ayuda, toda la ayuda disponible, y con cada una de sus habilidades crearemos juntos el arma más poderosa contra Sesmar".

Sus amigos comenzaron a vestirla con la armadura dorada mientras hablaban de los planes que tenían por delante. La gente salió del palacio, rodeando a los nuevos héroes de la nación en una gran despedida. Los fuertes sonidos provenientes de los cuernos del tercer nivel anunciaron que la ciudad estaba a punto de acelerar hacia la noche y cerrar un día lleno de emociones.

"¿Crees que estarán bien sin nosotros?" le preguntó Amy a Zhoto.

"Sí, lo harán", respondió Zhoto. "Khenra se hará cargo muy bien de la nación mientras estás fuera, mi reina. Puse a los mejores ingenieros a cargo de las operaciones en el tercer nivel hasta que regresemos".

Makho respiró hondo, sonriendo. "No hay nada como un día libre, y si agrega un viaje a otro planeta, eso hace que valga la pena", dijo Makho.

Mokhy está mirando la imagen de la estatua del soldado dorado, saludando con esperanza en sus ojos. Pétalos de flores vuelan por el aire alrededor de la estatua mientras Amy camina hacia él.

"Vamos a volver, Mokhy. Tenemos que hacerlo", dijo Amy, sosteniendo la mano de Mokhy.

Frente a ellos, un grupo de pequeños y jóvenes Strattos saludó a Amy.

"Espera aquí, tengo que hacer algo importante", le dijo Amy a Mokhy.

Caminó hacia los niños, y fue recibida con alegría y amor por los pequeños, que eran casi de su altura. Amy aprovechó el momento para mostrarles la diferencia entre la basura y los reutilizables. Les hizo poner los diversos elementos en sus tubos designados.

"Basura en la basura y reutilizables en los reutilizables, ¿de acuerdo?" dijo Amy.

Luego, miró a Mokhy, sonriendo. Mokhy levantó los brazos y bombeó dos veces.

Mientras tanto, un grupo de guardias reales cargó a Frank en la cámara de almacenamiento en la parte posterior de la nave. Makho y Zhoto abrazaron y besaron a sus familias. Los ingenieros abrazaron a Mokhy y el jefe de la panadería trajo una canasta llena de gompas para la reina. En las puertas del palacio, Khenra saludó a Harkhuf y Amy, esperando verlos muy pronto. Rápidamente, el equipo se metió en el barco en medio de vítores y amables deseos de la gente. La delgada nave espacial abrió las rampas individuales, los pasajeros tripularon poniendo en marcha el generador y las turbinas.

"¿Está todo listo, Harkhuf?" preguntó Amy dentro de la nave.

Todos están listos para el viaje, apoyados boca abajo con las manos sosteniendo la barra de metal frente a sus caras.

"Estamos listos. Con la información que obtuvo Frank sobre la ubicación de la nave de Sesmar, nos llevará uno o dos segundos", dijo Harkhuf. "Tienes que activar el núcleo del flujo macrozoide con la roca en tu collar".

Amy introdujo el pequeño trozo de piedra en el flujo macrozoide en el centro del panel de control. El ruido de las turbinas era fuerte y la nave se elevó rápidamente saliendo del planeta. La gente les daba una hermosa despedida, moviendo sus banderas y arrojando flores. Zhoto y los gemelos nunca vieron a Pree desde el espacio o estuvieron en el espacio en absoluto. Este fue un momento increíble para ellos, algo fuera de sus sueños más locos. Entonces Amy miró a la tripulación.

"Chicos, este viaje se va a sentir un poco extraño en sus cuerpos", dijo Amy a Zhoto y a los gemelos, recordando las palabras que el capitán Khawo le dijo en su primer salto espacial. "El gel verde que está en sus pies es protark y te protegerá durante el salto. Nos llevará un segundo, así que puedes cerrar los ojos si quieres, pero te recomiendo que los mantengan abiertos todo el tiempo".

Harkhuf la miró sonriendo y asintió. Amy también sonrió.

"¿Qué hay de mí? ¿Algún consejo para robots?" dijo Frank desde la cámara de almacenamiento.

Hiciste este viaje antes, Frank. Ya sabes cómo es", dijo Amy.

"Nunca volveré a utilizar esta aerolínea. Les daré una estrella" dijo Frank en tono de broma.

El equipo estaba listo para la aventura más épica de sus vidas. Amy, Harkhuf, Zhoto, Makho y Mokhy apretaron sus manos en la barra frontal en preparación para el salto, pero había un pasajero más en la nave.

Jhul se escondía en la parte trasera de la cabina, entre el equipo y las provisiones, repitiendo en su cabeza una y otra vez las palabras que Sesmar le dijo minutos antes de que ella escapara.

"Mátalos. Mátalos a todos, Jhul", le dijo Sesmar. "Ponte de pie con honor y orgullo. Aquellos que mueren hoy por Pree vivirán para siempre".

"¡Estamos listos mi reina!" exclamó Harkhuf.
Amy lo miró y contó sonriendo.
"¡Preparense chicos! Saltando en tres, dos, uno ... "

FIN DEL LIBRO DOS

EPÍLOGO

Viajando a través de la atmósfera polvorienta del devastado planeta Tierra, la nave espacial de Sesmar maniobra a través de las altas temperaturas producidas por la fricción. Los retro-propulsores le ayudaban a avanzar en el difícil ambiente mientras el objetivo aún aparecía en su pantalla. Las turbinas de la nave trabajaban dificultosamente debido a las partículas pesadas en el aire, lo que empujó a Sesmar a aterrizar rápidamente antes de estrellarse. Todos los sonidos de alerta en la cabina la presionaban y casi todas las luces del panel frontal parpadeaban sin parar alertando de mal función y de alertas de proximidad. Su experiencia volando en varios planetas y escenarios desafiantes puso a Sesmar por delante del problema.

Después de aterrizar, el ex general se vistió con el traje de soldado, asegurándose de que el sistema de aire en su casco funcionara correctamente. Después de eso, abrió la rampa de su nave y dio sus primeros pasos en el suelo polvoriento, marrón y sin vida de la Tierra. El aire, que soplaba cargado de finas partículas de polvo gris, se pegaron instantáneamente a la visera de su casco.
Sesmar hizo una revisión visual del exterior de la nave, no detectando daños después de entrar. Luego caminó hacia la estructura frente a ella. La vista no era clara, pero la forma triangular detrás de la cortina de polvo se elevaba en el aire y era perfectamente reconocible como una pirámide.
También vio una serie de terrazas cuadradas con escaleras en cada uno de los cuatro lados de la pirámide en la parte superior. Sesmar caminó hacia adelante para acercarse a la estructura, y vio esculturas de serpientes emplumadas que recorrían los lados de las largas escaleras que van hasta la parte superior de la estructura piramidal.
Sesmar tomó un dispositivo que le permite hacer un zoom óptico para ver a distancia. En medio del aire polvoriento, siguió las escaleras con el dispositivo óptico hasta que vislumbró una cabina cuadrada en la cima de la pirámide.

"Pensé que la estructura terminaba como un triángulo en la cima. Puedo ver que hay un habitáculo cuadrado en la parte superior", murmuró Sesmar. "Los fragmentos deben estar allí".

CON GRATITUD

A mi esposa y editora personal, mi fuente de inspiración que respondió a la llamada y editó mi libro, mi amor verdadero, Meredith Moore.

Para el niño más increíble, asombroso y creativo del mundo, creador de "The Hyperverse" y Fan número Uno de la Serie Hyperterra, Stavros Winston.

Para el dueño de la mejor voz en Jacksonville, Florida y la primera persona que leyó mi borrador, el talentoso, el único, Tyler Burkhalter.

Al hombre que me dijo que mi libro tenía mucho potencial y que me inspiró a escribir más, mi querido Jay Moore.

A mi editora en español y Fan número Dos de Hyperterra, mi querida hermana, Rodghen Patiño.

DISFRUTA UN AVANCE DE LA SECUELA DE AMANECER DE LA DINASTÍA MERYPTAH

CAPÍTULO 1 – LA LLEGADA

Zhoto nunca puso un pie fuera de la enorme ciudad metálica en movimiento, y el salto a través de las galaxias estaba a punto de comenzar. Fue lo más emocionante que sucedió en sus casi 800 años de vida, pero estaba asustado, ansioso y su corazón latía como nunca antes. Zhoto agarró la barra frente a él y la apretó con fuerza mientras la vista de su amado planeta Pree parecía encogerse desde el espacio. La nave espacial estaba preparada para dar el salto mientras Makho y Mokhy se miraban el uno al otro. Estaban en la misma situación que Zhoto, nacieron y se criaron en la ciudad, y nunca fueron al espacio vacío alrededor de la órbita del planeta. Sin embargo, eran 400 años más jóvenes que Zhoto y la sonrisa en sus rostros era permanente. Los gemelos casi se reían.

Harkhuf era el Strattos más joven de la tripulación con una edad casi similar a la de los gemelos. Aún así, saltó al espacio antes, para visitar varios sistemas planetarios con la general Sesmar y su ejército. El cuerpo de Harkhuf se enfrentó a la presión del gel protark antes, y sabía exactamente cómo manejar el salto, física y mentalmente.

Amy era una humana frágil en comparación con la sólida composición de los cuerpos de los Strattos, y ya había dado un salto en su vida, desde Hyperterra a Pree. Tres segundos. La presión en su pecho y la incapacidad de respirar durante esos breves tres segundos fue una eternidad para ella rodeada por el gel protark, pero nunca cerró los ojos. Este salto le llevará un poco más de tiempo del que ha experimentado antes. Seis segundos. Ella está lista y la tripulación está esperando sus órdenes.

"Mi reina, cuando quieras", dijo Harkhuf.

"Respiren profundo, amigos míos. ¡Vamos a buscar a este bastardo!" dijo Amy, empujando la pequeña piedra azul brillante en el flujo macrozoide en el centro del panel de control.

El siguiente nivel de propulsión en las turbinas comenzó instantáneamente con un sonido bajo y robusto, haciendo que la estructura presurizada vibrara por todas partes.

"La vida está escrita en línea recta. Veamos qué hay por delante", susurró Amy.

Harkhuf tiró de la palanca que abre la energía del generador y la hace circular alrededor del flujo macrozoide. Tan pronto como el dispositivo brilló, la nave tiró con fuerza a la tripulación mientras avanzaba más rápido que la luz, activando el gel protark alrededor de los cuerpos de los pasajeros.

Zhoto, Makho y Mokhy abrieron los ojos, sosteniendo con fuerza sus manos en la barra frontal. Los gemelos sonreían hasta que sintieron la presión en el pecho. Makho miró a su hermano con una expresión aterrorizada.

"¡Hermano!" gritó Makho, pero su voz no emitió ningún sonido. La nave iba tan rápido que el sonido de su voz era parte del pasado. Zhoto miró hacia adelante a través de las ventanas mirando las galaxias que se movían alrededor de la nave. Los colores y los sistemas multiplanetarios pasaron mientras la nave atravesaba el tiempo desde Pree hacia la Tierra en un viaje corto que fue una eternidad para los viajeros. Algunas estrellas desaparecieron tan pronto como se acercaron a ellas, dejando polvo y gases a su alrededor. En contraste, otros mostraron explosiones, estallaron fragmentos alrededor de sus núcleos brillantes como todo lo que tenían frente a sus ojos cuando jugaban al revés, viajando más rápido que la luz.

Amy le hizo una señal a Mokhy con dos dedos, tratando de decirles cuántos segundos iban. Mokhy comprendió de inmediato el mensaje y se lo repitió a su hermano, que estaba entrando en un estado tenso.

Entonces, Harkhuf miró a Zhoto y señaló tres dedos con la mano. Zhoto miró el mensaje, pero estaba fuera de su mente. La vista del espacio exterior era sublime e inconmensurable para sus ojos que solo vieron paredes metálicas y oxidadas durante toda su vida.

Cuatro segundos. En este punto, todos en la nave estaban batiendo récords de viajes por el universo. Makho estaba perdiendo la batalla y la presión en su pecho lo estaba haciendo perder el conocimiento. Mokhy intentó mover su brazo y tocar la mano de su hermano, pero su cuerpo era increíblemente pesado. En lugar de eso, Mokhy le hizo una señal a Makho con su rostro, invitándolo a mirar hacia afuera y disfrutar de la vista del cosmos.

La falta de sonido era una sensación extraña en sus oídos y jugaba con sus mentes y la incapacidad para respirar era una preocupación constante.

Cinco segundos. La nave comenzó a vibrar más de lo habitual y el flujo macrozoide comenzó a mostrar los primeros signos de calentamiento externo. Amy estaba aguantando perfectamente bien, y el entrenamiento de Harkhuf aseguraba el éxito de este primer paso de su viaje. Era la parte más crítica del viaje y sabía que la tripulación necesitaba un piloto. No puede perder el enfoque en este momento crucial.

¿Quieres más?
Consulta el contenido gratuito y el calendario de lanzamientos en

www.thehyperterra.com

Stavros D. Tofalos Bradanovich
Cuenta cuentos y amante del espacio

Stavros comenzó a escribir *Hyperterra* en el 2015 después de ver un programa televisivo llamado "*Cosmos: A Spacetime Odyssey*", presentado por el astrofísico Neil deGrasse Tyson.

La historia de *Hyperterra* en su mente era demasiado intrincada para caber en las páginas de una novela de 90.000 palabras, por lo que decidió dividirla en una serie.

Luego, con la ayuda del talentoso Tyler Burkhalter, armaron una versión en video del prólogo del Libro Uno: *El último brillo distante*. Eso lo que cambió todo.

Stavros Tofalos es un productor y ha desarrollado historias durante más de 12 años. Estudió diseño de publicidad digital y es un editor de video certificado. Dirigió y produjo el documental "*Gladiadores*" (Chile) y dirigió programas de televisión en Jacksonville, Florida, Estados Unidos.

Su hijo de ocho años es un colaborador activo en la historia de Hyperterra. ¡Y descubrimos que es excelente para contestar las preguntas de la trama! De hecho, creó las palabras "*Hyperverse*" e "*Hyperblog*".

Los favoritos de Stavros:
Película de ciencia ficción: *Interstellar* (Christopher Nolan)
Libro: La serie *Maze Runner* (James Dashner)
Película de Star Wars: *El Último Jedi* (Rian Johnson)
Frase: "*¿Cómo puede ser el elegido, si está muerto?*" (Matrix)